Memento mori

César Pérez Gellida

Memento mori

Memento mori

Primera edición: enero de 2015

D. R. © 2013, César Pérez Gellida

D. R. © 2014, derechos de edición mundiales en lengua castellana:
Santillana Ediciones Generales, S.A de C.V., una empresa de
Penguin Random House Grupo Editorial, S.A. de C.V.
Blvd. Miguel de Cervantes Saavedra núm. 301, 1er piso,
colonia Granada, delegación Miguel Hidalgo, C.P. 11520,
México, D.F.

www.megustaleer.com.mx

Comentarios sobre la edición y el contenido de este libro a:
megustaleer@penguinrandomhouse.com

ISBN 978-607-113-485-1

Impreso en México / *Printed in Mexico*

A Olga, la razón

«No es indicio de salud estar bien adaptado
a una sociedad profundamente enferma».

JIDDU KRISHNAMURTI

«Los lobos hacen jauría que es poesía de voracidad».

ENRIQUE BUNBURY,
San Cosme y san Damián

PRÓLOGO

F ue un día casi cualquiera, de esos en los que todo parece indicar que la rutina impondrá de nuevo su dictatorial régimen durante la jornada laboral.

No fue así.

En la oficina me estaba aguardando mi querido compañero Diego, con un ramo de tareas pendientes y una flor: los primeros seis capítulos de una novela negra cuyo autor no quiso desvelarme.

Me considero un lector habitual y se trataba de mi género preferido. Además, la lectura es mi principal opción de entretenimiento durante mis frecuentes viajes en avión, por lo que el hecho de contar con más munición para recargar mi iPad me resultaba de por sí sugerente. Sin embargo, fue el halo de misterio con el que Diego envolvió a *Memento Mori* —y que me perseguiría hasta la finalización del mismo— lo que me empujó a leerlo en mi siguiente vuelo con destino a Tenerife. Iberia presume de formar parte de una alianza de empresas llamada One World: un «mundo» en el que a un servidor le resulta francamente complicado leer, sobre todo si alguien se empeña en compartir sus vivencias en torno al fútbol. He de reconocerlo, estaba algo ansioso y frustrado, así que decidí deshacerme de aquel pegajoso marcaje con el mejor de mis quiebros; me hubiera gustado tener esta virtud con el balón en los pies.

El arranque de *Memento mori* es portentoso, sobrecogedor, pero temía que fuera languideciendo como lo hacen algunas de las últimas novelas negras que he leído —si bien es cierto que no me acuerdo de la última vez que leí un libro cuyo escenario comenzara en Valladolid—. Devoré aquellas páginas con rotunda avidez y cuando terminé, ya sabía que estaba ante una novela especial en la que destacaban unos personajes bien construidos, un argumento sólido, prosa viva y un ritmo ligero con aroma denso.

Necesitaba consumir más, y al acudir de nuevo a Diego me confesó que el padre de la criatura no era otro que nuestro buen y común amigo César Pérez Gellida, un ejecutivo de marketing que había colaborado con nosotros como asesor en el lanzamiento de nuestra página web. Lo que no sabía es que acababa de dejar su trabajo para entregarse en cuerpo y alma a su pasión literaria; una decisión tan preciosa como arriesgada —que roza lo irresponsable en estos días que nos toca vivir—.

Ahora bien, César contaba y cuenta con una gran ventaja: el apoyo incondicional de Olga, su chica, como a él le gusta llamarla; o la razón, como reza en la dedicatoria de este libro.

Queda sobradamente entendido el porqué. Ella quiso que César diera alcance a unos sueños que bien podrían convertirse en pesadillas, así que permítanme que piense que Olga debe de ser una santa o bien amarle mucho, y como de temas religiosos no entiendo, me inclino por lo segundo.

Olga, gracias de corazón por compartir un trocito de César. Sé que no ha sido un camino fácil.

Porque eso de escribir suena estupendamente y tiene glamour, porque desde que somos niños pensamos que la historia que llevamos dentro podría dar lugar a una gran novela, y porque a todos nos encanta soñar —yo me obligo a ello todos los días—. Sin embargo, escribir bien es harto complicado; inalcanzable, me atrevería a decir, para la mayoría de los mortales. Realmente, no sé qué es lo que se necesita para poder escribir bien; talento, supongo, pero entiendo que requiere mucho más.

Si de algo estoy convencido en estos momentos es de que de eso que se requiera, César Pérez Gellida tiene. Y mucho.

No querría terminar este prólogo sin advertir amistosamente al lector que antes de empezar a leer busque una buena butaca, porque *Memento mori* es una novela escrita en *full* HD y tiene sonido Dolby Surround de última generación. En la medida en que se vaya sumergiendo en el argumento verá que la nitidez en las descripciones es insuperable y que la banda sonora le envuelve sin remisión. En este punto, me permito recomendar al lector que escuche las canciones de este nuevo género que César ha creado y al que yo he tenido el descaro de bautizar como «música para matar». Tampoco pierdan de vista los versos con los que el siniestro protagonista va construyendo su obra poética.

Memento mori pide a gritos reencarnarse en un producto audiovisual, con la enorme dificultad de superar las imágenes que César ya ha imprimido en mi mente. A mí me atraen los retos ambiciosos y este lo es.

Sostengo que entretener es un privilegio al alcance de muy pocos y, por lo tanto, una gran responsabilidad. César, me alegro de que hayas tomado la determinación de seguir este camino. Gracias por haberme hecho tan feliz leyendo la primera de las muchas novelas que están por venir.

Michael Robinson

PERSONAJES

Cuerpo Nacional de Policía

Ramiro Sancho. Inspector de policía del Grupo de Homicidios de Valladolid.

Francisco Travieso. Comisario provincial de Valladolid.

Antonio Mejía. Comisario de la comisaría de distrito de las Delicias.

Patricio Matesanz. Subinspector del Grupo de Homicidios de Valladolid.

Álvaro Peteira. Subinspector del Grupo de Homicidios de Valladolid.

Carlos Gómez. Agente del Grupo de Homicidios de Valladolid.

Jacinto Garrido. Agente del Grupo de Homicidios de Valladolid.

Ángel Arnau. Agente del Grupo de Homicidios de Valladolid.

Carmen Montes. Agente del Grupo de Homicidios de Valladolid.

Áxel Botello. Agente del Grupo de Homicidios de Valladolid.

Santiago Salcedo. Jefe de la Brigada de la Policía Científica.

Mateo Marín. Agente de la Policía Científica.

Patricia Labrador. Agente de la Policía Científica.

Daniel Navarro. Agente de la Unidad Motorizada.

Carlos Aranzana. Jefe de la Brigada de Investigación Tecnológica.

Sonia Blasco. Agente del la Brigada de Investigación Tecnológica.

Civiles

Augusto Ledesma. Diseñador gráfico y experto en documentoscopia. Asesino en serie.

Armando Lopategui, «Carapocha». Psicólogo criminalista. Exagente del KGB y la Stasi.

Martina Corvo. Doctora en Psicolingüística.

Aurora Miralles. Titular del Juzgado de Instrucción N.º 1 de Valladolid.

Jesús Bragado. Exinspector de policía del Grupo de Homicidios de Valladolid.

Pablo Pemán. Subdelegado del Gobierno.

Manuel Villamil. Médico forense.

Violeta. Estudiante de Arte Dramático.

Mercedes Mateo. Madre biológica de Gabriel García.

María Fernanda Sánchez. Cajera de hipermercado.

Luis. Encargado del Zero Café.

Paco «Devotion». Pincha del Zero Café.

Octavio Ledesma. Padre adoptivo de Augusto Ledesma.

Ángela Alonso. Madre adoptiva de Augusto Ledesma.

Mario Almeida, el «Buñuelo». Cantautor argentino fracasado y politoxicómano.

Charo Torres. Propietaria de un estanco en la calle Mota.

Orestes. Integrante de Das Zweite Untergeschoss.

Hansel. Integrante de Das Zweite Untergeschoss.

Skuld. Integrante de Das Zweite Untergeschoss.

Erdzwerge. Integrante de Das Zweite Untergeschoss.

Pílades.

EMPEZAR PORQUE SÍ
(Y ACABAR NO SÉ CUÁNDO)

Barrio de Arturo Eyries (Valladolid)
31 de octubre de 2010, a las 20:50

El vaho no le permite ver con nitidez a través de la bolsa a pesar de ser transparente. El calor y la humedad se manifiestan en forma de sudor que nace en la frente y discurre por la cara en varios afluentes para terminar desembocando en el calcetín que tiene metido en la boca, hasta la campanilla. Hace ya tiempo que a Mercedes no le queda fuerza física ni psíquica como para pensar en que va a poder liberarse de la silla de madera en la que está sentada.

El parte de daños que le devuelve el cerebro no presenta cambios con respecto al último: dolor agudo en la frente, tumefacción en las muñecas, molestia en aumento en los hombros, agarrotamiento de la espalda, pinchazos en las cervicales, fatiga en el cuello y piernas totalmente dormidas.

Calor y humedad.

Agotada la vía terrenal, ha recurrido a la ayuda divina apelando a la Virgen de los Desamparados y rogando la intervención de san Judas Tadeo, pero siempre obtiene el mismo resultado: ninguno. A estas alturas, y tras dos desmayos, ya se ha encomendado al Altísimo y ha encontrado alivio en la analogía entre esa silla y la cruz.

Necesita un descanso y cierra los ojos.

Suda.

Todavía consigue respirar gracias al aire que se cuela por la parte inferior de la bolsa. Baja la cabeza en busca de oxígeno, y se encuentra con el olor de su propia orina que sube en dirección opuesta. No soporta los olores corporales, ni siquiera los suyos. El impacto la obliga a reclinarse hacia atrás para favorecer la apertura de sus vías respiratorias. Aprovechando la postura, comete el error de tratar de inhalar aire. La condensación ha hecho que la bolsa se le adhiera a la cara y, al inspirar, el plástico se le introduce por las fosas nasales. Para apartarlo, sopla con fuerza por la nariz y busca una alternativa para no volverse a desmayar. Inclina la cabeza, y nota cómo los pulmones se llenan poco a poco de aire, de vida; lo retiene unos instantes antes de soltarlo despacio. El dióxido de carbono sale caliente, y hace subir la temperatura. Cree que, si por lo menos pudiera quitarse ese maldito calcetín que le roza la faringe, lograría concentrar las escasas fuerzas que le quedan en un único grito que alertara a Teresa, su vecina de arriba. Siempre tuvo buena voz, ¡cuántas veces se lo había demostrado a su hijo!

«¡Qué paradoja!», piensa.

El hecho es que, con sus repetidos intentos de hacer ruido, se ha desgastado tanto las cuerdas vocales que ya ni siquiera trata de emitir sonidos guturales. Ruega para poder librarse del maldito calcetín, pero la cinta adhesiva que lo sujeta no atiende a sus súplicas. Vuelve a ponerse en manos del cielo. Inspira de nuevo y espira lentamente.

Cuando vuelve a abrir los ojos, no distingue nada más que el contorno de la figura que le habla con voz sosegada.

—Voy a cambiarte la bolsa y a limpiarte un poco la cara, quiero enseñarte algo.

El hecho de poder respirar unos segundos sin la bolsa le otorga unos instantes de alivio.

Sus ojos imploran misericordia, pero ya ha asumido que él no se la va a conceder. Está siendo un largo calvario; no obstante, ha conseguido mantenerse firme, no ha cedido al martirio, como en su día también lo lograran santa Filomena y santa Bárbara. Tiene el convencimiento de que el torturador no va a salirse con la suya, y eso es lo único que la empuja a seguir luchando.

—¿Puedes ver esto? ¿La reconoces? —pregunta la voz.

Enfoca para centrarse en el objeto que tiene a escasos centímetros de la cara. Lo reconoce al instante. Emite un gemido que nace de su estómago, tan prolongado como le permite la escasa energía que le queda. Sus ojos, anegados de lágrimas, se sincronizan con la nariz para liberar todo lo que ha sido capaz de retener durante el suplicio físico.

—Ahora es mía y solo mía —le susurra al oído la voz—. Tengo que confesártelo, la encontré antes de que llegaras. Sabía muy bien dónde buscarla. Se dice que uno encuentra las cosas en el último sitio donde las busca, pero en este caso yo la encontré en el primero. Solo quería saber hasta dónde eras capaz de aguantar. Enhorabuena, has superado todas mis expectativas; estoy orgulloso de ti.

Mercedes quiere revolverse en señal de protesta, pero su aparato locomotor ya no le responde. Solo puede concentrarse en esos dientes que asoman detrás de una sonrisa perfecta, tan blancos y tan bien cuidados… como los suyos.

Cierra voluntariamente los ojos y nota las lágrimas recorriendo sus mejillas para terminar siendo absorbidas por el calcetín; junto a la mucosidad, la saliva y el sudor, han empapado el tejido transmitiendo a sus papilas gustativas un gusto tan singular como repulsivo. Un nuevo sabor, el de la bilis, le advierte de la proximidad del vómito. Se concentra en contenerlo para no morir ahogada.

Lo consigue.

Trata de revertir todo el odio que siente en compasión. No lo logra, y asume que es consecuencia de su debilidad cristiana.

—*Memento mori*[1]. Ya no tenemos más tiempo. Bueno, puntualizo: es a ti a quien se le ha acabado el tiempo.

Mercedes percibe ese olor a tabaco avainillado antes de sentir el plástico recubriendo de nuevo su cabeza. Reconoce el sonido de unos nudillos que precede de nuevo a la voz.

—Estos días he pensado mucho en la despedida. Tengo un poema que escribí para ti hace ya muchos años, creo que tenía diecisiete. Lo he retocado un poco y había pensado en leértelo, pero finalmente he decidido que no te lo mereces. Incluso me había planteado darte una noticia que no esperas, pe-

---

[1] Expresión latina que se traduce al castellano como: «Recuerda que morirás». Hace referencia a lo efímero de la vida.

ro tampoco te lo has ganado. Te irás con otras palabras que no son mías, son de Till Lindemann; supongo que no le conoces. Eso sí, te lo voy a traducir para que puedas entender lo que digo, aunque dudo mucho que seas capaz de comprenderlo. Lo mismo da.

El inconfundible ruido que hace la cinta adhesiva al desprenderse del rollo rompe el silencio. Al pasar la segunda vuelta justo por encima de la nuez, Mercedes pide al cielo que sea la última vez que tenga que padecer la agonía de volver de la muerte. Ya ha visto dos veces las luces del túnel, aunque no sabe que es debido a la reacción de su cerebro ante una inminente isquemia retinal por la falta de oxígeno. Por suerte para ella, el cielo sí la escuchará esta vez.

Unas palabras recitadas con forzada solemnidad centran la atención de sus oídos:

Un hombrecillo aparentó morir,
pues quería estar a solas.
El corazoncito se le detuvo durante horas;
entonces, se le dio por muerto.
Se le enterró en arena mojada
con una caja de música en la mano.

Ya no entra aire, pero aún puede respirar. La bolsa sigue el ritmo de su respiración; se pega a su cara cuando inspira, y se separa cuando espira. Trata de coger aire por la nariz y la boca al mismo tiempo. Ya no escucha la voz, solo el sonido del plástico. Su corazón late a ritmo de réquiem, como queriendo dejarle un buen sabor de boca en la despedida. Mueve la cabeza bruscamente hacia los lados y sus músculos se contraen. Trata de concentrarse en el rostro de Jesucristo para entrar de su mano en el Reino de los Cielos, pero la repentina falta de oxígeno le obliga a abrir los ojos por última vez. Se encuentra con la mirada atenta de quien no quiere perder detalle. Ojos pequeños, negros y afilados… como los suyos.

La bolsa es ya su segunda piel; prácticamente, no se despega de su cara y le tapa los orificios nasales y la boca. No quiere resistirse más, pero su sistema nervioso le niega la alternativa de rendirse. Inconscientemente, exhala con fuerza para tratar de dar la última bocanada de aire. Ya no queda oxígeno. Lo vuelve a intentar justo antes de perder el control de su esfínter. Las convulsiones no le impiden procesar las últimas palabras que oirá:

—¡Que empiece el viaje ya! Adiós, madre.

Se hace el silencio en la estancia. Ni siquiera el aroma del tabaco es capaz de esconder el hedor que ha traído la muerte.

Suena… *Y al final*, de Enrique Bunbury, pero Mercedes ya no tiene activo ninguno de sus sentidos.

> *Permite que te invite a la despedida,*
> *no importa que no merezca más tu atención,*
> *así se hacen las cosas en mi familia,*
> *así me enseñaron a que las hiciera yo.*

HOY PÁRPADOS HINCHADOS TE CIEGAN

Residencia de Ramiro Sancho (barrio de Parquesol)
12 de septiembre de 2010, a las 9:47

Como un domingo cualquiera antes de las diez de la mañana, la presencia de vehículos en las calles de Valladolid era tan reducida como las ganas de recibir una llamada de trabajo durante el fin de semana. Habían transcurrido apenas treinta minutos desde que despertaron al inspector Sancho hasta que aparcó en la calle Real de Burgos, justo en la puerta del Instituto Anatómico Forense. El día había amanecido casi despejado, y el sol de principios de otoño invitaba a cualquier otra cosa que no fuese asistir a una autopsia dominical, pero el subinspector Matesanz, que estaba de guardia, le había alertado llamándole a su teléfono personal. Con voz apagada, le había dicho:

—Buenos días, Sancho. Lamento tener que molestarte estando todavía convaleciente, pero tendrías que venir de inmediato al Anatómico.

El inspector llevaba desde el viernes amarrado a la taza del váter, esclavizado por una gastroenteritis aguda que le había vaciado el cuerpo. El otro cuerpo, el de Policía, le pedía que estuviera presente en la autopsia de un cadáver encontrado solo unas horas antes.

—¡Hay que joderse, Matesanz! ¿Qué tenemos? —quiso saber incorporándose de la cama con cierta lentitud.

—El cadáver de una joven de unos veinticinco años, mutilada, encontrada en el parque Ribera de Castilla.

—En media hora estoy allí.

Colgó.

Ramiro Sancho cumplía su tercer año al frente del Grupo de Homicidios de Valladolid. A sus treinta y nueve, todos le conocían como Sancho, ya nadie le llamaba por su nombre de pila. En realidad, ya nadie le llamaba. Desde que se separó y consiguió el traslado a casa, había decidido encerrarse en sí mismo y en su trabajo. A los pocos meses de sacar la oposición de inspector de policía, fue destinado a la Unidad Territorial de Información de San Sebastián. Allí había hecho su vida hasta que la ruptura con Nagore le hizo replantearse el futuro. Tras dos años de espera, surgió repentinamente la vacante en Valladolid en forma de jubilación anticipada y no se lo pensó.

La barba pelirroja le hacía aparentar más edad. Sancho lo sabía, pero le encantaba; había sido su acto de rebeldía más importante de los últimos años. Tirarse de los pelos de la barba y pasarse la mano por la mandíbula se había convertido ya en una manía, pero era su manía. Cuando terminó de instalarse en su nueva casa del barrio de Parquesol, se hizo con una maquinilla para afeitarse la cabeza, y hacía unos meses que había empezado a raparse al uno. Su frente, cada vez más despejada, hacía que sus pobladas cejas y su barba destacaran aún más entre sus rasgos faciales. Ser pelirrojo y tener los ojos claros no le ayudaba precisamente a pasar desapercibido en España; sus ciento ochenta y siete centímetros de altura, tampoco. De gesto reservado, voz grave y sonrisa tan poco frecuente como natural, era un tipo de campo encerrado en la ciudad. Sancho seguía practicando deporte siempre que podía, aunque últimamente las sesiones se habían visto reducidas a correr por el barrio los fines de semana. Ahora bien, fumar no fumaba. Había jugado al rugby en su juventud, hasta que lo tuvo que dejar a los veinticuatro por una lesión de rodilla y para terminar sus estudios de Derecho en la Universidad de Valladolid. Los domingos solía subir a Pepe Rojo para ver jugar a su equipo, pero las circunstancias de ese día le habían llevado, todavía escaso de fuerzas, hasta la puerta del viejo y deteriorado edificio del Instituto Anatómico Forense.

Esa no era, ni mucho menos, la primera vez que tenía que pasar por el trago de ver un cuerpo sin vida. De hecho, había visto unos cuantos durante su etapa en San Sebastián, pero los escasos datos que le había proporcionado Matesanz sobre los hechos retumbaban en su cabeza como un estribillo de Georgie Dann.

Frente a la sala de autopsias número uno, la saliva le supo a formol antes de llamar a la puerta.

—Sancho, buenos días; tan puntual como de costumbre —observó el subinspector Matesanz abriéndole la puerta—. Siento haberte molestado, en breve entenderás el motivo.

—Tranquilo, ellos no saben de fines de semana —contestó intentando quitar hierro al asunto al ver el semblante extrañamente abatido de Matesanz.

—Ahí tienes todo lo necesario, te aconsejo que te pongas la mascarilla. Los de la científica se han ido hace unos minutos; dentro está solo Villamil y no hace falta que te diga lo rápido que trabaja. La autopsia no está concluida del todo, pero habla con él y te pondrá al corriente. Yo necesito algo de aire.

—Está bien, Matesanz, tómate un respiro. Cuando termine aquí, te llamo.

—Muy bien, luego hablamos —dijo despidiéndose apresuradamente.

Conocía a Patricio Matesanz desde hacía solo tres años. Le faltaban apenas unos cuantos más para pasar a segunda actividad, pero él era de esos policías para los que desprenderse de la placa era como arrancarse la piel. El subinspector era el más experimentado del grupo; un soriano parco en palabras y de expresión tan apagada como solemne, un castellano recio. Todo un referente para el grupo. Desde el primer día en que Sancho se hizo cargo del puesto, Matesanz le había brindado todo su apoyo. A su manera, le facilitó el acercamiento al resto de compañeros y, en pocas semanas, le enseñó cómo funcionaban las cosas en Valladolid. En aquel momento, el Grupo de Homicidios de Valladolid trabajaba como un reloj suizo, y eso se debía a Matesanz en gran parte. Al margen del afecto personal que le profesaba, respetaba y admiraba su trayectoria profesional. Él nunca trabajaba sobre hipótesis, solo sobre indicios y pruebas. Muchos eran los casos que se habían resuelto gracias al buen enfoque de la investigación aportado por el subinspector. Ver la cara desencajada de un policía tan experimentado y notar su voz agrietada hizo que agudizara todos sus sentidos.

Inspiró lenta y profundamente, notando cómo se hinchaban sus pulmones antes de soltar el aire por la boca, muy despacio. Al hacerlo, el olor intenso a alcohol y a cloro de los desinfectantes, antisépticos y demás bactericidas le penetró hasta la base del cráneo para abofetearle la pituitaria. A duras penas, superó las ganas de teletransportarse al baño más cercano y, mientras terminaba de atarse la mascarilla y de ajustarse los guantes, reflexionó sobre lo paradójico que resultaba tanta desinfección en aquel lugar gobernado dictatorialmente por la muerte. Levantó la mirada hacia la camilla donde podía distinguirse el cuerpo inerte de la víctima tapado por completo. De espaldas, reconoció las canas de Manuel Villamil, uno de los once médicos forenses de la ciudad, con el que Sancho guardaba una relación más que cordial. Villamil estaba apoyado sobre sus brazos y miraba inmóvil lo que debía de ser el informe preliminar de la autopsia.

—Buenos días, Manolo. El buen cirujano opera temprano.

No hubo respuesta.

—Manolo, ¿qué tenemos? —insistió.

—Querrás decir qué no tenemos —respondió Villamil con voz queda—. ¿Sabes, Sancho? Es en días como estos cuando maldigo el momento en el que dejé de fumar. Necesito un Ducados para fumármelo en dos caladas.

—Manolo —interrumpió Sancho impaciente—, solamente cuento con la información que me ha dado Matesanz hace unos minutos: un cadáver de una joven de unos veinticinco años encontrado en el parque Ribera de Castilla. Sé también que ha sido mutilada, pero no tengo más detalles.

—Mutilada, sí, pero esto no se ajusta a nada que yo haya visto antes, y no soy precisamente un yogurín. ¡Coño, Sancho, que mi hija Patricia tiene su misma edad!

—¿Por qué no empiezas por enseñarme el cuerpo? —propuso posando la mano sobre el hombro del médico de forma afectuosa.

—Claro, disculpa.

Villamil se acercó a la manta térmica que cubría el cuerpo y la retiró.

—¡Hay que joderse, Manolo! —exclamó llevándose la mano instintivamente a la boca—. Pero ¡¿qué mierda...?!

El impacto inesperado de ver un cadáver con la mirada fija y extinta le hizo morderse el dorso de la mano a través de la mascarilla antes de volver a preguntar:

—¡¿Qué le han hecho a esta chica?!

—Se los ha cortado —reveló el galeno—. No diría que es el trabajo de un cirujano, pero son cortes limpios, y eso me lleva a pensar que, para nuestra tranquilidad y la de su familia, fueron post mórtem, y que no le tembló el pulso al desalmado que lo hizo. Presenta dos incisiones verticales en cada uno de los cuatro párpados, y otra horizontal que, curiosamente, hace la forma del globo ocular; lo cual nos lleva a pensar que la hoja debía ser necesariamente curva.

—¡Hay que joderse! —repitió Sancho mientras se recuperaba del *shock* y se tiraba inquieto de los pelos de la barba que le asomaban por debajo de la mascarilla—. ¿Cuál fue la causa de la muerte? Supongo que esas marcas del cuello tienen mucho que ver —anticipó el inspector.

—Efectivamente, murió por estrangulamiento; tiene la tráquea aplastada. Todo indica que el mecanismo de la muerte fue anoxia anóxica. La leve cianosis facial y la equimosis puntiforme que se aprecia en el rostro no dejan lugar a dudas. Hay restos de orina de la propia víctima en el vello púbico y cara interior de los muslos a causa de la incontinencia urinaria que se originó en los instantes previos a la parada cardiorrespiratoria —explicó con asepsia el forense.

—¿Sabemos cómo la asfixió?

—Algo que tenemos claro es que no se ayudó de objeto alguno. La falta de marcas de los pulgares indica que, muy probablemente, fuera una estrangulación antebraquial aplicada sobre la laringe.

—Entendido. ¿Ningún signo más de violencia?

—Ninguno. No se aprecian señales de ataduras ni mordazas; tampoco encontramos otros hematomas ni presenta indicios de haber sido violada. Se observan algunos arañazos, también post mórtem, en cara, cuello y extremidades como consecuencia de haber sido arrojado el cuerpo ya sin vida a los matorrales en los que fue encontrado. Todo está debidamente recogido en el informe.

Sancho, ya sosegado, siguió preguntando:

—¿Restos visibles bajo las uñas?

—Nada que yo haya podido apreciar a simple vista —certificó de inmediato Villamil, como esperando la pregunta—. Voy a proceder a la amputación de las falanges distales para enviarlas a Madrid.

—Necesitamos darle prioridad en el laboratorio. No podemos esperar un mes a los resultados.

—Bueno, de eso ya os encargáis vosotros.

—Correcto. ¿Y lo de los párpados? ¿Qué sentido tiene? —cuestionó al tiempo que volvía a clavar la mirada en los ojos mate de la joven.

—Sancho, no creo que buscar el sentido de las cosas sea tarea vuestra; lo que tenéis que hacer es atrapar al desalmado que hizo esto.

—Lo sé, lo sé, solo pensaba en voz alta —aclaró el inspector mirando a Villamil—. Por cierto, ¿se han encontrado los párpados?

—No. Según parece, se los llevó de recuerdo.

—Mierda puta —concluyó antes de hacer una pausa—. Dime todo lo que sepamos hasta ahora, necesito información.

Manuel Villamil cogió la primera hoja del informe y empezó a leer.

—La víctima está debidamente identificada. Se le encontró la documentación encima, y la necrorreseña no deja lugar a dudas. Se trata de María Fernanda Sánchez Santos, nacida en Ecuador, de veinticuatro años, ciento cincuenta y siete centímetros y cincuenta kilos de peso. Pelo negro y ojos marrones oscuros. Hija de Hilario Sánchez, ecuatoriano, fallecido, y María Santos, española. Residía con su madre en España desde 2005 con dirección en el número dieciocho de la calle Lope de Vega.

—Habrá que contactar con el consulado para notificar el hecho. Entiendo que su familia ya ha sido informada.

—Supongo que sí —conjeturó Villamil sin levantar la vista del informe—. Esa labor os corresponde a vosotros.

Villamil iba a continuar, pero el inspector preguntó de nuevo:

—Espera, Manolo, has dicho que vivía en la calle Lope de Vega. En La Rondilla, ¿no? Eso está muy cerca del parque Ribera de Castilla, donde fue encontrado el cuerpo.

—Así es, yo diría que está a menos de diez o quince minutos andando.

El forense continuó leyendo.

—El cadáver fue encontrado por un joven que hacía *footing* por la ribera del río, parcialmente oculto entre unos arbustos a la altura del Centro de Piragüismo Narciso Suárez, sobre las ocho y media de la mañana. El cuerpo se encontraba vestido; blusa blanca, pantalones vaqueros y botas negras. La inspección ocular del lugar concluye que no fue asesinada allí al no encontrarse ningún signo de lucha ni rastros de sangre. Los de la científica aseguran que la mataron en otro sitio y, posteriormente, la dejaron en el lugar donde fue encontrada. Como te decía, mi informe lo corrobora.

—Bien, sigamos. ¿Data de la muerte?

—No hay signos de descomposición, y en el levantamiento del cadáver se aprecia rigidez en fase de instauración. Diría que lleva muerta unas cinco horas, no más de ocho casi con total seguridad; probablemente fuera asesinada entre las tres y las siete de la mañana del sábado. Ya sabes que todo esto es estimativo.

—Lo sé, pero también sé lo poco que suele equivocarse Manuel Villamil.

—Tú mismo.

—¿Quién se encargó del levantamiento del cadáver?

—La juez Miralles lo firma.

—Ahí hemos tenido suerte, Aurora suele ser bastante diligente con los casos que caen en sus manos.

—Sí, yo también lo creo.

—¿Eso es todo? —preguntó sin dejar de mirar a los ojos de la víctima.

—Todo lo que tenemos hasta el momento, aparte del poema.

—¿El poema? ¿De qué me estás hablando? —preguntó el inspector con aparente frialdad.

—¿Es que no te lo han dicho?

—A la vista está que no.

—El que hizo esto, además de un hijo de su madre, es un proyecto de poeta o algo así.

—Dime, Manolo, ¿qué habéis encontrado?

—Lo que él quería que encontráramos —respondió Villamil mientras se volvía hacia la mesa que tenía a su espalda—. Precisamente, lo estaba releyendo cuando has llegado.

—Un segundo, ¿damos por hecho que es un hombre?

—Bueno, no lo sabemos con certeza. No obstante, me juego tu pensión a que el que hizo esto fue un hombre. Una mujer no mata de esta forma. Cuando leas el maldito poema, coincidirás conmigo: se trata de un hombre.

Villamil hizo una pausa y, volviéndose al escritorio, indicó:

—Aquí lo tienes.

Con unas pinzas, agarró un fragmento de papel de unos diez centímetros de largo por cinco de ancho en el que se podía distinguir un texto.

—¿Dónde estaba esto? —quiso saber mientras examinaba el trozo de papel.

—En esta bolsita de plástico, en su boca. El papel estaba doblado en cuatro y colocado minuciosamente dentro de la bolsita.

—¿Sabemos quién es el autor?

—Ni idea, pero por el contenido me vuelvo a jugar tu pensión a que lo escribió el propio asesino.

—Te confieso algo, Manolo —dijo el inspector dejando caer la mirada al suelo—, tengo la impresión de estar viendo una de esas películas americanas del típico asesino en serie superdotado que deja pistas a los guapos e intrépidos detectives para jugar con ellos.

Sancho se acercó a la nota para tratar de leer el texto escrito a máquina, pero Villamil le interrumpió.

—No fuerces la vista, chaval. A tu edad, no es bueno —soltó con ironía—. Ya lo hemos transcrito y adjuntado al informe. Siéntate —le indicó Villamil al tiempo que movía el ratón del ordenador que tenía encima de la mesa.

Se sentó a leer.

Afrodita

Cuando la sirena busca a Romeo,
de lujuria y negro tiñe sus ojos.
Su canto no es canto, solo jadeo.

Fidelidad convertida en despojos
a la deriva en el mar de la ira,
varada y sin vida entre los matojos.

No hay semilla que crezca en la mentira,
ni mentira que viva en el momento
en el que la soga juzga y se estira.

Tejeré con la esencia del talento
la culpabilidad de los presuntos.
¡Y que mi sustento sea su aliento!

Caminaré entre futuros difuntos,
invisible y entregado al delirio
de cultivar de entierros mis asuntos.

Afrodita, nacida de la espuma,
cisne negro condenado en la bruma.

—Basura poética —juzgó tras leerlo dos veces—. Nunca me ha gustado la poesía, no la entiendo o no la quiero entender. En esta, a simple vista, yo diría que el móvil podría ser un desengaño amoroso; ya sabes, para el amor y la muerte, no hay cosa fuerte. Parece que pretendiera justificar su crimen. En la última parte anuncia y advierte que va a seguir por ese camino, tipo justiciero misterioso. Tendremos que salir a su encuentro lo antes posible.

—Inspector Sancho, me da la sensación de que no va a ser nada fácil ni rápido agarrar a este malnacido.

—Manolo, le atraparemos. Cuando cometa un error, ahí estaremos nosotros.

—Precisamente eso es lo que me preocupa.

—¿El qué? —preguntó sorprendido.

—Que para que cometa algún error, tendrá que matar de nuevo.

El Campo Grande
Zona del paseo de Zorrilla

El cielo estaba sospechosamente limpio de nubes y el sol de mediodía animaba a huir de las zonas sombrías. Los veintisiete grados centígrados que marcaba el termómetro del Campo Grande habían empujado a muchas familias a disfrutar de un domingo tranquilo en la zona verde más importante de la ciudad. Los rayos que se filtraban entre los castaños, las palmeras y los arces formaban bonitas figuras sobre el asfalto que ya pisaban muchas suelas nuevas a esas alturas de la mañana. Olía a matinal de domingo, a hierba recién cortada, a vainilla y a tierra húmeda pisada. Podía escucharse el piar de cientos de pájaros alborotados en un día sorprendentemente caluroso para esa época del año en Valladolid.

Sin embargo, a él toda esa eclosión de la madre naturaleza le importaba bien poco en ese momento. Él amaba los espacios verdes, pero los disfrutaba en solitario y aquel no era precisamente el día. Había ido a rematar la faena, y prefería zambullirse en su música que escuchar a los pájaros piando. Caminaba sereno, luciendo media sonrisa y gafas Ray-Ban de cristales amarillos, modelo piloto. El pelo, bien cortado y despeinado a la moda. Recién duchado y perfumado, con oportuna barba de tres días. Sus vaqueros y zapatillas, de marca. De complexión atlética, vestía una sudadera de capucha azul marino sobre camiseta blanca.

Continuó caminando, despacio, buscando encontrarse con miradas, gustándose. Sonaba *Me amo*, de Love of Lesbian. La voz de Santi Balmes era especial, distinta, con sello propio, como él. No era ni mucho menos la canción que más le gustaba del grupo, pero era la que encajaba en ese preciso momento. Subió el volumen del iPhone para cantarla:

Hoy voy a decirlo: ¡Cómo me amo!
Tú ya no puedes hacerme daño.
Soy un ser divino, ven a adorarme.
¡Qué buena suerte, amarme tanto!

Se reía y aplaudía mientras seguía caminando. Sabía perfectamente adónde quería ir, y estaba pletórico. Giró a la izquierda para llegar a la zona del estanque.

—Es domingo. ¡Cojones! —pensó en alto.

El lugar estaba infestado de familias con niños que esperaban pacientemente para darse una vuelta en la barca del Catarro.

Oh, el síndrome universal,
la vida te sentó en un diván,
contando todo tipo de traumas.
Oh, podrías pensar un rato en él,
quería estudiar, recuerda cómo te empujaba.
Y quedó segundo, uuuhhh.

—Mierda de niños —murmuró con desdén mientras se paraba un momento buscando el sitio adecuado.

Hoy voy a decirlo: ¡Cómo me amo!
Tú ya no puedes hacerme daño.

Soy un ser divino, ven a adorarme.
¡Qué buena suerte, amarme tanto!

Entonces, le asaltaron imágenes de ese mismo lugar algunos años atrás. De domingo con sus padres adoptivos. Su madre le había contado miles de veces la historia del Catarro, un hombre que llevaba treinta años dedicado a pasear a los niños en su barca, *La Paloma*, mientras amenizaba el viaje con vivaces historias. De repente, se vio subido en esa barca, escuchando otra vez el mismo maldito cuento de la bruja que vivía en una gruta detrás de la cascada. Por aquel entonces, tendría ocho años y ya sabía lo que era una bruja. Lo sabía perfectamente, y nada tenía que ver con lo que contaba ese viejo estúpido a los niños, que le escuchaban boquiabiertos, estupefactos. Le hubiera gustado tanto tirarle por la borda con su ridícula gorra de marinero puesta...

Se rio bruscamente al pensarlo, y una pareja que pasaba a su lado se sobresaltó antes de dedicarle una mirada cargada con cierto hálito de desprecio. Recordó también cuando su madre adoptiva le contó que se había muerto el Catarro. Sintió algo parecido a la pena, pero no podía tratarse de eso, pues él ya no podía sentir pena por nada ni, mucho menos, por nadie.

De vuelta al presente, se dirigió al kiosco en el que se agolpaban varios niños comprando aperitivos para dar de comer a los animales a pesar de los carteles que lo prohibían expresamente. Pero en el Campo Grande, la tradición se impone a las normas. Se apartó para evitar cualquier contacto con los pequeños, esperó ansioso su turno y compró una bolsa pequeña de patatas fritas por un euro.

—Ladrones —murmuró.

Siguió caminando, buscando un sitio que estuviera bastante menos concurrido. Ya no deseaba encontrarse con miradas, sino con anátidas.

«Quizá un poco más adelante», lucubró.

Recorrió visualmente todo el escenario hasta que dio con el sitio. Siguiendo un camino que subía por la parte de atrás del estanque, la presencia humana disminuía de forma proporcional al incremento de aves acuáticas. Unos pocos metros más arriba, había una zona seca bastante apartada, alejada de posibles miradas entrometidas. Caminando sin dejar de estudiar cuanto le rodeaba, llegó hasta el lugar y comprobó con satisfacción que allí descansaban, al cobijo de una gran palmera, dos ocas, tres patos y un cisne negro.

—Afrodita, preciosa, precisamente a ti te estaba yo buscando —le confesó al cisne con notable júbilo.

Algo inquieto, se metió la mano en el bolsillo trasero de los vaqueros para sacar una bolsa de pequeño tamaño. Miró a su alrededor y quitó el sonido de su iPhone, no había nadie. Estrujó el envase de las patatas y tiró la mitad de su contenido al alcance de las aves que, inmediatamente, se acercaron a picotear. Examinó de nuevo el lugar para cerciorarse de que nadie estaba observando. Era el momento. Mezcló a conciencia el contenido de su bolsa con las patatas, esperó unos segundos y lo volcó todo a escasos centímetros de las ocas, que ya habían ganado la partida a los patos. El cisne negro, de mayor tamaño que las otras, se unió al festín abriéndose paso con la distinción de una dama de alta alcurnia.

En el suelo, entre las patatas, podían distinguirse los cuatro trocitos de carne.

—¡Vamos, vamos, vamos! Todo vuestro —animaba a las anátidas sin perder detalle de la escena.

Iba contando mentalmente los pedacitos de piel que quedaban al tiempo que eran engullidos por las aves. El cisne se tragó el último párpado con suma elegancia y, en ese momento, le pareció el animal más hermoso del mundo. Cuando no quedó nada, le susurró con fingida solemnidad y caricaturizada sonrisa:

—Ya nos veremos, querida Afrodita. *Ad kalendas graecas*[2].

Acto seguido, sacó del bolsillo de la sudadera los guantes que había utilizado la noche anterior. Se agachó para coger una piedra de tamaño medio y la metió junto con los guantes dentro de la bolsa. Una vez hecho esto, la cerró herméticamente, caminó hasta otra zona con mejor acceso al agua, volvió a cerciorarse de que nadie le miraba y la dejó caer al estanque sin más.

Dio media vuelta y se encendió un Moods. Subió el volumen de la música, sonaba *La parábola del tonto*, y se acercó a la fuente de la Fama para disfrutar por un instante de la tranquilidad que reinaba en aquel espacio natural.

Sentado en un banco, se entretuvo unos minutos cuestionándose a cuántos metros podría llegar de una buena patada ese caniche recién salido de la peluquería que estaba olisquean-

---

[2] Expresión latina que se traduce al castellano como «hasta las calendas griegas». Hace referencia a algo que no sucederá jamás, ya que en Grecia no existían las calendas, que formaban parte del sistema de división temporal de los romanos. El origen de esta expresión se atribuye al emperador Octavio Augusto.

do la papelera situada frente a él. Reconoció de inmediato el ritual canino que precede a la inminente impronta de orina sobre el mobiliario urbano. Sin perder detalle del evento, pensaba en cuál sería la mejor opción. La primera era la que le pedía el cuerpo: darle una patada con carrerilla empleando toda la fuerza que le nacía de la repulsión. La otra alternativa era fruto de la táctica y la estrategia. Consistía en acercarse a su objetivo con la serenidad de un banderillero, buscar la precisión del golpe y ajustar bien el ángulo para que cogiera altura, ganando así el máximo número de metros. Descartó la primera al sopesar la posibilidad de despanzurrar al animal en el envite, porque no estaba dispuesto a adornar sus Bikkembergs blancas con pedazos de distintos órganos internos caninos. Así, al final de su debate interior, estaba prácticamente seguro de que podría superar con creces la altura de la fuente golpeando con la fuerza adecuada en la caja torácica. Solo le quedaban por disipar algunas dudas razonables: por un lado, si el animal moriría en el momento del despegue o al tocar tierra; por otro, si el chillido del chucho amortiguaría el sonido del crujir de sus costillas. Cuando el caniche terminó de marcar el territorio, ajeno al peligro, le dedicó una mirada de desprecio al tiempo que iniciaba, con suma arrogancia, un trote altivo hacia su dueña.

—Si tú y yo estuviéramos solitos, no me mirarías de esa forma, estúpido chucho disfrazado de oveja. Ahora estarías bien reventado por dentro y con tu sucia lengua por fuera —aseguró dejando escapar el humo de la última calada.

Algo frustrado y aburrido de ver carreras de madres con carritos y niños disfrazados de domingo, se levantó del banco en busca de la salida. En el camino, se cruzó con el busto de

Rosa Chacel y se paró a mirarlo. Siempre le había llamado la atención, no sabía por qué. Se quitó las gafas de sol y le declaró con rotundidad:

—*Deus dedit, Deus abstulit*[3]. ¿Verdad, doña Rosa?

Paseando por los senderos del Campo Grande, de regreso a casa, algo inesperado le hizo detenerse en seco. Unos tres metros delante de él, un pavo real estaba cruzando el sendero. Los había visto cientos de veces, pero este era especial y parecía querer decirle algo. Tenía el cuello azul turquesa, brillante, y una enorme cola verde que arrastraba por el suelo con la elegancia de una modelo de sangre azul. El animal se detuvo, le miró y, repentinamente, extendió la cola mostrando decenas de ojos azul turquesa y verde que parecían estar diciendo: «Te hemos visto». Durante esos segundos, sintió algo raro parecido al miedo recorriéndole el cuerpo. Se quedó paralizado ante el pavo real sin poder dejar de mirar a todos aquellos ojos acusadores. Pasados unos segundos que se le hicieron eternos, el ave recogió la cola y emprendió la marcha buscando encontrarse con miradas, gustándose.

Se perdió por la acera de Recoletos, pensativo, algo intranquilo, casi malhumorado.

---

[3] Expresión latina que se traduce al castellano como: «Dios lo dio, Dios lo quitó».

A GRANDES RASGOS, PODRÍAS SER TÚ

Comisaría de distrito
Barrio de las Delicias (Valladolid)
12 de septiembre de 2010, a las 15:44

A pesar de que las dependencias policiales de Delicias eran relativamente nuevas y razonablemente confortables, el inspector Sancho trataba de pasar el mínimo tiempo posible en su interior, como haría un adolescente en el hogar del jubilado. Sujetándose la cabeza con la mano izquierda, se masajeaba las sienes como queriendo acelerar su actividad neuronal para completar, por tercera vez, la lectura del informe de la autopsia. Con la derecha, cuando no tenía que pasar una página, se tiraba sin miramientos de los pelos de su pelirroja y, cada vez más, tupida barba.

«¿Qué tenemos? —se preguntó cerrando los ojos—. Tenemos un cadáver sin párpados debidamente identificado, la autopsia, el informe de la científica, que nos va a aportar más bien poco, un poema y muy poco tiempo. Tenemos un marrón de la hostia», concluyó.

Con una mueca de rechazo, sacó del informe el folio siete, en el que estaba transcrito el poema. Dejó las otras hojas en la bandeja y se dispuso a leerlo de nuevo; esta vez, por partes y tratando de dejar a un lado sus prejuicios para poder así sacar conclusiones. Cogió un bolígrafo y empezó a recitar despacio, subrayando aquellas palabras que, en su opinión, tenían un mayor peso emocional: «lujuria», «fidelidad», «ira», «mentira». Mientras tanto, hacía anotaciones en los márgenes: «El asesino debía de conocer a la víctima», «El autor parece muy dolido por sus mentiras»...

«Tanto como para matarla y arrancarle los párpados. ¡Pufff! —resopló—. No creo estar yendo por el camino correcto».

En ese momento, recordó las palabras que tantas veces le había repetido su padre: «Si no sabes cómo seguir, mejor no sigas».

Sonó el móvil que tenía sobre la mesa y lo cogió al instante, sin mirar.

—Sancho.

—Buenas tardes, soy Mejía.

—Buenas tardes, comisario.

—Me acabo de enterar de todo. Este fin de semana me tocaba ir al pueblo de mi mujer y allí, entre tanta montaña, no hay ni una pizca de cobertura. No te llamo para hincharte las pelotas con preguntas, te llamo solo para saber si necesitas algo y si mañana podemos sentarnos a última hora de la mañana a ver en qué punto estamos y por dónde tiramos.

—Por supuesto, mañana me paso por tu despacho. Espero tener algo consistente por donde empezar para entonces.

—Muy bien, Sancho. Insisto, no dudes en llamarme si necesitas cualquier cosa, a la hora que sea. ¿Estamos?

—Estamos. Muchas gracias y hasta mañana.

—Por cierto, anota este nombre y número de teléfono de una persona que nos puede ayudar con ese poema. Se llama Martina Corvo, es la hija de un buen amigo mío.

Sancho tomó nota y colgó. Se pasó la mano por el mentón y pensó que quizá debería rebajarse la barba con la maquinilla. Sentía que algo importante se le estaba escapando. Era como hacer el maldito cubo de Rubik, ese que requería mucha más paciencia de la que le tocó a él cuando la repartieron. Llegados a un punto, tratar de colocar una pieza en su sitio implicaba irremediablemente descolocar otra. Eso hacía que se le encendiera la mecha de la frustración, que en el inspector era más bien corta.

Recordó que esa sensación ya la había sufrido cuando tuvo que enfrentarse a su primer caso de homicidio en Valladolid. Era junio de 2007, y apenas llevaba cuatro meses al frente del grupo. En el barrio de Girón, un joven de unos treinta años reconocía haber matado a su padre con una katana. Según declaró, lo había hecho en defensa de su hermana, que estaba siendo acuchillada por su propio padre mientras dormía la siesta en el piso de arriba. Todo parecía encajar una vez se comprobaron los problemas del cabeza de familia con el alcohol y los maltratos que habían sufrido durante años todos los integrantes de esa familia. No obstante, en el momento en el que se marchaba de la vivienda donde habían ocurrido los hechos, tuvo esa impresión de estar colocando piezas del cubo que no eran.

«Normalmente, cuando todo encaja con tanta facilidad es que alguien está poniendo la masilla», razonó.

A los pocos días, gracias al trabajo de la científica, se confirmó que había sido el hijo, con graves problemas psicológicos, quien había matado primero a su hermana con un cuchillo y, posteriormente, a su padre con la katana.

Sancho aprendió entonces a no dar nada por sentado sin tener las pruebas incriminatorias que permitieran a un juez dar por resuelto un caso de homicidio. Existía un principio básico: estaban terminantemente prohibidas las construcciones gramaticales que empezaran por «y si...». No se admitían hipótesis ni conjeturas basadas en corazonadas, solo valía una fórmula: si la suma de pruebas o indicios multiplicada por un móvil es mayor o igual que la coartada del sospechoso, el resultado es la imputabilidad, y solo entonces se cursaba la orden de detención. Le vino de nuevo a la cabeza otra de las frases de cosecha paterna: «Piensa con la cabeza y decide con el estómago, deja el corazón para las mujeres».

Abrió una botella de agua y buscó en archivos comunes las fotos que, a buen seguro, ya debían de haber subido sus compañeros de la científica. Efectivamente, allí estaba la carpeta con ciento setenta y cuatro fotos tomadas en el lugar donde se halló el cuerpo. Empleó cuarenta minutos para verlas con detenimiento, pero no encontró nada que le llamara la atención. El cuerpo estaba boca arriba, con las piernas recogidas hacia el lado derecho y los brazos extendidos en cruz. Todo parecía indicar que el asesino había llevado el cadáver hasta allí y lo había dejado caer encima de los matorrales, quedando así parcialmente oculto.

«Está claro que el asesino quería que la encontráramos pronto —pensó—, y eso no me gusta una mierda».

Tras ver las fotos, agarró el teléfono y marcó la extensión de Mateo Marín, de la Policía Científica. Antes del segundo tono, ya había descolgado.

—Sancho, buenas tardes, estaba esperando tu llamada.

—Buenas tardes, Mateo, ya tengo el informe de la autopsia. ¿Cómo vais con el vuestro? Debería remitírselo cuanto antes a la juez Miralles, que es la encargada de la instrucción de este caso.

—Lo estamos rematando, ya hemos descargado las fotos del lugar en el que fue encontrado el cadáver. ¿Las has visto? —preguntó Mateo.

—Más veces que la lata azul de Nivea, pero no me dicen nada. ¿Las has hecho tú?

—Así es, este fin de semana me tocaba estar de guardia. Es lo bueno de las fotos, que dicen lo que tienen que decir. En este caso concreto, poco o nada. Lo único de lo que estamos seguros es de que fue asesinada en un lugar distinto a donde la encontramos.

—Sí, eso está claro. ¿Habéis encontrado indicios que nos lleven a la localización del lugar en el que se cometió el crimen?

—No. Aún no tenemos nada más allá de las simples conjeturas, aunque todavía debemos analizar la ropa de la chica por si encontramos un punto de partida. A la espera de recibir el informe del laboratorio, es lo único que nos queda por saber.

—Mateo, necesitamos los resultados cuanto antes. Haced lo que entendáis oportuno.

—Salcedo ya está en ello.

—Estupendo. ¿Había algo más en la bolsa en la que estaba el poema?

—Sí, claro, restos de saliva de la víctima, pero ni una sola huella. Nada.

—Sobre el instrumento con el que le cortó los párpados, ¿habéis conseguido averiguar de qué se trata?

—Lo único que sabemos es que se trataría de una especie de tijera bien afilada. Por lo precisos que son los cortes que presenta y la forma de los mismos, el instrumento tiene que ser de hoja curva.

—¿Y qué tipo de tijera es esa?

—Yo diría que alguna de las muchas que se emplean en jardinería —aventuró Mateo.

—Estupendo, un poeta psicópata aficionado a la jardinería. ¡Cojonudo! ¿A qué hora está registrada la llamada al 112?, ¿qué unidad acudió primero? Y ¿cuánto tardó?

—La llamada se registró a las 8:32. El primero que se personó en el lugar fue el agente Navarro, de la Unidad Motorizada, sobre las 8:45. Viendo el percal, avisó de inmediato a comisaría. En el lugar de los hechos se tomó declaración a un tal Gregorio Samsa, pero se encontraba muy nervioso y, por tanto, habrá que citarle de nuevo.

—¡Venga ya!, con Dani Navarro comparto frío en la grada de Pepe Rojo, hablaré con él. ¿Algo que destacar de lo poco que dijera Samsa?

—Nada. El tío suele correr por allí los fines de semana y tuvo la «suerte» de encontrarla. Llamó al momento al 112.

—Bien, a ver si está más tranquilo cuando le llamemos a declarar y recuerda algo de interés. Todavía no me ha dado tiempo de ir a reconocer el lugar. ¿Habéis analizado cómo llevó el cadáver hasta allí?

—Todo parece indicar que cargó con el cuerpo y lo arrojó donde lo encontramos.

—Si eso es así, tuvo que aparcar en un lugar cercano y cargar con el cuerpo hasta esos matorrales. ¿Habéis encontrado alguna huella de pisada profunda sobre la que ponernos a trabajar?

—Pues no. El problema es que toda esa zona está en obras por la construcción del puente de Santa Teresa, y hay cientos de huellas de vehículos y pisadas.

—¡Hay que joderse! —soltó frustrado—. Aunque, si te digo la verdad, me esperaba que dijeras eso después de ver las fotos. Supongo que no había vigilancia nocturna de las obras, ¿verdad?

—No, no había.

—De puta madre.

El inspector hizo una pausa de unos segundos y siguió preguntando:

—Mateo, en el escenario de un crimen el asesino siempre se lleva algo y deja algo. ¿Es posible que no vayamos a encontrar nada en este?

—Con franqueza, en este lugar, a no ser que demos con algo inesperado, yo diría que poco más podemos sacar en claro. Salcedo y yo llevamos varias horas revisando una y otra vez las fotos sin ningún resultado. Hasta que no demos con el escenario del crimen no creo que encontremos nada incriminatorio. Lo siento, me gustaría poder decirte otra cosa.

—Ya, bueno. Las cosas están así, pero confiemos en aquello de que la esperanza es hija de la paciencia. Por favor, avísame si encontráis algo nuevo. ¿De acuerdo?

—De acuerdo —repitió meditando la última frase de Sancho.

—Gracias, Mateo, ya hablamos.

—Hablamos.

—Va a ser un día largo —predijo en voz alta el inspector justo antes de que sonara el teléfono de sobremesa.

—Sancho.

—Ya estamos todos —le informó Matesanz—. Bueno, falta Arnau, que se encuentra fuera de Valladolid volviendo de una boda.

—Gracias, Matesanz, dadme unos minutos y subid.

Colgó el teléfono con cierta desgana e hizo unas anotaciones en su cuaderno. Había que ponerse manos a la obra de inmediato. Las primeras horas eran claves en un caso de homicidio, por lo que resultaba de vital importancia acertar de lleno con el enfoque de la investigación. Como añadidura, este que les acababa de caer encima iba a ser como un dulce para los medios de comunicación, y eso siempre generaba una presión que en nada favorecía el trabajo policial. Tenían que moverse muy rápido y ser muy ágiles en los procedimientos.

Por el pasillo, empezó a escuchar las voces de los integrantes del grupo de Sancho, cinco agentes y dos subinspectores. Según iban entrando por la puerta de las dependencias del Grupo de Homicidios, el silencio empezó a ganar la batalla al murmullo y, cuando tomaron asiento, ya solo se escuchaba el molesto parpadeo del fluorescente que se debatía entre la vida y la muerte. El inspector se levantó para dirigirse a su equipo:

—Buenas tardes y gracias a todos los que habéis venido fuera de turno, el asunto así lo requiere. Supongo que ya sabréis que nos encontramos ante un homicidio que se sale de los parámetros habituales, y que tenemos que tratarlo con la máxima diligencia para evitar que nos estalle en la cara a todos. Voy al grano con lo más relevante de lo poco que tenemos hasta ahora. Ya tenéis a vuestra disposición el informe de la autopsia, y en breve estará el de la científica.

El tono de Sancho sonaba más áspero y profundo de lo normal, carraspeó para aclararse la voz y continuó hablando:

—Sobre las ocho y media de esta mañana, un tipo que hacía *footing* por el parque Ribera de Castilla ha encontrado el cadáver mutilado de una joven de origen ecuatoriano. Según la autopsia, el homicidio se produjo entre las tres y las siete de la mañana de hoy. La víctima murió por estrangulación antebraquial y, posteriormente, le cortaron los párpados con algún tipo de instrumento de hoja curva; posiblemente, con unas tijeras de jardinería. No se han encontrado los párpados —concretó—. La necrorreseña de los de la científica ha certificado la identidad de la víctima, que figura detallada en el informe. También aseguran que el homicidio se cometió en otro lugar, y que luego fue llevada a donde se encontró el cadáver; por cierto, bien cerca de la dirección en la que vivía la chica con su madre. La mala noticia es que no se han encontrado huellas de ningún tipo ni otros indicios que arrojen algo de luz sobre la identidad del asesino. No hay testigos hasta el momento, y para los resultados del laboratorio nos hemos encomendado a san Salcedo. A ver si podemos tenerlos en una semana.

Sancho se quedó unos segundos dubitativo mientras se pasaba la mano por la mandíbula antes de retomar la palabra.

—Bueno, quizá la peor noticia no sea que no tengamos por dónde empezar a buscar, nos ha pasado más veces. La peor noticia, sin duda, es que el asesino nos advierte en un poema que va a volver a matar. Tenéis el poema en el informe.

—¡Sus muertos! —exclamó el agente Gómez—. ¿En serio que el mal parido se nos ha marcado unos versos?

Carlos Gómez llevaba solo dos años en el cuerpo de Homicidios de Valladolid, le habían trasladado desde algún punto de la provincia de Sevilla por motivos familiares y arrastraba un dejo andaluz cuyo origen era tan difícil de concretar como de entender.

—Y tan en serio, Carlos, y no estoy yo para mucha «joda» esta tarde de domingo.

—Disculpe, inspector, solo una cosa más —insistió—. ¿Y dónde dice que se encontró ese poema?

—No lo he dicho. En la boca de la víctima, dentro de una pequeña bolsa de plástico. Subinspector Matesanz —continuó hablando—, te encargas junto con Garrido y Gómez de remover el entorno de la víctima. Hablad con la familia, los compañeros de trabajo, los amigos, vecinos, etcétera. Nos interesa principalmente conocer ese lado oculto que todos tenemos. Mirad qué sacáis de las amigas, la rutina diaria y de fin de semana, aficiones declaradas y no declaradas. Averiguad si tenía novio, exnovios o amigos con derecho a roce. Comunicaos con los de GIT para poner patas arriba su Facebook, Tuenti, Twitter o lo que tuviera. Que revisen el registro de llamadas del móvil. Necesitamos saber cómo era realmente esta chica y por qué ha terminado muerta y sin párpados en un parque de nuestra ciudad.

—¿Hemos descartado que se trate de un asunto de bandas latinas? Lo digo por la mutilación del cadáver, esto es muy propio de su modus operandi —expuso la agente Montes.

—Yo diría que hay pocas posibilidades, pero no descartamos nada en absoluto hasta que no lo hayamos investigado. Buen apunte, Carmen, trabaja en esa hipótesis.

—De acuerdo, inspector.

—Otra cosa —prosiguió Sancho—, que alguien se acerque al funeral, que está previsto para las 12:30 de mañana en la iglesia de San Martín, a ver qué encontráis, y traednos buenas imágenes, por favor. Si tenía un novio o un exnovio, quiero que le traigáis a declarar. No como detenido, sino como colaborador de la investigación. ¿Está claro esto último, Garrido?

—Por supuesto —masculló Garrido visiblemente molesto.

Jacinto Garrido era otro veterano. A sus cincuenta y cuatro años, creía estar de vuelta de todo y había tenido algún que otro roce con Sancho que el inspector había resuelto por la vía rápida. Era de la vieja escuela, se aferraba a su Star 28 PK porque era la de siempre, no porque el arma reglamentaria Heckler & Koch, modelo USP Compact, le pareciera peor. Era un auténtico tocapelotas y carecía en absoluto de mano izquierda. Ahora bien, era un buen investigador y tenía informadores en cada rincón de la ciudad; por eso, seguía siendo una pieza clave en el Grupo de Homicidios.

—Sigamos —dijo sin dejar de mirar a Garrido—. Subinspector Peteira, quiero que tú te encargues, junto con Arnau y Botello, de rebuscar en el escenario en el que fue encontrada y alrededores. Tenéis las fotos y el informe de la científica. Patearos bien el lugar. Buscad testigos, alguien tuvo que ver un coche o a una persona que le llamara la atención. Revisad el circuito de cámaras de la zona por si hubieran registrado algo extraño. Si necesitáis autorización, comunicádmelo de inmediato para solicitar la orden a la juez Miralles. Mirad en los archivos, a ver si tenemos suerte y encontramos fichados con antecedentes que vivan en la zona, enfermos mentales, drogadictos violentos y demás fauna peligrosa. ¡Ah, otra cosa! Hay que citar a declarar al tipo que tuvo la mala suerte de encontrarse con el cadáver, esperemos que aporte algo nuevo. ¿Alguna duda hasta aquí, muchachos?

—Ninguna —corroboró Matesanz.

Peteira asintió.

—Pues a trabajar, hoy toca sobredosis de café. Os quiero a todos en la calle en menos de una hora, que se nos echa la noche encima. Mañana a las 16:00 os veo a los dos en mi despacho —dijo señalando a los subinspectores—. Quiero insistir en algo muy importante, aunque no creo que haga falta. El tema de la mutilación terminará trascendiendo a los medios antes o después, lo ha visto demasiada gente. Tratemos de aplazarlo al máximo, pero lo que no podemos permitirnos bajo ningún concepto es que el asunto del poema y su contenido salgan a la luz. No quiero ni imaginarme la alarma social que eso provocaría en una ciudad como esta y lo mucho que alimentaría el ego de nuestro anónimo poeta. Para terminar, ya sabéis que si el tiempo juega siempre en nuestra contra, hoy es nuestro peor enemigo. Podemos con esto y con más, que talento y talante se conjugan con tiento y aguante.

Barrio de Covaresa

Algo más tarde, el anónimo poeta salía de la ducha con la misma euforia que le había acompañado durante toda la jornada. No era la primera vez que se sentía tan pletórico, pero esta vez tenía sobrados motivos. Ya se había olvidado del malestar que le había causado el encuentro con el pavo real, y solo pensaba en disfrutar del momento. Desnudo, llegó al salón buscando su iPad, desde el que controlaba a través de Airplay el equipo de sonido que tenía repartido por toda la casa. Abrió una de sus listas de reproducción de Spotify y pinchó en Nacho Vegas, *Gang bang*. Subió a tope el volumen y se encendió un Moods. No fumaba otra cosa desde que descubrió esos puritos hacía ya algunos años, aunque últimamente le irritaba comprobar que el consumo de esta marca había crecido considerablemente. Con los primeros acordes del vals, y sujetando el cigarro con los dientes, quiso hacer del salón su pista de baile particular. Brazos en alto, se contoneaba tratando de acompasar su cuerpo desnudo con la música, y subía y bajaba de las sillas del comedor mientras cantaba.

Hay cerca del Damm
cuatro putas que bailan un vals
detrás del cristal y se puede sentir
el sudor fuerte desde Berlín.

Tú allí en soledad,
una lluvia muy fina golpea tu cara,
resbala en tu piel y a la vez

se ilumina un cartel ofreciéndote…
Libertad y sordidez, todo a un precio
que un hombre moderno ha de ser capaz
de pagar una vez que la noche echa a andar.

¿No lo ves? Tu carne es más pálida.
¿No lo ves? Tu alma es más gris.
Si no pierdes al fin la razón, sabrás
que no hay más que una solución…

Se paró frente al espejo del vestíbulo y exhaló lentamente el humo del tabaco hacia su propio reflejo emulando a Marilyn. Al llegar al estribillo, se quitó el cigarro de la boca para gritar:

¡¡Cas-tra-ción!!
Y todas las cosas que hice mal
se vuelven hoy a conjurar… contra mí.
¿Cómo he llegado a esto? No lo sé.
Tan lúcido y siniestro…
Pero sé ¡que no lo sé!
Y un hombre de traje me invita a pasar…
Gang bang
Gang bang
Gang bang

—¡Cojones! —gritó frenéticamente con los puños cerrados mientras arqueaba la espalda hacia atrás—. ¡Qué bueno!

Se incorporó para dirigirse a la cocina a paso de legionario. Una vez allí, abrió el mueble donde sabía que iba a encontrar la copa adecuada para servirse su gin tonic de Hendrick's con Fever Tree. Con su vaso de borgoña, sus hielos de agua mineral y su lima sobre la encimera, siguió cantando las últimas estrofas de *Gang bang* preparándose para el ritual.

> *Y si viviera una vez más,*
> *me volvería a equivocar... otra vez.*
> *Sí, no te quepa duda, no, hasta la locura*
> *y hasta el dolor.*
> *Y un hombre de traje me invita a pasar.*

Llenó la copa hasta arriba de hielo, cortó la cáscara de la lima con cuidado de no llegar hasta la peptina y la dobló contra el borde del vaso. Abrió la botella de Hendrick's y se la colocó entre las piernas mientras tarareaba los últimos «lararara, lararara» de la canción. Cuando se vio reflejado en el cristal del microondas, soltó una carcajada nerviosa y estridente.

Se gustaba. Escanció la ginebra sobre la copa repleta de hielo, contó tres segundos y no vertió ni una gota más. Abrió la tónica y la empezó a soltar muy despacio, apenas un hilo continuo que fue llenando la copa lentamente hasta el borde. Se la llevó al salón y la dejó reposar sobre la mesa para sentarse en su sillón; el tacto del cuero era de los pocos roces que admitía sobre su piel. Seguía sonando Nacho Vegas; agarró la copa y le dio un trago.

—Esto es un gin tonic —dijo reclinándose en el sillón—, y no las mierdas que dan por ahí, cabrones.

Con todo preparado para hacer un viaje a su hipocampo y sumergirse en sus recuerdos más recientes, fue haciendo crujir uno a uno los nudillos de sus manos. Era una práctica habitual que realizaba de forma inconsciente cuando se encontraba o muy relajado o alterado en exceso. Siempre seguía el mismo procedimiento: empezaba por el dedo índice de la mano izquierda; totalmente extendido, lo empujaba hacia atrás con la palma de la mano derecha hasta que conseguía liberar los gases acumulados en el líquido sinovial de sus nudillos provocando ese chasquido tan peculiar. Uno tras otro, iba logrando sus ocho primeros objetivos dejándose los pulgares para el final. Finalmente, escondía estos en el puño y empujaba con el dedo corazón hacia dentro hasta lograr el sonido más enérgico de todos; primero, el izquierdo, y luego, el derecho.

Planificación, procedimiento y perseverancia, las tres «pes» eran infalibles, esa era la fórmula. Así se lo había enseñado él, así lo había aprendido y, gracias a ello, había conseguido encontrarse a sí mismo.

Hizo la primera parada de su recorrido por la memoria en el Zero Café, su garito preferido y el único sitio donde, según él, ponían buena música en todo Valladolid. Allí podía disfrutar de las canciones de Depeche Mode, Héroes del Silencio, Rammstein, Placebo, Solar Fake, Muse, U2, The Cure, Marilyn Manson, VNV Nation, REM, Apoptygma Berzerk y otros muchos que nada tenían que ver con la basura comercial que sonaba en el resto de bares de copas de la ciudad. Su sensibilidad y dependencia musical eran tales que se había autoimpuesto una norma que cumplía a rajatabla: marcharse del bar en el que estuviera en el momento en que se escuchara el *Voy a pasármelo bien*, de los Hombres G. Detestaba la tan manida música española de los ochenta y huía de ella como de la cabeza de un tiñoso.

La atmósfera del Zero Café era única, cálidamente sombría. Detalles de luz roja cargaban de energía las zonas muertas, mientras que destellos de luz azul rompían tímidamente el espacio del bar creando rincones donde antes solo había oscuridad. Los candelabros sobre la barra y las lámparas colgando del techo le daban un toque gótico que rozaba lo siniestro. Las paredes estaban revestidas con ladrillo caravista, y el suelo era de madera con azulejos insertados, creando composiciones al más puro estilo medieval. Ese contraste de luces y sombras, aderezado con la música, dotaba de vida al Zero Café. Lo consideraba más acogedor que su propio salón. Las copas eran buenas, nada de garrafón, y lo frecuentaba bastante desde que lo descubrió, hacía más de tres años. Casi siempre solo y a partir de cierta hora. Esa noche llegó algo más temprano de lo habitual. Estaba cansado de las vacías charlas que mantenía con sus pseudoamigos. Quedaba con ellos solo por seguir teniendo contacto con la realidad exterior y no perder la perspectiva. Como venía siendo habitual, el tema principal de conversación volvió a ser el Mundial de Fútbol que había ganado España hacía ya tres meses. Aunque detestaba el fútbol y todo lo que lo rodeaba, podía llegar a entender la locura colectiva de cientos de miles de personas para las que ser campeones del mundo era el logro más importante para un país. Así, esa noche, más aburrido de lo habitual y con un simple «Tíos, me piro a casa, que mañana tengo mucho curre», se marchó a su refugio. Tampoco nadie trató de convencerle para que se quedara.

En el Zero Café conocía al pincha, Paco *Devotion*, seguidor incondicional de Depeche Mode, cuyo parecido físico con el vocalista y líder del grupo, David Gahan, era apreciable. Para legitimizarlo, se había tatuado en el hombro izquierdo una cruz griega tribal con un ojo en el centro, idéntica a la que lucía el cantante. Conocía también al camarero de toda la vida, Luis, con quien, atraído por su agudeza verbal, guardaba una buena relación. Entre los dos habían dado buena cuenta, a base de chupitos, de muchas de las botellas de tequila que se consumían en el Zero. Allí pasaba las horas observando, disfrutando de la buena música y bebiendo.

Conservaba muy frescos los recuerdos de la pasada noche. Según abrió la puerta, se dio de bruces con el vídeo de The Cranberries, *Promises*. Acababa de empezar y, gritando las primeras estrofas con el brazo derecho en alto, se fue adentrando en el bar.

You better believe I'm coming.
You better believe what I say.
You better hold on to your promises.
Because you bet, you'll get what you deserve.

Se acercó a la barra sin dejar de mirar el vídeo y, girándose hacia Luis, le pidió un gin tonic de Hendrick's. Habría visto aquel vídeo más de veinte veces. No tenía nada que ver con la letra de la canción, pero le encantaba. Una especie de bruja perseguía a un vaquero vestido de blanco mientras Dolores O'Riordan, subida con los otros miembros del grupo en un depósito de agua, rompía su voz bajo un ritmo brutal de guitarras y percusión. Siguió gritando la letra de la canción a todo lo que le daba la voz. Algunos de los que estaban en el bar ya le dedicaban miradas inquisitorias, pero poco le importaba mientras no le dirigieran la palabra; él seguía gritando:

Oh, oh, oh, oh, oh.
All the promises we made,
all the meaningless and empty words.
I prayed, prayed, prayed.
Oh, oh, oh, oh, oh.
All the promises we broke.
All the meaningless and empty words.
I spoke, spoke, spoke.

Cuando terminó la canción, ya casi se había bebido la copa y pidió otra.

—Esto no ha hecho más que empezar —le advirtió a Luis, que le devolvió una mueca de complicidad.

Con la segunda copa en la mano, buscó su sitio. Solía sentarse en alguno de los sillones de piel situados frente a la barra porque desde allí podía estudiar el comportamiento de la gente. Frecuentemente, se quedaba mirando absorto la réplica gigantesca de Tetsujin 28 Go que colgaba del techo. Ese enorme robot azul con expresión burlona dominaba todo el espacio aéreo del bar. El tal Tetsujin 28 fue el protagonista de una serie de dibujos animados manga de los años cincuenta, y se había convertido en un auténtico objeto de culto en Japón. De hecho, alguna vez había visto a turistas japoneses pidiéndole permiso a Luis para hacerle fotografías al bicho. En cierta ocasión, uno de esos frikis nipones le preguntó si estaba a la venta, a lo que Luis le contestó:

—Si le echas huevos para cargarlo hasta el avión, yo mismo te lo descuelgo.

Todo allí era especial, y estar colocado le permitía aceptar la presencia e, incluso, el roce físico con otras personas.

Se fijó en ella cuando bajaba las escaleras del servicio, venía de ponerse una raya que no sería la primera ni la última de esa noche. Sus grandes ojos negros y brillantes le llamaron poderosamente la atención. Le recordaban los de otra persona. A grandes rasgos, podría ser ella. Detuvo la mirada en su rostro y continuó bajando las escaleras sin cambiar el enfoque. Era de escasas dimensiones, y en su rostro se apreciaban ciertas características indígenas. Estaba sola, sentada en un sofá con las piernas cruzadas y mirando el móvil; nerviosa, como esperando una llamada. Se sentó de nuevo en su sitio, a pocos metros de ella. Quería cerciorarse de que no estaba acompañada, y cuando estuvo seguro de ello, fue a la barra a por otro gin tonic. Empezó a sonar *La sirena varada,* de Héroes del Silencio, y se le puso la piel de gallina. Lo consideró un buen presagio y supo entonces que tenía que intentarlo, ya encontraría la forma de justificárselo. Con la copa en la mano, puso rumbo fijo a su objetivo a velocidad de crucero.

Él se sabía bastante atractivo y resultón sin ser del todo guapo. Tenía aspecto de niño malote: frente estrecha y de ojos pequeños tan oscuros que podrían dar cobijo a varias especies de murciélagos; las cejas finas y ligeramente arqueadas hacían de esta zona de su rostro un imán para las miradas. La nariz, ancha en todo su recorrido, con el tabique ligeramente desviado y terminación asimétrica, labios gruesos y mentón cuadrado. El envoltorio de sus facciones era la barba de tres días sin recortar, su pelo negro peinado a lo *rock star* y su cuidada forma de vestir. Su voz algo ronca y en ocasiones forzadamente trémula, aderezada con altas dosis de ingenio, solía funcionarle en las distancias cortas. El alcohol y la cocaína, por su parte, le proporcionaban el coraje necesario para dar el primer paso al tiempo que acentuaban su locuacidad.

Se sentó a su lado y disparó el primer cartucho cuando ella levantó la mirada.

—Eso que tomas tiene que dejar una resaca muy mala, ¿no? —dijo subiendo algo la voz y forzando la sonrisa para mostrar sus hoyuelos.

Ella le miró sin ocultar su desconcierto. No era habitual que un chico se le acercara así para entablar una conversación. Tenía la piel morena y melena lisa, y sus ojos eran grandes, marcadamente rasgados y negros. Tardó unos segundos en contestar.

—Es vodka con granadina —respondió altiva—, y toda la resaca que me deje será bienvenida.

—Vaya, no he elegido un buen momento, ¿no?

—La verdad, no.

—Lo siento.

—¿Lo sientes? —cuestionó desconfiada—. ¿Por qué lo ibas a sentir?

—Porque para una vez que me lanzo a hablar con una chica como tú, resulta que no es el momento adecuado. Lo siento si te he molestado —dijo interpretando su papel.

—No me estás molestando, sucede que no estoy teniendo una buena noche.

—De verdad que lo lamento. Déjame confesarte algo: te llevo contemplando un rato y, finalmente, me he lanzado a hablar contigo. No es propio de mí, reconozco que no sé cómo hacerlo. Soy Leopoldo —se presentó extendiendo la mano—, pero mis amigos me llaman Poldy.

La chica seguía algo extrañada, pero ya sonreía dejando ver las imperfecciones de sus dientes color marfil.

—Soy Marifer, un gusto —le devolvió el saludo antes de dejarle continuar—, y no diría precisamente que esta es la primera vez que asaltas a una chica.

—Marifer, bonito nombre —mintió—. Te puedo asegurar que esto de entrar a las chicas no es mi fuerte. Disculpa, ¿puedo preguntarte de dónde eres? —inquirió para cambiar de tema.

—Nací en Ecuador, pero ya llevo seis años aquí, gracias a Dios.

—¿Y qué tiene que ver Dios en todo esto? —atajó Poldy al momento.

—Tranquilo, muchacho, es solo una expresión.

—Lo sé, disculpa, es que no creo que le debamos nada a ese Dios, es una fea manía que tengo. Así que llevas seis años en Valladolid.

—Así es. Bueno, muchacho, ¿y tú quién eres?

—Soy un caso extraño, tan fácil y tan simple y no sé expresarlo.

Marifer abrió su bolso para sacar el paquete de tabaco. Poldy le dio fuego antes de continuar hablando:

—Vienes poco por el Zero, ¿no? Me habría fijado.

—Es la primera vez —dijo ruborizada— y, si te digo la verdad, no sé ni qué hago aquí. Acabo de llegar, me he escapado del bar donde estaba con mis amigos sin decir nada. Odio estar tirada. Y tú, ¿vienes mucho?

—Sí, bastante. Es mi segunda casa o, mejor dicho, mi primer escondite —apostilló mientras fijaba su mirada en el infinito.

Relajado en su sofá, dio otra calada al purito. Se sentía orgulloso de lo sencillo que le había resultado que se tragara la historia del escritor fracasado, recién salido de una ruptura amorosa y que seguía luchando por abrirse hueco a codazos en el mundo editorial. Ella le contó lo aburrido que era trabajar de cajera en un hipermercado para confesarle después lo cabreada que estaba con el imbécil de su novio, que la había dejado plantada hacía unas horas para irse con sus amigos de fiesta. La decisión definitiva de continuar adelante la tomó en el momento en que ella le dijo que esa noche no tenía novio.

«Cojonudo», pensó.

No sería, precisamente, como lo habían planificado, pero en algún momento tendría que levantar el telón.

Tenía que demostrarse que era capaz. Debía demostrarle que estaba preparado.

Conseguir que Marifer se subiera a su coche tampoco fue difícil; en medio de la conversación, Poldy la interrumpió y, fingiendo la mirada más cálida e inofensiva que pudo, le dijo:

—Tengo el coche a cinco minutos de aquí, ¿quieres tomar la última en mi casa?

—Creía que no me lo ibas a pedir nunca, muchacho —le confirmó ella tirando el cigarro.

Seguían charlando de sus vidas cuando llegaron al destino. Para entonces, ella había eliminado de la ecuación a su novio y solamente pensaba en qué momento ese tal Poldy se iba a decidir a atacarla. Todavía no le había puesto la mano encima, y eso la excitaba. Durante el trayecto, se había desabrochado un botón de la blusa para descubrir su escote; conocía muy bien sus armas, y sabía cómo utilizarlas. No sería la primera vez que se acostara con un tío que hubiera conocido esa misma noche; no solía resultar bien normalmente, pero sentía algo diferente. Estaba convencida de que sería distinto con Poldy. No se equivocaba.

Como había planificado, aparcó en el garaje, con acceso directo a su vivienda. Los cristales tintados de su Toyota RAV4 le aseguraban discreción absoluta.

—No vives mal, ¿eh? —valoró ella bajando del coche.

—Sí, no me puedo quejar. Es la casa de mis padres. Ellos fallecieron en un accidente de tráfico hace dos años. Dinero no me falta, de lo demás me falta casi todo.

—Vaya, lo siento.

—Por aquí. Adelante, por favor. —Le indicó cortésmente el camino hacia las escaleras.

—Muchas gracias. ¿Qué tal se vive en este barrio, Poldy? —preguntó ella por preguntar.

—Desde mi punto de vista, Covaresa es la mejor zona de Valladolid —contestó él por contestar.

Una vez en el salón, la invitó a sentarse en el sofá mientras él se dispuso a preparar dos copas.

—¡Menudo salón tienes! —exclamó la chica recorriendo con la mirada los treinta metros cuadrados de la estancia.

El salón tenía tres zonas claramente diferenciadas. Frente a la puerta, tres grandes ventanas y una enorme alfombra de lana blanca. A la derecha, el comedor de corte clásico, y a la izquierda, la zona de reposo con dos sofás tapizados en piel blanca y orientados hacia la pared en la que estaba la televisión.

—Ahora que estás tú, me gusta mucho más —actuó interpretando el papel.

A falta de granadina, le sirvió un vodka con zumo de naranja. Para él, su gin tonic bien preparado. Cuando regresó al salón con las bebidas, tomó asiento en el mismo lugar en el que ahora se dejaba llevar por aquellas escenas que había vivido hacía solo unas horas. Conservaba muy nítidas las imágenes de aquellos minutos intercambiando preguntas y respuestas carentes de sentido. Cuando entendió que había llegado el momento de dar el siguiente paso, Leopoldo tomó la palabra:

—Marifer, lo confieso, llevo un rato casi sin escucharte. Me estoy reprimiendo las ganas de abalanzarme sobre ti. Todo esto es nuevo para mí, y necesito estar seguro de que quieres hacerlo.

—Claro que quiero hacerlo, muchacho. Solo estoy esperando a que des el primer paso —le insinuó ella tragando rubor y vodka.

En su sofá, se encendió otro purito para saborear la evocación de ese instante. Mientras daba vueltas a los hielos de la copa, masculló con desprecio:

—Zorra infiel, perdiste tu oportunidad de salvarte.

Sintió un leve escalofrío cuando se acercaba a las imágenes del último acto. Se sentía orgulloso de sí mismo por haberle otorgado la posibilidad de seguir viviendo, pero había llegado el momento que llevaba tanto tiempo esperando. Su momento. Estaba completamente seguro de que Marifer solo había dejado sus huellas en la copa, y eso tenía fácil solución. No tenía más que seguir adelante con el plan que había visualizado tantas veces. Estaba decidido.

Tras la respuesta afirmativa, se levantó despacio y, sin dejar de mirarla ni un instante, se acercó a ella y le susurró:

—Ni te muevas de ahí, morena —señalando con el dedo el sofá—, voy a poner el ambiente adecuado y te voy a pedir que cierres los ojos; es importante.

Marifer asintió con la cabeza.

Se dirigió al lado opuesto del salón, a la zona del comedor donde había dejado su iPad. Buscó en sus listados de Spotify. Rammstein, *Spieluhr.* Esa era la canción, ninguna otra. Lo había imaginado así en tantas ocasiones que le parecía estar viviendo un sueño. Sacó los guantes de vinilo que tenía preparados en el primer cajón del mueble.

—Sigues con los ojos cerrados, ¿verdad, preciosa? —preguntó elevando el tono para amortiguar el sonido de la goma mientras se los ajustaba.

Ella asintió con la cabeza sin decir palabra. Le dio al *play*, y se fue acercando despacio por su espalda con las manos escondidas detrás, por si acaso ella incumplía la promesa de mantener los ojos cerrados. Mientras caminaba, recitaba en voz alta el principio de la canción, unos versos en alemán que tenía grabados en la memoria y que poseían un significado muy especial para él:

Ein kleiner Mensch stirbt, nur zum Schein.
Wollte ganz alleine sein.
Das kleine Herz stand still für Stunden.
So hat man es für tot befunden.
Es wird verscharrt in nassem Sand.
Mit einer Spieluhr in der Hand.

A Marifer no le dio tiempo ni a extrañarse. Seguía inmóvil, con los ojos cerrados, las manos sobre las rodillas y una sonrisa expectante iluminando su cara. Cuando llegó a su altura, desde detrás del sofá, rodeó su cuello con el brazo derecho empleando toda la fuerza que le nacía del entusiasmo del momento. Le fascinó darse cuenta de que había sincronizado el ataque con los primeros golpes de batería y guitarra de la canción. Se ayudó con la mano izquierda sobre la muñeca derecha para aplicar más presión a la laringe de su víctima, e inclinó su cuerpo hacia ella para evitar que se incorporara. Marifer tardó en reaccionar. Trató de liberarse del brazo agarrándolo con ambas manos para separarlo de su cuello. Luchaba por ponerse de rodillas, y se retorcía sobre el sofá buscando una posición algo más ventajosa para resistirse. Cuando consiguió girarse hacia su derecha, apenas le quedaba aire en los pulmones que le diera fuerzas para luchar por su vida, y ni siquiera consiguió gritar. Los leves sonidos guturales que pudo emitir fueron neutralizados por el metal de Rammstein.

Él no cedió ni un ápice. Incluso, ejerció más fuerza cuando vio reflejada la escena en su pantalla de plasma de cincuenta pulgadas. Grabó aquella imagen en la retina. La cara de Marifer estaba algo amoratada, y sus ojos notablemente hinchados, prácticamente vueltos del revés. De entre las comisuras de sus labios empezaba a escaparse una espuma blanca que avanzaba lentamente hasta la barbilla, pero fue su propia expresión lo que más le llamó la atención. Se sorprendió a sí mismo sonriendo mientras se mordía la lengua doblada entre los dientes, con los ojos extremadamente abiertos y la vena que bajaba por su frente visiblemente marcada. Repentinamente, aparecieron las tan violentas como breves convulsiones que precedieron a la total relajación del cuerpo, ya sin vida, de Marifer. Unos segundos después, él soltó la tenaza y ella se desplomó.

La siguiente imagen que le asaltó fue la de sí mismo sentado de cuclillas al pie del sofá, mirando absorto el cuerpo inerte de Marifer, que había quedado boca arriba. Mientras, relajaba sus brazos de la tensión a la que habían sido sometidos. Estaba maravillado y satisfecho por lo fácil y limpio que había resultado todo hasta el momento. Él estaría orgulloso. Entonces, se percató de que Marifer se había mojado los pantalones.

Recordando ese instante, notó que estaba teniendo una erección y soltó una carcajada nerviosa.

Volvió a los recuerdos. Había llegado el tiempo de las explicaciones, y se acomodó para hablar al cadáver.

—Querida Afrodita, diosa de la belleza y la lujuria… —Iba a continuar, pero cortó la frase.

Había algo que no le encajaba en la situación. Marifer tenía los ojos cerrados, y le daba la sensación de que no le estaba prestando la atención que requería.

—Esto lo soluciono yo de inmediato —aseguró mientras se incorporaba.

Limpió los restos de espuma de la boca y tiró el papel higiénico al retrete. Después, cogió la copa que había utilizado Marifer y, una vez en la cocina, la tiró con fuerza dentro del cubo de basura, consiguiendo que se rompiera en cientos de trozos.

—¡Me encanta cómo se rompe el cristal bueno!

Volvió al salón y cargó con el cuerpo escaleras arriba hasta el baño. No sin esfuerzo, lo metió en la bañera con cuidado de que no se golpeara. Caminando deprisa, bajó al trastero a buscar las herramientas adecuadas. Las tenía preparadas, separadas del resto, porque sabía que tendría que utilizarlas antes o después. Encendió la luz y sacó el maletín que contenía los instrumentos necesarios para cuidar sus veintidós bonsáis. Era una de sus aficiones, heredada de su madre adoptiva, que tenía una pasión desmedida por esas miniaturas y les dedicaba más tiempo que a su propio hijo. Cuidar bonsáis tenía un efecto terapéutico sobre él, le ayudaba a cultivar la paciencia y controlar sus impulsos. Abrió el maletín y extendió las cuarenta y cinco herramientas sobre el tablón abatible que hacía las funciones de mesa. Tenía que dar con la que más se adecuara al trabajo que tenía que hacer.

Fue repasando en voz alta una a una:

—Tijera de poda fina, tijera de poda gruesa, tenaza cóncava fina, tenaza cóncava gruesa, tenaza cortatroncos, tijera podadora pinzadora, alicate cortante, desfoliadora, rastrillo *kumade, kuikiri*, sierra podadora, tijera puntiaguda fina, tenazas para Jin... ¡Aquí está! Esta es.

Cogió la vaciadora cóncava, una herramienta con la que podría hacer cortes precisos adaptándose a la forma del ojo. Sonrió, guardó el maletín y regresó apresuradamente al baño.

Nuevamente junto a la bañera, se sentó a horcajadas sobre el abdomen de Marifer. Con el índice y el pulgar de la mano izquierda, pellizcó el párpado superior de su ojo derecho para levantarlo. No quería dañar el globo ocular, por lo que agarró con delicadeza la vaciadora e hizo dos precisos cortes verticales, uno a cada lado, y un tercero horizontal estirando la piel con cuidado de no desgarrarla. Apenas sangró. Repitió la misma operación con el ojo izquierdo.

—Sublime —musitó maravillado cuando terminó el último corte.

Colocó ambos trozos de piel en una bolsa de tamaño reducido para congelar. Cortar los párpados inferiores parecía más complicado desde esa posición, por lo que se incorporó para agarrarla de los pies y tirar de ella hacia atrás; resultaría igual de fácil desde el otro lado de la bañera. Así lo hizo. Primero, el derecho, y por último, el izquierdo.

—Ahora sí. Estás perfecta, querida —le confesó a Marifer, de cuerpo presente.

Metió los párpados inferiores en la bolsita y la cerró. Acto seguido, se quitó los guantes con mucho cuidado de no mancharse con la sangre, los metió en la bolsa y cerró el precinto. La dobló en cuatro y se la guardó en el bolsillo del pantalón. Fue de nuevo al salón y tecleó en el Spotify *La sirena varada,* de Héroes del Silencio. Le dio a *Reproducir* y bajó un poco el volumen.

Se sentó con calma en el borde de la bañera y, mirando a los ojos totalmente descubiertos e inertes de la chica, empezó su discurso:

—Ya estás preparada para escucharme. Como te decía antes, querida Afrodita, te identifiqué nada más verte. Reconocí la lujuria reflejada en tus ojos. Saliste del mar dispuesta a cazar, disfrazada de sirena. Buscabas a tu Adonis, ¿eh? Pero salió mal, tus cantos de sirena atrajeron a Ares. Ahora estás a mi merced y permanecerás varada en la tierra. ¡Diosa de la impudicia, sierva de la lascivia! —clamó apuntando con su índice a la cara de Marifer.

De fondo, sonaba el estribillo de la canción:

Duerme un poco más,
los párpados no aguantan ya,

luego están las decepciones,
cuando el cierzo no parece perdonar.
Sirena, vuelve al mar
varada por la realidad,
sufrir alucinaciones
cuando el cielo no parece escuchar.

Se dirigió a la cocina de nuevo y se preparó un gin tonic con toda la calma del mundo. Tras sentarse en la mesa del salón, abrió un nuevo documento en Pages. Tenía que poner la guinda, ¿y qué mejor forma que un poema? Las palabras fluían y encajaban a la perfección. Prácticamente, no tenía que contar las sílabas; pensaba en endecasílabos. Los versos fueron saliendo uno tras otro, cumpliendo de forma escrupulosa con la métrica. Cuando lo terminó, lo leyó en alto, cambió algunas palabras y aseguró:

—Así está perfecto.

Apuró lo que quedaba del gin tonic y se puso de nuevo en marcha. El corazón le latía con fuerza, pero no estaba nervioso, era emoción contenida. En tres cuartos de hora, lo había terminado, impreso, recortado y metido en otra bolsa que había elegido a tal efecto. No podía demorarse mucho más, eran casi las cinco de la mañana y todavía tenía faena. Si algo salía mal, se le podía echar encima el amanecer.

Bajó apresuradamente al garaje, abrió el maletero del coche y colocó las cajas de cartón abiertas que tenía preparadas. Dejó la puerta del maletero abierta y volvió a subir a la carrera. De vuelta en la bañera, cogió el cepillo de uñas y, agarrando la mano de Marifer, se burló:

—¿A ver esas uñitas?

Cepilló con sumo cuidado las uñas sin agua ni jabón, a pesar de tener la certeza de que no había restos de piel ni tejido bajo ellas. Era parte del protocolo de limpieza que había dispuesto, y no pensaba saltárselo. Hacía poco, había leído en la prensa la revisión del caso llamado «el crimen de la maleta», ocurrido hacía dos años en Valladolid. Un hombre había matado a golpes a una mujer en el domicilio de la víctima y, al parecer, se había deshecho del cadáver metiéndolo en una maleta que luego arrojó a un pozo situado en una finca familiar. El hombre limpió el escenario del crimen, pero está claro que no debió de hacerlo correctamente, porque la policía encontró pruebas definitivas con las que le inculparon y condenaron a quince años de prisión. A él no le pasaría lo mismo, estaba seguro de ello.

Cuando terminó con el cadáver, agarró la vaciadora —en la que sí había sangre— y se dirigió a la cocina; puso a calentar agua en un cazo y la metió dentro. Volvió a la bañera y cargó con el cuerpo. Al llegar a las escaleras que conducían al garaje, notó que le temblaban las piernas.

—¡Cojones, pesa como un muerto! —se dijo con doble intención.

Finalmente, depositó el cuerpo con cuidado en el maletero. Se puso otros guantes y sacó la bolsita con el poema para introducírselo en la boca procurando no tocarle los labios. Le arrancó tres pelos. Volvió a subir, esta vez a la carrera, para guardarlos en un ejemplar de *Marinero en tierra*, de Rafael Alberti, que guardaba en su mesilla. Páginas ocho, dieciocho y veintiocho. Revisó la bañera y detectó algunos restos de sangre, muy pocos; en solo cinco minutos, el amoníaco primero y la lejía después se encargaron de eliminar cualquier vestigio incriminatorio. A continuación, volvió a la cocina para retirar del fuego el cazo con agua hirviendo, sacó la vaciadora y la secó con detenimiento. Hecho esto, tiró el agua y metió el cazo en el lavaplatos.

Bajó de nuevo al sótano, guardó la vaciadora en su sitio, se subió al coche y arrancó el motor. No puso música, no quería llamar la atención de algún vecino con insomnio. Condujo hasta el sitio donde había decidido que la encontraran, un lugar que conocía con detalle. No había tráfico, por lo que apenas tardó quince minutos en atravesar la ciudad de sur a norte. Miró el reloj del coche, marcaba las 5:48; todavía era de noche, pero en el cielo ya se podían ver los primeros intentos del amanecer por desgarrar el embalaje de la noche. Apagó las luces unos cuantos metros antes del lugar exacto y aparcó.

Había llegado el momento crucial, sabía que todo su trabajo podía irse al traste si se precipitaba. Esperó unos minutos buscando tranquilizarse.

—Ni un alma, como esperaba —observó todavía algo nervioso.

Ahora o nunca, tenía que ser cuestión de segundos. El emplazamiento que había previsto para dejar el cadáver estaba ahí, a menos de treinta metros. Sacó dos bolsas de plástico de la guantera con las que se recubrió el calzado y se bajó del coche para recorrer el camino que debía hacer cargado con el cuerpo. La zona estaba totalmente desierta y escasamente iluminada. Volvió al coche y, ya decidido, concentró toda su fuerza en brazos y espalda para cargar de nuevo con el cuerpo. En unos pocos segundos, recorrió la distancia que le separaba de la zona de los matorrales y lo dejó caer. Andando rápido, se subió de nuevo en el coche. Una última mirada de despedida y arrancó. Mientras metía primera, predijo con la voz entrecortada por el esfuerzo:

—Tranquila, Afrodita, te encontrarán muy pronto.

Buscó en su iPhone Depeche Mode, y seleccionó *Little fifteen*. Se empezó a escuchar la voz de David Gahan por los altavoces del coche, y eso le calmó.

Little fifteen, you help her forget.
The world outside, you're not part of it yet.
And if you could drive, you could drive her away
to a happier place, to a happier day.
That exists in your mind, and in your smile.
She could escape there, just for a while.
Little fifteen.

Desapareció en la noche.

Volvió a la realidad de su sofá y soltó muy lentamente el humo del Moods fijando su mirada en las formas azuladas que quedaban suspendidas en el aire antes de desaparecer. Tenía la sensación de haber culminado un trabajo perfecto. Terminó la copa, la dejó en la cocina y subió a su habitación. Desnudo, se metió en la cama y se dejó llevar por el sueño.

NUNCA HE CONFIADO
EN LOS LABIOS MUY FINOS

Comisaría de distrito
Barrio de las Delicias (Valladolid)
13 de septiembre de 2010, a las 7:54

A esa hora, había más intercambio de información en el vestíbulo de la comisaría de Delicias que en la oficina de un concejal de Urbanismo en un ayuntamiento costero. Los pocos que a esas alturas de la mañana no se habían enterado del caso mojaban la noticia en el primer café aprovechando la barra libre de hipótesis recién horneadas, dulces conjeturas crujientes y elucubraciones recubiertas de mermelada.

Sancho había conseguido dormir durante un tiempo reducidamente indefinido en el único sofá que merecía tal calificativo de los tres que había en las dependencias policiales, ese que tenía fama de ser más duro que incómodo y que arrastraba una oscura leyenda relacionada con fugaces encuentros amorosos pendientes de investigación. Sin embargo, el cerebro del inspector no había registrado descanso alguno en las últimas veintidós horas y diez minutos, y sí ligeras molestias de localizado origen lumbar. En realidad, se podría decir que había pasado casi toda la noche colgado del teléfono fijo y casi se podía leer la marca de su vetusto móvil impresa bajo la oreja izquierda. El pódium de llamadas recibidas había quedado establecido de la siguiente manera: bronce para Matesanz con tres llamadas, plata para Peteira con una más y, en lo más alto del cajón, el comisario Mejía lucía su medalla de oro con seis llamadas. En un caso así, la presión nacía en forma de huracán de categoría cinco y solía originarse en la Delegación del Gobierno. Después, tocaba la Jefatura Superior como tormenta tropical, tras lo que pasaba a convertirse en un fuerte aguacero cuando descendía hasta el comisario provincial. El comisario, entonces, aguantaba el chaparrón y, finalmente, llegaba hasta el inspector de homicidios como esa lluvia fina y constante que siempre terminaba calando a todo el grupo hasta los huesos si le pillaba desprovisto de un buen paraguas. Sancho era ese paraguas. Tenía muy asumido que aguantar la presión era una parte fundamental de su trabajo, pero no podía permitir que eso afectara a la investigación. Tenía que asegurarse de que su equipo se quedaba al margen de todo. No obstante, lo cierto era que se habían hecho muy pocos avances respecto a las primeras diligencias que tenía la juez de instrucción desde las 22:00 horas del domingo.

Sobre su mesa, un café con leche de máquina y un ejemplar del lunes de *El Norte de Castilla* cuyo titular rezaba: «Encontrada muerta una joven en el parque Ribera de Castilla», y continuaba: «El cadáver, que fue hallado en la madrugada del domingo e identificado con las iniciales M. F. S. S., presentaba signos de violencia. La autopsia practicada en la mañana de ayer confirmó que se trata de un homicidio». Sancho leyó con detenimiento la noticia que firmaba Rosario Tejedor. Por suerte, todavía no se había filtrado nada sobre las mutilaciones de la chica ni, mejor aún, sobre el maldito poema. Las restantes ediciones digitales manejaban la misma información, y no encontró comentario alguno de los lectores que le encendiera una bombilla. Confiaba en que el gabinete de prensa de la policía supiera lidiar con los medios de comunicación, aunque, a buen seguro, la juez Miralles ya habría decretado el secreto de sumario y eso siempre ayudaba. Evitar la alarma social era prioritario en aquel momento; más todavía si se encontraban ante un posible asesino múltiple, como todo parecía indicar.

Con la mirada perdida en el laberinto de letras de la primera página, recordó la psicosis que se había desatado en Madrid con el caso del asesino de la baraja allá por el año 2003. Alfredo Galán, un exmilitar frustrado con tendencias psicópatas armado con una Tokarev, causó el pánico en el extrarradio de la ciudad. El sujeto disparó sin motivo aparente a personas elegidas al azar que se encontraban esperando el autobús, en un bar o en plena calle. Lo que muy poca gente supo es que fue un periodista quien no solo le bautizó con el nombre de «el asesino de la baraja», sino que también dio la idea de los naipes al propio asesino. Resultó que, en el primer escenario del crimen, dicho periodista encontró un as de copas y concluyó por su cuenta, sin contrastar la información, que lo había dejado el autor del crimen y que esa era su firma. Esa misma tarde, Alfredo Galán volvió a matar; esta vez, a dos personas en un bar, pero no dejó carta alguna. Lo que sucedió, simplemente, es que los crímenes no se relacionaron entre sí en un principio. Tal y como luego confesaría, a Alfredo Galán le gustó mucho aquello de ser conocido e identificado con un nombre, y decidió alimentar esa circunstancia dejando un naipe en todas las escenas de los crímenes que cometería después. Así fueron apareciendo el dos, el tres y el cuatro de copas. Todo terminó cuando Galán se entregó en la comisaría de Puertollano ante la incredulidad de los agentes, que tuvieron que contrastar información no pública antes de dar por cierta la confesión del supuesto asesino. Aquellos seis meses fueron un auténtico tormento para la policía, y Sancho lo pudo saber de primera mano por un compañero que había participado en la investigación. Este le contó que había sido casi imposible trabajar dada la cantidad de pistas falsas, testimonios inciertos e imitadores que surgieron gracias a la repercusión que tuvieron en los medios los crímenes del asesino de la baraja.

Sancho lucubró: «Si esto sucedió en una ciudad como Madrid, no quiero ni imaginarme lo que pasaría en Valladolid si el tipo vuelve a matar y los medios consiguen relacionar los crímenes».

Sintió un escalofrío y se levantó como un resorte de su mesa. Miró la hora en su reloj de pulsera, las nueve y cuarto.

—Hora de salir a la calle.

Buscó el teléfono de la tal doctora Corvo, que le había recomendado el comisario Mejía, y que tenía anotado por algún sitio.

—Aquí está.

Quitó el pósit que estaba pegado en su cuaderno de notas, sacó el móvil y marcó el número. Al cuarto tono, escuchó:

—Doctora Corvo, buenos días.

—Buenos días, doctora. Soy el inspector Sancho, del Grupo de Homicidios de Valladolid. Me pongo en contacto con...

La voz le interrumpió:

—Sí, estaba esperando su llamada, inspector. De hecho, en estos momentos estaba anotando algunas observaciones sobre el texto que me hicieron llegar ayer.

—Estupendo, quizá le parezca un tanto precipitado, pero no tenemos mucho tiempo. Sería muy import...

La doctora volvió a interrumpirle:

—Sin problema, yo estoy en mi despacho de la Facultad de Filosofía y Letras, Departamento de Literatura Española, Teoría de la Literatura y Literatura Comparada. Venga usted cuando lo considere oportuno; hasta las cuatro, que empiezo mi primera clase, estaré libre.

—Muy bien. Pues, si le parece, salgo en estos momentos de la comisaría. En unos veinte minutos, estaré en su despacho —le informó mirando su reloj de pulsera.

—Lo dudo mucho, inspector. Disculpe, ¿cómo me dijo que se llamaba?

—Sancho. ¿Qué es lo que duda? —preguntó extrañado.

—Que le vea a usted en veinte minutos. Aquí es lo que se tarda en aparcar una vez que se llega.

—En veinte minutos nos vemos, doctora —confirmó—. Muchas gracias.

—Hasta luego, entonces.

Mientras conducía, iba dando vueltas a la arrogancia e impertinencia de la persona que iba a colaborar con el grupo para avanzar en un aspecto tan importante de la investigación.

—¡Hay que jo-der-se! ¡Una lista con gafas!

A los doce minutos desde que colgó el teléfono, Sancho ya había llegado al campus universitario, donde se encontraba la Facultad de Filosofía y Letras de Valladolid. Durante su época de estudiante, se localizaba en la plaza de la Universidad, compartiendo edificio con la de Derecho, en la que él estudiaba. Hacía ya unos cuantos años que la habían trasladado al nuevo campus, y era la primera vez que lo visitaba. Habían pasado quince minutos y ya estaba preguntando en conserjería por el despacho de la doctora; en cuatro minutos más, se encontraba frente a la puerta que lucía una placa con la inscripción «Dra. Corvo». Esperó un minuto frente a la puerta y llamó con los nudillos.

—Adelante, inspector —contestó una voz desde dentro.

—Permiso, doctora.

—Solo un segundo y estoy con usted. Siéntese, por favor. Por lo que veo, es usted una persona puntual —dijo la doctora sin levantar la mirada del folio en el que estaba haciendo anotaciones en rojo.

—Se intenta —respondió dejando asomar su resquemor.

Los tres minutos que pasaron hasta que la doctora Corvo dejó el rotulador rojo sobre la mesa fueron digeridos como treinta por el inspector. Aprovechó para hacer un cálculo aproximado de los libros que podrían albergar las estanterías que tapizaban toda la pared. Cuando sobrepasaba el primer millar, la especialista levantó la cara y se dirigió a su interlocutor con voz firme:

—Bien, inspector, ¿por dónde empezamos?

Sancho se quedó paralizado, trabado en los ojos de la doctora y no pasó de ahí. No era por su tamaño ni su color, no supo encontrar el porqué y solo acertó a responder:

—Por el principio —y según terminó de decirlo se arrepintió de haber pronunciado tamaña memez.

La doctora hizo un leve gesto de asentimiento con las cejas y repitió:

—Por el principio, a eso lo llamo yo simplificar las cosas. Veamos, entonces. A través de mi padre, mantengo cierta amistad con el comisario Antonio Mejía. Me llamó ayer al mediodía y me pidió que le echara una mano con un poema encontrado junto a una víctima de asesinato que había sido hallada hacía unas horas. Soy doctora en Psicolingüística, y eso le habrá llevado a pensar que podría ser de ayuda en la investigación. Ese es el principio, inspector.

Sancho oía las palabras, pero no escuchaba. Tenía toda su capacidad concentrada en su *gyrus fusiforme*[4] recopilando los rasgos faciales de la doctora. Edad, unos treinta años; rostro redondeado, de tez blanca sin maquillar; frente despejada y mejillas llenas; pelo largo, castaño oscuro, casi negro y brillante; ojos profundos color verde aceituna, perfilados en negro y rematados por unas cejas interminables; nariz gruesa y proporcionada; boca grande, de labios carnosos y bien definidos, dentadura perfecta. En su conjunto, una cara diferente, salvaje y tan erótica que había bloqueado la capacidad verbal del inspector.

—Ya —articuló tratando de procesar el mensaje de la doctora—. ¿Ha dicho psicolingüística?

—Eso he dicho, sí —confirmó fríamente ella.

—¿Y podría explicarme cuál es su especialidad? —insistió él sabiendo que no formulaba la pregunta correcta.

---

[4] Zona del lóbulo temporal en la que se almacenan los rasgos faciales que permiten a una persona identificar una cara.

—Podría decirle que, concretamente, es la psicolingüística, pero también soy especialista en no saber decir que no cuando me piden favores que me van a complicar la existencia.

La doctora hizo una pausa que al pelirrojo policía se le hizo eterna hasta que, finalmente, continuó hablando.

—Si lo que me pregunta es en qué consiste la psicolingüística, podría responderle de manera abreviada que es la ciencia que estudia la aplicación de una lengua en cualquiera de sus formas teniendo en cuenta los factores psicológicos.

—Entendido —aseguró Sancho, que ya empezaba a sentirse incómodo—. Si le parece, podemos centrarnos en el poema en sí.

Hizo ademán de sacar una copia, pero la mano de la doctora paró en seco su movimiento.

—No se moleste, tengo dos copias con anotaciones encima de la mesa. Si no le importa, utilizaremos estas.

—Sin problema.

—Siendo así, adelante. Lo primero que habría que decir —empezó a exponer la doctora poniéndose unas gafas de pasta negra que tenía encima de la mesa— es que el autor del poema no es conocido. Mejor dicho, ni el texto completo ni ninguna estrofa del mismo aparecen registrados en nuestras bases de datos. Esto me hace pensar que la autoría corresponde al que perpetró el crimen. Por el contenido del mismo, me inclino a pensar que es así.

—Entiendo. Damos por hecho que el autor del crimen pretende comunicarse con la policía a través del poema y para eso estoy aquí, para que nos ayude a interpretar lo que quiere decirnos.

—¿Es lector habitual de poesía, inspector? —preguntó la doctora de forma repentina.

—No, creo que nunca he leído poesía aparte de lo que me mandaban en el colegio —confesó Sancho sin ruborizarse lo más mínimo.

—Agradezco su sinceridad. Se lo pregunto porque, como punto de partida, hay que entender que la poesía es una de las formas de comunicación más complejas que existen, y cada interpretación que se haga del mensaje es tan subjetiva como válida. Dicho de otra forma, cualquier análisis de un poema es perfectamente aceptable, ya que podría decirse que el único que sabe con certeza el significado de cada palabra, de cada verso, de cada estrofa, es el propio autor. Realmente, si le soy sincera, inspector, no creo que les pueda servir de mucha ayuda. Mis anotaciones son puramente subjetivas y, por tanto, cabría la posibilidad de que no solo no le ayudaran, sino que le llevaran a seguir un camino equivocado.

—Gracias por la aclaración, ese es un riesgo que asumimos en cualquier investigación. Por otro lado, si Antonio Mejía recomienda que hable con usted es porque piensa que, de una forma u otra, nos puede servir de algo.

—Es posible que esté equivocado. No obstante, y ya que es usted tan perseverante, le voy a dar mis impresiones al respecto. —Hizo una pausa mientras colocaba los folios en su escritorio y prosiguió—: Como le decía, dado que el texto es original y de autor desconocido, doy por hecho que lo escribió la misma persona que perpetró el crimen. Dicho esto, si nos centramos en el contenido, yo diría que el motivo por el que la mata es la infidelidad, y se vanagloria de ello en el convencimiento de haber hecho justicia. Desde el punto de vista formal, sigue la estructura poética de los tercetos encadenados y, en líneas generales, es de escasa calidad estilística. Esto último es una valoración personal que bien podría no tener en consideración.

La doctora hizo una pausa y, al no encontrar respuesta de Sancho, continuó:

—Y poco más le puedo decir en estos momentos. Por otra parte, no dispongo de mucho más tiempo. He de preparar las clases de la tarde y corregir unos textos, por lo que va a tener que disculparme, inspector.

—¿Eso es todo, doctora? —interrogó en un tono más grave de lo habitual.

—Como le decía antes, dudo mucho que les pueda servir de más ayuda. Lo siento.

Sancho hizo un gesto de desaprobación y, recogiendo sus cosas del escritorio, se levantó y declaró con un tono más árido que grave:

—Lamento haberle hecho perder el tiempo, doctora. Si necesitáramos de alguna aclaración más, ya nos pondríamos en contacto con usted.

Sancho extendió la mano, y ella se levantó para despedirle.

—Les deseo mucha suerte en la investigación. Espero que atrapen a quien lo hizo, no me gustaría en absoluto toparme con este individuo por la calle Santiago.

—Eso intentaremos, muchas gracias y buenos días.

—Buenos días, inspector.

Mientras caminaba molesto hacia el coche, daba vueltas al comportamiento de la doctora y se preguntaba el motivo por el que le había dispensado un trato tan frío y distante. Condujo de nuevo a comisaría para hablar con Mejía. Debían establecer las directrices de la investigación, y lo cierto es que no tenía ni idea de por dónde empezar.

Tras almorzar sin ganas a base de tortilla de patatas en El Mesón Castellano, regresó a comisaría todavía malhumorado. Se reunió brevemente con Matesanz y Peteira, que le pusieron al corriente de los exiguos avances en la investigación. Tomó nota de todo, y se dirigió al despacho del comisario Mejía. La puerta estaba abierta; no obstante, decidió llamar antes de entrar.

—Pasa y siéntate —le invitó el comisario con aire taciturno—. He quedado en llamar al jefe superior en unos minutos. ¿Qué le cuento?, ¿en qué punto estamos?

Antonio Mejía era un hombre con una dilatada carrera en el cuerpo de Policía. A sus cincuenta y nueve años, había estado destinado en media España hasta que fue ascendido a comisario de Burgos y solo dos años más tarde se trasladó a Valladolid para ocupar el cargo de la comisaría de Delicias. Corría el año 1986. Delgado y de escasa estatura, estaba consumido por el tabaco negro y el trabajo a partes iguales. Se decía que su nómina la ingresaban directamente en una gasolinera para pagar las recargas de su Zippo. Llamaba la atención por su voz agrietada y su tez amarillenta. De trato cercano y respetuoso, no solía inmiscuirse en el trabajo de las personas en las que depositaba su confianza; era un tipo íntegro que rezumaba carisma.

—De momento, no tenemos nada nuevo que pueda ser relevante —admitió el inspector tragando franqueza—. El equipo está trabajando a tope, pero todavía es demasiado pronto para sacar alguna conclusión válida. Acabo de hablar con los subinspectores y me dicen que el funeral de la víctima no es que haya sido precisamente multitudinario. Han podido interrogar a varios amigos y familiares, también han hablado con el novio, y se le ha citado mañana a las 10:00 para tomarle declaración. Según parece, estuvo de fiesta hasta las 8:00 con sus colegas; tiene tres testigos que lo han corroborado. No obstante, se comprobará debidamente para ir eliminando posibilidades.

—¿Cuándo fue vista la víctima con vida por última vez?

—Todo parece indicar que discutió con su novio en un bar de la zona de Paraíso, el Taj Mahal, sobre las 23:30, y se marchó sola sin decir adónde. Esa es la última vez que sus amigos la vieron con vida. La descripción de la ropa coincide con la que llevaba en el momento en el que fue encontrada, por lo que tenemos que averiguar qué sucedió entre esa hora y la data de la muerte, fijada por Villamil entre las 3:00 y las 7:00 de la mañana. Hemos utilizado una buena foto de la chica para enseñarla en todos los bares de la zona por si algún camarero la recuerda en compañía de alguien.

—No es mucho para dar de comer al subdelegado del Gobierno Pemán. La noticia les ha caído como un cubo de mierda, y están acojonados por la repercusión que este caso pueda tener en los medios a diez días de la huelga general. Ya sabes cómo es esa gente, que nosotros nos lo aprendimos en un recibí y ellos, para decir col, se recorren toda la huerta.

—Me anoto la frase.

—Bien. Entonces, si descartamos finalmente al novio, habrá que investigar muy a fondo su círculo de amigos y su familia. ¿Algún antecedente de violencia en su entorno?

—Ninguno que hayamos descubierto por el momento. La madre estaba destrozada, según me han dicho. Tiene un tío que vive en Madrid, y no ha podido venir al funeral; los otros familiares viven en Ecuador. Por ahora, no hay indicios que nos lleven por ese camino. Ninguno de los interrogados ha hablado de recientes enfrentamientos de la víctima con terceros, pero si hay algo, daremos con ello. Por su parte, Peteira está trabajando con los de la científica en el escenario del crimen para ver si se nos ha escapado algo. Habrás leído en el informe que la víctima vivía muy cerca de allí, y todo podría resumirse en un encuentro desafortunado con el asesino en su camino de regreso a casa.

—Podría ser, pero al no tratarse de un intento de violación ni de robo… no lo veo. Además, la mutilación y el poema denotan ensañamiento.

Un ataque de tos seca y profunda hizo detenerse al comisario.

—Perdona. No parece fruto de la casualidad, pero, como bien dices, todavía es pronto.

—Por último, tal y como esperábamos, no hemos obtenido ningún resultado después de cotejar la base de datos de la central.

—Como siempre. Sería más fácil que me tocase el Euromillón sin jugar boleto a que surgiera alguna coincidencia en el modus operandi. Bueno, veo que tienes a tu gente manos a la obra, pero dime, Sancho, ¿qué hay del poema?

—Veamos —respondió este dubitativo—, he ido a ver a la doctora Corvo, como me habías sugerido, pero lamentablemente he sacado poco o nada en claro.

—¿Nada en claro? Pero… ¿qué te ha contado Martina?

—Nada que no supiéramos ya. Sinceramente, la he visto con muy pocas intenciones de colaborar. Me ha dado la sensación de haberla importunado con mi visita, y lo que me ha contado no nos aporta nada que no supiéramos ya.

—No me fastidies, Sancho. Me acabas de recordar a tu predecesor, el exinspector Bragado —recalcó Mejía con saña poniendo énfasis en el «ex»—. ¿Nada que no supiéramos ya? Pero… ¿qué sabemos que nos pueda llevar hasta un sospechoso? Bragado solía dar por hecho demasiadas cosas; tantas como las lagunas que dejó en sus últimas investigaciones. Por eso, le hicimos el favor de invitarle a retirarse. ¿Recuerdas nuestra primera conversación, cuando te hiciste cargo del puesto?

—La recuerdo perfectamente; con detalle —precisó.

—Bien, pues no creas que sabes nada si no tienes un sospechoso y pruebas para poner encima de la mesa del fiscal. Déjame que te cuente algo —dijo cruzando las manos e inclinando ligeramente la cabeza—. La doctora Corvo no es una mujer de trato fácil, pero te aseguro que nos puede servir de muchísima ayuda. Si consigues conectar con ella, claro.

—¿A qué te refieres exactamente, Antonio?

—Me refiero a que la doctora no es una persona que se deje impresionar por una placa. Conozco muy bien a su padre, y ella es igual: testaruda y brillante. Tienes que ganarte su confianza. Tal y como están las cosas, y habida cuenta de lo negativo del factor tiempo, tengo que insistir en que consigas que colabore en la investigación. ¿Estamos?

—Estamos.

—Sancho, esta vez te voy a pedir que me mantengas informado de cualquier novedad. Este viejo puede echarte una mano —apuntó manoseando el paquete de cigarrillos.

—Cuento con ello —dijo a modo de despedida saliendo del despacho.

Residencia de Augusto Ledesma
Barrio de Covaresa

Desde que Augusto se había despertado, prácticamente no había hecho otra cosa que reconstruir los hechos una y otra vez. Buscaba algún posible cabo suelto, pero siempre llegaba a la misma conclusión: solo correría peligro si alguien le hubiera visto con Marifer en el Zero Café o al subir a su coche. Casi descartaba por completo que alguien le hubiese observado cuando se deshacía del cadáver. De cualquier forma, de haber cometido algún error, lo sabría en las próximas horas. Se sentía francamente orgulloso de cómo habían resultado las cosas teniendo en cuenta que había sido su gran estreno y que había actuado sobre la marcha. A pesar de todo, la densa sombra de la incertidumbre planeaba sobre su impunidad, pero fundamentalmente le generaba tensión el hecho de tener que dar explicaciones por haber actuado de forma impulsiva cuando él regresara del viaje.

Lo cierto es que, nada más levantarse, se había entretenido bastante revisando las ediciones digitales de los periódicos de Valladolid. Todas manejaban la misma información; es decir, casi nada. Incluso, se hacía mención del suceso en alguno de tirada nacional, lo que le generó un sentimiento de satisfacción bastante gratificante. No obstante, era el momento de volver a la realidad. Estaba convencido de que recuperar la rutina era muy importante para su seguridad, y se propuso hacerlo cuanto antes.

Augusto vivía en un lujoso chalé individual del conjunto residencial Covaresasur que pasó a ser de su propiedad como único heredero tras el fallecimiento de sus padres en aquella carretera comarcal cerca de Redipollos. Distribuido en tres plantas y una bodega, contaba con más de doscientos treinta metros cuadrados de superficie, de los que únicamente consideraba su hogar los treinta y tres del despacho.

Su jornada se desarrollaba, excepto en contadas ocasiones, siguiendo el mismo guion: a las siete y media sonaba el despertador, desayunaba cereales con leche desnatada y, dependiendo del día de la semana que fuera, se preparaba para salir a correr sus ocho kilómetros por la carretera del Pinar de Antequera, o hacía una hora de musculación en la sala de pesas que había habilitado en la planta sótano, ocupada anteriormente por una inservible bodega con anodina decoración castellana. Anotaba rigurosamente los pesos y las repeticiones con el objeto de hacer un seguimiento estricto de su evolución. Luego, colgaba el saco y se ajustaba los guantes para golpearlo en series de treinta segundos hasta la extenuación. Augusto cuidaba su físico de manera obsesiva. Buscaba conseguir resistencia muscular y capacidad aeróbica. Seguía su propio entrenamiento desde los diecisiete años, edad en la que empezó a fumar y a beber de forma casi compulsiva. No probó las drogas hasta los veintiuno, en Nueva York, principalmente cocaína como suplemento a su déficit de sociabilidad. Tenía el profundo convencimiento de que debía limpiar diariamente su cuerpo por dentro para poder seguir disfrutando del tabaco, el alcohol y las drogas. En realidad, era algo bien sencillo; primero, lo ensuciaba, y luego lo limpiaba para poder volver a ensuciarlo. Después, solía tomarse su tiempo en la ducha. Era uno de los pocos momentos del día en los que conseguía relajarse de veras. No tocaba el agua hasta que estaba a la temperatura adecuada. Una vez dentro, le gustaba extender completamente los brazos y apoyarlos en las paredes como un Sansón empujando los pilares del templo de los filisteos. Entonces, dejaba que el agua le golpeara con fuerza en la cabeza durante unos cuantos minutos antes de masturbarse. Rara era la ocasión en la que no lo hacía, a veces sin ganas, pero lo consideraba otra forma de limpiarse por dentro y, por tanto, también era parte de su disciplina. A continuación, se enjabonaba a conciencia. Una vez aclarado y seco, estaba listo para trabajar. Se vestía para estar cómodo en casa, y se encerraba en el despacho que había acondicionado sin reparar en gastos en el bajocubierta. Estaba abuhardillado, era espacioso y rebosaba de luz natural. Tenía fijado un horario de trabajo matutino de 10:00 a 14:30 que muy raramente incumplía. Conectaba el Mac Pro, que utilizaba únicamente para trabajar, y una vez que ponía la mano en su Magic Mouse, su jornada daba comienzo. Augusto era un seguidor obsesivo de Apple, y solía decir que su retrete llevaría el logo de la manzana si estos sacaran una línea de inodoros. No conseguía comprender por qué, en España, se seguía comprando tanto PC y utilizando Windows. Para él, era un síntoma claro del borreguismo de los españoles en materia tecnológica. Otro aspecto que cuidaba al detalle era la creación de la atmósfera adecuada para trabajar totalmente concentrado, y diariamente hacía una elección distinta en función de su estado de ánimo. Sus gustos musicales eran de lo más dispares, por lo que se daba el capricho de dedicar unos minutos para confeccionar la lista de reproducción de ese día. Últimamente, le apetecía escuchar música clásica para concentrarse mejor.

—*Festina, mox nox*[5], Wolfgang —citó Augusto cuando empezó a sonar el *Introitus* del Réquiem de Mozart. Normalmente, solo escuchaba su parte favorita: *Sequentia,* con «Dies irae», «Tuba mirum», «Rex tremendae maiestatis» y «Confutatis maledictis», pero era un día especial y le apetecía escucharlo entero.

La música, la lectura y sus bonsáis eran las únicas vías de escape que podían encontrar sus sentimientos para evadirse del campo de concentración en el que los tenía encerrados. Augusto se dedicaba al diseño gráfico como *freelance,* y trabajo no le faltaba a pesar de la crisis económica y del imparable aumento del desempleo que azotaba al país. Era la ocupación perfecta para él, y le permitía ganarse la vida desarrollando su capacidad creativa sin tener que compartir espacio de trabajo con otros miembros de su misma especie. Para eso no estaba preparado; para todo lo demás, sí.

Si su vida pudiera contarse en un libro, este tendría cinco capítulos bien diferenciados. El primero podría titularse «Los días ásperos». Gabriel —como se bautizó originariamente a la cria-

---

[5] Expresión latina que se traduce al castellano como: «Apresúrate, pronto será de noche».

tura— vino a este mundo el 22 de marzo de 1978 en el Hospital Clínico de Valladolid tras un parto de más de cinco horas en el que peligraron tanto las vidas de los gemelos como la de la propia madre, Mercedes. A su hermano, que habría llevado el nombre de Miguel, no pudieron salvarle y murió a las pocas horas de nacer. Según le contaron los servicios médicos a la madre, el cordón umbilical de Augusto se enredó en el cuello de su hermano y esto le provocó una insuficiencia respiratoria que no pudo superar. Cuando le enseñaron a Mercedes el cadáver del pequeño, se le endureció para siempre el corazón. Y mientras ella se debatía en el paritorio entre contracciones y dilataciones, el padre, Santiago, lo hacía en un bar de carretera de la N-601 entre «whiskycolas» y «roncolas». Padre e hijo tuvieron una relación más que efímera, ya que un sábado de abril de ese mismo año, el Generoso —como le conocían en el gremio por su empeño en repartir cuando estaba borracho— arrancó el camión para llevar una carga a Francia y no cruzar nunca más los Pirineos de vuelta. De esa forma, el pequeño Gabriel quedó bajo la tutela católicamente exacerbada de su madre, que estaba tejida por el desengaño y pespunteada de fracaso. Con muy pocos recursos económicos y muchas manías, Mercedes y Gabriel fueron saliendo adelante gracias a lo que ella denominaba «intervención divina», que no era otra cosa que la terrenal ayuda de algunas de sus vecinas del barrio de San Pedro Regalado. Los primeros años fueron terriblemente complicados; y los siguientes, más terribles que complicados. Aunque Mercedes nunca se lo confesó a nadie, en su fuero interno culpaba a Gabriel de la muerte de su hermano Miguel y del ulterior abandono del padre. No quiso quererle. Luego descubrió la forma de digerir su cólera: descargándola en las carnes de Gabriel. Con el tiempo logró especializarse haciéndolo con más frecuencia e intensidad, hasta que un juez decidió retirarle la custodia y la patria potestad. Finalmente, ella terminó en un psiquiátrico y Gabriel, con solo seis años, en un hogar infantil.

Los días pasaron de ser ásperos a raros. No tardó en ser adoptado por la familia Ledesma-Alonso, un matrimonio condenado a no tener descendencia que quería recorrer el terreno de la adopción por el camino más corto. Don Octavio Ledesma ocupaba por aquel entonces el cargo de delegado del Gobierno de Castilla y León, y recursos no le faltaban, de ningún tipo. La que se convertiría en su madre adoptiva, Ángela Alonso, se encargaba a diario del cuidado del nuevo miembro de la familia, porque el cariño lo reservaba para sus bonsáis. En ese período, aquel niño que estrenaba nuevo hogar supo enterrar su antiguo nombre, pero no su pasado. Una vez se hubo recuperado de los daños físicos, demostró que tenía una gran capacidad para el aprendizaje y don Octavio, adoptando el papel de un mecenas del Renacimiento, no escatimó recursos en su formación académica. Su padre adoptivo se responsabilizó personalmente de plantar y hacer crecer en Augusto el amor por la cultura clásica y la mitología. Así, durante su adolescencia, mientras los chicos y chicas de su edad disfrutaban descubriendo los placeres de la carne, él se dejaba seducir por los encantos de Herodoto, Polibio, Platón, Estrabón, Aristóteles, Plutarco, Hipócrates, Aristófanes, Cicerón, los Plinios, Tácito, Julio César y tantos otros a los que entregó su virginidad literaria. No fue hasta los dieciséis cuando empezó a tomar contacto con un mundo nuevo que parecía haber sido creado para él: Internet.

Solo un año después ya se había dejado absorber por aquel universo en el que podía ser quien quisiera. Fue cuando apareció Orestes, y ya nunca se separaría de él. Sus excelentes calificaciones académicas en el colegio San José le permitían el acceso a cualquier plan de estudios universitarios, pero para entonces ya tenían claro que lo suyo eran las artes gráficas y que, para trazar el plan que estaban esbozando, debía marcharse fuera de España. Alejarse lo máximo posible de aquel entorno era el primer paso y estudiar una carrera en el extranjero podría ser la excusa perfecta. Este capítulo de su vida terminaría en el aeropuerto de Barajas, y en el JFK de Nueva York empezaría el tercero: «Los días oscuros».

Con tanto arrojo para marcharse como pánico a llegar, afrontó esta nueva etapa en compartida soledad. No le había resultado en absoluto complicado conseguir una plaza en la prestigiosa St. John's University gracias a los contactos que su padre adoptivo tenía en ultramar. Fueron cuatro largos años de completo aislamiento en su piso de Martense Street, en pleno Brooklyn, en los que apenas se apeó de la música ni se despegó de los libros. Pasaba las horas muertas alternando las dosis de Depeche Mode con Charles Bukowski para luego descansar frente al ordenador. Rara vez salía de casa si no era absolutamente necesario; normalmente, para acudir a la universidad o hacer la obligada compra de subsistencia. En esta fase de su vida, se hizo con el dominio del diseño gráfico y del inglés, y se dejó dominar por su idiosincrasia y sus sombras. En la ciudad más cosmopolita del mundo, la cocaína y Orestes hicieron que despertara el otro Augusto, el siniestro álter ego que llevaba latente en su interior y de cuya existencia apenas había tenido muestras hasta entonces. Al principio, se manifestaba mediante macabras ilusiones que invadían su subconsciente. Con el tiempo, empezó a generarle frenéticos episodios de ansiedad que tuvo que aprender a manejar aliviándose con algunos animales callejeros o con la placentera contemplación de la voracidad de las llamas. Una vez pseudocontrolados tales impulsos, su pasajero interno fue evolucionando en el convencimiento de que era distinto a los demás; era superior y debía demostrárselo al mundo entero a través de su obra. Ese sería su legado. En la lista de necesidades de Augusto, el contacto con otras personas era tan prescindible como insatisfactorio. Una vez al año, sus padres viajaban para estar con él durante un par de semanas en las que aprovechaba para hacer turismo, esforzándose al máximo por fingir que era una persona normal. Fueron largos meses de introspección evolutiva en los que se descubrió a sí mismo y aprendió a quererse. Años duros de sacrificio y aprendizaje de los que, a pesar de todo, Augusto guardaba cierto sabor dulce gracias a que fue durante aquella etapa cuando tomó conciencia de que la música podía llegar a ser tan importante para él como la literatura, pero, sobre todo, porque fue entonces cuando Orestes contactó con la persona que necesitaban para llevar a buen puerto su obra: Pílades.

«Los días azules» amanecieron con la licenciatura en el bolsillo y un billete de regreso a España. Tras dos meses de encierro voluntario en el flamante chalé del barrio de Covaresa de los que le sobraron cincuenta y nueve días, se matriculó en un posgrado de diseño gráfico adaptado a las nuevas tecnologías para estudiantes extranjeros en la Freie Universität de Berlín. Esta etapa fue, sin lugar a dudas, la más enriquecedora de su vida; un auténtico renacimiento. Y buena parte de culpa de todo ello la tuvo Pílades, su jardinero; la persona que, a través de Orestes, le entregó la fórmula, plantó la semilla y la hizo crecer. Augusto se obcecó en aprender alemán por su cuenta, a pesar de que todas las asignaturas se cursaban en inglés. Para ello, hizo el esfuerzo de salir a la calle con mucha más frecuencia de lo que en él era habitual con el único propósito de comunicarse. Siendo un devorador compulsivo de libros, incluso se atrevió a hincarle el diente a la literatura alemana. Probó con la novela contemporánea para terminar empachándose, en la medida en la que mejoraba su capacidad de comprensión, con la obra de autores como Goethe y Nietzsche, pero principalmente con la de Franz Kafka. Con este sobrepasó lo obsesivo y, empujado por Pílades como parte de la «terapia», se atrevió a desmenuzar un autor con el que todavía no había podido enfrentarse. Se sentía tan plenamente identificado con su lucha por resolver sus permanentes conflictos internos que leer a Kafka era como si alguien hubiera descifrado su mente y la hubiera expuesto al conocimiento del mundo entero. El rechazo a lo socialmente establecido, la angustia provocada por las relaciones afectivas y la necesidad de aislamiento eran sensaciones de las que Augusto podía hablar en primera persona. Toda su obra completa fue pasto de su voracidad literaria. Consideraba *La metamorfosis* como su Biblia, y a Kafka como su evangelista. El único tatuaje que lucía en su cuerpo era precisamente la primera frase de aquel libro, escrita en alemán y con tipografía gótica:

Als Gregor Samsa eines Morgens aus unruhigen Träumen erwachte fand er sich in seinem Bett zu einem ungeheueren Ungeziefer verwandelt[6].

---

[6] Traducido del alemán: «Cuando Gregorio Samsa se despertó una mañana después de un sueño intranquilo, se encontró sobre su cama convertido en un monstruoso insecto».

Veinte palabras que le adornaban la piel de la espalda en dos líneas, de hombro a hombro.

De todos modos, no fue con los libros sino a través de la música como consiguió hacerse definitivamente con el idioma. Udo Lindenberg le abrió las puertas. Luego, le siguieron otros grupos de rock, metal o gothic, como Subway to Sally, Die Apokalyptischen Reiter, Darkseed y, por supuesto, Rammstein, el primer grupo que presenció en directo en el Volkspark Wuhlheide de Berlín y que supuso un hito imborrable en la vida de Augusto. Así, gracias a su constancia, buceando en los libros y al ritmo de la música, logró mantener una conversación en alemán en menos de un año, y llegó a ser capaz de comunicarse por escrito con soltura durante su segundo año de estancia.

Pero en Alemania no solo aprendió el idioma y perfeccionó el manejo de todas las herramientas de diseño existentes en aquel momento. Principalmente, tal y como tenían previsto, Orestes aprovechó esos tres años para profundizar en las entrañas de Internet. Ese era, precisamente, el verdadero motivo de su estancia en aquel país. Sus conocimientos previos en informática, adquiridos de forma autodidacta durante años, le permitieron entrar en contacto con agrupaciones que abogaban por el flujo de información libre en la red. Poco tardó en conectar, en el seno de esos grupos, con algunos miembros que iban más allá del simple deseo de compartir información. Estas asociaciones estaban formadas por individuos que eran los herederos de aquellas generaciones que, a finales de la década de 1970, intentaron dinamitar las normas establecidas y se saltaron las barreras de Internet. Todo aquello cristalizó en

1981, año en el que surgió en Berlín un movimiento denominado Chaos Computer Club, especializado en el *hacking*[7] y que llegó a reunir a más de cuatro mil miembros. De aquel germen de cultivo surgieron *crackers*[8] de talla internacional que, envueltos en la atmósfera de la Guerra Fría, terminaron trabajando para los servicios de espionaje del KGB. Fueron los casos de Markus Hess, Heinrich Hübner y el gran Karl Koch, conocido como Hagbard Celine —seudónimo que tomó del personaje principal de la trilogía *Los Illuminati*—, considerado el padre de los «troyanos»[9]. Koch fue capaz de violar la seguridad de la CIA para vender información militar de alto valor al KGB y, aunque aquello le costaría la vida, inspiró a muchos otros jóvenes a seguir el camino que él emprendió.

Cuando Orestes planificó todo, sabía que no le resultaría sencillo alcanzar su meta siendo un *newby*[10]. Por eso, tuvo mucha precaución en cada paso que daba para evitar ser considerado un *lammer*[11] y, para ello, trazó una estrategia parasitaria que consistía en absorber los conocimientos de otros miembros con un nivel superior al suyo. Como una rémora, navegaba simbiotizado junto a esos expertos durante el tiempo que ne-

---

[7] Término con el que se define la actividad propia de los *hackers,* que son aquellas personas interesadas en uno u otro aspecto por la seguridad informática.

[8] Término con el que se define a una persona especialista en romper sistemas de seguridad por motivos de lucro, protesta o desafío.

[9] Término con el que se define un tipo de *malware* que permite la administración remota de un equipo informático sin el consentimiento de su propietario.

[10] En el argot, un aspirante a convertirse algún día en un verdadero *hacker.*

[11] En el argot, un novato con pocos conocimientos y demasiadas pretensiones.

cesitaba hasta alcanzar un nivel de confianza suficiente como para extraer lo que le interesaba de su huésped. Todo ello sin generar conflictos. Su habilidad para embaucar le ayudó a acercarse a programadores, analistas de sistemas, *copyhackers*[12], desencriptadores, especialistas en ingeniería inversa, *phreakers*[13] y toda la fauna de *hackers* que habitaba en la jungla de Internet. Su enorme capacidad de aprendizaje hizo el resto. De forma progresiva y gracias a su tenacidad, consiguió que subiera su estatus y prestigio en la comunidad bajo el *nick* de Orestes. En aquellos años, dedicaba más de diez horas diarias delante de su iMac a aumentar su red de contactos; los estimulantes le resultaron de gran ayuda. Tras muchos meses adquiriendo el conocimiento necesario, decidió dar el siguiente paso: crear su propio grupo. Por motivos de seguridad, buscó instituir algo muy reducido y elitista. De ese modo, junto a otros tres especialistas en un área concreta, formaron Das Zweite Untergeschoss[14]. Entre ellos solo se conocían por sus *nicks* y sus especialidades. Hansel era el programador más capacitado de todos, y en su currículum de *malware*[15] infeccioso figuraban proezas tales como haber creado varios virus residentes e iWorms, como el Randex V2.0. Orestes sospechaba que Hansel era uno de esos a los que se les conocía como *grey hat,* un especialista cualificado y bien remunerado que, en oca-

---

[12] Término con el que se define a un *cracker* especializado en copiar tarjetas de cualquier naturaleza.

[13] Término con el que se define a un especialista en la manipulación de sistemas telefónicos.

[14] Traducido del alemán, «el segundo sótano».

[15] Término con el que se define el *software* que tiene como objetivo infiltrarse o dañar un equipo o sistema sin el conocimiento de su propietario.

siones, se pasaba al lado oscuro simplemente por satisfacer su ego personal. Skuld era el *cracker* del grupo, especialista en saltarse cualquier sistema de seguridad gracias a su inmensa facilidad para la desencriptación. Tuvo el detalle de desarrollar un *spyware*[16] con el nombre SpyDZU —con las iniciales del grupo— que regaló al resto de los miembros en el quinto aniversario de la creación de Das Zweite Untergeschoss, y que con el tiempo resultó ser de gran utilidad. Por último, Erdzwerge era el más peligroso —o, mejor dicho, peligrosa— del grupo; todos coincidían en que se trataba de una mujer, aunque ninguno podía asegurarlo a ciencia cierta. Su especialidad era el *malware* oculto, «troyanos», *rootkits*[17] y *backdoors*[18]. Orestes no alcanzaba, ni de lejos, el nivel de especialización de sus compañeros, pero su extensa red de contactos y la buena relación que mantenía con otras asociaciones de *hackers* le hizo indispensable para el buen funcionamiento del grupo. Actuaba como engranaje y catalizador, planificando acciones que mantenían alimentada la necesidad del grupo de sentirse vivos en la red. Normalmente, no emprendían actividades delictivas. Solo en una ocasión, afincado de nuevo en España en el año 2006, se vieron en la necesidad de dar una lección a Deutsche Telekom como escarmiento por el injusto despido del padre de

---

[16] Término con el que se define un tipo de *malware* que permite la recopilación de información de un equipo informático sin el conocimiento de su propietario.

[17] Término con el que se definen las técnicas que permiten modificar el sistema operativo de un equipo informático para permitir que un *malware* permanezca oculto para su propietario.

[18] Término con el que se define el método para evitar los procedimientos de autentificación de un equipo informático.

Erdzwerge. A los dos meses, el hombre murió de un ataque al corazón y decidieron tomar cartas en el asunto. Orestes planificó todo en tres semanas de entrega absoluta y, tras ejecutarse con éxito, los datos personales de diecisiete millones de clientes terminaron en manos de Das Zweite Untergeschoss. El ataque provocó pérdidas de casi quince millones de euros a la multinacional alemana, contando las bajas de muchos de sus usuarios que provocaron el desplome de sus acciones en la Bolsa. El grupo no pidió nada a cambio por no difundir los datos robados; de hecho, el fichero se destruyó de común acuerdo unas semanas más tarde. Simplemente, se buscaba castigar a la empresa, y se consiguió.

Este capítulo de la vida de Augusto terminaría a finales de 2003, cuando regresó de Alemania totalmente capacitado para vivir con normalidad en cualquier parte del mundo; incluso en España. Empezaron así los días dorados en los que su padre le facilitó buenos contactos para empezar a trabajar con la administración pública. En el plano personal, alentado por los consejos de Pílades, tuvo lo que bien podría llamarse su bautismo y funeral amoroso: Paloma. Dos años, nueve meses y tres días fue lo que duró la relación, y el doble de ese tiempo lo que tardó Augusto en licuar el odio que le generó descubrir el engaño. Aquella experiencia le distanciaría temporalmente de Orestes, pero se juró que nunca más volvería a ser tan estúpido de imponerse algo que no podía sentir y lo cumpliría a rajatabla. No volvería a traicionarse a sí mismo. Las cosas eran bien distintas en el plano profesional; con solo veinticinco años, ya había facturado sus primeros trabajos a la Cámara de Comercio, ayuntamiento, varias consejerías y otros organismos oficiales locales. Con el paso de los años, y dado que eran trabajos bien retribuidos, fue especializándose en el diseño de documentos oficiales. En ese período, Orestes se empeñó en conocer y dominar a la perfección los protocolos de seguridad de las instituciones y organismos con los que trabajaba habitualmente. No le resultó demasiado complicado empaparse de las técnicas de la fotomecánica, el offset digital o la serigrafía. Al alcanzar los treinta años de edad, ya era considerado por sus clientes como un experto en documentoscopia[19], especializado en documentos mercantiles y de identidad; brillante, cumplidor y, sobre todo, muy discreto. Hacerse con un laboratorio completo de reproducción e impresión fue solo cuestión de tiempo y dinero.

Para cuando fallecieron sus padres adoptivos, su empresa —que había bautizado con el nombre de Little Box Design— le daba beneficios suficientes como para mantener un buen nivel de vida. Lo cierto es que podría vivir cuatro vidas con la fortuna que había heredado, pero, aun así, seguía trabajando solo por alimentar sus necesidades intelectuales.

Trabajaba sin descanso hasta la hora de comer y después despertaba a Orestes para entregarse a sus actividades en la red alimentando el contacto con otros grupos y, evidentemente, con Das Zweite Untergeschoss. Podía pasar varios días o semanas sin tener contacto físico con otra persona, era algo que no necesitaba, e incluso, desde hacía bastante tiempo, la relación entre Pílades y Orestes ya no era igual. De la absoluta depen-

---

[19] Término con el que se define la disciplina relativa a la aplicación de los conocimientos científicos para verificar la autenticidad o determinar la autoría de los documentos.

dencia en Nueva York y la total admiración en Berlín, había evolucionado en los últimos meses hacia el rancio recelo y el rácano respeto. Pero aquello no era sino las consecuencias naturales de ser una rémora.

Así era una jornada normal en la vida de Augusto, y así llevaba siendo desde que regresó de Alemania, hacía casi siete años. Ahora sabía que había llegado el momento de incluir otra tarea en su rutina, necesitaba enfrentarse a un reto que estuviera a su altura para justificar su existencia. Lo tenían decidido y Augusto ya había dado el primer paso, el más importante.

Aquel lunes, en el que no se registró sobresalto ni novedad, había previsto acostarse pronto; tenía una cita importante al día siguiente, y quería acudir a ella en plenas condiciones. Justo cuando se estaba preparando para irse a dormir, sonó el móvil. Era muy extraño que alguien le llamara, y mucho más a esas horas. Reconoció el número al instante y Orestes contestó:

—¡Hombre, hombre, hombre…! —dijo exagerando el tono de asombro.

—Hola, chavalín. Me acabo de enterar por la prensa —anunció la voz con palpable aspereza.

—Te he dicho mil veces que no me llames así. ¡Qué puta manía tienes de provocarme!

—Haz el favor de no irritarte, ya sabes que no te conviene, y escúchame.

—¿Qué te hace pensar que he sido yo?

—No insultes a mi inteligencia. Reconozco tu firma.

Orestes no contestó.

—¿Qué pasa? ¿Ya no te entretienen la música y los libros? —retomó la voz en tono irónico.

—Claro que sí. Es más, hace nada he comprado una entradita para el Twoday Festival. Como ves, también sé entretenerme con más cosas.

—Déjate de soplapolleces. Habíamos acordado que antes de actuar me avisarías y que me mantendrías puntualmente informado de todo. ¿Cuándo pensabas llamarme? O es que ni siquiera ibas a hacerlo.

—No fue algo premeditado, surgió la oportunidad y la aproveché.

—¿Lo hiciste sin planificación? ¡Qué temeridad! ¿Puedo preguntar quién era la chica?

—Una cualquiera.

—¿Por qué ella?

—Por nada en especial, quizá porque se parecía mucho a Paloma, y era tan zorra como ella.

Se creó un silencio espeso e incómodo que se disipó cuando la voz volvió a intervenir:

—¿Has tenido cuidado?

—Sí, hay muy pocas posibilidades de que lleguen hasta mí.

—Está claro que ya estarías en comisaría si la hubieras cagado. Recuerda que muy pocas veces el fin justifica los medios. No quiero detalles, solo dime si te está funcionando. ¿Cómo te sientes?

—Extrañamente… realizado, pleno. Esa es la palabra: pleno.

—Pleno —repitió—. Ahora controlarlo depende solo de ti. Tienes que aprender a manejarlo, que no te pierda la voracidad.

—Recuerdo muy bien la fórmula y el camino, sé que puedo controlarlo.

—Ya sé que puedes, una persona con un cociente intelectual de ciento cuarenta y tres entiende fácilmente los procedimientos. Solo te pido que lo hagas. Poder no significa nada, ¿recuerdas?

—Ciento cuarenta y seis —corrigió—, y tengo todo grabado en mi cabeza. Lo controlaré.

—Estoy seguro de que sabrás hacerlo. No descartes otras vías de escape. Confío en ti. Por otra parte… supongo que no tardarán en contactar conmigo. Sé que lo harán antes o después, por lo que podré ayudarte desde dentro.

—¿Por qué estás tan seguro?

—Siempre terminan por recurrir a los veteranos de guerra cuando las cosas se ponen feas. De todos modos, me conseguiré colar en esta fiesta con o sin invitación.

—Avísame cuando estés con el primer cóctel en la mano, amigo.

—Puedes estar seguro, Orestes. Entretanto, para todo lo que necesites ya sabes dónde encontrarme.

—Gracias, Pílades. Escucha, lamento no haberte avisado pero te aseguro que para mí también ha sido una sorpresa. Solo quería demostrarte que estaba preparado. Siento mucho que te haya molestado.

—Está bien. Ya hablamos. Cuídate.

Colgó.

ESTE COMA DE PRONÓSTICO RESERVADO

Comisaría de distrito
Barrio de las Delicias (Valladolid)
14 de septiembre de 2010, a las 11:44

Tras dos días de investigación, Sancho seguía atascado. El exceso de trabajo entre las paredes de la comisaría le hacía sentirse como una fiera enjaulada, alimentada únicamente por su propia ansiedad. Necesitaba salir a la calle, por lo que a media mañana decidió ir junto con Peteira al escenario del crimen. Nada más aparcar, reconoció el lugar de inmediato por las fotos que había visto tantas y tantas veces. Era extraño, los únicos elementos que no encajaban en esas fotos eran los transeúntes que paseaban por la zona ajenos a lo que allí había sucedido hacía tan solo unos días; para ellos era como si nada hubiera ocurrido. De pie, a pocos metros de los matorrales donde se halló el cadáver, Sancho y el subinspector Peteira trataban de reconstruir los hechos con el informe de la Policía Científica.

Álvaro Peteira llevaba en el Grupo de Homicidios de Valladolid poco tiempo más que Sancho. Gallego, natural de La Guardia, con un marcado acento de la tierra, tenía treinta y cinco años, pero, como él decía, aparentaba entre treinta y cuatro y treinta y seis. Solía hablar de tres cosas: de las ostras de Arcade, de lo complicado que era ser padre de gemelos con placa y sin ella y, principalmente, del Celta. Era un auténtico todoterreno, y a pesar de ser más gallego que un percebe, era de trato fácil. Eso sí, en ocasiones, cuando afloraba su idiosincrasia de las Rías Baixas, nacían de su mente hipótesis más enrevesadas que la de la bala mágica que mató a JFK. En ese estado, era mejor no mantener una discusión con el subinspector.

Tras dos minutos escrutando los alrededores mientras se tiraba con insistencia de los pelos de la barba, el inspector rompió el silencio:

—Seguramente, aparcó allí mismo su coche. ¿Cómo se llama esa calle?

—Calle Rábida —respondió el subinspector mirando su libreta.

—Es el lugar más cercano. Dada la distancia, supongo que no querría cargar con el cuerpo ni un metro más de lo necesario.

—Sí, yo también lo creo. Los de la científica estuvieron buscando huellas de neumáticos y pisadas singulares, pero es prácticamente imposible encontrar alguna pista al tratarse de una zona de obras y estar todo cubierto de polvo.

—Entiendo. Veo que va a ser complicado encontrar algo interesante si avanzamos por ahí.

Sancho hizo una pausa para recorrer visualmente el camino que, aparentemente, había seguido el asesino hasta llegar a los matorrales. Empezó a andar, y le preguntó a Peteira:

—¿Crees que se trata de un hombre de constitución fuerte?

—Carallo, inspector, yo no diría tanto —comentó Peteira soltando la correa de su acento gallego—. Eliminaría la posibilidad de que fuera un esmirriado, pero tampoco hace falta ser un culturista para recorrer estos treinta metros con cincuenta kilos en brazos.

—Ya. Evidentemente, nadie vio nada raro. Con todo el revuelo que se ha montado, está claro que ya se habrían puesto en contacto con nosotros. Lo extraño es que no haya aparecido ya alguien diciendo que fue testigo de todo y jurando que el hombre se parecía a Michael Jackson.

—Tiempo al tiempo. Lo cierto es que no hay viviendas cercanas, así que yo diría que va a ser muy difícil que algún vecino viera algo sospechoso. El asesino sabía muy bien dónde deshacerse del cadáver, y también parece obvio que su intención era que lo encontráramos rápido.

—Sí, eso lo tengo claro yo también. ¿Habéis peinado los alrededores?

—Así es. Estuve con Arnau y Botello durante unas cuantas horas. Hemos localizado decenas de sitios bastante apartados en los que podría haberla matado y luego haberla traído hasta aquí, pero en ninguno de ellos hemos encontrado indicio alguno. Hablando con Botello llegamos a la misma conclusión: hay que descartar esa línea de investigación.

—Ah, ¿sí?, ¿la descartarías? —interrogó temiendo una teoría «made in Peteira».

—Sí. Vamos a ver, ¿qué sentido tiene matarla por aquí cerca y cargar con el cuerpo para tirarlo en otro sitio en el que íbamos a encontrarla igualmente? No tiene mucha lógica arriesgarse así, ¿no crees?

—Pues no. Tienes razón, Álvaro —reconoció algo sorprendido por la elocuente simpleza de su razonamiento.

Sancho se volvió hacia Peteira y, con gesto solemne, le expuso:

—Oye, Álvaro, arriesgándome a pasar todo el día dando vueltas a tus teorías, te voy a pedir que me cuentes la hipótesis que, a buen seguro, ya has construido en tu cabeza.

El subinspector dejó caer la mirada al suelo antes de mirar fijamente a Sancho. El sol le molestaba en sus ojos claros, y tuvo que interponer la mano antes de exponer su argumento.

—Tengo que reconocer que estoy algo desconcertado —se arrancó Peteira mientras encendía un cigarro—. Vamos a ver cómo me explico sin gallegadas. Al principio, pensé que podría tratarse de un asalto con resultado de muerte producido en el camino de regreso de la víctima a su casa, pero el asunto es que la mutilación no encaja con un homicidio preterintencional; ya sabes, el típico «se me fue de las manos» de un don nadie en la sala de interrogatorios. Y luego está el poema, que nos invita a pensar que se trata, evidentemente, de un asesinato premeditado. Sin embargo, lo que más me desconcertó es que pueda ser premeditado cuando está probado que la chica terminó sola esa noche por un cabreo con el novio. No me encaja, en su móvil no se registró ninguna llamada a partir de las 21:10. —Peteira dio dos caladas seguidas a su cigarro y continuó hablando—: Me juego contigo una de ostras de Arcade a que no sabes cuál es la mejor forma de hacer un puzle.

—La verdad es que nunca he tenido paciencia ni para dar la vuelta a todas las piezas. Como no me lo cuentes tú...

—Se nota que no tienes hijos —observó mientras dejaba escapar el humo—. Para hacer un puzle, primero hay que localizar las piezas de las esquinas. Estas son fáciles de encontrar porque son únicas, tienen dos lados lisos. El siguiente paso es montar los bordes, para lo que solo hay que buscar las piezas que tienen un lado liso y encajarlas poco a poco. Una vez terminados los bordes, no queda otra que ir por zonas ayudándote del modelo; es una simple cuestión de tiempo y de paciencia. Pues bien, en este puzle no soy capaz de encontrar ni las piezas de las esquinas. Bueno, sí. Diría que solo tenemos dos, que son el cadáver de la víctima y la causa de la muerte. ¿Entiendes lo que quiero decir? —preguntó el subinspector dejando florecer en su cara evidentes signos de preocupación.

—Te entiendo perfectamente y, siguiendo con la comparación del puzle, ¿sabes lo que me preocupa a mí realmente?

Peteira hizo un gesto con la cabeza y le miró fijamente.

—Que no creo que falten piezas. Están ahí y, tarde o temprano, daremos con ellas. Lo que me está machacando es que cada vez estoy más convencido de que el modelo que estamos siguiendo para encajarlas no es el bueno, sino el que el asesino quiere que utilicemos. Tenemos que replantearnos el método de investigación en este caso. Si seguimos el libreto, creo que fracasaremos. ¿Me explico?

—Claro.

El inspector examinó el escenario una última vez.

—Me alegro de haber tenido esta charla contigo, Álvaro. Ahora, volvamos a comisaría.

Al entrar en comisaría, Sancho se cruzó con Gómez y Botello, que estaban despidiendo a un tipo de unos treinta años, de metro ochenta, moreno con el pelo peinado con raya en medio, perilla corta y bien cuidada. Lucía gafas con montura de pasta negra, de esas de las que uno imagina que su precio supera el PIB de algunos países. Cuando se marchó, Sancho se acercó a los agentes para preguntar.

—¿Era el novio?

—No, inspector —respondió el agente Gómez—. Era Gregorio Samsa, el que encontró el cuerpo. Al novio se le interrogó ayer por la tarde, y se ha comprobado positivamente su coartada con los tres amigos que estuvieron con él durante toda la noche. Parecía bastante afectado el chico.

—Entendido. ¿Algo interesante con Samsa?

—Aparte del ramalazo que tenía el pollo, nada —interrumpió Botello.

El agente Áxel Botello tenía muchas virtudes, como el dominio absoluto de cualquier operación en *Call of Duty*[20] y en cualquier plataforma, o la de dejarse dominar absolutamente por cualquier mujer operada y con plataformas. Lamentablemente, la delicadeza no estaba entre esas bondades, pero aquel tipo menudo, que escondía su aspecto juvenil tras una barba mal arreglada a conciencia, había demostrado en muy poco tiempo que era uno de los miembros más brillantes del grupo.

---

[20] Videojuego de disparos en primera persona desarrollado por Activision en el que el jugador debe superar distintas misiones militares.

—Ahórrate conmigo tus comentarios fuera de tono, Áxel. ¿Me podéis resumir el interrogatorio? —preguntó mirando con dureza al miembro de más reciente incorporación al grupo de homicidios.

—Por supuesto, mil perdones. Gregorio Samsa, treinta y dos años de edad, soltero y natural de Madrid, de padre checo y madre española. Trabaja en una empresa de informática que he apuntado por aquí. Eso es, Metamorphosis Software, S. L. Vive en Valladolid desde hace cuatro años; más concretamente, en la calle Turina, 8, en el barrio del Cuatro de Marzo. Sale a correr habitualmente por el parque Ribera de Castilla entre las siete y las ocho de la mañana.

—¿Los domingos también?

—Eso parece. Se le veía un tipo bastante raro, muy introvertido, de esos que pasan más tiempo en el universo de *World of Warcraft* que en el mundo real. Y algo amanerado —recalcó—, con todos mis respetos.

—Continúa, Áxel.

—Según nos ha contado, vio el cadáver al pasar por la zona del centro de piragüismo. Leo textualmente: «Llevaba unos quince minutos de carrera. Suelo empezar en la playa de las Moreras y sigo el camino de la ribera del río hasta la fábrica de Michelin. Me gusta ir tranquilo y disfrutando del paisaje. Cuando llegaba a la altura del embarcadero, vi que algo raro sobresalía de unos matojos. Paré de correr y me acerqué con cuidado a ver de qué se trataba. En cuanto me di cuenta de que era un cuerpo, cogí el móvil y llamé al 112».

—¿Hemos comprobado a qué hora hizo la llamada?

—Él mismo nos ha enseñado el registro de llamadas de su móvil y, efectivamente, la hizo a las 8:32 de la mañana del domingo, aunque lo comprobaremos, claro está. A las 8:45 se presentó en el lugar un agente de la motorizada y, acto seguido, se acordonó la zona. Concuerda con lo que recoge el informe de la científica.

—¿No vio nada extraño ni a nadie sospechoso? —insistió Sancho algo desesperanzado.

—No, inspector. Ha dicho que por allí no pasa un alma a esas horas, que casi nunca se cruza con nadie y que no vio nada que le llamara la atención —concluyó el agente.

—Está bien, redactad el informe y continuad con la investigación. Yo voy a comer algo donde Luis; si os animáis, os invito al café.

—¡Menudo ofrecimiento, inspector! ¡Difícil decir que no! —dijo Carlos Gómez con toda su guasa—. Pero ya hemos quedado con la gente del BIT[21], a ver si han encontrado algo en el ordenador de la víctima. Ya sabes, correo, redes sociales y esas movidas.

Sancho hizo un esfuerzo por descifrar lo que había querido decir Gómez antes de contestarle.

—Pues a ver si hay suerte, luego me contáis.

Esa tarde, Sancho quiso redactar las conclusiones de la doctora Corvo para el expediente. Cuando terminó de hacerlo, recordó sus ojos salvajes y lo violenta que le había resultado su conversación con ella. Se quedó unos minutos bloqueado mentalmente hasta que, en un arrebato de realidad, exclamó:

—¡Tengo que hablar con esta tía como sea!

---

[21] Brigada de Investigación Tecnológica.

Se levantó como si la silla estuviera tapizada de chinchetas y se dirigió al aparcamiento sin cruzar palabra con nadie. En doce minutos y treinta y ocho segundos, estaba en el campus universitario. Preguntó en conserjería de la Facultad de Filosofía y Letras, y le informaron de que la doctora terminaría su última clase en, aproximadamente, treinta y cinco minutos. Sacó un café de la máquina y decidió esperarla fuera. Reconoció a la doctora Corvo bajando las escaleras con una cartera bajo el brazo y se atrancó de nuevo en sus ojos, pero se sobrepuso de inmediato para interceptarla. Cuando estaba a un metro, se paró frente a ella y, sin dejar de mirarla, le expuso con voz adusta:

—Doctora Corvo, disculpe que la moleste de nuevo, pero necesito que me dedique unos minutos.

—Inspector, no esperaba verle tan pronto —alegó ella visiblemente incómoda—. Tengo un poco de prisa, ¿le importa que nos veamos en otro momento?

—A decir verdad, sí que me importa —atajó él esforzándose por mantener el gesto severo—. No disponemos de tiempo, necesito un punto de partida y, en estos momentos, pasa por ese maldito poema. Mejía insiste en que usted puede ayudarnos y, sinceramente, me la trae floja que tenga un poco de prisa.

—¿Se la trae floja? —repitió dejando escapar media sonrisa.

—Tengo una chica en el depósito y muchas preguntas. ¿Hay una cafetería por aquí cerca?

—Claro que hay cafetería. Esto es un campus universitario, inspector, pero no es el sitio apropiado. ¿Le parece si nos vemos en unos minutos en el Café Berlín? ¿Sabe dónde está? Me pilla cerca de casa.

—Sé dónde está. Se lo agradezco mucho, doctora, nos vemos allí en quince minutos.

—Que sean veinte.

—De acuerdo.

Sancho se subió al coche, y a los quince minutos estaba entrando por la puerta del Berlín. El bar estaba situado a pocos metros de la catedral, en el mismo corazón de Valladolid, y solían frecuentarlo jóvenes en busca de un ambiente alternativo y tranquilo para conversar frente a un café, cerveza o copas. La entrada ya tenía su encanto, algo estrecha y bien señalizada por un cartel ovalado con el nombre del bar en letras doradas sobre fondo negro. Tres peldaños daban acceso al interior.

Todavía era pronto, y había poca gente. Se sentó en una de las mesas situadas frente a la barra, pidió un botellín de cerveza y esperó. A los cinco minutos, llegó la doctora Corvo, que saludó a Sancho con la mirada y un fugaz alzado de cejas. Esperó a que le sirvieran su cerveza y se sentó frente a él.

—¿Y bien, inspector? Aquí me tiene, dispare.

—Hola de nuevo. Hacía tiempo que no entraba aquí, solía venir en mi época de estudiante —reveló en tono amigable para abrir la conversación.

—No sabía que llevara abierto tanto tiempo —replicó salpicando las palabras con un sarcasmo tan postizo que fue bien recibido por Sancho.

—No hace tanto de aquello, no se crea. La cuestión es que, entonces, la Facultad de Derecho estaba demasiado lejos de interesarme y demasiado cerca de aquí.

—¿Abogado frustrado o estudiante de paso?

—Me matriculé sin saber muy bien qué quería hacer con mi vida, no soy policía por vocación. —Sancho aprovechó para dar un trago a la cerveza—. Le pido disculpas de nuevo por la forma en la que la he abordado antes.

—Disculpas aceptadas. Si le parece, y cumplidos los preámbulos, nos centramos en lo que nos ha traído hasta aquí.

—Me parece. Gracias, doctora, vamos a ver si sacamos algo en claro de todo esto. Necesito algún punto de partida que me lleve a formular una hipótesis sólida que señale hacia un sospechoso. Se me ocurre que podríamos ir analizando el problema por partes, como si fuera un ejercicio de literatura, y nos vamos parando en lo que más nos llame la atención.

—Como quiera, inspector. —Hizo un paréntesis para abrir su carpeta, ponerse las gafas y continuó—: Veamos, el poema está compuesto por diecisiete versos agrupados en seis estrofas, de las que las cinco primeras son tercetos y la última es un pareado. Sigue la rima de los tercetos encadenados, todos de arte mayor, rimando el primero con el tercero y el segundo con el primero de la siguiente estrofa. Por tanto, en métrica, la rima quedaría como sigue —la doctora utilizó una servilleta para escribir—: 11A-11B-11A. 11B-11C-11B... y así sucesivamente.

La doctora se paró en seco al percatarse del desconcierto que se reflejaba en el rostro de su interlocutor. Tras unos segundos, preguntó:

—¿Me sigue?

—Doctora Corvo, ¿conoce ese refrán que dice: «De músico, poeta y loco, todos tenemos un poco»? Pues de lo primero tengo poco y de lo último algo, pero de poeta… nada de nada.

—¿Conoce, inspector, ese otro de: «Hombre refranero, maricón o pordiosero»? —atajó ella aderezando el revés con una sonrisa salpicada de malicia.

Se hizo el silencio y se enfrentaron las miradas. Sancho soltó una carcajada tan agreste que retumbó en las paredes del local. Los pocos clientes que allí estaban se giraron simultáneamente hacia la mesa. Juntó las palmas y, mirando a su público, alegó:

—Perdón, señores, es que uno es más de campo que la madriguera del conejo.

Acto seguido reconoció:

—Tiene razón, abuso del refranero castellano, herencia de mi padre. Si le parece, nos dejamos de dichos y refranes. Ya sabe eso de: «El poco hablar es oro y el mucho es lodo».

Ambos se rieron con cierto desahogo y, cuando se calmaron, ella tomó la palabra:

—Ahora que somos capaces de tener una conversación amigable, ¿le parece que nos tuteemos? Creo que resultaría más sencillo para ambos —propuso la doctora mientras sacaba su tabaco de liar.

—Me parece cojonudo.

—Cojonudo, entonces. Me llamo Martina.

—Bonito nombre, aunque no es muy habitual en Tierra de Campos —comentó él continuando con el tono jocoso de la conversación.

—No lo es, no. Mi padre es argentino, descendiente de italianos, pero emigró de allí con veinte años. Mi madre es española; de Cáceres, concretamente.

—Interesante mezcla italoextremeña. Muy sugestiva. Yo nací en Valladolid, pero mis padres son de un pueblecito de Zamora. Vivieron del campo hasta que pudieron. Luego, se mudaron a la ciudad en busca de un futuro; mi padre regaló el suyo para sacarnos adelante a mi hermana y a mí. Ahora viven de nuevo en el pueblo, allí son felices.

—Interesante, un castellano de raza... —parafraseó ella.

—Bueno, dejémoslo en castellano a secas.

—Bien, a ver cómo sigo. Vamos allá. La poesía clásica tiene unas normas métricas que el autor debe cumplir. Por contra, la poesía moderna se caracteriza por el verso libre; es decir, cada autor sigue sus propias normas métricas. En este caso, el autor ha seguido la rima clásica de los tercetos encadenados, cuya creación se atribuye a Dante, poeta italiano que escribió *La divina comedia*.

—Sí, eso me suena del colegio.

—Sancho, ¿puedo preguntarte dónde encontraron el poema?

—Claro, confío en tu discreción. Lo encontramos dentro de la boca de la víctima.

—Entiendo. Como te decía antes, en cada estrofa debe rimar el primer verso con el tercero, y el segundo con el primero de la siguiente estrofa. De ahí lo de «encadenados». Son versos endecasílabos con rima consonante. ¿Hasta ahí bien?

—Perfectamente, doctora. Gracias.

—En cuanto al contenido —hizo una pausa para encender el cigarrillo que acababa de liar—, yo veo dos partes diferenciadas. El autor presenta el argumento principal del poema en las tres primeras estrofas.

Empezó a recitar los versos en voz alta:

Cuando la sirena busca a Romeo,
de lujuria y negro tiñe sus ojos.
Su canto no es canto, solo jadeo.

Fidelidad convertida en despojos,
a la deriva en el mar de la ira,
varada y sin vida entre los matojos.

No hay semilla que crezca en la mentira,
ni mentira que viva en el momento
en el que la soga juzga y se estira.

—Antes de continuar, querría dejar clara una cosa: todo lo que diga no es más que mi interpretación personal, y debe ser puesta en cuarentena. Solo es mi opinión —insistió.

Sancho asintió con la cabeza. La doctora hizo un descanso para fumar y dar un trago a su cerveza antes de reanudar su exposición:

—Parece evidente que la «sirena» hace mención a la propia víctima. En la primera estrofa, el autor la describe como un ser maligno llevado por la lujuria en busca de placeres carnales. En la segunda, habla del motivo por el que muere o, mejor dicho, el motivo por el que la asesina: la infidelidad. En la tercera estrofa, parece que tratara de justificarse argumentando que la mentira o, lo que es lo mismo, el engaño, lleva irremediablemente a la muerte. Por cierto, la víctima fue encontrada entre unos matorrales, ¿no?

—Sí, así es.

—Entonces, si damos por hecho que escribió el poema antes de abandonar el cadáver, es evidente que quienquiera que lo hiciera pretendía que la encontraran allí. Sin querer meterme en tu terreno, diría que lo tenía todo planeado.

—Sí, eso pensamos nosotros, pero no nos encaja que esa noche ella tuviera otros planes. Según hemos comprobado, discutió con su novio y se marchó del bar en el que estaban. Esto sucedió sobre las 23:30, y esa fue la última vez que se la vio con vida. Puede ser que el hecho de asesinar fuera premeditado, pero cada vez estoy más convencido de que la víctima fue casual. Es decir, podría haber sido esa chica o cualquier otra y, si esto es como digo, será todavía más complicado coger a este cabrón.

—Entiendo. Sin embargo, diría que el autor conocía muy bien a la sirena por la forma en que se expresa en el poema. —Se detuvo un instante y prosiguió—: O puede que, para él, todas las mujeres sean sirenas.

—Podría ser, eso no lo había pensado —reconoció pasándose la mano por la barba—. En estos momentos, la situación es de coma con pronóstico reservado, o dicho de otra forma, no tenemos ni idea de lo que puede suceder a continuación. Quién sabe lo que estará pasando por la mente de ese criminal.

—La figura de la sirena es bastante recurrente para poetas —retomó la doctora— y otros artistas. De hecho, hay una obra de teatro de Alejandro Casona que se titula *La sirena varada*. Aquí, en la segunda estrofa —señaló sobre el papel—, aparece también el término «varada».

—Curioso. Áxel, un agente de la comisaría, dice que también es el título de una canción de Héroes del Silencio. ¿La conoces?

—No. No es precisamente el tipo de música que yo escucho.

—Bueno. Ahora déjame preguntarte algo que me viene rondando la cabeza desde que lo leí la primera vez: ¿te parece bueno el poema en sí? Es decir, ¿dirías que tenemos que buscar a un poeta con impulsos asesinos o, simplemente, a un tipo que lo ha escrito para burlarse?

—No sabría decirte. Normalmente, la poesía no se valora en esos términos. Sencillamente, gusta o no gusta. No obstante, por no dejar sin contestar tu pregunta, te diría que este poema, en su conjunto, me llega más bien poco.

—¿Y eso?

—Básicamente, por la ausencia de figuras literarias. Es demasiado claro y tangible para mi retorcido gusto. Prefiero lo simbólico porque es más susceptible de ser interpretado libremente e invita a la reflexión. Diría que se trata de un aficionado que ha elegido la poesía como medio de expresión o de exaltación de «su obra».

Sancho terminó su bebida e hizo un gesto desde la mesa al camarero para que les pusiera otra ronda. Eran cerca de las 20:30, y el Berlín se iba llenando.

—Quizá deba contarte algo que no te he mencionado antes por tratarse de información que no queremos que salga a la luz; por lo menos, intentamos dilatar al máximo el plazo hasta que se haga pública.

—Soy una tumba.

—A nuestro siniestro poeta no le bastó con asesinarla y mutiló el cadáver cortándole los párpados con una tijera de jardinería.

—¿Los párpados? ¡Menudo enfermo! —exclamó—. Bueno, tiene sentido. Dejar al descubierto los ojos podría ser una forma de escarnio público. Es como dejar en evidencia a un mentiroso en una reunión de amigos, ¿sabes?

—Pues no, nunca me he visto en una de esas.

—Yo sí —reconoció Martina con expresión ladina—. Por cierto, ¿cómo fue asesinada? ¿La violó?

—Asfixiada. Y no, no la violó.

—Me alegro de que no lo hiciera, pero me estoy desviando del tema. ¿Continúo?

—Sí, por favor.

—La segunda parte comprende la cuarta y quinta estrofas. Se aprecia un notable cambio en el tono; ahora, se dirige al lector de forma amenazante. Podría pensarse que lo hace a la policía, que es quien se supone que va a encontrar el poema.

Martina recitó las estrofas dotando a cada palabra de la carga emotiva que requería:

> Tejeré con la esencia del talento
> la culpabilidad de los presuntos.
> ¡Y que mi sustento sea su aliento!
>
> Caminaré entre futuros difuntos,
> invisible y entregado al delirio
> de cultivar de entierros mis asuntos.

Cuando terminó de hacerlo, hizo una pausa para darle una calada al cigarro y reconoció:

—Tengo que admitir que estas dos estrofas sí me transmiten algo. Dicho de otra forma: tienen tanta fuerza que me creo lo que dice. En la primera, ese «esencia del talento» denota que se considera un tipo muy inteligente y capaz. Luego, advierte que va a alimentarse de la vida de los culpables.

—Sí, pero… ¿culpables de qué?

—No especifica, pero con «de los presuntos» apostaría a que se refiere a los que aparentan ser inocentes pero no lo son.

Sancho murmuró algo mientras anotaba en su libreta.

—En el último terceto, nos da a entender claramente que tiene la intención de seguir matando. «Futuros difuntos» y «cultivar de entierros mis asuntos» no dejan lugar a dudas. Parece evidente que disfrutará con ello.

—Sí, y ese «invisible» no me ha pasado desapercibido. Nos está retando.

—Claramente. Además, me suena haber leído antes la última estrofa, pero no consigo ubicarla por más vueltas que le doy. La he buscado con las mismas palabras, pero no he encontrado nada; seguiré pensando, a ver si doy con ello. Puede ser una referencia que nos proporcione alguna pista, no sé.

—No dudes en llamarme si lo averiguas, por favor.

—Cuenta con ello. En cuanto al último pareado que cierra el poema:

> Afrodita, nacida de la espuma,
> cisne negro condenado en la bruma.

—Afrodita, que da título al poema, es la diosa del amor y de la reproducción, muy ligada a la idea del sexo. Según he comprobado en la mitología griega, nació de la espuma del mar; es otra forma de referirse a la víctima. Afrodita podía adoptar la apariencia de varios animales para mostrarse a los mortales; entre ellos, el cisne. El negro denota un tono sombrío, maligno. Por último, con lo de «condenada en la bruma» creo que se refiere a la idea del olvido. Digamos que es lo que consigue al matarla: condenarla al olvido.

Martina terminó de hablar y se quitó las gafas para guardarlas en su funda. Después, inspiró profundamente sin dejar de mirar a Sancho.

—Muchas gracias, Martina.

—Espero que os pueda servir de ayuda.

—Ya lo creo. Damos por hecho que el autor del poema es el mismo que cometió el crimen, y que podría tratarse de un aficionado a la poesía que utiliza esta forma de comunicación para exaltar y justificar sus actos. Se trata de un psicópata que, ante la infidelidad y la mentira, decide tomarse la justicia por su mano. Se siente orgulloso de sus actos, y tiene toda la intención de seguir matando.

—Ese podría ser el resumen, aunque yo no sabría decirte si se trata, o no, de un psicópata. Para eso, deberías consultar a otro especialista.

—Eso ya lo veremos, pero algo está claro: sabemos más de lo que sabíamos antes, y eso es avanzar —aseguró clavando su mirada en los ojos verdes de la doctora—. ¿Otro botellín? Ya sabes eso de que «No hay quinto malo».

—Yo soy más de tercios, pero... ¿por qué no? —dijo ella exhibiendo una monumental sonrisa.

Sancho le devolvió la sonrisa mientras se dirigía a la barra. A los pocos segundos, sonó su móvil. Una llamada de comisaría.

—Sancho.

—Soy Matesanz, acaba de llamarnos nuestra gente de prensa y según parece…

—Vaya, no me digas más —interrumpió Sancho mordiéndose el labio inferior y mirando en dirección a Martina—, se han enterado de la mutilación.

—Así es, lo sacarán en la edición de mañana. No han podido retenerlo más.

—¡Hay que jodeeerse! Solo espero que no se ensañen con el titular.

—Mañana lo sabremos.

—Gracias por avisarme, hasta mañana.

—Hasta mañana.

SUEÑA LEJOS DEL DOLOR

Residencia de Augusto Ledesma
Barrio de Covaresa (Valladolid)
9 de octubre de 2010, a las 5:58

Gritando y bañado en sudor, Augusto trataba de incorporarse al tiempo que buscaba el interruptor de la luz. Lo consiguió tras varios intentos fallidos y, sin dejar de jadear, se sentó en la cama; acurrucado, abrazado a sus rodillas y con la cabeza metida entre las piernas, se balanceaba como tratando de acunarse. Desnudo, se quedó en esa postura el tiempo que necesitó para controlar la respiración. Apoyó los pies en el suelo y bajó la cabeza; se entretuvo unos minutos contemplando cómo le caían las gotas de sudor de la frente y formaban un pequeño charco en el parqué de su habitación. Miró el reloj de la mesilla, aunque tardó unos segundos en percatarse de que era la noche del viernes al sábado. Respiró hondo, posó las manos en la cabeza y se frotó despacio desde la frente hasta la nuca. Se incorporó, todavía alterado, para dirigirse a la ducha.

Con la placentera sensación del agua tibia golpeando su espalda, se atrevió a cerrar los ojos para enfrentarse a las imágenes que le habían vuelto a provocar ese miedo. Hacía ya bastante tiempo que no tenía esas pesadillas. Incluso, había llegado a pensar que lo había superado; estaba claro que no era así. Un sentimiento de rabia y temor recorría su cuerpo más rápidamente que el agua que resbalaba por su piel.

Con los ojos aún cerrados, pudo ver de nuevo la cajita de música de su madre. La recordaba tan bien que habría sido capaz de dibujar cada detalle del interior y del exterior de aquel objeto sin riesgo a equivocarse. Tenía unos diez centímetros de largo por seis de ancho, estaba hecha de madera y lucía pintadas unas flores rojas que, con el paso de los años, habían ido perdiendo el color. A pesar de las muchas capas de barniz que le había aplicado su madre, se apreciaban sensibles desperfectos si se pasaba el dedo por encima; algunos pétalos estaban muy deteriorados. El frontal de la caja tenía un pequeño cajón donde su madre guardaba los alfileres de su boda, rematados por tres bolas de nácar de distintos colores. Cuando se abría la cajita, aparecía una bailarina con tutú que daba vueltas al pausado ritmo de la música de *El padrino*. Tenía esa canción grabada en la cabeza. La primera vez que vio la película y reconoció esa melodía, se tiró al suelo y, tapándose las orejas con las manos, empezó a temblar. Por aquel entonces, ya estaba viviendo con sus padres adoptivos, pero nunca les contó nada sobre aquello; nunca se atrevió a hablar de ello con nadie.

De pequeño, era su juguete preferido. En aquel momento, vivía con su madre en un pequeño, oscuro y destartalado piso cercano a la estación de autobuses, al que se acababan de mudar para estar más cerca de las dos casas en las que limpiaba y planchaba. Su padre se había marchado de casa cuando todavía no habían cicatrizado los puntos del parto, y nunca más volvió a saber de él. Cuando ella no estaba o se quedaba dormida en el sofá del salón, Gabriel solía ir a su cuarto a hurtadillas y abría el primer cajón de la mesilla para entretenerse con ese asombroso artilugio. Le fascinaba descubrir el mecanismo, darle cuerda con la manivela y ver cómo giraba el tambor haciendo que las varillas emitieran distintas notas musicales. Se quedaba absorto durante muchos minutos, cautivado.

El día de su sexto cumpleaños, inmerso en el movimiento del mecanismo y ensimismado por la canción, no se percató del sonido de la puerta. Aquel día, había fingido estar enfermo para no acompañar a su madre a misa de doce, pero esta, guiada por la música, fue hasta su habitación. Allí, en el suelo, se encontró a Gabriel con la caja de música entre sus manos. Tenía tan recientes sus palabras que podía paladear el tono admonitorio con el que las pronunció: «¿Así que ahora nos dedicamos a mentir para coger las cosas del prójimo sin permiso? ¡No dirás falso testimonio ni mentirás! ¡No robarás! Vas a aprender a respetar los Diez Mandamientos como que me llamo Mercedes Mateo».

En la ducha, Augusto hizo un esfuerzo por enfrentarse a los siguientes fotogramas. Cerró los ojos con fuerza y apretó los puños.

Se vio con seis años, tembloroso sobre las rodillas de su madre, que estaba sentada en la cama. Augusto sabía que lo había vivido en primera persona, pero su sistema de autodefensa lo interpretaba como si le hubiera ocurrido a otro niño, un niño que trataba de hacerle entender a su madre que solo estaba jugando y que obtenía siempre la misma respuesta: «Gabriel, cierra la boca o será mucho peor. Esto es por tu bien».

Ella abrió el pequeño cajón de la cajita de música, sacó diez alfileres y los fue clavando uno a uno en un cojín mientras le adoctrinaba con artificiosa solemnidad: «Gabriel, tienes que aprender a respetar las normas para llegar a ser un buen hombre. Has violado lo más sagrado, solo podrás salvarte asumiendo tu penitencia. Arrepiéntete en silencio. Si gritas o te resistes, los clavaré más profundamente. ¿Entiendes?».

En la ducha, volvió a cerrar los puños con tanta fuerza que se clavó las uñas en las palmas. Augusto podía sentir la presión que ejercía su madre sobre sus muñecas y el dolor que le causaba cada pinchazo. Apretó los dientes mientras oía en su cabeza la voz de su madre recitando uno a uno los Diez Mandamientos. Se tomó su tiempo, y le obligó a mantener el puño cerrado para poder clavarlos mejor. Agarraba el alfiler con el índice y el pulgar, lo hundía en la carne ayudándose de un dedal, aproximadamente hasta la mitad.

«Amarás a Dios sobre todas las cosas. No tomarás el nombre de Dios en vano. Santificarás las fiestas. Honrarás a tu padre y a tu madre. No matarás. No cometerás actos impuros. No robarás. No dirás falso testimonio ni mentirás».

Mientras su madre continuaba con el ritual, Gabriel trataba de no mirar. Lloraba sin emitir sonido alguno y cerraba los ojos con la esperanza de que aquello terminara pronto. Solo en ocasiones los abría y desviaba la mirada hacia sus manos. Esa impronta quedó grabada para siempre en su cabeza. Apenas sangraba, pero la imagen de los alfileres clavados le provocó un escalofrío que le recorrió la espalda. Rememoró la forma en que su madre le hizo coger los dos últimos alfileres y, al no haber más espacio entre los nudillos, le obligó a clavárselos él mismo en las palmas. Al mismo tiempo, ella terminaba de recitar el noveno y el décimo mandamiento.

«No consentirás pensamientos ni deseos impuros. No codiciarás los bienes ajenos».

Cuando terminó, le forzó a ponerse de rodillas con los brazos en cruz mirando a un crucifijo que tenía en la pared de la habitación.

«Ahora repetirás bien alto y diez veces los Diez Mandamientos. Si te confundes una sola vez, vuelves a empezar, y ya puedes mostrar arrepentimiento o te quedarás ahí todo el día. Solo Cristo, Nuestro Señor, puede perdonarte. Estás en sus manos».

El niño se los sabía de memoria, no necesitaba hacer ningún esfuerzo para repetirlos de carrerilla; solo tenía que olvidarse del dolor. Cuando finalizó, su madre le retiró los alfileres uno a uno con la misma diligencia con la que se los había clavado. Después, le llevó al servicio y curó con cierto cuidado, pero sin remordimiento alguno, las pequeñas heridas.

Durante los meses siguientes, su madre repitió aquella práctica cada vez que consideraba que su hijo estaba violando uno de los Diez Mandamientos. Sin embargo, la «terapia», lejos de causar el efecto previsto por Mercedes, no hacía sino alimentar la rebeldía del niño. En cierta ocasión, ya durante las últimas semanas en las que vivió con su madre, a Gabriel se le ocurrió llamarla «bruja». Ella reaccionó con frialdad; le dio una bofetada que le hizo entender la expresión «te vuelvo la cara». Luego sacó los alfileres —esta vez se los clavó hasta las bolas de colores— sin que se hubieran borrado las huellas de la sesión anterior. Mientras, repetía una y otra vez: «Honrarás a tu padre y a tu madre». El desenlace no tardó en producirse, llegó otro domingo, cuando Gabriel supo aprovechar su ausencia para hacer pagar a Napoleón y Josefina —la pareja de canarios de su madre— con la misma moneda en forma de alfileres. Las vecinas intervinieron alertando a la policía cuando los gritos de aquella voz infantil se hicieron desgarradores. Aquel día fue la última vez que vio a su madre.

Augusto cerró el grifo, abrió los ojos y se dio cuenta de que estaba llorando; sin emitir sonido alguno, como ella le había enseñado. Él nunca lloraba, no tenía ninguna necesidad de hacerlo. Fue entonces cuando decidió que tenía que ponerle solución inmediata. Sabía bien cuál era el camino a seguir. En cuanto terminó de vestirse, bajó tan decidido como apresurado al despacho de su padre, que había permanecido cerrado e intacto desde su muerte. Estaba en la planta baja, la primera estancia a la derecha según se entraba por la puerta principal. Su padre acostumbraba a recibir a gente en casa y lo ubicó allí para ahorrarse tener que subir sus casi cien kilos escaleras arriba. Abrió la puerta con la misma cautela con la que se colaba cuando era un niño y entró. Las persianas no estaban bajadas del todo, y la luz del amanecer aprovechaba para colarse tímidamente tiñendo la sala de tonos añiles y violáceos. El olor a cuero, a papel envejecido y a madera se mezclaba con la falta de aire renovado. Si la cultura tuviera alguna esencia, sería esa.

Frente a él, la solemne mesa de despacho hecha de madera noble color caoba y corte clásico. La rodeó para sentarse en la butaca donde solía trabajar su padre; de estilo inglés, toda de piel, en tono ocre y con respaldo de capitoné hecho a mano. Sobre el tablero, tres protectores rectangulares de cuero negro. Algunas tardes, aprovechando la ausencia de su padre y la desidia de su madre, entraba en el despacho y se sentaba allí mismo imaginándose que, algún día, tendría uno igual. A la izquierda, estaba el ordenador personal. Lo encendió y, mientras esperaba, levantó la mirada hacia la librería que ocupaba toda la pared derecha de la estancia. Fabricada con la misma madera que la mesa, estaba repleta de cientos de libros perfectamente colocados, entre los que se alternaban bustos de grandes emperadores romanos objeto de culto y admiración por parte de su padre adoptivo. Reconoció enseguida los de Adriano, Marco Aurelio, Trajano, Tiberio y, por supuesto, el de Octavio Augusto, primer emperador de Roma e hijo adoptivo de Julio César. Precisamente, fue en aquel nombre en el que su padre se había inspirado para borrar el pasado de Gabriel y completar su propio presente. En ese momento, sentado en la butaca, sonrió al recordar a su padre hablándole mientras sostenía con la mano el busto del primer y más grande emperador de Roma. Augusto tenía cientos de citas latinas grabadas a fuego de tanto escuchárselas a su padre, que insistía machaconamente en la obligación moral de los españoles —como uno de los pueblos herederos de Roma— de mantener vivo el idioma del que se amamantó el castellano. Luego, siempre terminaba la frase adornándola con la misma cita: «Ya lo dijo Cayo Julio César: *Beati hispani quibus vivere bibere est*»[22]. Así fue como don Octavio Ledesma

---

[22] Expresión latina que se traduce al castellano como: «Bienaventurados los hispanos para los que vivir es beber».

se ganó el sobrenombre de Emperador, como le conocían en el entorno político.

Augusto se levantó para echar un vistazo más de cerca a aquellos libros. Todavía se podían distinguir perfectamente las distintas secciones, bien separadas y señalizadas por temas: Enciclopedias y Diccionarios, Historia, Filosofía, Derecho, Novela clásica, Novela histórica y Poesía.

En su sitio de siempre, estaban los libros que habían marcado a Augusto durante su formación clásica: *La Odisea* y *La Ilíada,* de Homero; *El Decamerón,* de Boccaccio; *La divina comedia,* de Dante Alighieri; *El Príncipe,* de Maquiavelo; *Elogio de la locura,* de Erasmo de Rotterdam; *Utopía,* de Tomás Moro; *Hamlet* y *Macbeth,* de Shakespeare; *El Quijote,* de Cervantes; *El avaro* y *Tartufo,* de Molière; *Fausto,* de Goethe; *Guerra y paz,* de Tolstoi; *Hambre,* de Knut Hamsun, o *Crimen y castigo,* de Dostoievski. Todos ellos y muchos más engullidos durante sus años de aislamiento. Amaba aquellas obras.

Cuando llegó al lomo de *Ulysses,* de James Joyce, detuvo su periplo visual para sacarlo de la estantería. Era un libro único, muy especial para Augusto. Al cumplir los diecisiete años, su padre adoptivo se lo dejó encima de la cama con una nota que todavía tenía guardada y que decía: «Si consigues digerir este libro, sabrás cómo se comporta el ser humano y estarás preparado para dirigir tu vida». Estaba escrito en inglés y, aunque tenía un buen nivel en ese idioma gracias a las clases particulares que recibía en casa desde los diez años, la primera vez le costó varios meses terminarlo. Sabía que Joyce estaba considerado como uno de los escritores más importantes del siglo xx, creador del lenguaje literario moderno, inventor de nuevos estilos que marcaron tendencias y sublime retratista de la realidad humana a través de sus personajes singulares, pero era mucho más que todo eso para Augusto. Le consideraba su padre literario. Hojeó algunas páginas recordando algunos de los pasajes que más le habían marcado.

—*Dira necessitas*[23]. Otro día, amigo, hoy no dispongo del tiempo que te mereces. Ya sabes que tengo pendiente ir a verte —le prometió al libro volviéndolo a dejar en su sitio con sumo cuidado.

Reemprendió su recorrido por las estanterías hasta llegar a la sección de poesía, que era de las más visitadas por Augusto. Reconoció al instante la selección de autores de la generación del 27 que guardaba su padre: Pedro Salinas, Jorge Guillén, Dámaso Alonso, Gerardo Diego, Rafael Alberti, Vicente Aleixandre y sus predilectos: Federico García Lorca y Miguel Hernández, de los que poseía su obra completa. Mientras hacía la ruta por las estanterías, rozaba con los dedos algunos de los libros que tantas y tantas veces había leído por recomendación de su padre: *Canciones, Romancero gitano, Poemas del cante jondo, El rayo que no cesa, Viento del pueblo...* ¡Tantos! De todas esas obras, Augusto había memorizado los versos que más le impactaron, pero solo se aprendió de memoria un poema completo que le estremecía cada vez que lo leía o recitaba para sí: *Elegía a Ramón Sijé.* En el centro de la biblioteca, destacaba un apartado con llave que siempre había permanecido cerrado y que, de pequeño, le gustaba pensar que era donde su padre guardaba terribles secretos que nunca deberían ser

---

[23] Expresión latina que se traduce al castellano como «cruel necesidad».

desvelados a la humanidad. No mientras no estuviera del todo preparada.

Volvió a la mesa y se sentó frente al ordenador, que ya mostraba ese escritorio de Windows que tanto odiaba. Pinchó en *Inicio, Buscar, Archivos o carpetas* y tecleó la palabra «adopción». Esperó unos segundos hasta que apareció una carpeta con ese mismo nombre. Hizo doble clic y se sumergió en toda aquella documentación en busca de algún expediente que saciara su hambre de información.

Transcurrieron veinte minutos durante los que no encontró nada interesante. Se trataba, en su mayoría, de documentos posteriores a la incorporación de Augusto a la familia Ledesma Alonso. Ningún número de expediente o informe anterior del proceso, nada. Algo frustrado, empezó a revisar las notas que había ido cogiendo sobre fechas y datos que podrían resultar de interés. De entre todas ellas, hubo una que llamó especialmente su atención: la fecha de una carta escrita por su padre a la Gerencia de Servicios Sociales de Castilla y León en la que manifestaba su interés y el de su esposa por iniciar los trámites de adopción nacional. Diecisiete de mayo de 1985. Es decir, apenas dos meses después de cumplir los siete años, la edad a la que fue adoptado.

—No puede ser.

Aquello significaba que su padre había conseguido la adopción en solo unos meses. De haber seguido los cauces habituales, el proceso se habría dilatado más en el tiempo. Mucho más de lo que el Emperador estaba dispuesto a esperar.

—Muy propio del señor delegado del Gobierno, utilizar su cargo político para acelerar los trámites —se dijo orgulloso.

Entonces, Augusto supo que no conseguiría nada de lo que estaba buscando en el equipo informático de su padre, ya que él nunca habría dejado constancia electrónica del proceso. No obstante, también estaba seguro de que el Emperador habría requerido multitud de informes y antecedentes antes de tomar la decisión; de eso, no le cabía duda alguna. Tenía que encontrar los documentos físicos.

Empezó revisando los seis cajones del escritorio. Vació todos encima de la mesa y examinó cada papel a conciencia. Nada. Volvió a colocar todo en su sitio, y abrió los otros tres que formaban parte del tablero. Material de oficina, bolígrafos, plumas, folios en blanco, tarjetas. Nada. Airado, cerró con fuerza el cajón y clavó su mirada en el apartado de la librería cerrado con llave. Tardó algunos segundos en decidirse. Cogió un abrecartas que había sobre la mesa y se levantó con el convencimiento de que encontraría esos documentos. Metió el abrecartas en el espacio que dejaban la cerradura y la moldura del mueble y, haciendo palanca, lo abrió. Tan sencillo como eficaz, solo dejó una pequeña marca en la madera.

En su interior, encontró varias carpetas. Cogió todas con el ansia de un ave carroñera hambrienta y las colocó encima de la mesa. Tardó poco en dar con la que estaba buscando, tenía que ser la de color marrón con gomas en la que estaba escrito «Augusto».

Abrió la carpeta y comenzó a revisar documentos: *Certificado de idoneidad de Octavio Ledesma Gallego y Ángela Alonso del Campo, Expediente de adopción familia Ledesma Alonso, Informe médico de Gabriel García Mateo, Informe psicológico de Gabriel García Mateo*. Allí estaba todo lo que necesitaba saber.

—*Veritas filia temporis*[24], ¿verdad que sí, *Imperator?*

Decidió empezar por el expediente de adopción, en el que pensaba que podría encontrar la información que buscaba sobre su madre. No se equivocaba.

Estaba fechado el 26 de diciembre de 1985, y sellado por la Gerencia de Servicios Sociales de Castilla y León. El documento otorgaba la adopción plena a favor de sus padres adoptivos de un niño varón nacido el 22 de marzo de 1978, de nombre Gabriel García Mateo, hijo de Santiago García Morán y Mercedes Mateo Ramírez.

—Mercedes Mateo Ramírez. Ya te tengo, bruja —sentenció Augusto dejando caer su puño con fuerza encima del informe.

Pasó unas cuantas hojas hasta que se detuvo en el apartado de antecedentes, firmado por el Juzgado de Instrucción N.º 4 de Valladolid el 17 de septiembre de 1984. Augusto leyó en alto el texto que estaba subrayado con lápiz:

Habiendo sido confirmados los malos tratos sufridos de forma continuada por el menor en el informe médico que se adjunta en el Anexo n.º 3, y habiéndose probado la autoría de los mismos en la persona de su madre natural, Mercedes Mateo Ramírez, certificada su incapacidad en el informe psicológico adjunto en el Anexo n.º 4 y probado el abandono del hogar del padre Santiago García Morán, se resuelve retirar la custodia y patria potestad de la madre con efecto inmediato. El menor ingresará en un centro de acogida hasta que se nombre un guardador o sea reclamado en adopción por otra familia.

---

[24] Expresión latina que se traduce al castellano como: «La verdad es hija del tiempo».

Algo más calmado, Augusto buscó el Anexo n.º 3 y leyó el párrafo que también estaba subrayado.

> El menor, de seis años de edad, presenta múltiples heridas en las manos, localizadas en su mayoría entre los nudillos y en las palmas. Se aprecian daños en los nervios cubital, radial y mediano que han provocado agarrotamiento y pérdida parcial de movilidad en ambas manos. Las lesiones están originadas por la repetida incisión de objetos punzantes tales como alfileres.

Augusto se miró las manos y recordó entonces que su madre adoptiva le había comentado en alguna ocasión que no pudo recuperar la movilidad total de los dedos sino hasta los diez años de edad, y que fue gracias a que su padre no había escatimado recursos en la rehabilitación. Nunca hablaron de las causas, ese asunto era considerado tabú. Con el tiempo, desapareció todo rastro físico de aquellas lesiones, pero todavía podía sentir el dolor de cada pinchazo en sus sueños. Respiró profundamente y buscó el Anexo n.º 4.

> La paciente, Mercedes Mateo Ramírez, presenta claros síntomas de padecer un trastorno crónico en la percepción de la realidad. Reconoce haber clavado alfileres a su hijo en repetidas ocasiones con el pretexto de educarle en la fe cristiana y hacerle ver la diferencia entre el bien y el mal. Se aprecia en la paciente el deseo de hacer pagar a su hijo Gabriel por la muerte de su hermano gemelo tras el parto. No muestra arrepentimiento alguno de sus acciones, y no es consciente del daño causado. Se recomienda internarla en un centro psiquiátrico con el objeto de tratar una posible esquizofrenia paranoide.

—Solo espero que aún estés viva, mamá —masculló mascando odio al tiempo que cerraba el informe.

Se sentó en la butaca de su padre y continuó leyendo toda la documentación. Cuando terminó, ya era mediodía; recogió todo antes de salir del despacho de su padre y subir de nuevo al suyo.

Tenía muy claro el siguiente paso y, para ello, despertó a Orestes. Necesitaban la ayuda de sus colegas de Das Zweite Untergeschoss. Más concretamente, la de Skuld, el especialista del grupo en apoderarse de información. Oculto entre sus aplicaciones de escritorio, ejecutó Höhle, un programa creado por Hansel para contactar de forma segura con los miembros del grupo. Tras identificarse, accedió al panel principal, en el que no aparecía conectado ningún miembro. Pinchó en el perfil de Skuld, y escribió en alemán: «Necesito que salgas de la madriguera, es importante. A las 16:00 volveré a conectarme para darte los detalles. Hasta entonces».

Algo malhumorado, cerró la aplicación y bajó a prepararse la comida. No comió y cuando volvió de nuevo a su despacho eran las 16:02. Skuld ya debía de estar allí; accedió al panel y pudo ver el icono en verde de su colega. Se apresuró a teclear.

—Buenas tardes, hermano.

—Buenas tardes, Orestes. Tu mensaje me ha dejado intrigado. Hacía tiempo que no contactábamos, ¿todo en orden?

—No. Necesito la ayuda del grupo. Tengo que encontrar a alguien.

—Cuenta conmigo. Dame información.

—Mercedes Mateo Ramírez, española. Tienes que entrar en la base de datos de la Seguridad Social, necesito saber cuál es su última dirección conocida.

—¿Nada más?

—No, no tengo nada más.

—No me refiero a más información, pregunto si no necesitas nada más.

—Todo lo que encuentres sobre ella me será de utilidad.

—SpyDZU-v3 cazará todo lo que exista con su nombre o con su DNI en formato electrónico en servidores de la administración pública. Solo es cuestión de tiempo.

—Tenemos tiempo.

—Lo primero que tengo que hacer es comprobar si está latente en servidores afines. Será más rápido si ya están infectados, así solo tendré que despertarlo; si no, es posible que necesite la ayuda de Hansel.

—Podemos contar con él.

—Lo sé. Y esto, exactamente, ¿para qué es?

Orestes meditó la contestación.

—Es mejor que no lo sepas. Confía en mí.

—Confío en ti.

—Gracias, hermano.

—Cuídate, yo te aviso.

A las 22:00, Augusto decidió que tenía que salir a tomar el aire, necesitaba colocarse un poco. Se duchó de nuevo y se arregló de sábado noche; el plan era ir directamente al Zero, a escuchar música y tomarse unos cuantos gin tonics. Necesitaba estar solo, ese día no soportaría ni cinco minutos las vacías conversaciones de sus artificiales amigos. Decidió llamar a un taxi para evitar problemas a la vuelta en algún control de alcoholemia. Antes de salir de casa, se preparó un gin tonic y se puso una generosa raya de coca para ir calentando motores. Una vez en el taxi, no cruzó ni una sola palabra con el taxista; detestaba los diálogos de besugos con desconocidos. Tardaron quince minutos en llegar a la plaza de Poniente desde donde caminó hasta el Zero Café. Un latigazo de frío le recorrió la espalda anunciándole la inminente llegada del otoño a Valladolid. Se animó. Era su estación favorita, esa en la que todo transita de la vida a la muerte, ideal para afrontar cambios profundos. Se subió el cuello de la cazadora y aceleró el paso.

Cuando entró en el local, apenas se contaban diez personas distribuidas por la barra. Buscó un hueco y llamó la atención de Luis.

—¿Qué pasa, Luis? Si me pones un gin tonic en condiciones, es probable que hasta te lo pague.

—Hombre, Augusto, se agradecen las buenas intenciones. Muy pronto vienes hoy, ¿no?

—Ya ves, tengo mono de buena música —contestó mientras se encendía un purito.

—Ahí tienes a Paco a los mandos, hoy ha venido eufórico. ¿Hendrick's con Fever Tree?

Asintió. Luis preparó la bebida como le gustaba a Augusto. Copa de balón, hasta arriba de hielo, poco cargada, sin fruta dentro ni limón exprimido. La tónica, vertida despacio y sin remover los hielos.

—Aquí tiene el señor, su gin tonic en condiciones.

—No merezco otra cosa, ya lo sabes. Bueno, y ¿qué te cuentas?

—Poca cosa, poca gente, se nota la crisis un huevo. Los viernes, esto ya no es lo que era, y los sábados, depende.

—Si te soy sincero, yo me alegro de que no haya gente. Huyo de los rebaños de borregos que abarrotan los bares con su basura musical y su mierda de garrafón.

—Ya, macho, pero si esto sigue bajando, tendrás que buscarte otro sitio para escuchar tu música.

—No jodas, hombre. Con la pasta que me voy a dejar esta noche, pagan tu sueldo.

—En ese caso, empieza por pagarme esta, no te vayas a colocar mucho y se te olvide después.

—¿Cuándo me he ido yo sin pagar?

—Espero que nunca, cabronazo.

—Ya sabes que me sobra la pasta, lo que no tengo es tiempo para gastármela.

—¡Olé tus cojones! Pues ya sabes dónde tienes que dejártela cuando tengas un rato.

—Claro, hombre, no encuentro mejor forma de invertir mis euros que en bonos de Zero. ¿Qué calificación os ha dado Standard & Poor's?

—Triple... seco.

Augusto rio con ganas antes de reconocer el comienzo del vídeo de *Stripped,* una canción de Depeche Mode cantada por Rammstein. No podría existir un mestizaje musical más acertado que ese. Lo había visto decenas de veces, pero en cuanto llamó su atención, ya no pudo apartar la mirada. Empezaba con una panorámica del estadio en el que se agolpaban decenas de miles de seguidores en estado de éxtasis absoluto esperando a que el gigantesco cantante alemán, como surgido del mismo infierno, empezara a cantar con su voz de ultratumba. Augusto se sabía la letra, y empezó a imitarle.

Come with me
into the trees.
We'll lay on the grass
and let hours pass.
Take my hand
come back to the land.
Let's get away
just for one day.
Let me see you stripped.
Let me see you stripped.

Justo en ese momento, el escenario explotaba con efectos de luz y fuego real. A su lado, escuchó a una chica que iba vestida de gótica comentarle a su amiga:

—¡Mira la cara de psicópata que tiene el tío!

A Augusto le entraron ganas de patearles la cabeza, pero solo quería disfrutar del vídeo. Les dedicó una mirada rebosante de desprecio que no pasó desapercibida para ellas, que se apartaron de inmediato, y él siguió sumergido en las imágenes. Una toma panorámica del recinto hizo que Augusto se volviera hacia Paco y le confesara a gritos:

—¡Lo que daría yo por poder estar en un concierto de esos!

—¡Ya te digo! —refrendó Paco sin levantar la cabeza de su portátil.

Augusto se percató de que se estaba terminando la copa y volvió a llamar a Luis.

—¿Me la rellenas?

—¡Cómo no!

—Bueno, parece que se va animando esto.

—¡Pufff! A ver si es verdad. Créeme, la cosa está muy floja, y tampoco ayuda mucho que vengan polis de paisano a husmear por aquí.

Augusto se quedó paralizado con los labios pegados al vidrio. Dejó la copa sobre la barra y, forzando una expresión desinteresada, le preguntó:

—¿Sí? ¿Ha venido la poli? ¿Qué has hecho?

—No, en serio. Vinieron preguntando si había visto a la chica que encontraron muerta cerca del río. Me enseñaron una foto, pero les dije que por aquí pasa mucha gente y que solo me quedo con las caras de los clientes habituales y de los «pibones»; ella no era ninguna de las dos cosas.

—Claro, ¿y qué te dijeron ellos?

—Nada, que estaban preguntando por los bares de la zona a ver si algún camarero la había visto la noche en que fue asesinada. Me parece a mí que conseguir eso va a ser más complicado que encontrar a Wally en la grada del Frente Atlético —soltó Luis.

—Bueno, espero que agarren pronto al que lo hizo. No es bueno para el negocio que haya un tipo así actuando por la zona. ¿No te parece?

—Pues sí. A ver si le pillan de una vez y nos dejan en paz.

—Voy al baño, que me meo vivo.

Augusto subió las escaleras en dirección al baño; su corazón latía con una fuerza inusitada. Se mojó la cara y trató de tranquilizarse. En realidad, eran unas noticias excelentes, no había de qué preocuparse. Tras unos minutos, decidió que la solución pasaba por su nariz. Bajó algo más calmado, cogió su copa, se encendió un purito y se sentó en un sofá a mirar la pantalla de vídeo. Así pensaba quedarse hasta que cerraran o hasta que no pudiera mantenerse en pie. Sonrió tras saborear el sabor amargo del gin tonic y la placentera sensación del humo en sus pulmones mientras pensaba en cómo y cuándo se produciría el ansiado reencuentro con su madre.

CON LA LUNA POR CEREBRO

Avenida de Salamanca (Valladolid)
15 de octubre de 2010, a las 13:49

Llovía con fuerza a última hora de la mañana del viernes, y la avenida de Salamanca, como de costumbre, estaba algo colapsada. El tráfico pausado permitió a Sancho reflexionar sobre la reunión que acababa de mantener con el comisario. Mejía le había pedido su punto de vista acerca de solicitar ayuda especializada a Madrid para impulsar la investigación del caso. Él había objetado con aspereza que quizá era un tanto precipitado, dado que apenas había transcurrido un mes desde el asesinato. Por otra parte, todavía no se había producido ningún otro hecho violento en la ciudad que pudiera atribuirse al mismo sujeto.

Octubre había empezado con un atropello con resultado de muerte en la plaza de Colón en el que el conductor había dado positivo en el test de alcoholemia. Peteira se había ocupado del caso, y las diligencias ya se encontraban en manos del juez. Finalmente, tras la argumentación de Sancho, Mejía decidió posponer la petición a la Dirección Adjunta Operativa, pero el comisario fue concluyente con su última frase:

—Necesitamos cuanto antes algo sólido o nos van a solidificar el culo a los dos.

Con la mirada perdida en el círculo rojo del semáforo, admitió que el avance de las pesquisas policiales estaba siendo como el tráfico de esa mañana: lento y tedioso. La prensa seguía husmeando en busca de novedades en la investigación que no terminaban de llegar. El estruendo que causó en la opinión pública el hecho de la mutilación se había quedado en un continuo y molesto pitido en los oídos para el Grupo de Homicidios. Por suerte, en el otro lado de la balanza, pesaba más que no hubiera trascendido hasta la fecha nada acerca del poema. La presión interna, además, había descendido de forma considerable, y se podía trabajar con mucha más calma. A pesar de ello, Sancho seguía obcecado en el caso, tratando de completar un rompecabezas al que, en palabras de uno de sus subinspectores, le faltaban las piezas de las esquinas. Sabía que su crédito se agotaba cada día que pasaba sin encontrar indicios que le pusieran tras la pista de algún sospechoso. Solo hubo un descubrimiento relevante en esas semanas, y fueron los de la científica quienes se apuntaron el tanto: identificaron la herramienta con la que había cortado los párpados. Se trataba de una vaciadora para la poda de bonsáis; el corte cóncavo de esta herramienta encajaba con las incisiones en los párpados de la víctima.

Perdido en sus cavilaciones al ritmo de los limpiaparabrisas, una llamada de teléfono le devolvió a la realidad. Sin mirar el identificador de llamada, pulsó el botón del manos libres.

Como un autómata, contestó:

—Sancho.

—Buenas tardes, inspector.

Reconoció la voz de Martina Corvo al instante. No había vuelto a hablar con la doctora desde que compartieron esas cervezas desmenuzando el maldito poema. Tras dudar unos segundos cómo dirigirse a ella, atinó a decir:

—Hola, Martina. Qué sorpresa, ¿cómo estás?

—Estupendamente, gracias. ¿Cómo vas tú? ¿Cómo lleváis la investigación?

—Mira, me vas a permitir que te lo sintetice con un refrán de esos que tanto te gustan. ¿Has oído ese que dice: «Más vale andar cojeando en el camino que correr fuera de él»? Pues bien, nosotros ni siquiera sabemos dónde está el camino.

—¿Tan mal está la cosa?

—Como al principio, tenemos casi lo mismo que sabíamos la primera semana.

—Bueno, pues quizá te alegre el día lo que tengo que decirte.

—¿Sí? ¿Has descubierto algo interesante? —preguntó sin ocultar un ápice su curiosidad.

—No sabría decirte hasta qué punto será interesante para la investigación, eso lo tendréis que juzgar vosotros. ¿Recuerdas que te dije que había una estrofa que me sonaba pero no sabía de qué?

—Espera, espera… —interrumpió Sancho—. ¿Has comido ya? Podríamos tratar de vernos y me lo cuentas en persona.

—¿Está intentando sacarme una cita, inspector? —preguntó Martina con un tono irónico tan forzado como jocoso.

—Pues sí. Me ha pillado, doctora —reconoció jocosamente forzado.

—Me parece estupendo. Yo acabo de llegar a casa; si me das quince minutos, podemos vernos donde tú me digas.

—Hablamos de un restaurante, ¿verdad? Mejor que ir de tapas.

—Para charlar tranquilos, yo diría que sí; mejor un restaurante.

—Bien, elige tú.

—Tengo predilección por La Parrilla de San Lorenzo, supongo que lo conoces.

—Por supuesto. Un asado y un buen vino pueden ser la mejor forma de rematar esta semana tan nefasta.

—El caso es que soy vegetariana, pero seguro que algo me darán de comer.

—¿Vegetariana? Bueno, algo verde tendrán, digo yo.

—¿En unos quince minutos?

—Perfecto. Es lo que tardaré desde aquí con este tráfico, aunque parece que está dejando de llover.

—Nos vemos.

—Hasta ahora, entonces.

Se despidió acelerando y sin poder disimular la sonrisa de quinceañero que se le acababa de dibujar en la cara. Percatarse de aquello le provocó cierto rubor.

Oficina de correos
Barrio de Parquesol

En ese momento, Augusto se disponía, llave en mano, a recoger un paquete importante en la oficina de correos de la calle Ciudad de La Habana. Siempre acudía a última hora de la mañana, casi cuando estaban cerrando para evitar aglomeraciones. Había escogido aquella oficina porque tenía los cajetines dispuestos justo a la entrada. De esa forma, ni siquiera tenía que entrar —y mucho menos, tratar con funcionario alguno— cuando iba a recoger algún envío. Esa comodidad era de un valor incalculable para Augusto; pagar ciento quince euros al año por ello era un auténtico regalo. Abrió el apartado número treinta y seis, que tenía a nombre de Leopoldo Blume, y tal y como esperaba, allí estaba el pedido que Orestes había realizado hacía unos cuantos días en una web mexicana. Se había gastado 1.560 euros, pero era del todo necesario. Una buena inversión.

Agarró el paquete, cerró el cajetín y, al darse la vuelta, se dio de bruces con una mujer de avanzada edad que se había parado tras él.

—Disculpa, hijo —dijo cortésmente la señora agarrando a Augusto por el brazo.

El empalagoso impacto olfativo del dulzor floral y la esencia de vainilla, fruto de la mezcolanza del exceso de perfume, del abuso de cosmético y del derroche de crema, superó con creces la tolerancia sensitiva de Augusto. Tras las primeras náuseas, sintió que las arcadas anunciaban unas irreversibles ganas de vomitar y, de forma involuntaria, dejó caer el paquete al suelo para taparse la boca con las manos. Arrancó en busca de la salida, apartando con brusquedad a la señora que permanecía en el sitio, impávida. Mientras, tragaba saliva para tratar de contener lo incontenible. Consiguió abrir la puerta a duras penas y, ya en el exterior, inhaló profundamente el aire de la calle para lograr apoyarse en una de las columnas del soportal. Allí retorcido, capituló vaciando el contenido de su estómago de una sola contracción.

—¿Se encuentra usted bien? —preguntó una voz masculina, algo trémula.

No contestó. El hedor bacteriano del ácido láctico provocó una nueva arcada que le forzó a expulsar lo poco que le quedaba. El color amarillento de la sustancia que se estrelló en la columna le permitió identificar de inmediato la bilis mezclada con los jugos gástricos y la saliva. Con la frente mojada, apoyada en la columna, notó cómo un sudor frío le recorría la espalda. Escupió varias veces con fuerza para tratar de eliminar la amarga acidez adherida a sus papilas gustativas. Así permaneció unos segundos.

Cuando recuperó el control de sí mismo, se dio cuenta de que tenía que volver a la oficina a por el paquete. Se giró para levantar la mirada hacia la puerta y pudo distinguir a varias personas, entre las que estaba la señora que, cariacontecida, sostenía el paquete con ambas manos.

—¿Está usted bien? —insistió la voz masculina, más trémula.

—¡No! —respondió Augusto limpiándose la boca con el dorso de la mano.

Algo aturdido, sacó fuerzas de flaqueza para acercarse hasta aquella mujer, aguantó la respiración y soltó el aire en el momento en que le devolvía el paquete. Sin decir nada más, y con gesto adusto, se dio media vuelta.

Caminó apresuradamente hacia el coche sembrando de blasfemias el camino y condujo los catorce minutos de trayecto hasta su casa recogiendo la cosecha de juramentos. Hubiera deseado tener un chicle, pero nunca tenía y ni siquiera en una situación como aquella, de extrema necesidad, consentiría dañar su dentadura. Ahora bien, daría cualquier cosa por enjuagarse la boca, y no hubiera tenido reparo alguno en hacerlo con salfumán si hubiese tenido la oportunidad. Estoicamente, aguantó hasta que llegó a casa y, nada más entrar por la puerta, corrió al baño a cepillarse los dientes y la lengua; luego, se enjuagó violentamente con elixir bucal y, tras repetir la operación tres veces, se mojó la cara y bebió agua. Esperó unos minutos para terminar de sosegarse y se dispuso a abrir el bulto que había dejado encima de la mesa del salón. A primera vista, no parecía que hubiera sufrido daños, pero se apresuró a comprobarlo. Estaba bien embalado, protegido por un corcho que retiró rápidamente para dejar libre la empuñadura de la pistola.

La Taser X26 era el modelo más avanzado de pistola paralizante que existía en el mercado. Tenía unos quince centímetros de largo por ocho de alto, y pesaba doscientos gramos; tamaño y peso ideales, muy manejable. Disparaba dos dardos que, unidos al dispositivo mediante cables conductores, transmitían descargas eléctricas discontinuas que provocaban una disfunción del sistema motor y, consecuentemente, la paralización del sujeto. El artilugio se cargaba con cartuchos reemplazables de nitrógeno comprimido y tenía un alcance aproximado de seis metros.

Augusto la examinó y la toqueteó unos minutos antes de expresar su satisfacción.

—¡Qué maravilla de cacharra, cojones!

Restaurante La Parrilla de San Lorenzo
Zona centro

Cuando Martina entró en el restaurante, Sancho ya estaba en la barra con un botellín en la mano.

La Parrilla de San Lorenzo era uno de los restaurantes tradicionales con más caché de la ciudad. Integrado en un antiguo convento, sus galerías abovedadas estaban repletas de piezas artísticas, cuadros y tallas de gran valor que condimentaban cultural y armónicamente la carta de aquel establecimiento especializado en carnes y asados.

—No hay forma de llegar a los sitios antes que tú —apuntó ella antes de darle dos besos.

—Me alegro de verte. ¿Entramos?

—Entremos.

Mientras avanzaban guiados por el camarero hasta su mesa, Sancho, que caminaba cortésmente tras su acompañante, no pudo evitar hacer una rápida inspección ocular. Martina vestía ropa ancha, pero que dejaba entrever su figura; tenía las caderas anchas, y en la cintura se asomaban algunos kilos de más, de esos que siempre son bienvenidos en los pechos. Cuando se sentaron a la mesa, ella se quitó el fular que le rodeaba el cuello y sacó su tabaco de liar del bolso.

—No sé qué coño voy a hacer cuando prohíban fumar en los restaurantes —expuso Martina—. Tengo tan asociado fumar con comer y beber que lo mismo me encierro en casa cuando no se pueda. Por cierto, ¿te molesta que fume?

—Para nada. Nunca he fumado, pero no me molesta el olor a tabaco.

—No sabes cómo me alegra que digas eso, estoy más que harta de los antitabaco. Rezuman rencor de años de sufrimiento. El exceso de tutela por parte del Gobierno terminará por dejarnos sin libertades.

—Ya. A mí tampoco me gusta que nos marquen tanto el terreno, pero me parece que no va a haber vuelta atrás con esta ley, viene de Europa. Pero dime, ¿cómo puede ser este el restaurante favorito de una vegetariana?

—Bueno, no es mi favorito, pero he de reconocer que me encanta. Es como estar comiendo en un museo, ¿no te parece?

—Sin duda. No tiene que ser fácil ni barato conseguir todas estas piezas.

—Seguro que no, pero el dueño es restaurador. También tiene un balneario con restaurante en Coreses que es digno de ver.

—Si se come como en este, tendré que ir a conocerlo; quizá un día que vaya a ver a mis padres al pueblo.

—Los carnívoros sois insaciables —comentó Martina antes de encenderse el cigarro y continuar—. Así que... ¿estáis atascados en la investigación?

—Bastante —reconoció—. No conseguimos dar pasos firmes, seguimos bloqueados descartando vías de investigación.

—¿Qué te parece si te cuento lo que te mencionaba antes y luego nos olvidamos por un rato del caso?

—Me parece una gran idea. Te aseguro que lo necesito; olvidarme por unas horas de este caso —puntualizó.

—¿Han elegido ya los señores? —preguntó el camarero, un hombre entrado en años de pelo blanco y gesto formal.

—Yo lo tengo claro, pero ella es vegetariana —intervino el policía.

—Sin problema, los bichos que asamos aquí se alimentan solo de la leche de sus madres y estas de la hierba del campo, así que… —respondió el camarero con ingenio.

—Mira, nunca me lo había planteado así. No obstante, seguro que me va a gustar más una buena ensalada con todo y un plato de queso bien curado para pasar el vino.

—Muy bien. ¿Para el señor? Tenemos el marisco castellano (jamón, lomo y queso), *carpaccio* de cecina con bacalao, ensalada de caza escabechada…

—Supongo que un cuarto de cabrito es demasiado para mí, así que me comeré un solomillo al punto y para picar antes… media de jamón y lomo, que ya le robo yo algo de queso a la señorita. Si me dejas, claro —dijo mirando con complicidad a Martina.

—Bueno, ya veremos —objetó ella con sorna.

—¿Para beber?

—¿Os queda Pago de Carraovejas? —preguntó inmediatamente Martina.

—Sí, claro.

—Genial.

—Muchas gracias.

—Bueno, doctora, cuéntame eso que has descubierto.

—Claro. ¿Recuerdas que había un verso en la última estrofa que me resultaba familiar pero que no conseguía identificar?

—Sí, lo recuerdo.

—La estrofa en cuestión dice así:

> Caminaré entre futuros difuntos,
> invisible y entregado al delirio
> de cultivar de entierros mis asuntos.

—¡La has memorizado! —exclamó Sancho sorprendido.

—En realidad, me he aprendido todo el poema. No consigo borrármelo de la cabeza.

—Ya somos dos.

—Pues bien, ayer mismo, leyendo una antología de la Generación del 27 para preparar una de mis clases, di con *Elegía a Ramón Sijé*, de Miguel Hernández. Es un poema extraordinario. Lo he leído tantas veces que no consigo entender cómo no he reparado en ello antes. Miguel Hernández expresa la rabia y el dolor que siente tras la muerte de su amigo, Ramón Sijé. Sigue la métrica de los tercetos encadenados; es decir, la misma que ha elegido nuestro poeta. En la sexta estrofa, Miguel Hernández dice:

> Ando sobre rastrojos de difuntos,
> y sin calor de nadie y sin consuelo
> voy de mi corazón a mis asuntos.

—No parece fruto de la casualidad.

—Yo no lo creo, más bien me hace pensar que esta poesía le ha servido de inspiración.

—Podría ser. El caso es que no sé si nos aportará mucho a la investigación en estos momentos. Es decir, me parece un dato a tener en cuenta, pero no me abre ningún nuevo camino para avanzar —observó él un tanto decepcionado.

—Ya me imaginaba que no iba a ser determinante, pero supuse que deberías saberlo.

—Por supuesto, y te agradezco mucho que hayas escarbado tan profundamente en el poema. Quizá yo esté entrando en cierto pesimismo.

—La verdad —replicó ella— es que el motivo por el que le he dado tantas vueltas no ha sido otro que buscar una excusa para volver a llamarte. Me apetecía verte.

Sancho no supo qué decir. Su cerebro quedó eclipsado por la luna y no vio el sol hasta que el camarero llegó con el vino.

—¿Quién lo prueba?

—Ella, que ha sido quien lo ha elegido.

—Excelente —aseguró.

Mientras les llenaban las copas, Sancho no dejaba de mirar a Martina. No sabía muy bien qué iba a decir, pero ya no hacía falta. Ella levantó la copa con un gesto que al inspector no le hizo falta interpretar.

—Salud.

—Salud.

El sonido del cristal precedió a un nuevo silencio en el que las miradas devoraron a las palabras.

Residencia de Augusto Ledesma
Barrio de Covaresa

Llovía de nuevo. Ya no lo hacía con tanta intensidad y, sin embargo, un viento que soplaba lateralmente hizo acto de presencia, por lo que eran muy pocas las personas que no disfrutaban en aquel escenario del cobijo de sus hogares. Era el momento propicio para salir a probar la Taser X26. Cubierto con la capucha de la sudadera, Augusto caminaba salvando los charcos que se habían formado en el camino que llevaba a un lateral del complejo residencial. Conocía cada casa del barrio, y sabía muy bien adónde se dirigía. Tenía que cerciorarse de que sabría manejar la pistola en el momento crucial; no podía permitirse el más mínimo error fruto de la inexperiencia. Anduvo unos cuantos metros más y se paró frente a una verja. A los pocos segundos, tal y como esperaba, apareció ladrando el perro que tantas veces le había sobresaltado durante sus tranquilos paseos nocturnos. El dueño del chalé, un hombre de unos cincuenta años, no regresaba antes de las nueve de la noche a casa, y allí estaba el guardián de la misma, un rottweiler negro de nombre Saitán. El animal estaba levantado sobre sus patas traseras, asomando el hocico entre los barrotes y ladrando a pocos centímetros de la cara de Augusto, que le miraba fijamente, impertérrito.

—Querido Saitán, no sabes las ganas que tenía de verte —le anunció suavemente.

Augusto se desplazó hacia un ángulo muerto para no ser visto desde ninguna ventana de la casa colindante. Saitán le siguió hasta su nueva ubicación sin dejar de ladrar, gruñir y enseñar los dientes. Con calma, dio un paso atrás, sacó la Taser

X26 que llevaba metida por dentro del pantalón y quitó el seguro. Justo cuando el perro se volvió a levantar, apretó el gatillo apuntando con el haz de luz roja a su robusto cuello. Un único y efímero chillido anticipó la caída a plomo del animal sobre su costado. Saitán quedó totalmente paralizado, y solo algunos espasmos en los cuartos traseros rompían la serenidad de su sistema nervioso, totalmente inutilizado. Notó que jadeaba y movía los ojos confundido. Con una gran sonrisa de satisfacción y señalando con el índice le dijo mofándose:

—*Cave canem*[25].

Augusto se quedó disfrutando de aquello.

En casa, Orestes se conectó a Höhle en busca de novedades. Cuando lo ejecutó, vio con impaciencia que tenía un mensaje de Hansel: «Skuld me ha puesto al tanto de todo, tenemos resultados. Contacta conmigo urgentemente».

Orestes se apresuró a hacer clic en el icono verde de su colega y teclear en alemán:

—Hola, hermano.

Hansel tardó unos segundos en escribir:

—Hola, Orestes. Me alegro de que hayas visto mi mensaje; como te decía, tenemos resultados.

—Cuéntame, por favor.

—No ha sido fácil. El nivel de seguridad no era nada bajo a pesar de que el SpyDZU-v3 estaba latente en los servidores de la Seguridad Social española. Ya sabes que no me gusta el

---

[25] Expresión latina que se traduce al castellano como: «Cuidado con el perro».

rastro que deja la creación de Skuld, por lo que hemos dedicado un tiempo a programar una actualización que nos facilite borrar sus huellas.

—Os agradezco el esfuerzo.

—Para eso estamos.

—Lo sé, pero este es un asunto muy importante para mí, y aprecio mucho lo que hacéis.

—Skuld me insiste en que debemos saber los motivos, pero yo no te voy a preguntar, prefiero no saberlo.

—Gracias.

—Al grano. Pudimos entrar y acceder a toda la información sobre la persona física de nombre Mercedes Mateo Ramírez. Una vez que conseguimos su DNI, hicimos una búsqueda en todos los servidores afines y rescatamos mucha información. Tienes todo alojado en el FTP, en una carpeta con su nombre. Utiliza tu clave personal para abrirla.

—Estupendo.

—Ahora, lo más importante. Sabes el riesgo que corremos al violar la seguridad de un servidor estatal, ¿verdad?

—Soy consciente.

—Por eso te pido que, después de revisar la información, nos digas qué quieres que hagamos con ella. Como te decía, no quiero dejar rastro y estoy seguro de que sus sistemas de seguridad ya están intentando localizarnos.

—Hansel, te conozco muy bien y sé que habrás dejado una puerta de emergencia por si las cosas se ponen feas.

—No te quepa duda. Tengo un virus residente asociado a todos los archivos que están subidos en el FTP con un código individual y un contador temporal. Puedo hacer desaparecer a esta persona del universo cibernético si me lo pides, pero, como sabes, esto no funciona desde fuera. El TSR se activará eliminando el archivo solo cuando se ejecute desde las IP debidamente autorizadas.

—Entiendo. Déjame que revise toda esa documentación y en unas horas te podré decir qué es lo que necesito, ¿de acuerdo?

—De acuerdo, estaré conectado.

—En serio, hermano, muchas gracias por todo. Dale las gracias a Skuld también.

—Ya se las darás tú mismo, hermano. Espero tus indicaciones.

—Hasta dentro de un rato.

Orestes accedió al FTP, desencriptó la carpeta y accedió a varios documentos. Abrió primero el que estaba renombrado como *Datos personales:* Mercedes Mateo Ramírez. Nacida el 7 de febrero de 1958 en Cigales, provincia de Valladolid. Hija de Alfonso Mateo Nieto y Rosa María Ramírez Buján. Casada el 12 de octubre de 1977 con Santiago García Morán, fallecido en Biarritz (Francia) el 15 de enero de 2007. Última dirección registrada con fecha 9 de marzo de 2007 en la calle Ecuador, 9.

Orestes se paró unos instantes cuando leyó que su padre natural había muerto hacía tres años, pero no le dio más importancia y continuó.

—Ecuador, 9. ¿Dónde cojones está esto? —se preguntó en viva voz pasando por alto la fecha del fallecimiento de su padre natural.

Orestes buscó la dirección en Google Maps.

—Espero que no hayas cambiado de dirección, mamita, que pronto tu querido hijo Gabriel te hará una visita.

Orestes fue accediendo al resto de documentos en los que encontró información que ya conocía sobre el proceso de adopción y tomó nota del número de expediente. También pudo conseguir información nueva, como lo relativo al tratamiento psiquiátrico de su madre. Según reflejaba el informe, fue internada en octubre de 1984 en el Hospital Psiquiátrico Doctor Villacián, en Valladolid. Recibió el alta en abril de 1988, tras haber sido tratada de esquizofrenia paranoide y con el compromiso de acudir a dos revisiones anuales. Se le facilitó una ayuda para vivienda en la misma dirección de la calle Ecuador.

La expresión de su cara cambió al encontrar un documento que firmaba el matrimonio adoptante en el que figuraba el registro de su hijo: Augusto Ledesma Alonso.

En menos de una hora, había revisado todo y tenía decidido cómo tratar la información.

Se conectó nuevamente a Höhle y volvió a escribir a Hansel:

—Hansel.

—Aquí estoy, hermano.

—Ya lo tengo decidido. Activa el TSR en todos los archivos que tengan alguna información sobre el proceso de adopción con este número de expediente 47/84/103-II. Es muy importante que cualquier documento que lleve ese número quede inutilizado, así como aquellos en los que aparece el nombre de Gabriel García Mateo.

—Muy bien, tengo localizados esos documentos. Me pongo con ello ahora mismo. Cuando termine, los archivos infectados estarán aparentemente indemnes, pero se destruirán para siempre en el momento en que los ejecuten desde dentro.

—Eso es precisamente lo que quiero.

—Pues eso tendrás y, además, el programa nos lo notificará cuando ocurra.

—Será dentro de poco, eso ya te lo adelanto yo.

—No necesito saber más.

—Gracias de nuevo.

—Aquí nos tienes.

—Hasta pronto.

No habían pasado ni diez minutos cuando Augusto bajó al garaje, buscó Ecuador, 9 en su navegador y arrancó el coche. Conectó su iPhone al equipo de sonido para escuchar un tema que le venía golpeando la cabeza durante los últimos días.

«Una canción para cada momento y un momento para cada canción», sentenció para sí mismo.

Bravo, del mexicano Luis Demetrio, versionada por Nacho Vegas y Enrique Bunbury en *El tiempo de las cerezas*. Subió el volumen y empezó a cantar. Cuando llegó a la parte central de la canción, lo subió casi a tope para cantar con la misma intensidad.

> *Te odio tanto que yo mismo me espanto*
> *de mi forma de odiar.*
> *Deseo que, después de que mueras,*
> *no haya para ti un lugar.*
> *El infierno es un cielo*
> *comparado con tu alma.*
> *Y que Dios me perdone*
> *por desear que ni muerta tengas calma.*

Con los ojos humedecidos, llegó a su destino y aparcó. Eran las 22:40, y los bares estaban llenos de gente. Esa zona del barrio de Arturo Eyries era una de las más deprimidas de la ciudad, formada por viviendas de protección oficial habitadas en su mayoría por familias gitanas y personas de muy avanzada edad. Buscando el portal número nueve, atravesó un descampado y se paró en seco a los pocos metros. Atónito, comprobó que, sobre un muro de ladrillo, había una pintada con letras negras mayúsculas que, en dos líneas, rezaba: «Muérete, vieja».

—*Fiat iustitia et pirias mundus*[26] —se conjuró.

Tras recuperarse del impacto, llegó al portal. No quería emplear más tiempo del estrictamente necesario para localizar el lugar al que tendría que volver en breve. Alguien encendió la luz del portal y él, de forma instintiva, se agachó fingiendo atarse los cordones de los zapatos. Cuando el vecino salió, Augusto aprovechó para colarse dentro. Localizó los buzones, y sonrió al leer el nombre de su madre en uno de ellos. De nuevo en la calle, se paró otra vez ante la pintada y consideró:

—Aún quedan arúspices[27] en nuestro tiempo. Gracias, seas quien seas.

Mientras se dirigía al coche, tarareaba ufano la canción que había venido escuchando:

Te odio tanto que yo mismo me espanto.

---

[26] Expresión latina que se traduce al castellano como: «Hágase la justicia, aunque para ello se destruya el mundo».

[27] Término de origen latino con el que se denominaba a los adivinos que leían el futuro en las entrañas de un animal.

BAJO EL EFECTO DE LA ADORMIDERA

Residencia de Martina Corvo
Zona centro (Valladolid)
16 de octubre de 2010, a las 10:24

Desnudo y sentado en un retrete ajeno, con la mirada enfrentada a unos desconocidos azulejos de color naranja, Sancho buscó la forma de superar el suplicio que le provocaba el incesante palpitar de su cabeza. Era como si su corazón hubiera invadido el cráneo echando a patadas al anterior inquilino y estuviera haciendo reforma en el inmueble a martillazos. Con las palmas de las manos, se masajeó con ímpetu las sienes, tratando de aliviar la presión en las meninges con los dedos al tiempo que soltaba aire por la boca. La atmósfera del cuarto quedó impregnada del inconfundible y pegajoso olor dulzón de la resaca. Su boca pastosa le suplicó que ingiriera cualquier tipo de líquido no alcohólico de forma imperativa. Alargó el brazo para apoyarse en el lavabo antes de rogar a su sistema motor que le ayudara a contrarrestar la gra-

169

vedad, pues ya no podía fiarse en ese momento de su sentido del equilibrio. Conseguirlo le dio ánimos para abrir el grifo, y dejó el agua correr durante unos segundos como preparativo antes de tragar todo lo que admitiera su estómago. Notó cierta mejoría, y recordó una práctica que solía funcionarle en sus años de estudiante universitario: tapó el desagüe para llenar el lavabo, sumergió la cara y permaneció con los ojos abiertos tratando de enjuagarse la vista. Era como si alguien estuviera chutando a palos con sus globos oculares. Sin secarse la cara, se atrevió a mirarse al espejo, que le devolvió la imagen de un terrible asedio por parte de finas hordas de venas rojas queriendo asaltar el indefenso reducto azulado de su iris.

—¡Hay que joderse! —suspiró desanimado frotándose con violencia los párpados.

El inspector se propuso liberar la presión de su vejiga, pero un repentino mordisco en la boca del estómago le obligó a cerrar enérgicamente los ojos y a apretar los dientes. Se encogió para recibir dos nuevas dentelladas que aguantó en pie, motivado por el alivio que le produjo expulsar ferozmente todo el líquido que había ingerido la noche anterior. Aquel momento de placer fue tan efímero como cálida la sensación al salpicarse los pies. Contra su voluntad, abrió los ojos para comprobar los aledaños del inodoro y juzgó que era humanamente imposible que un solo individuo pudiese ser el causante de tamaño desastre. Después, corrigió la trayectoria del chorro mientras articulaba palabras no incluidas en diccionario alguno. Arreglar todo aquello no fue lo peor, el tormento llegó en forma de explosiones parietales cuando se incorporó tras derrochar un rollo de papel higiénico en su empeño por limpiar el hasta entonces inmaculado baño de Martina. Se vio obligado a tomar asiento en el retrete sin importarle mojarse las nalgas con el orín que había olvidado secar.

Necesitaba renovar fuerzas antes de aventurarse a invadir la ducha, y decidió hacer una rápida recopilación de las pocas imágenes que podía recordar de la noche anterior; de las más recientes, a las más antiguas.

No sabía con certeza cómo había llegado a casa de Martina. Tenía la sensación de estar inmerso en una extraña nebulosa de opiáceos. Recordó vagamente que habían estado cerrando bares y que, a la cerveza, el vino y el orujo de hierbas de la comida, se sumaron después más copas de las que su hígado estaba dispuesto a metabolizar. Trató sin éxito de acordarse del momento en el que decidieron tomarse la última en casa de ella; mucho menos, de aquel otro en el que se quitaron la ropa. Tenía la certeza de que había habido sexo, pero no conseguía saborear los detalles. Además, la incertidumbre de no saber si había estado a la altura planeaba sobre su inconsciencia como un buitre que espera a que la vida se extinga en su presa.

Tras varios intentos fallidos más por enfocar sus recuerdos, se vio con la coordinación suficiente como para arriesgarse a meterse debajo del agua fría durante los minutos que el cuerpo aguantase. El efecto revitalizador de la ducha hizo que su sistema nervioso se reactivara, y este se lo agradeció enviándole un convincente mensaje desde su vientre en forma de retortijón. Sancho palideció cuando confirmó que aquella estancia estaba únicamente provista de una diminuta y solitaria rendija de ventilación. El cálculo de las consecuencias olfativas que ocasionaría liberar su intestino grueso en aquella prisión fecal le sumió en la más profunda desesperación pensando en un futurible y cercano reencuentro con Martina. Luchó inmóvil contra el avance del enemigo por sus tripas, preparándose para defenderse del ataque final. Albergó la fútil esperanza de que fuese una embestida que durara solo un instante; se conocía, y confiaba en su tolerancia al dolor. Como un anacoreta entregado a su penitencia, se concentró al máximo para controlar el único músculo que tenía importancia en aquel momento: su esfínter. La abundante presencia de sudor en su frente era un signo inequívoco del fragor de la batalla que se estaba viviendo mucho más al sur. No obstante, la contienda se inclinó en contra de los defensores cuando su mariscal se percató del poco sentido que tenía aquella resistencia numantina. Simplemente, reparó en el riesgo más que posible de recibir otro inesperado y cobarde ataque estando en compañía de Martina, con lo que la dama se convertiría en testigo presencial de su derrota. Tales dudas fueron, precisamente, aprovechadas por el enemigo para hacer ceder el dispositivo de contención. Así, Sancho asumió la derrota y, con un rápido movimiento de retirada, se refugió en la taza.

—¡Puta mierda! —exclamó muy acertadamente al comprobar que no había escobilla alguna.

Repuesto de su derrota, se propuso eliminar todo rastro de lo que allí había tenido lugar. Fueron imprescindibles varias descargas de cisterna y otro rollo entero de papel higiénico para conseguir, anaeróbicamente, que el color blanco volviese a dominar en la escala cromática del retrete. Tocó entonces diseñar una estrategia eficaz con el objeto de ganar el tiempo necesario para que se renovara el insalubre aire del cuarto de baño. Tirándose de los pelos de la barba, encontró la solución: retener a Martina en la habitación todo el tiempo que fuese posible. Con la toalla a la cintura y con el sigilo de un felino, se dirigió al cuarto en el que seguía durmiendo Martina. No entró. Se quedó en la puerta, observando la respiración rítmica y calmada de la doctora. Estaba recostada dando la espalda a su espectador y Sancho no pudo verla mover los labios.

—Buenos días, inspector.

Sancho tardó en reaccionar. Tragó las últimas reservas de saliva antes de enfrentarse a las palabras.

—Buenos días, Martina —acertó a decir finalmente sumido en la incertidumbre.

—Si lo que he escuchado no ha sido un mal sueño, voy a tener que aguantarme las ganas que tengo de usar el baño, ¿verdad?

—Efectivamente —reconoció azorado—. Acabamos de precintarlo, doctora. Se ha producido un atentado con armas químicas y no ha habido supervivientes.

—Siendo así —dijo ella abriendo el edredón de la cama—, te dejo que te refugies en mi búnker y esperamos juntos a que se levante la alerta roja.

Barrio de Arturo Eyries

Un operario de mantenimiento empujó la puerta del portal número nueve de la calle Ecuador. Vestía mono azul, chaleco con herramientas y botas de cuero. Una vez dentro, se quitó las gafas de sol que lucía a pesar de que aquella mañana de sábado amaneció nublada y, pasado el mediodía, ningún rayo había logrado atravesar ese techo plomizo. Con un portafolio bajo el brazo, se encaminó con paso firme hacia las escaleras. Sabía perfectamente adónde dirigirse, y la única precaución que debía tomar era la de no cruzarse con ningún vecino. Subió dos pisos y se detuvo frente a la puerta A, en la que destacaba una chapa de latón con la imagen del Sagrado Corazón de Jesús. Hizo un fugaz reconocimiento del lugar. Las paredes del descansillo presentaban un color que había evolucionado desde el blanco roto al roto a secas, con algunas reminiscencias de blanco naturalmente envejecido. El suelo, por su parte, añoraba las caricias de una fregona como un preso en libertad condicional las de una mujer.

Volvió a centrarse en la puerta, y no pudo evitar hacer una mueca de satisfacción cuando comprobó que la cerradura era de perno. Mirando el timbre, notó que se le aceleraba el pulso y lo pulsó. Varias veces. No tardó en escuchar unos pies que arrastraban zapatillas de felpa de andar por casa. Cuando oyó el ruido de la mirilla, decidió tomar la iniciativa:

—¡De mantenimiento! —anunció elevando el tono de voz—. Tengo que hacerle unas preguntas, será solo un segundo.

Esperando la respuesta sin quitar la vista de la mirilla, el operario se esforzó internamente por controlar el impulso de tirar la puerta abajo y terminar con todo aquello en ese mismo momento. Tuvo que repetirse mentalmente varias veces la fórmula: planificación, procedimiento y perseverancia, mientras se hacía sonar los nudillos hasta que, por fin, escuchó el ruido de la cerradura. La puerta se abrió los veinte centímetros que le permitía la cadena, pero, aun así, consiguió ver parcialmente el rostro de Mercedes, su madre.

—¿Y qué es lo que se ha roto ahora? —preguntó ella de forma nada amistosa.

Tenía los ojos pequeños, oscuros y carentes de brillo, naufragados en un agitado mar de arrugas de color gris ceniza. Su pelo, canoso y mal cuidado, le hacía aparentar muchos más años de los cincuenta y dos que figuraban en su carné de identidad. No la hubiera reconocido de no ser por el lunar que tenía en la mejilla derecha.

«Objetivo cumplido», concluyó.

Repuesto del impacto de volver a ver a su madre después de tantos años, empezó con el guion que tenía preparado.

—Buenos días, señora. ¿Ha notado últimamente problemas con la calefacción?

—En esta pocilga tenemos problemas con todo menos con la calefacción. —Carraspeó para continuar quejándose—. Tengo que apagar los radiadores para no asfixiarme de calor. Sin embargo, la maldita televisión se ve mal desde hace años, y nadie viene a arreglarla.

Aquella voz descosida rezumaba malestar y amargura mientras la atmósfera era invadida por el inconfundible olor a coliflor en proceso de cocción. El instinto del operario tocó a retirada.

—Perdone, pero ese no es asunto nuestro, señora. Yo solo vengo a comprobar las tuberías del agua, aunque si me dice que no ha tenido ningún problema, no la molesto más. Buenos días, señora.

—¡Con Dios! —se despidió.

Se dio media vuelta y escuchó el sonido de la puerta al cerrarse. Se dirigió, según lo previsto, a tocar el timbre de la letra B. La voz de Mercedes desde el interior de la vivienda le hizo cambiar de planes:

—Ni te molestes, muchacho, ahí no vive nadie desde hace años. Dentro de poco, vamos a tener que hacer la reunión de vecinos en el cementerio del Carmen.

—Gracias, señora.

Augusto desapareció por las escaleras en dirección al portal.

De nuevo en casa, sonó el móvil.

—Pílades… —contestó al reconocer el número.

—¿Cómo va todo, chavalín?

Su interlocutor demoró la respuesta.

—Va.

—Bueno, cuando quieras hablar conmigo me llamas. —Colgó.

Orestes hizo un chasquido con la lengua y dio a la rellamada. Se fijó entonces en que un rayo de sol había conseguido abrirse paso por entre las nubes y que le molestaba en los ojos.

—Dime.

—¡No te rebotes, hombre!

—¡Trátame con respeto! ¡¡Me lo debes!!

—Perdona, es que no sé muy bien qué contarte.

—En ese caso, no digas nada. Solo llamaba para saber si necesitas algo.

—Estoy bien, algo tenso. ¿Has conseguido ya la invitación a la fiesta?

—Todavía no —reconoció.

—Quizá podamos forzarlo. Se me ha ocurrido algo.

—Orestes, sabes que estoy contigo en esto, la planificación la deberíamos trabajar juntos y cuanto antes esté dentro, antes podré servirte de ayuda. Dime qué has pensado.

—A su debido tiempo.

Pílades tardó en retomar la palabra tras el revés.

—Tú sabrás.

—¿Tienes prisa por rellenar tu oscuro cuaderno de bitácora? —cuestionó con cierta alevosía.

—Orestes, llámame cuando lo estimes oportuno.

—Así lo haré.

—Cuídate.

Terminó la llamada y dedicó el tiempo que necesitó para encajar algunas piezas en su cabeza. La sonrisa que le devolvió la pantalla en negro de su iMac decía que lo había conseguido.

(EMPEZAR PORQUE SÍ)
Y ACABAR NO SÉ CUÁNDO

Barrio de Arturo Eyries (Valladolid)
31 de octubre de 2010, a las 12:55

Ataviado con vaqueros, deportivas y un forro polar, Augusto enfiló la calle Colombia repasando una y otra vez el plan que había elaborado durante los días precedentes. Aparcó en el paseo de Zorrilla para relajarse caminando hasta su destino. Antes de salir de casa, había pasado revista varias veces al material que iba a necesitar: maletín de herramientas para el cuidado de bonsáis, pistola Taser X26, pistola de ganzúas, caja de guantes de vinilo, rollo de bolsas de plástico transparentes, cinta adhesiva, rollo de plástico de cien metros, linterna, kit de limpieza completo y *Poeta en Nueva York*, de Federico García Lorca. Todo perfectamente colocado en la mochila que llevaba a la espalda.

No había motivo alguno para estar nervioso. Había simplificado al máximo para minimizar errores, y solo tenía que aprovechar que su madre se ausentara del domicilio cuando fuera a misa de una para colarse en su piso y esperar a que regresara. A partir de ahí, lo que le fuera pidiendo el cuerpo. Tal y como había comprobado las jornadas anteriores, normalmente ella solo salía de casa dos veces al día: por la mañana para hacer la compra, y por la tarde para ir a la misa de las siete y media. Los fines de semana no cambiaba más que el horario al que acudía a la iglesia.

Miró su Viceroy. Su madre ya debía de estar escuchando la homilía en la parroquia de Santa Rosa de Lima, a escasos cinco minutos del portal que ya podía divisar desde su posición. Como había previsto, a esas horas se podían ver muy pocas personas en los alrededores. A decir verdad, había más parroquianos congregados en los bares de la zona comentando los cinco goles que le había metido el Barça al Sevilla que feligreses escuchando el sermón del padre Ramón. Todavía no había nacido en España párroco, sacerdote, clérigo, capellán o cura que pudiera hacer sombra a Lionel Messi o a Cristiano Ronaldo.

Sosegado, llegó a su destino y empujó la puerta sin más. Nadie.

Augusto se encontraba cómodo y seguro peinado con su raya al medio, gafas de pasta negra sin graduar, perilla, correctores nasales y lentillas verdes. Si todo salía como esperaba, la policía estaría buscando a la persona equivocada en unos días.

Subió por las escaleras hasta el segundo piso al tiempo que se quitaba la mochila y se ponía los guantes; una vez en el descansillo, aguzó el oído.

Nada.

Rodilla en tierra, sacó la pistola de ganzúas, apretó el gatillo e introdujo el percutor dentro de la cerradura. Solo tenía que sincronizar el momento en que soltara el gatillo con un certero giro de muñeca imitando el movimiento de una llave. Así, el percutor golpearía los pernos, los alinearía y podría girar el mecanismo. Los repetidos ensayos en el trastero de su casa dieron su fruto, y el día del estreno lo consiguió a la primera. Dando un paso adelante, entró en la vivienda y cerró la puerta sin hacer ruido. Entraba luz suficiente del exterior como para no tener que usar la linterna. Frente a él, se abría un pasillo de unos cinco metros, y a su derecha, la cocina. Algunos de los cuadros del recibidor le resultaban familiares, pero fue esa mezcla de olor a comida y a productos de limpieza la que le hizo abrazar por unos segundos ciertos recuerdos de su infancia. Al comprobar que había una olla en el fuego, dedujo que ella no tardaría en volver, por lo que tendría que darse prisa con los preparativos.

Se dirigió al salón, al final del pasillo. Era de escasas dimensiones, y estaba decorado con muebles viejos y muy deteriorados, pero sin una mota de polvo. Tenía una mesa de comedor con cuatro sillas de madera y un sofá verde botella frente al mueble de la televisión. El papel pintado que recubría la pared mostraba unas extrañas formas sumidas en una sinfonía de colores que bien podrían atribuirse a un diseñador con discromatopsia en grado severo.

Buscó la localización idónea para fijar una de esas sillas, reparó en un radiador de pared y masculló:

—Perfecto.

Lo siguiente era decidir dónde la esperaba. Cogió la Taser y miró la hora, 13:28. Todavía tenía unos diez minutos para encontrar lo que había ido a buscar.

Residencia de Ramiro Sancho
Barrio de Parquesol

Tras deshojar un campo entero de margaritas, Sancho se decidió a presionar el botón de llamada.

—Buenos días, inspector.

—Buenos días, doctora. ¿Cómo estás?

—La verdad, muy liada estas últimas semanas.

—Ya veo, ya.

—Siento no haber podido atender tus llamadas.

—Ni devolvérmelas.

—Ni devolvértelas —repitió.

—Ya.

Se hizo el silencio unos segundos.

—¿Tienes planes para comer hoy?

—No. Bueno, sí —rectificó al vuelo—. Había planeado comer tranquilamente en casa, echarme la siesta y leer durante toda la tarde. Necesito desconectar un poco.

—¿Desconectar del trabajo o desconectar de mí?

—Desconectar.

—Vale. No te molesto más.

—Sancho —intervino Martina antes de que colgara el teléfono—, ¿puedo decirte algo?

—Claro que puedes.

—Lo que ocurrió el otro día fue divertido. Lo pasamos bien, pero yo tengo tendencia a huir de los compromisos. Necesito tiempo.

—Joder, Martina, no tengo ninguna intención de pedirte en matrimonio. Unos se casan por la iglesia, otros se casan por el juzgado y yo me casé por idiota.

Martina se dejó llevar por la risa.

—En serio, doctora, solo quería verla otra vez y pasar un rato agradable con usted.

—Está bien, inspector. Déjame que le dé una vuelta a todo esto y me aclare un poco. Te llamo en unos días, ¿de acuerdo?

—Como quieras.

—Gracias.

—Disfruta de tu tarde de desconexión. Ya hablamos —dijo él como queriendo terminar la conversación.

—Hablamos —repitió ella atendiendo a su petición.

Sancho tiró el teléfono encima de la mesa y encendió la televisión. Se frotó la barba con avidez e hizo *zapping* con hastío mientras se arrepentía de no haber ido a ver el partido de rugby entre El Salvador y La Vila. Por lo menos, habría pasado un buen rato entre amigos. Tirándose de los pelos del bigote, admitió:

—¡Hay que rejoderse!

Residencia de Mercedes Mateo
Barrio de Arturo Eyries

Inmóvil tras la puerta, con la Taser preparada, escuchó el ruido de unas llaves al otro lado. Contuvo la respiración. Cuando la cerró, Mercedes, que estaba de espaldas a él, ni siquiera se percató de su presencia. Augusto dejó que colgara el abrigo en el perchero y extendió el brazo para apuntar con el haz del láser al cuello. Estaba apenas a tres metros y no podía fallar. Emitió un quejido no muy diferente al de Saitán justo antes de desplomarse con los ojos abiertos. Augusto no soltó el gatillo hasta que se vació la carga, y esperó a que cesaran las convulsiones para retirarle los dardos; uno, en la parte posterior del cuello, y el otro, unos centímetros más abajo. Aunque clavado en la ropa, había transmitido igualmente los impulsos eléctricos. Seguidamente, la agarró por las axilas y la arrastró por el pasillo hasta el salón.

—Espera aquí un segundo que hago espacio para que estemos tú y yo a gustito, ¿vale? —le propuso Augusto dejando con cuidado el cuerpo en el suelo.

Ella estaba consciente, pero sus músculos no podían recibir las órdenes de huida que emitía su cerebro. Todas las conexiones nerviosas habían sido inutilizadas temporalmente.

Augusto retiró la mesa y las sillas con la precaución de no hacer mucho ruido, dejando libre una superficie de unos dos metros cuadrados que cubrió con una lámina de plástico. Acto seguido, colocó encima de esta una silla atándola con precinto de embalar al radiador de la pared. La euforia contenida por la situación le empujó a soltar un chascarrillo carente de toda gracia:

—¿Has visto? Doña Silla y don Radiador han quedado unidos para siempre. Matrimonios más raros se han visto.

Levantó de nuevo el cuerpo para acomodarlo en la silla. Era como un títere sin cuerdas, y le costó mantenerlo en la vertical. Los escasos segundos que tardó en ir a buscar el precinto fueron suficientes para que el cuerpo a la deriva de Mercedes se inclinara hacia delante arrastrado por el peso de la cabeza. Frenó al golpear con la frente contra el gres, provocando un sonido hueco y seco que alertó a Augusto.

—¡Cojones!

Se apresuró a incorporar a Mercedes, que se había quedado inmóvil y boca abajo. La sentó y maniató con fuerza con las manos a la espalda, y estas al respaldo de la silla, con lo que consiguió enderezar el cuerpo; la cabeza seguía como un barco sin rumbo ni timonel. Luego, le sujetó bien cada pie a una pata de la silla, doblándole las rodillas para que no pudiera apoyarlos en el suelo.

—Así. Quie-te-ci-ta-en-tu-si-tio —le advirtió acompasando cada sílaba con una suave bofetada en la mejilla.

Augusto se quitó las gafas, las lentillas, los correctores nasales y se sentó frente a ella, a escasos dos metros. Después, se dispuso a leer algunos poemas de García Lorca para amenizar la espera y encendió un Moods con una calada intensa; retuvo el humo en sus pulmones y lo soltó despacio.

Residencia de Ramiro Sancho
Barrio de Parquesol

La quinta vuelta completa a los canales de televisión fue interrumpida por la vibración del móvil. A Sancho le cambió la cara cuando vio el identificador de llamada.

—Martina.

—Hola de nuevo. ¿Sigue en pie tu oferta?

—Claro.

—¿Te arriesgas a probar mi boloñesa? Soy descendiente de italianos y argentinos en lo del gusto por la pasta, pero el arte culinario debió de coger otra rama de mi árbol genealógico.

El inspector dejó escapar una carcajada que sonó con más fuerza de lo que le hubiera gustado.

—Acepto si no me obligas a llevar un lambrusco.

—No, no. Para beber no hay necesidad de salir de esta comunidad autónoma. Si tienes algún riberita, lo bordamos.

—En mi casa puede faltar agua, pero siempre hay buen vino. Yo me ocupo. ¿A qué hora?

—Lo que tardes, yo me pongo en la cocina ya mismo.

—Calcula una media hora, ¿vale?

—Estupendo.

—Hasta ahora, entonces.

—Hasta ahora.

Sancho tiró el móvil al sofá y, antes de que rebotara por segunda vez, ya estaba frente al espejo del baño dilucidando si recortarse o no la barba y cómo hacer para que desaparecieran esos pelos que le nacían de las profundidades abisales de la nariz.

—¡¿Dónde estarán las putas pinzas?! Pero… ¿tengo pinzas?

Cuando salió de la ducha, se medio secó y medio mojó el parqué del pasillo hasta su habitación. Se decidió por ropa informal, vaqueros, camisa por fuera, jersey liso de cuello de caja y deportivas. Su subconsciente le hizo poner especial atención en la elección del calzoncillo, un boxer negro y ajustado de

Calvin Klein se impuso a otro holgado, desteñido y de apellidos sin tanto *glamour*.

Le había llegado el turno al vino. Tenía donde elegir y, evidentemente, casi todo de la ribera del Duero: Pesquera, Matarromera, Dehesa de los Canónigos, Convento San Francisco, Emina, Arzuaga… Se paró en el espacio que tenía dedicado a Emilio Moro. Finca Resalso era un joven excelente y estaba entre sus preferidos, pero la ocasión requería algo un poco más maduro. Malleolus podría encajar a la perfección, aunque prefirió seguir mirando por si daba con otro con el que pudiera sorprender a Martina.

—¡Eeeeepa! —soltó con acento fruto de sus años vividos en San Sebastián—. Venid aquí con papá —les manifestó a dos botellas de Mauro del 2006—. ¡Nos vamos, muchachos!

Se subieron los tres al ascensor. Los gemelos Mauro reflejaban en sus fríos cuerpos de vidrio los destellos de la sonrisa de Sancho.

Residencia de Mercedes Mateo
Barrio de Arturo Eyries

Para ver que todo se ha ido,
para ver los huecos de nubes y ríos.
Dame tus manos de laurel, amor.
¡Para ver que todo se ha ido!

Un carraspeo hizo levantar la atenta mirada de Augusto de *Nocturno del hueco*.

—Bueno, bueno. Parece que ya vamos volviendo —dijo cerrando el libro—. Vamos a dejar lo nuestro para otro momento, Federico, tengo cosas que hacer.

Mercedes comenzaba a volver en sí. Ya era capaz de mantener erguida la cabeza, y sus ojos reflejaban la confusión de su cerebro tratando de procesar lo que estaba sucediendo.

—Lo primerito que vamos a hacer es poner los medios para evitar que molestes a tus vecinos. Es domingo y estarán tratando de echarse la siesta. Sé que puede resultar desagradable tener un calcetín en la boca. No obstante, he tenido la delicadeza de escoger uno tuyo.

Augusto introdujo el calcetín completamente y se aseguró de que no pudiera expulsarlo con la lengua tapando la boca con dos vueltas de cinta adhesiva. Luego, le hizo cuatro agujeros con un bolígrafo para que el aire pudiera entrar y salir por la boca. Se volvió a sentar frente a ella, que seguía confusa mirando a su alrededor como tratando de hacerse una composición de lugar. Respiraba muy forzadamente, inhalando por la nariz y la boca al mismo tiempo y soltando el aire a través de la lana. Tras unos instantes, consiguió enfocar su atención en el rostro del joven que tenía sentado frente a ella y que no dejaba de examinarla con expresión de júbilo.

—¿Cómo te sientes? Supongo que algo desconcertada, ¿verdad? No te preocupes, voy a explicártelo todo. Ahora mismo, tu cuerpo está tratando de recuperar el control que ha perdido cuando te he disparado con esto. ¿Ves? —Le mostró la Taser X26—. Utilizando esta pistolita, te he obsequiado con una magnífica pero controlada descarga eléctrica de alto voltaje y bajo amperaje cuya frecuencia, al ser la misma que la de los impulsos que emite tu cerebro, provoca el colapso del sistema nervioso central. ¿Me sigues? Ese es el motivo por el que no podías controlar tu cuerpo aunque estuvieras en estado semiconsciente. Por cierto, siento lo del golpe en la cabeza. No ha sido algo que tuviera previsto, espero que sepas perdonarme. Todo eso sucedió exactamente… —miró su reloj— hace diecisiete minutos, y supongo que dentro de un instante estarás totalmente recuperada. Entretanto, nos iremos poniendo al día. Ya te habrás dado cuenta de que estamos en tu salón y de que estás bien atada a una silla que, todo sea dicho, es tan horrible como consistente. Ya no se hacen sillas así.

Mercedes comprobó que sus músculos volvían a obedecerla y trató con todas sus fuerzas de liberar sus extremidades. Augusto se reclinó en su silla y cruzó los brazos mientras la observaba. Cuando se rindió y le hubo regalado unas cuantas muecas de dolor y frustración, continuó hablando:

—Entiendo que lo intentes. Es posible que te disloques los hombros o te rompas las muñecas, pero que te liberes es tan improbable como que a mí me detenga la policía.

Lo volvió a intentar con más ímpetu apretando los dientes y emitiendo sonidos que quedaron ahogados por la lana del calcetín. Augusto adoptó la postura anterior y, cuando ella se dio por vencida, se inclinó hacia delante. A solo unos centímetros de su cara, le preguntó:

—¿Ya? ¿Podemos empezar? Necesito que te tranquilices y me dediques toda tu atención. Te aseguro que lo que te voy a contar te interesa, y mucho. ¿Podrás hacerlo?

Tras unos segundos, Mercedes asintió.

—Fenomenal. Ahora quiero que te fijes bien en mi cara.

Sus miradas se enfrentaron. Mercedes trató de buscar rasgos que le permitieran reconocerle y Augusto esperaba ser reconocido. Nada. Se puso un purito en los labios y preguntó:

—¿Una pista?

Mercedes ni se inmutó; únicamente, sostuvo la mirada. Augusto encendió el purito y esperó.

—Veintidós de marzo de 1978. ¿Te dice algo esa fecha?

A Mercedes se le arrugó el semblante y se le cortó la respiración. Solo pudo cerrar los ojos y bajar la cabeza.

—Solías llamarme Gabriel.

Residencia de Martina Corvo
Zona centro

Sancho y los gemelos Mauro encontraron aparcamiento en la calle San Agustín, a dos minutos de la casa de Martina. Según bajaba del coche, sonó el móvil; era ella.

—Estoy llegando.

—Sancho…

Su tono le sonó apagado, y se percató inmediatamente de que algo no iba bien.

—¿Sucede algo?

—Siento mucho tener que decirte esto, pero me ha surgido un imprevisto y…

—¿Algo grave?

—No. Bueno, no sé, pero no puedo darte detalles en este momento. Te llamo durante la semana y te cuento. De verdad que lo siento mucho.

—Está bien, no hay problema.

—Gracias.

—Martina, me dejas preocupado. ¿Seguro que estás bien? —insistió.

—Sí. No te preocupes.

—Bueno. Espero tu llamada entonces.

—Yo te llamo. Hasta pronto. Lo siento.

—Hast…

Y no pudo decir más, había colgado.

Sancho se quedó parado en la calle mirando a los gemelos. En ese momento, una ráfaga de viento helado se le acercó por detrás para susurrarle al oído que los momentos de euforia son tan poco frecuentes como efímeros. El inspector le replicó con saña:

—¡A la mierda!

Residencia de Mercedes Mateo
Barrio de Arturo Eyries

Augusto seguía fumando para dar tiempo a que su madre se recuperara del *shock*. La luz que entraba tímidamente a través de las persianas resaltaba el azul del humo suspendido e inmóvil en el aire. Era como si el tiempo se hubiera detenido en esa habitación. Cuando ella levantó de nuevo la cabeza, su rostro era el de una mujer sobre la que hubiera pasado la apisonadora de la desdicha. Había envejecido diez años, y su vacía mirada trataba de evitar encontrarse con la de su hijo.

Augusto rompió el silencio:

—Mercedes, ¿me escuchas?

Mercedes asintió levemente.

—Bien, quiero decirte algo que seguramente te rescate del oscuro pozo en el que acabas de caer: no te voy a pedir explicaciones sobre nada de lo que sucedió en el pasado. No voy a preguntarte por qué me culpabas de lo que sucedió tras el parto ni el motivo por el que me torturaste durante tantos años siendo yo un niño indefenso. Todavía tengo pesadillas, ¿sabes? Pero tranquila. No voy a preguntarte nada porque sé que te refugiarías en algún razonamiento religioso que me empujaría a terminar este encuentro antes de lo previsto. No. Hoy solo hablaré yo. Por cierto, ¿necesitas algo?

Mercedes trató de hablar.

—Aa… Aaa…

—No te entiendo.

—A… uua.

—¿Agua?

Mercedes confirmó esperanzada.

—No va a poder ser. Si te quito el calcetín, me arriesgo a que te pongas a gritar como una loca pidiendo auxilio, y tendría que volver a utilizar la Taser. No me apetece empezar de nuevo, tendrás que aguantarte.

Mercedes soltó aire por la boca, angustiada.

—Déjame que te ponga al día para que sepas cómo ha sido mi vida y el camino que he recorrido para llegar hasta aquí. Cuando te quitaron mi custodia, tuve la suerte de ser adoptado a los pocos meses por una familia que me quería. A su manera —aclaró—. Octavio, mi padre, me enseñó la importancia que tenía mi formación y me inculcó su pasión por la lectura. Se volcó en mi educación proporcionándome todo lo que necesitaba. Luchó mucho para que me recuperara física y psíquicamente de los daños que tú me causaste. Lo primero, lo consiguió; sin embargo, aún vive el monstruo y aún no hay paz. Mi madre, Ángela, era una mujer a la que le costaba expresar sus sentimientos, por lo que al final pudimos entendernos a la perfección sin tener que entrar en el plano afectivo. Ella amaba a su marido sobre todas las cosas, y a mí me cedió el poco espacio que le quedaba en el corazón. Bueno, para ser sincero, tengo que reconocer que lo compartía con sus bonsáis. Lo pasé mal, pero aprendí a ser paciente con el tiempo, a aceptarme y a controlar mis impulsos, y mira, ahora me he convertido en eso que tú tanto querías: un hombre de provecho —recalcó—. Ahora bien, aunque me haya ayudado otro arcángel, el catolicismo digamos que no ha terminado de calar en mí.

Augusto hizo una pausa para encender otro Moods.

—¿Te molesta que fume? Estos puritos huelen a vainilla, pero no te preocupes, que recogeré las colillas y dejaré las ventanas abiertas para que se ventile la casa antes de marcharme.

Mercedes ya era un cadáver en vida, pero aún respiraba.

—Con lo obsesiva que eras para los olores, supongo que no soportas el olor a tabaco. Bueno, hoy toca fastidiarse. ¿Sabes algo? Creo que eso lo he heredado de ti, no tolero los malos olores en general y los corporales en particular, así que no te echaré en cara que me obligaras a asearme tantas veces al día a golpe de zapatilla. En fin, no quiero desviarme del tema. A ver cómo sigo. Sí; podría decirse que soy feliz, pero tengo un problemita. ¿Quieres saber cuál? —preguntó exhalando el humo.

Mercedes levantó las cejas.

—No soy capaz de generar ningún tipo de vínculo afectivo, lo cual me dificulta mucho poder relacionarme con otras personas. De hecho, creo que en todos estos años solo he logrado quererme a mí mismo, aunque eso también me costó bastante, no creas. Todo te lo debo a ti —recalcó señalando a Mercedes con el dedo índice—. Tengo todo lo que necesito. Bueno, no. Me falta algo que tienes tú y que he venido a buscar. ¿Sabes a lo que me refiero?

Mercedes negó con la cabeza.

—Creo que sí lo saaabeees —barruntó con forzado tono amistoso—. Mi juguete preferido, ¿recuerdas?

Mercedes cambió de expresión.

—Claro que sí. ¿Ves como sí lo sabes? La cajita de música. ¿Dónde está?

Mercedes no hizo gesto alguno.

—¿Me quieres decir que ya no la tienes? Sabes que no es verdad, nunca te desharías de ella. Mira, debes tener algo muy claro —expuso endureciendo el tono de voz—: hoy voy a salir de aquí con ella, es lo único que quiero de ti. Me la puedes dar por las buenas y ahorrarte el mal trago, o por las malas y prolongar esto de forma indefinida; tú eliges.

Mercedes volvió a negar.

—Esperaba esto de ti, no hay problema.

Augusto se levantó para coger una bolsa de plástico y el precinto. Se acercó a ella y se la puso en la cabeza. Mercedes empezó a mover la cabeza de un modo violento en todas direcciones. Augusto volvió a sentarse.

—Resulta bastante molesta, ¿verdad? Lo sé porque la he probado yo mismo.

Mercedes continuaba luchando y emitiendo gruñidos mientras Augusto contemplaba plácidamente. Cuando advirtió que podía respirar —aunque con dificultad— dentro de la bolsa, se fue calmando.

—Voy a colocártela un poco mejor para que entre algo más de oxígeno, no quiero que te desmayes; todavía —recalcó.

Lo hizo y volvió a tomar asiento.

—Perfecto, ya estás más tranquila. ¿Puedes ver esto? Es un precinto con el que evitaré que siga entrando aire en la bolsa. Te lo vuelvo a preguntar: ¿vas a decirme dónde está?

Mercedes no contestó.

—Como diría Cicerón, *Dum spiro spero*[28].

Sin precintar la bolsa, Augusto aguardó el tiempo necesario para que el dióxido de carbono se fuera haciendo dueño del aire que respiraba. Cuando detectó los primeros síntomas de pérdida de consciencia, le quitó la bolsa. Mercedes tenía la frente empapada en sudor y la cara desencajada, pero supo aprovechar el momento para coger todo el aire que pudo a través de sus fosas nasales inclinando la cabeza hacia atrás.

—¿Me vas a decir dónde la tienes escondida? —preguntó de nuevo intentando no levantar la voz.

Mercedes alargó el cuello todo lo que pudo hacia él y declaró sus intenciones con un grito amortiguado por el calcetín:

—¡Nnn!

—Bien, si así lo prefieres.

Augusto le puso de nuevo la bolsa y esta vez sí hizo uso del precinto. Se sentó a contemplar.

---

[28] Expresión latina que se traduce al castellano como: «Mientras respiro, espero».

Residencia de Ramiro Sancho
Barrio de Parquesol

El comentarista insistía en recalcar la importancia que tiene el dinamismo de los delanteros en el rugby moderno, que a las primeras líneas ya no solo les valía con disputar y ganar las fases estáticas y que un claro ejemplo de ello era Martín Castrogiovanni, jugador italoargentino de los Leicester Tigers.

—Italoargentino. ¡Puta casualidad! —exclamó Sancho acordándose de la ascendencia de Martina.

A esas alturas del partido, ya había dado buena cuenta de la primera botella de Mauro y se debatía sobre la conveniencia de continuar con caldos de la tierra o hacer un viaje a la verde Irlanda de la mano de Jameson. Mientras esperaba en la puerta de embarque para coger el vuelo hacia el botellero, sonó el móvil. Deseó que fuera Martina, pero comprobó con desánimo que el número era desconocido. Dudó entre aceptar o no la llamada.

—Sancho.

—Buenas tardes, inspector. Disculpa que te moleste en domingo. Soy Bragado.

Sancho hizo un esfuerzo por poner cara a un nombre que le resultaba familiar, pero supuso que los taninos le estaban provocando una prosopagnosia[29] temporal que le impedía contestar.

—Tu predecesor en el cargo, Jesús Bragado —aclaró—. Nos conocimos fugazmente justo el día que llegaste a comisaría.

---

[29] Término con el que se define el trastorno perceptivo que impide reconocer los rasgos faciales que identifican un rostro como único y singular.

—Vale, sí. Disculpa, estaba un tanto traspuesto —mintió—. ¿En qué puedo ayudarte?

—Más bien es al contrario. Tengo algo que puede ayudarte a ti en el caso de la muchacha que encontraron mutilada.

Sancho no dio con una respuesta que le pareciera válida, por lo que decidió no decir nada.

—Sería muy interesante que nos pudiéramos ver —insistió Bragado.

—Claro —atinó a responder.

—El caso es que, para demostrarte lo que he descubierto, tengo que pedirte que nos veamos en el lugar en el que se encontró el cuerpo como muy tarde a las ocho de la mañana. ¿De acuerdo?

—Bragado, ¿qué tienes entre manos?

—Mañana lo entenderás todo.

—Está bien, allí estaré a las ocho en punto —aseguró.

—Mañana nos vemos.

—Mañana nos ve… —quiso repetir antes de que se cortara la llamada—. ¡Hay que jodeeerse!

Residencia de Mercedes Mateo
Barrio de Arturo Eyries

Cuando rompió la bolsa de plástico y entró aire nuevo cargado de oxígeno, el diafragma se contrajo de forma violenta para aumentar la capacidad torácica. Acompañó el momento de la inhalación con un bramido. Las fosas nasales, faringe, laringe y tráquea se convirtieron en una autopista por la que circulaba la vida a mucha mayor velocidad de la permitida. Los bronquios, bronquiolos y alvéolos hicieron lo propio para lograr que se produjera el intercambio gaseoso en sus pulmones. Entre todos ellos, consiguieron llevar el oxígeno hacia el torrente sanguíneo poniendo un punto y seguido a la agonía de Mercedes. La hipoxia había dejado huella en su cara tiñendo la piel de un azul violáceo pálido y desencajando sus facciones. Parecía como si todos sus poros estuvieran tratando de inhalar aire.

Augusto la contempló con la misma indiferencia con la que las vacas miran pasar el tren, y esperó el tiempo necesario para que recuperara la capacidad de entendimiento.

—Sé que no ha sido nada agradable. Soy muy consciente de ello, te lo aseguro, pero mira, ¿ves el número que pone en este rollo? —Indicó con un dedo el número cien que se mostraba visiblemente con tipografía negra sobre fondo amarillo—. Lo has adivinado, es la cantidad de bolsas que tenemos para repetir esta operación. Como te he dicho, tengo mi propia empresa, no es necesario que vaya a trabajar mañana; ni pasado. Es decir, tenemos tiempo de sobra. Solo necesito que me digas dónde escondes la maldita cajita de música para terminar con todo esto.

Mercedes sostuvo la mirada sin contestarle, impasible.

Residencia de Ramiro Sancho
Barrio de Parquesol

Sancho llevaba tanto tiempo sin levantar la vista de la pantalla de su móvil mientras se tiraba de los pelos de la barba que tenía que evitar aquellas zonas de la cara que empezaba a notar bastante doloridas. Había visto dos partidos de la Premiership inglesa y, aunque muy bien acompañado por Jameson —su inseparable consejero irlandés—, notaba ya cierto empacho de whisky y de rugby. Su cuerpo no admitía más tragos ni más placajes. Animado por el color verde esperanza de la botella, apretó el botón de llamada. Al tercer tono, escuchó:

—Hola, Sancho.

—Hola, Martina. Perdona que te moleste de nuevo, pero llevo toda la tarde haciendo conjeturas y es algo que detesto. —La «ese» en «detesto» se le resbaló retratándole.

—¿Has bebido?

—Para ser exactos, diría que estoy bebiendo.

—Bueno, al menos tú estás teniendo una tarde entretenida.

—Pero no precisamente la que me habría gustado tener.

—No se consigue todo en la vida.

—Está claro.

—¡Tina!, tengo que irme ya. Te llamo en unos días.

Una voz masculina se había filtrado por el micrófono del móvil de Martina para golpear el oído del inspector.

—Vale, de puta madre —atinó a decir—. Finalmente, parece que tu tarde ha sido bastante más entretenida que la mía.

—Sancho, es lo que te quería explicar.

—No hace falta que me des explicaciones. Siento haberte molestado, ya nos veremos.

Colgó y miró su reloj: las 20:41.

—Me da tiempo a otro —se justificó encaminándose hacia la cocina a por más hielo.

Residencia de Mercedes Mateo
Barrio de Arturo Eyries

—Voy a cambiarte la bolsa y a limpiarte un poco la cara, quiero enseñarte algo.

Augusto miró la hora en el reloj de pared del salón: las 20:40.

«Hora de terminar, ya me he divertido bastante», reflexionó.

Le secó el sudor y sacó la cajita de música de su mochila.

—¿Puedes ver esto? ¿La reconoces?

Dejó pasar unos instantes para disfrutar viendo cómo la inesperada derrota hacía mella en la debilitada resistencia de Mercedes y se iba reflejando en su cara.

—Ahora es mía y solo mía —le susurró al oído—. Tengo que confesártelo, la encontré antes de que llegaras. Sabía muy bien dónde buscarla. Se dice que uno encuentra las cosas en el último sitio donde las busca, pero en este caso yo la encontré en el primero. Solo quería saber hasta dónde eras capaz de aguantar. Enhorabuena, has superado todas mis expectativas; estoy orgulloso de ti.

Augusto se deleitó con el llanto ahogado de Mercedes, y decidió hacer un pequeño alto en el camino.

—*Memento mori.* Ya no tenemos más tiempo. Bueno, puntualizo: es a ti a quien se le ha acabado el tiempo.

Augusto encendió otro cigarro y le colocó una nueva bolsa en la cabeza. Uno a uno, hizo sonar sus nudillos con calma y destreza antes de continuar.

—Estos días he pensado mucho en la despedida. Tengo un poema que escribí para ti hace ya muchos años, creo que tenía diecisiete. Lo he retocado un poco y había pensado en leértelo, pero finalmente he decidido que no te lo mereces. Incluso me había planteado darte una noticia que no esperas, pero tampoco te lo has ganado. Te irás con otras palabras que no son mías, son de Till Lindemann; supongo que no le conoces. Eso sí, te lo voy a traducir para que puedas entender lo que digo, aunque dudo mucho que seas capaz de comprenderlo. Lo mismo da.

Cerró la bolsa con el precinto y se sentó para recitar lo mejor que pudo el texto que tenía en su cabeza:

> Un hombrecillo aparentó morir,
> pues quería estar a solas.
> El corazoncito se le detuvo durante horas;
> entonces, se le dio por muerto.
> Se le enterró en arena mojada
> con una caja de música en la mano.

Augusto no quería perder detalle. Ella tenía los ojos cerrados y hacía movimientos bruscos con la cabeza, como en las ocasiones anteriores, pero algo menos violentos, fruto del agotamiento. Repentinamente paró en seco y abrió los ojos: tan pequeños, negros y afilados como los de él. Augusto se enfrentó sin temor alguno a su mirada. La bolsa ya casi no se movía, y estaba tan adherida a la piel que sus rasgos faciales se perfilaban con nitidez. La escasez de oxígeno se hacía patente en los sonidos, cada vez más intermitentes, más agudos, que salían de su garganta.

—¡Que empiece el viaje ya! Adiós, madre.

Tras algunos espasmos, enmudeció definitivamente.

Permaneció inmóvil, absorto en el proceso de retención de esa imagen. Cuando volvió en sí, buscó su iPhone. Había previsto la canción idónea para ese momento; solo podía ser de Bunbury: ... *Y al final*. Le dio al *play* y, tras los primeros acordes de guitarra, empezó a canturrear:

Permite que te invite a la despedida,
no importa que no merezca más tu atención,
así se hacen las cosas en mi familia,
así me enseñaron a que las hiciera yo.
Permite que te dedique la última línea,
no importa que te disguste esta canción,
así mi conciencia quedará más tranquila,
así en esta banda decimos adiós.
... Y al final
te ataré con todas mis fuerzas,
mis brazos serán cuerdas al bailar este vals.
... Y al final
quiero verte de nuevo contenta,
sigue dando vueltas
si aguantas de pie.
Permite que te explique que no tengo prisa,
no importa que tengas algo mejor que hacer,
así nos podemos pegar toda la vida,
así, si me dejas, no te dejaré de querer.
... Y al final

Todavía tenía cosas importantes que hacer antes de irse, pero la canción le animó. Tarareando la letra, se puso manos a la obra.

EL MISMO HUMOR Y DESCONTENTO

Residencia de Ramiro Sancho
Barrio de Parquesol
1 de noviembre de 2010, a las 8:04

El sonido del despertador de Sancho se confabuló con el del móvil para sacarle a patadas del plácido estado onírico en el que se encontraba y llevarle, contra su voluntad, al abominable estado resacoso. Otra vez. Miró el reloj: las 8:04. Volvió a sonar el móvil. Era Bragado, o eso le pareció leer en la pantalla del teléfono. Volvió a mirar la hora en el despertador y juntó todas las facultades que tenía operativas para conseguir dar al botón correcto.

—Sancho.

—¿Dónde demonios estás?

Miró en derredor y, tras reconocer su propia habitación, se ubicó.

—En mi puta cama, creo.

—¡La madre que me parió! Te pedí que estuvieras aquí antes de las 8:00 de la mañana —le recordó Bragado.

Sancho se frotó la barba tratando de comprender la situación.

—¡Hay que joderse! ¡Me cago en mi puta vida! —gritó golpeándose la cabeza con la mano que tenía libre.

Quizá el golpe surtió efecto, porque recuperó en ese instante el control de sí mismo.

—Si te das prisa, todavía puedo enseñártelo. Créeme, es muy importante.

—¿Cuánto tiempo tengo?

—Diecinueve minutos.

Sancho hizo un cálculo del tiempo que le llevaría vestirse con la ropa que tenía tirada al lado de la cama, lavarse la cara, encontrar las llaves del coche, bajar al garaje y llegar hasta allá con la sirena puesta. Eliminó la parte de lavarse la cara y garantizó:

—Me sobran dos.

A las 8:21 llegaba al lugar de la cita al trote y con la boca seca, como tapizada de esparto. Era uno de esos días que amanecen despejados en los que los primeros rayos pretenden hacerse notar antes de desaparecer tras la capa de nubes, como si se tratara de la de un mago. En la puerta del Centro de Piragüismo Narciso Suárez, le estaban esperando los ciento dieciocho kilos de Bragado. Su frente huidiza, arco superciliar marcado y leve prognatismo unidos a la omnipresencia de vello facial le hacían encajar más con las características morfológicas del *Australopithecus afarensis* que con las del *Homo sapiens sapiens*.

En cuanto Bragado lo vio aparecer, le hizo un gesto con la mano y se puso en movimiento para bajar hasta el embarcadero. Caminaba con dificultad, como queriendo ganar metros en cada zancada; acompasaba su paso con el movimiento de unos brazos desproporcionadamente largos y con las palmas de las manos hacia atrás.

—¡Vamos! —gritó tirando el cigarro que acababa de encender y describiendo un semicírculo en el aire con una carpeta que llevaba en la mano.

—Más vale que merezca la pena lo que me quieres enseñar, porque te aseguro que estoy hasta los mismísimos cojones de andar siempre con la lengua fuera —advirtió.

—Menuda carita que me trae, inspector.

—Es lo que tiene estudiar de noche —atajó.

—¿Y has aprendido mucho sobre el proceso de destilación del licor?

—No me hinches las pelotas, Bragado —le advirtió en el momento en el que llegaron al embarcadero.

—«Cuando llegaba a la altura del embarcadero, vi que algo raro sobresalía de unos matojos». Eso fue lo que declaró Samsa, ¿no? —preguntó mostrando evidentes signos de fatiga.

Bragado se sorbió los mocos y carraspeó. Sancho no recordaba que lo realmente desagradable de Bragado no era ni su aspecto físico ni su aparente falta de higiene, sino la polifonía de sonidos que era capaz de emitir con sus vías respiratorias.

—No recuerdo con exactitud, supongo que sí —titubeó tratando de no hacer visible su repulsión.

—Él venía corriendo desde allí, ¿verdad? —dijo Bragado señalando al camino que discurre por toda la ribera del río.

—Sí, de aquella dirección, y vio el cadáver de la víctima en esos matojos de allá cuando llegó a la altura del embarcadero —respondió indicando el lugar con la mano y tapándose del sol que le daba en los ojos con la otra.

—¿No te das cuenta?

—¿De qué? ¡Joder, Bragado, no me vengas con acertijos, que tengo la cabeza como un bombo!

—¡Coño, Sancho, no sé a quién te habrás follado para llegar a ser inspector! ¿No te das cuenta de que el sol no te deja ver?

Residencia de Augusto Ledesma
Barrio de Covaresa

La lista de reproducción con el nombre «Running» estaba conformada por una selección de canciones de origen diverso pero con un común denominador: su ritmo frenético. Aparecían temas de Methods of Mayhem, IAMX, Zeitgeist, The Smashing Pumpkins, Megaherz, Solar Fake, The Strokes, Placebo, Die Apokalyptischen Reiter, The Prodigy, Apoptygma Berzerk, Kaiser Chiefs, In Extremo, VNV Nation, The Killers, The Chemical Brothers, Arctic Monkeys, Dirty Wormz, Project Wyze o Rammstein, pero cuando se encontraba a medio kilómetro de casa siempre buscaba *Map of the problematique,* de Muse, para aumentar el ritmo y terminar al *sprint.*

Life, will flash before my eyes
so scattered and lost
I want to touch the other side.

And no one thinks they are to blame
why can't we see
that when we bleed, we bleed the same.
I can't get it right,
get it right,
since I met you.
Loneliness, be over,
when will this loneliness be over?
Loneliness, be over,
when will this loneliness be over?

Cuando terminó, le dio al *stop* del Runkeeper[30]. El robot femenino de la aplicación encargado de informarle sobre los promedios de la sesión le reconfortó a pesar de haber tenido que cambiar su ruta habitual. Estaba en forma. Ni siquiera se había visto en la necesidad de bajar el ritmo cuando pasó cerca del río y se deshizo de aquello. Llegó a la conclusión de que las bolsas de plástico eran francamente útiles, tanto las de basura como las que se usan para conservar alimentos, esas multiusos con cierre hermético. La que acababa de utilizar, ligeramente agujereada, le había servido para hacer desaparecer el recuerdo que se llevó de la cara de Mercedes.

Por lo demás, el día se planteaba sin complicaciones: avanzar en el trabajo para la Consejería de Hacienda. Las últimas semanas no había conseguido centrarse mucho en sus tareas profesionales, y tenía que ponerse al día. Se notaba algo extra-

---

[30] Aplicación disponible para teléfonos móviles con sistema Android y Symbian, y para iPhone, que recoge las estadísticas de la actividad deportiva determinada que realice el usuario.

ño, no estaba tan eufórico como esperaba a pesar de que todo había salido tal y como lo tenía planeado. Bajó a golpear el saco antes de meterse en la ducha.

Barrio de Arturo Eyries

Tenía sesenta y tres años, pero nunca utilizaba el ascensor para subir a casa desde el día en que don Raimundo, su médico de cabecera, le dijera que subir escaleras era un ejercicio de lo más saludable. Esa mañana se había levantado pronto para ir a la frutería. Los lunes, incluso los festivos, la Antonia llegaba sobre las ocho para colocar el género antes de abrir al público; a ella la atendía sin problemas. Teresa Badía llevaba comprando allí desde que abrieron la frutería, y sabía bien que el género ya estaba muy manoseado si bajaba después de las once. A su Arturo le repateaba ir a coger una pieza y que estuviera golpeada, pero aquel día encontró el género impoluto e impecable. Manzanas rojas y brillantes, manzanas reineta para asar con el pollo, peras conferencia hermosas y duras, naranjas de zumo y naranjas de mesa con buen olor y mejor color.

Eran, exactamente, cuarenta y seis escalones hasta llegar al tercer piso; los había contado cientos de veces.

—Veintisiete, veintiocho, veintinueve... —Contaba en voz baja mirando bien dónde ponía los pies.

Cuando iba cargada con la compra, se lo tomaba con mucha calma. Poco a poco y sin prisa, que tenía toda la mañana por delante. Aquel día no tenía que planchar, y ya había puesto al fuego las lentejas.

—Treinta, treinta y uno, treinta y dos, treinta y…

Teresa se paró extrañada. La puerta de Mercedes estaba abierta de par en par. Muy raro tratándose de su vecina de abajo, una mujer tan huraña y desconfiada. Se acercó con cautela.

—¿Mercedes?

Nadie contestó.

—Mercedes, ¿estás ahí?

Sin soltar la compra, Teresa asomó la cabeza y forzó la voz:

—Mercedes, soy Tere, la de arriba. ¿Estás bien?

Se tomó unos minutos debatiéndose entre la conveniencia de entrar o seguir subiendo escalones, tras lo que vaciló unos segundos más y se decidió a entrar repitiendo el nombre de su vecina. Caminó timorata por el pasillo en dirección al salón. Las puertas de la cocina y de las habitaciones estaban abiertas, pero allí no había rastro de Mercedes. La puerta del salón estaba entreabierta y, cuando se acercó a empujarla, notó un olor tan rancio y fuerte como extraño y singular.

«Se parece al del callejón donde orinan y hacen sus cosas todos esos drogadictos que no respetan nada ni a nadie», pensó.

Entró al salón en dirección al sofá y el mueble de la televisión. Nada raro, solo ese hedor. Giró la cabeza para comprobar el otro lado.

Las manzanas, peras y naranjas golpearon contra el suelo cuando Teresa soltó las bolsas de la fruta. Un alarido salió de la casa de Mercedes y se hizo fuerte en el rellano para propagarse de inmediato por todo el edificio. Arturo, que estaba escuchando el parte de las 9:00 de Radio Nacional de España sentado en una silla de la cocina, se sobresaltó y se propuso investigar la procedencia de aquel grito. No tardaría en descubrirla.

Parque Ribera de Castilla
Barrio de la Rondilla

Sancho tenía la mirada clavada en los matorrales en los que se había encontrado el cuerpo de Marifer mientras se quitaba y se ponía la mano sobre los ojos, tratando de tapar los rayos de sol que le impedían ver con claridad.

—No se ve una puta mierda —concluyó.

—Eso es precisamente lo que quería demostrarte. Ponte estas gafas de sol y comprueba que, en estos treinta metros que hay desde antes del embarcadero hasta la curva, el sol pega de frente.

Las gafas de sol de Bragado debían de ser talla XXXL, porque le cubrían toda la cara.

—Cierto, pero sigo sin poder ver una mierda.

—Por eso mi insistencia en que estuvieras a esta hora, que coincide con aquella en la que nuestro desafortunado corredor dice que vio algo raro.

Bragado refrendó sus palabras con un sonido originado en la tráquea y amplificado en la cavidad nasal.

—Vamos a ver, no nos precipitemos. ¿Cómo sabes que esa fue la hora exacta?

—Lo he comprobado, mira. —Abrió la carpeta que tenía bajo el brazo—. En el informe, se dice que Gregorio Samsa llamó a las 8:32 de la mañana. Ese día, el 12 de septiembre, según la Agencia Estatal de Meteorología, amaneció en Valladolid a las 6:52. Por tanto, transcurrió una hora y cuarenta minutos desde que salió el sol hasta que Samsa avisó al 112. ¿Me sigues?

Sancho asintió con la cabeza.

—Hoy, 1 de noviembre, ha amanecido a las 6:45, teniendo en cuenta el cambio de hora. Para comprobar dónde estaría el sol en aquel momento, tiene que transcurrir, lógicamente, el mismo tiempo.

—Lógicamente —aseveró impaciente el inspector.

—Pues eso, si miras en esa dirección a las 8:25 no se ve una puta mierda, como tú mismo has dicho. Te digo más, tenemos cierto margen de error, porque cuando vine ayer por la mañana a comprobarlo advertí que el sol impide la visión durante exactamente veintidós minutos. Es decir, que desde las 8:26 hasta las 8:48, no pudo ver el cadáver. Ergo, mintió.

—¿Mintió? ¿Estás insinuando que ese Samsa tuvo las santas pelotas de matar a la chica, traerla hasta aquí y luego avisarnos?

—No. Solo he dicho que mintió en la declaración y que debemos averiguar por qué.

—¿Debemos? —repitió volviéndose hacia Bragado.

—Bueno, debéis —rectificó al tiempo que volvía a sorberse de forma violenta.

—Por cierto, ¿cómo has tenido acceso al informe de la investigación?

—¿Eso es lo que más te preocupa ahora?

—No, lo que más me preocupa ahora es la destrucción de la puta capa de ozono. ¡No me toques las pelotas, Bragado!

—Durante catorce años fui inspector del Grupo de Homicidios de Valladolid, algún amigo me queda.

—¡Hay que joderse! —masculló volviéndose hacia los matorrales mientras se pasaba la mano por el mentón—. Si ya lo decía mi padre: fíate de la Virgen, pero corre.

Sancho caminó unos metros con las manos en la cabeza y los dedos entrelazados, pensando, con la mirada perdida entre los matorrales.

—Matojos…

Se dio la vuelta y se plantó al lado de Bragado en tres zancadas.

—Dime que tienes ahí el informe completo.

—Sí. ¿Qué pasa?

—Déjame ver. La declaración literal de Samsa. Aquí está. —Leyó en voz alta—: «Llevaba unos quince minutos de carrera. Suelo empezar en la playa de las Moreras y sigo el camino de la ribera del río hasta la fábrica de Michelin. Me gusta ir tranquilo y disfrutando del paisaje. Cuando llegaba a la altura del embarcadero, vi que algo raro sobresalía de unos matojos. Paré de correr y me acerqué con cuidado a ver de qué se trataba. En cuanto me di cuenta de que era un cuerpo, cogí el móvil y llamé al 112». Matojos —repitió—. Y ahora, el poema. Justo aquí. —Señaló unos versos con el dedo índice y los leyó visiblemente irritado—: «Fidelidad convertida en despojos / a la deriva en el mar de la ira, / varada y sin vida entre los matojos». Matojos. ¿Cuántas personas crees que utilizan el término «matojos» para referirse a los matorrales?

—Si te sirve de consuelo, a mí tampoco me había llamado la atención, y he leído este informe por lo menos cinco veces.

Bragado sacó un paquete arrugado de Winston que tenía en el bolsillo del pantalón y extrajo de su interior un cigarro doblado. Mientras trataba de enderezarlo y le daba unos gol-pecitos a la boquilla contra la esfera de su reloj, se dirigió a Sancho:

—¿Y qué es lo siguiente, inspector?

Justo en ese momento, vibró su móvil.

«Matesanz, qué casualidad», pensó.

—Sancho.

—Buenos días.

—Precisamente iba a llamarte yo ahora.

—¿Sí?

—Sí. Luego te doy detalles, pero tenemos que encontrar ya mismo a Gregorio Samsa.

—¿A Gregorio Samsa?

—Sí. Parece que mintió en la declaración y tiene que acla-rarnos muy bien los motivos. Sería conveniente que alguien se pasara de inmediato por la dirección que nos facilitó.

—No va a poder ser.

—¿No? ¿Qué pasa?

—Acaban de darnos el aviso. Han encontrado otro cadáver, una mujer de unos cincuenta años. La estamos identificando.

—Mierda puta. ¿Dónde?

—En la calle Ecuador, 9, en Arturo Eyries. Yo estoy lle-gando, pero Botello y Garrido ya están en el escenario del cri-men.

—¿Puede tratarse del mismo?

—Con total seguridad. Han encontrado otra poesía.

—¡Su puta madre!

Sancho arrancó a andar y le hizo un gesto con la cabeza a Bragado, que estaba escuchando la conversación.

—Voy para allá y te cuento lo de Samsa. Por cierto, tienes que explicarme lo de Bragado para que yo lo entienda.

—¿Lo de Bragado?

—Ya sabes a lo que me refiero.

—Entendido.

—Nos vemos.

El inspector miró a Bragado, que seguía su ritmo con dificultad, y le dijo sin dejar de caminar:

—Muchas gracias por tu ayuda, pero a partir de aquí nos encargamos nosotros. ¿Está claro?

Bragado emitió un sonido con la laringe que Sancho interpretó como un sí.

Residencia de Mercedes Mateo
Barrio de Arturo Eyries

Cuando llegó al portal, ya había decenas de curiosos agolpados tras la cinta amarilla. Un agente de policía le indicó con el dedo el camino a las escaleras.

—En el segundo.

Sancho subió los peldaños de dos en dos. Cuando llegó arriba, vio a Garrido y a Botello hablando con un matrimonio de avanzada edad. El anciano sujetaba a la mujer, notablemente afectada, por el hombro.

—Buenos días, inspector —le recibió Garrido.

—Buenos días. ¿Dónde está?

—En el salón. Están los de la científica con Matesanz. ¡Menudo panorama tenemos!

—Quiero que hagas algo. Llama a comisaría y que te den el número de teléfono que nos dejó Gregorio Samsa.

—¿El que encontró el cuerpo de la chica?

—Exacto. Quiero que le llames tú. Cítale con el pretexto de comprobar su declaración, para que la firme o lo que se te ocurra, pero no le asustéis, ¿de acuerdo? Necesito que me aclare algunas cosas.

—De acuerdo.

—Avísame cuando des con él. Voy para dentro.

Caminando por el pasillo, reconoció al final del mismo la voz de Matesanz entre las de los compañeros de la científica. No sabía qué se iba a encontrar allí, pero se había mentalizado para lo peor. Cuando entró en el salón, su mirada se topó con las espaldas de los tres compañeros que rodeaban a la víctima. Otros dos ya habían empezado a buscar huellas en la habitación. Un olor ácido y rancio de fluidos corporales dominaba la atmósfera de la estancia.

—Buenos días.

Matesanz le devolvió el saludo y se apartó para hacerle un hueco y permitirle examinar la escena. La víctima, una mujer, estaba sentada en una silla con las manos a la espalda y los pies atados a la silla. Tenía la cabeza cubierta con una bolsa de plástico semitransparente, el cuerpo ladeado hacia su derecha y la cabeza inclinada hacia abajo.

—Se trata de Mercedes Mateo Ramírez. Su abrigo y su bolso están en el perchero, y tiene toda la documentación. Corresponde, además, con el nombre que figura en el buzón. Todavía no la hemos tocado, hemos tenido que esperar a que trajeran otra cámara con tarjeta de memoria —apuntó Matesanz visiblemente molesto mirando a Mateo, de la científica.

—Ya he explicado por qué, ¿vale? —respondió este sin dejar de hacer fotografías.

—¿Quién la ha encontrado? —preguntó Sancho sin dejar de mirar el cuerpo.

—Una vecina. Hará una hora, más o menos. Según nos ha dicho, vio la puerta abierta y entró. Garrido y Botello están tomándole declaración. De momento, no hay más testigos.

—¿La ha tocado?

—Nos ha dicho que no.

—¿Nadie?

—Eso creemos.

—No me encaja —observó Sancho en voz baja—, esa bolsa tiene aire en su interior.

—Bueno, esto ya está —dijo Mateo—. Procedo a quitarle la bolsa de la cabeza para poder hacerle fotos de la cara.

—Adelante.

Mateo tiró de la bolsa y dio un salto hacia atrás con un «¡Hostias!». El inspector, que se había preparado para algo inesperado, no se movió del sitio. Se pasó la mano por la barba y confirmó:

—Se trata del mismo tipo, de eso no hay la menor duda.

Mercedes tenía los ojos entreabiertos y la lengua amoratada e hinchada; asomaba por su boca como queriendo escabullirse de unos labios que eran el vivo reflejo de la muerte. Sin embargo, eso no era lo que centraba la atención de los presentes. Los que todavía eran capaces de mirar a la cara de la víctima se preguntaban por qué tenía al descubierto el tabique nasal.

—¡Madre mía! Pero… ¡¡si le han pelado la puta nariz!! —exclamó el agente Botello con los ojos a punto de salirse de sus cuencas.

—Yo no lo hubiera definido mejor —aseveró Sancho—. Por la rigidez cadavérica, no parece que lleve mucho tiempo muerta, ¿no?

—No, no parece, pero seguro. Seguro que más de doce horas por el signo de Stenon Louis —certificó Salcedo, de la científica—: tiene las córneas opacas.

Un silencio cargado de interrogantes se hizo dueño del momento.

—Bueno, ya veremos qué nos dice el forense —concluyó Sancho.

—Inspector, Samsa no nos coge el teléfono —informó Garrido.

—Áxel, vete con Garrido a buscarle a su domicilio, y, si no le encontráis allí, id a su trabajo, pero, por favor, no me lo acojonéis. Me llamáis con lo que sea.

—Entendido, le invitaré a jugar un FIFA en la comisaría a ver si cuela —propuso el agente Botello con ironía—. También estamos con lo de la pintada.

—¿Qué pintada?

—La que hay en la pared exterior del portal.

—Yo no he visto nada al subir.

—Está en una de las paredes laterales del portal, si has entrado de frente puede que no la hayas visto, pero es bien hermosa y se lee perfectamente: «Muérete, vieja».

—No me digas que también se nos ha hecho grafitero.

—No. Según nos han dicho, esa pintada lleva ahí unos cuantos años. Lo estamos comprobando.

—¡Vamos, venga ya! ¿Una coincidencia? No me lo trago, aquí pasa algo. Si es cierto que lleva ahí años, que Garrido localice a quien la pintó para que me la dedique.

—Entendido. Nos vamos.

—Buenos días, señ… ¡Qué barbaridad!

La voz de la juez Miralles hizo a Sancho despegar su mirada de la cara del cadáver. La juez trataba de ocultar su malestar ante la visión del mismo.

—Buenos días, Aurora, no me diga que ha tenido la suerte de estar de nuevo de guardia esta semana.

—Así es, inspector.

—Antes de que proceda al levantamiento del cadáver, me gustaría hablar con usted un minuto.

—Sancho, que nos conocemos, no me hagas sentirme más vieja de lo que soy.

Aurora Miralles estaba en la frontera de los cincuenta, a punto de cruzarla o recién traspasada. Era una mujer elegante, y no solo por lo que concernía a su armario. De ojos ligeramente rasgados y sagaces, rebosaba carácter fuerte condimentado con ciertas dosis de ternura. Era firme y brillante. Lo primero se lo dejó bien claro a su marido cuando le puso las maletas en la puerta el primer día en que le levantó la voz más de lo que estaba dispuesta a consentir; lo segundo, se lo había ganado con su trabajo diario como titular del Juzgado de Instrucción N.º1 de Valladolid. Vestía un traje de chaqueta oscuro sobre blusa blanca, y usaba un perfume de esos que invitan a recortar distancias.

—Todo parece indicar que se trata del mismo hombre. Nos ha dejado otro poema.

—Sí, ya me han informado de camino.

—Me gustaría que Villamil hiciera la autopsia. Él llevó a cabo la de la primera víctima, y sería interesante conocer su opinión para dar con la impronta del asesino.

—Hablaré con él, no creo que haya inconveniente.

—Gracias. Otra cosa, creo que podríamos tener un posible sospechoso.

—¿Posible sospechoso? ¿De quién se trata?

—De Gregorio Samsa, el que dio el aviso de la primera víctima.

—No me fastidies, Sancho —dijo poniendo demasiado énfasis en la «efe»—. ¿Qué tenéis?

—Hemos comprobado que nos mintió en su declaración. Estamos tratando de localizarle para que nos lo aclare.

—¿Crees en serio que puede ser él? —farfulló la juez.

—Cabe esa posibilidad, pero, como te digo, es todavía muy pronto y necesito asegurarme.

—¿Has hablado con Mejía?

—No, no me ha dado tiempo. Ahora mismo voy a comisaría.

—Por favor, mantenme informada de cualquier novedad. Tenemos que poner fin a esta historia cuanto antes.

—Lo sé. Me marcho.

—Hablamos. Gracias, Sancho —se despidió la juez.

Antes de irse, el inspector llamó la atención a Matesanz haciendo un gesto con la mano.

—Tú dirás.

—Necesito que vayas a la autopsia, pon al corriente de todo a Peteira. Yo voy a hablar con Mejía. He enviado a Garrido y a Botello a buscar a Gregorio Samsa.

—¿A Samsa?

—Sí. Bragado se ha encargado de hacerme ver esta mañana que puede que nos haya mentido.

—Me ha llamado a mí hace unos minutos, pero no he atendido su llamada.

—Y ahora, explícame, por favor, por qué Bragado tenía el informe completo del primer asesinato.

El subinspector tardó en contestar.

—Sancho, yo sigo teniendo relación con Bragado, trabajé con él durante más de una década. Me llamó hace unos días para hablar del caso y me pidió ver el informe. —El subinspector daba muestras de estar pasando un mal rato—. Pensé que nos podría venir bien a todos la ayuda de una persona con su experiencia. Bragado será lo que sea como persona, pero era bueno como investigador. Te lo aseguro.

—Así me lo ha querido demostrar. Lo único que me duele es que no hayas tenido la suficiente confianza conmigo como para pedirme autorización.

—Lo sé, y te pido disculpas.

Sancho meditó lo siguiente que tenía que decirle.

—Esto queda entre nosotros. Que no vuelva a pasar.

Matesanz asintió.

—Me marcho. Avísame cuando tengamos la autopsia.

Residencia de Augusto Ledesma
Barrio de Covaresa

Augusto trataba de mantenerse concentrado en el trabajo que tenía que entregar el viernes a la Consejería de Hacienda de la Junta de Castilla y León. Consistía en maquetar dieciocho nuevos formularios de recursos y solicitudes, una labor que no requería destreza alguna, pero que le llevaría unas cuantas horas. Ese día, había elegido la versión de *Carmina burana,* de Carl Orff, para tratar de aislarse de los recuerdos de la noche anterior. Cuando las voces empezaron a susurrar las primeras frases de «O Fortuna», Augusto se unió al coro para terminar elevando la voz en la parte final:

> *Sors salutis*
> *et virtutis*
> *michi nunc contraria,*
> *est affectus*
> *et defectus*
> *semper in angaria.*
> *Hac in hora*
> *sine mora*
> *corde pulsum tangite;*
> *quod per sortem*
> *sternit fortem,*
> *mecum omnes plangite!*

Cuando volvió a mirar la pantalla de su iMac, tenía un aviso de mensaje en Höhle; era de Hansel: «Orestes, baja a la madriguera. Tengo noticias». Augusto miró la hora y esperó. Cuando despertó a Orestes, inició sesión inmediatamente y se conectó al chat. Cambió el chip al alemán y escribió:

—Hansel, hermano, ya estoy aquí, siento el retraso.

—Hola, Orestes. El TSR se ha activado hace unas horas, alguien ha accedido a los archivos infectados.

—¿Y ha funcionado? —escribió mientras pensaba en lo rápido que habían encontrado el cadáver, como él quería.

—Por supuesto. Los archivos infectados han quedado inservibles por completo. Ahora solo los tienes tú en el FTP donde los subí.

—Estupendo. ¿Podemos saber desde dónde han accedido?

—Te puedo localizar hasta la IP.

—Hazlo, por favor, y necesito un acceso a ese equipo.

—Puedo intentar abrir una *backdoor*.

—Eso sería fantástico. ¿Cuánto crees que tardarás?

—Dependerá de los protocolos de seguridad que me tenga que saltar, pero tienes suerte, hermano. Estoy de vacaciones esta semana, y la verdad es que me estaba aburriendo. Si me atranco, recurriré a Skuld; ya sabes que estará encantado de ayudarnos.

—Muchas gracias, Hansel.

—Solo te lo voy a preguntar una vez: ¿va todo bien?

—Todo va como tiene que ir. No te preocupes.

—Muy bien. Te vuelvo a contactar cuando tenga el acceso.

—Hasta entonces.

Cerró la aplicación y se reclinó en su silla con las manos detrás de la cabeza. Se notaba algo acelerado, pero se calmó cuando hizo un análisis de la situación. Todo bajo control.

Algo más tarde, mientras dedicaba tiempo a sus bonsáis, a Augusto le sobrevino un presentimiento y bajó al garaje a la carrera para buscar el otro móvil. Ese con tarjeta prepago que siempre tenía apagado para evitar que la policía detectara su localización en el momento en que descubriera el engaño. Lo encendió y comprobó que, efectivamente, tenía cuatro llamadas perdidas de un mismo número desconocido que debía pertenecer por fuerza a los únicos conocedores de su número: la policía.

—*Arte et Marte!*[31] —proclamó Augusto antes de apagar el móvil por última vez.

Comisaría de distrito
Barrio de las Delicias

Sancho golpeó de nuevo el teclado de su equipo informático.

—¡Puta mierda de ordenadores! —gritó mientras agarraba el teléfono fijo para llamar a los de informática. Llevaba un buen rato tratando de abrir un documento que parecía importante sin éxito.

—Buenos días —contestó una voz femenina.

—¿Eres Sonia?

—La misma.

—Soy Sancho. Tengo un problema con mi puto ordenador, no me deja abrir un archivo que necesito consultar con urgencia.

---

[31] Expresión latina que se traduce al castellano como: «Arte y Marte», entendiendo la relación que existe entre el arte del engaño y la guerra.

—Voy para allá.

Durante los tres minutos que Sancho se pasó mirando el reloj, le dio vueltas al móvil de este nuevo asesinato. Tenía que existir una conexión.

—Ya estoy aquí —anunció Sonia, una risueña chica de unos veinticinco años que entró sin llamar en el despacho del inspector.

—Gracias por venir tan rápido, Soni.

—Nada. ¿Qué has roto?

—Ni puta idea. No me deja abrir este maldito archivo —dijo señalando con el ratón el documento con el nombre *Expediente de adopción de Gabriel García Mateo*.

—Aparta tus manazas de ese roedor. Déjame ver.

Al ejecutar el archivo apareció el mensaje *Corrupted file*.

—¡Pufff! Mala cara tiene esto.

—¿Qué significa eso?

—Básicamente, que el archivo está dañado. Podría tratar de recuperarlo, pero, como decía antes, tiene mala pinta.

—¡Mierda puta! —se lamentó dando un golpe en el teclado que asustó a Sonia—. Disculpa, es que necesito imperiosamente abrir ese archivo. ¿Podrías intentar recuperarlo ahora?

—Claro, claro. Lo intentaré, pero ya lo decía Parrado…

—¿Parrado? —preguntó el inspector desde la puerta.

—Mi profesor de Seguridad Informática en cuarto de carrera. Un auténtico hueso, el muy cabrón. Nos decía: «Recuperar un archivo corrupto es incluso más complicado que aprobar conmigo a la primera. Solo hay un antídoto que funciona, el protocolo DPJ».

—¿DPJ?

—«Date Por Jodido».

—Que le den por el culo al profesor Parrado.

—¡Ojalá! —expresó ella de forma convincente—. Por cierto, Sancho, te noto muy tenso; es decir, mucho más tenso de lo habitual.

—Sí, yo también me lo noto. ¿Sabes por qué es?

—Ni idea.

—Yo tampoco, pero me complacería mucho disparar a ese Parrado justo aquí —respondió señalándose el entrecejo.

—Hombre, yo creo que con la sodomización sería más que suficiente.

Sancho se quedó parado en la puerta y cambió el semblante.

—Soni, ¿podrías hacerme un gran favor?

—Claro, inspector. Si me lo pides con esa sonrisa tan sincera, ¿cómo voy a negarme?

Sancho salió de la comisaría con la intención de tomar un café pensando en que quizá debería rebajarse la barba. A pesar de ser tenue, la luz del día le molestó en los ojos. Le dolía la cabeza, y no estaba seguro de que se debiese a los últimos coletazos de la resaca ni a la propia investigación. Cuando puso el pie en la calle, sonó el móvil. Era Garrido.

—Sancho.

—Soy Garrido.

—Lo sé, he visto el identificador de llamada.

—Inspector, estás muy tenso.

—No eres el primero que me lo dice hoy.

—Ya. Bueno, pues esto que te voy a contar tampoco va a ayudarte. Te llamaba porque hemos ido a la dirección de Samsa y no nos ha abierto nadie. Eso estaba dentro de las posibilidades, pero resulta que hemos buscado la empresa Metamorphosis Software, S. L., y aparece registrada en la misma dirección que su domicilio.

Sancho no verbalizó lo que le estaba pidiendo su cerebro y solo murmuró:

—Ahora es cuando me dices que no lo comprobamos en su día —aventuró sabiendo la respuesta.

—Sí. Es decir, no. Que no lo comprobamos.

—La madre que me parió. ¿Has intentado localizarle por teléfono?

—Botello lleva toda la mañana con el teléfono en la mano. Hemos comprobado con la compañía que es un móvil de tarjeta prepago, dado de alta el 6 de agosto de este año y que no registra ni una sola llamada entrante ni saliente. Está siempre apagado.

—Mala pinta tiene. Si no lo enciende no vamos a poder rastrearlo. Que lo siga intentando como si fuera una de sus novias y dile, por favor, que venga a comisaría con Gómez para que me den detalles del interrogatorio de Samsa.

—Entendido.

Facultad de Filosofía y Letras

El celador golpeó la puerta del aula con los nudillos y asomó la cabeza.

—¿Doctora Corvo?

Quitándose las gafas, Martina se acercó a la puerta.

—¿Qué pasa, Jere?

—Discúlpeme, pero nos han llamado de la policía y parece muy urgente. Aquí tiene el inalámbrico.

—Gracias, Jere. —Agarró el teléfono y contestó—: Soy la doctora Corvo.

—Doctora, siento que haya tenido que interrumpir su clase. Soy Sonia Blasco, de la comisaría de Delicias. El inspector Sancho me ha pedido que le haga llegar un fax con un poema.

—¿Otro poema?

—Yo no le puedo dar más información. Si me dice un número, se lo envío ahora mismo.

—Claro. Tome nota.

Comisaría de distrito
Barrio de las Delicias

Se acercaba la hora de comer y cuatro estómagos vacíos se congregaban en el despacho de Mejía. El comisario Mejía miraba a través de la ventana pensando en que se estaban acercando los fríos días del invierno. Esos días en los que, cuando llegaba a casa, se calzaba las zapatillas de felpa y se tiraba en el sofá a fumarse el único cigarro del día que realmente disfrutaba. Después, esperaba tranquilamente a que Matilde le gruñera para que fuese a cenar mientras contemplaba las aves migratorias y se imaginaba estar en un sitio distinto. Un lugar apartado de todo.

El comisario abrió la ventana y sacó la mano para comprobar la temperatura. No se equivocaba. La metió de nuevo para buscar el paquete de tabaco negro del bolsillo interior de la americana de lana a cuadros que iba a cumplir su octava temporada de servicio. Exhaló el humo sin dejar de mirar un cielo que amenazaba con descargar toda su ira sobre la capital castellana.

—Se acercan días fríos —anunció con un tono tan cargado de nostalgia y tristeza que podría haber inspirado dos nuevos álbumes completos de Álex Ubago—. No hace falta mirar el tiempo en Internet para saberlo.

No obtuvo réplica. Sintió que sus pulmones le agradecían la dosis de nicotina y siguió hablando:

—No os voy a entretener mucho, Sancho ya me ha puesto al corriente de todo. Tenemos un tipo suelto en la ciudad que tiene la firme intención de reventarnos las Navidades. Parece que podemos tener un sospechoso. Le he comunicado al inspector que cursemos una orden de búsqueda y captura como posible autor de los dos crímenes ocurridos recientemente si no da señales de vida hoy mismo. No voy a entrar en detalles, eso le corresponde al jefe del Grupo de Homicidios aquí presente, pero estoy convencido de que no hemos sido todo lo diligentes que la situación requería. No toleraré ninguna negligencia más en esta investigación.

Dicho esto, invitó a Sancho a tomar la palabra para dirigirse a los subinspectores mientras él volvía a perderse en el paisaje urbano.

—Bien, creo que el comisario ha sido suficientemente claro. Hemos dejado pasar aspectos importantes en el caso del asesinato de la muchacha, pero ahora tenemos que centrarnos en la vía que se nos ha abierto con Gregorio Samsa. Necesitamos averiguar quién es este individuo. No figuran antecedentes suyos en las bases de datos, pero sí aparece en los archivos de la Seguridad Social. Tenéis todo lo que hemos conseguido en el informe que está repartiendo Matesanz. Necesitamos a todo el grupo. Peteira, encárgate de buscar testigos junto con Garrido y Arnau en el escenario del crimen de esta mañana. Garrido conoce muy bien a las familias gitanas del barrio, y alguien tiene que haberle visto entrar o salir de la casa. En breve, tendremos el informe forense y el de la científica. —Peteira asintió con la cabeza y volvió a centrar la atención en su teléfono móvil—. El poema ya está en manos de la experta. Necesitamos una descripción física de Gregorio Samsa. Botello y Gómez están trabajando en el retrato robot, aunque… en fin. Matesanz —prosiguió volviéndose hacia el subinspector—, coordina con Montes y con el resto de departamentos la búsqueda de toda la información de archivo que podamos recopilar de él.

De repente, Sancho dejó de hablar.

—Álvaro, ¿tan importante es lo que estás haciendo con el teléfono?

—Quizá sí —vaciló el gallego.

—Siendo así, ¿podrías compartirlo con nosotros?

—Claro. Cuando el comisario ha mencionado Internet, se me ha ocurrido buscar en Google el nombre de Gregorio Samsa. —Hizo un chasquido con la lengua antes de sentenciar—: Este cabrón está jugando con nosotros.

Sancho permaneció a la expectativa. Mejía se dio la vuelta y Matesanz se giró en la silla hacia su compañero.

—Leo textualmente de la Wikipedia: «*La metamorfosis* (*Die Verwandlung*, en su título original en alemán) es un relato de Franz Kafka, publicado en 1915 y que narra la historia de Gregorio Samsa, un comerciante de telas que vive con su familia a la que él mantiene con su sueldo, quien un día amanece convertido en una criatura no identificada claramente en ningún momento».

Mejía se volvió hacia la ventana y advirtió a su reflejo:

—Se acercan días fríos.

Y LOS GUSANOS SIEMPRE
ESTÁN HAMBRIENTOS

Residencia de Ramiro Sancho
Barrio de Parquesol
2 de noviembre de 2010, a las 7:25

A pesar de todo, Sancho había conseguido dormir. Se marchó de la comisaría sobre las 2:00, y el sueño le arrastró cuando abordaba el primer verso de la segunda estrofa de aquel nuevo poema. Antes de acostarse se conjuró para recortarse la barba, pero el cansancio le hizo posponer la operación. Se durmió con la firme intención de salir a correr; necesitaba colocar todos los datos que le bailaban en la cabeza como pedacitos de papel movidos por un ventilador. Hacía por lo menos dos semanas que no se ponía las zapatillas de deporte, quizá más, pero el inspector tenía un buen bagaje atlético, y hacer deporte siempre le había funcionado para dar corriente a esa bombilla que, últimamente, le parpadeaba muy intermitentemente. ¡Lo que daría por juntarse con sus excompañeros y poder jugar un buen partido de rugby para desestresarse de verdad! Eso sería mano de santo. Bien pertrechado con ropa térmica y gorro de lana, salió en dirección al estadio José Zorrilla y puso en marcha el cronómetro. La lluvia caída durante la noche había purificado el aire diseminando olores muy poco frecuentes en un medio urbano. Mientras que las primeras luces del día apenas habían hecho acto de presencia, el corazón del inspector trataba de coger el ritmo de bombeo y sus músculos, de entrar en calor. Su cerebro ya estaba finalizando la prueba de los tres mil obstáculos tras haber tenido que salvar los nombres de María Fernanda Sánchez, Gregorio Samsa, Mercedes Mateo, Gabriel García, Franz Kafka, Martina Corvo, Antonio Mejía y Jesús Bragado.

Ya casi no notaba el frío cuando bajaba por la cuesta del estadio hacia el monasterio de Nuestra Señora del Prado. Se notaba con fuerzas, pero no lo sabría con certeza hasta que estuviera a mitad de la subida, entre las calles Doctor Villacián y Hernando de Acuña. Cuando se estaba preparando para iniciar el ascenso, pudo comprobar que su competidor, Samsa, le sacaba mucha distancia en esa carrera y aceleró la cadencia de la zancada.

Con el nivel de pulsaciones casi al máximo, tuvo que admitir que el recorrido iba a ser largo, por lo que acomodó el ritmo a sus posibilidades para no llegar desfondado. Planificando las tareas del día, enfiló la última curva que le llevaría hasta el portal número dieciséis de la calle Manuel Azaña tras una bajada de unos trescientos metros. Se vio con fuerzas y aceleró. Miró el cronómetro y, motivado por haber bajado de los cuarenta minutos, subió las escaleras al trote hasta el octavo piso.

Ya en comisaría, nada más sentarse y arrancar el ordenador, la voz rota de Mejía le dio los buenos días desde la puerta:

—Buenos días, por decir algo.

—Tengo noticias.

Mejía tenía cara de circunstancias, y las bolsas de sus ojos parecían haber ganado terreno a los pómulos durante la noche. A Sancho le dio la impresión de que la americana le quedaba aún más grande que el día anterior.

—Adelante —dijo invitándole a sentarse.

Mejía no se sentó.

—Ayer me llamaron de Madrid a última hora, de la Dirección Adjunta. Me pidieron un análisis exhaustivo de la situación, y me dijeron que se reunirían para tomar una decisión sobre cómo actuar en este caso. No han tardado mucho. Según me subía en el coche esta mañana, han vuelto a llamarme.

Sancho escuchaba casi con el mismo nivel de atención que el entusiasmo con el que se tiraba de los pelos del bigote.

—Nos envían a un especialista.

—Un especialista —repitió con voz neutra.

—Sí. Un psicólogo criminalista. Armando Lopategui, *Carapocha*.

—Carapocha —repitió elevando las cejas.

—Así se le conoce, no me preguntes por qué. Sé que el tipo es un ruso con sangre española. Yo no le he visto en mi vida, aunque sí he oído hablar bastante de él. Lo cierto es que está considerado como una eminencia en el campo de la elaboración de perfiles psicológicos y en el estudio de la mente criminal. Ha colaborado con varios gobiernos, y tiene experiencia en otros casos de asesinatos en serie ocurridos en nuestro país, como el del Mataviejas o el del Arropiero. Desde Interior, insisten en que le hagamos partícipe de la investigación. ¿Entiendes lo que quiero decir?

—Lo entiendo. Si viene para ayudarnos, será bienvenido. Te lo aseguro.

—Eso es. Y, hablando de bienvenidas, hoy llega al aeropuerto de Villanubla desde Barcelona. Me gustaría que fueras a recogerle.

—No hay problema. ¿A qué hora llega? —preguntó abriendo la agenda.

—Anota el vuelo: Iberia 8666, a las 17:45.

—Anotado.

—¿Tenemos ya los informes de la autopsia y de la científica?

—El de la autopsia llegó a última hora de ayer, el de la científica estará a lo largo del día. Espero que sea por la mañana.

—Yo también.

—Precisamente, he citado a Villamil para ver el informe de la autopsia con él. ¿Quieres estar presente?

—No puedo. Me han convocado a las once para una reunión en Madrid de la que, por no tener, no tengo ni el orden del día. No obstante, no dudes en llamarme si tienes alguna novedad. Por cierto, ¿cómo llevas el tema de la prensa?

—De momento, está todo en orden. Hemos conseguido que no relacionen ambos asesinatos todavía. Hemos envuelto el de la mujer de Arturo Eyries en un robo con asalto.

—No te fíes de los gusanos, siempre están hambrientos. ¿Más cosas?

—Bueno, la madre de la primera víctima me persigue insistentemente, y ya sabes que no me gusta esconderme en estos casos.

—Lo sé, es algo que te honra, pero que no te desvíe el foco de atención ni te desgaste. Te necesito al cien por cien. Me marcho ya, que voy a llegar tarde. Llámame con cualquier novedad —insistió—. ¿Estamos?

—Estamos. —Mejía no pudo escuchar su respuesta, ya que había salido del despacho como si Sancho le hubiera pedido dinero.

Algo irritado, agarró el teléfono fijo.

—Soni. Buenos días, soy Sancho.

—Hola, inspector.

—Vaya. Por tu tono de voz, intuyo que no pudiste salvar ese archivo.

—Intuyes bien, pero esa no es la mala noticia.

Sancho se mantuvo en silencio.

—La mala noticia es que hemos comprobado que los ficheros estaban infectados por un virus de activación remota.

—Dejé de jugar a los ordenadores cuando se me rompió el Commodore 64. Explícate, por favor.

—Alguien se introdujo en los sistemas de la Seguridad Social e infectó algunos de los archivos que contenían información sobre la víctima de ayer. En el momento en el que alguien intenta abrirlos, el virus se activa y quedan totalmente inservibles.

—Es decir, que además de un asesino con aires de grandeza y una especie de proyecto de poeta, ¿también es un pirata informático? —preguntó el inspector sin esperar una respuesta.

—Yo no sabría decir si es o no un *cracker*, pero si puede burlar ese nivel de seguridad, desde luego no se trata de un aficionado. Ya lo he puesto en manos de la central de la Brigada de Investigación Tecnológica. Siento no poder ayudarte más con esto.

—Ya. No te preocupes, encontraré la forma de hacerme con ese informe de adopción. Gracias de todos modos.

—De nada.

Sancho cerró los ojos con fuerza y se los frotó enérgicamente con los dedos índice y pulgar. Se detuvo un momento en los lacrimales y, luego, bajó a la barba para insistir con los pelos del bigote. Sacó el móvil y llamó a Matesanz.

—Buenos días.

—Buenos días. Entre la información que nos proporcionaron sobre Mercedes Mateo, había un archivo con un expediente de adopción. El caso es que los archivos electrónicos han sido destruidos por un virus, y necesitamos identificar al niño que se dio en adopción y encontrar ese expediente. Tiene que incluir los apellidos García Mateo.

—Entendido. ¿Sabemos fecha aproximada?

—No.

—Investigaré en el círculo familiar de la víctima a ver qué saco, y voy a acercarme a Gerencia de Asuntos Sociales para ver si conservan documentación escrita.

—Ya me cuentas. Por cierto, ¿alguna noticia de Peteira sobre Samsa?

—No, nada nuevo.

—Hablamos.

Sancho miró el reloj, faltaban dos minutos para las nueve de la mañana y Manuel Villamil estaría a punto de llegar. Justo cuando estaba abriendo la primera página del informe, apareció el médico forense por la puerta.

—Buenos días, chaval. ¿Se puede? —preguntó asomando el bigote.

—Adelante —le invitó Sancho a entrar y le estrechó la mano—. ¿Qué tal tus chicas?

—Muy bien, gracias a Dios. Con toda esta mierda, uno tiene que estar agradecido por que no le toque algo así.

—Desde luego. ¿Te parece si agarramos este toro por los cuernos?

Villamil asintió.

—Anoche me leí el informe completo, ¿vamos al resumen ejecutivo?

—Claro. Muerte por sofocación directa de los orificios respiratorios. El instrumento empleado fue una bolsa de plástico, pero no la que le encontramos puesta. La víctima se hallaba sentada y atada en una silla, con la cabeza cubierta por una bolsa de basura y un calcetín introducido en la boca sujeto, a su vez, por cinta adhesiva. Sabemos por las lividecos cadavéricas que la muerte le sobrevino en esa posición, y que el cuerpo no se movió con posterioridad.

Sancho asentía con la cabeza.

—Esto, seguramente, se hizo para evitar que gritara. Sin embargo, no fue el mecanismo de la muerte, ya que no le taponó la faringe en ningún momento.

—Si no hemos encontrado la bolsa, ¿por qué estás tan seguro de que sería el arma del crimen?

—Por varios motivos —aseguró el galeno con la firmeza que otorgaba su dilatada experiencia—. El primero se fundamenta en las marcas de opresión visibles en el cuello a la altura de la laringe. No hay restos de pegamento en la piel, pero esto es fácil de explicar, ya que aplicaría el precinto por encima de la bolsa para evitar que entrara el aire. Otro indicador que refuerza esta hipótesis sería el aumento de la presencia de dióxido de carbono en sangre, consecuencia de respirar el aire exhalado dentro de la bolsa y del desprendimiento de sustancias volátiles reductoras y malolientes procedentes del sudor.

—Sí, eso lo constaté personalmente. Olía a sudor y a orina en el escenario del crimen.

—Los niveles de temperatura y humedad aumentan considerablemente dentro de la bolsa. La incontinencia aparece con frecuencia en los casos de asfixia mecánica.

—Como en el caso de María Fernanda —añadió.

—Exacto. Continúo, otro asunto importante que debes saber y del que estamos seguros es que la agonía de la víctima fue prolongada.

Villamil siempre utilizaba la primera persona del plural a pesar de que solamente él había realizado tanto la autopsia como el informe.

—¿Por qué estás tan seguro?

—Hay signos claros. La mascarilla equimótica cervicofacial está muy extendida. En las muertes por asfixia, siempre aparece la equimosis puntiforme, que son esas manchas de color rojo púrpura en la piel de la víctima; principalmente, localizadas en cuello, cara y parte superior del pecho. Si la víctima se resiste y hace un esfuerzo por liberarse, o si es torturada alargando el proceso en el tiempo, esas manchas se extienden casi por toda la piel; incluso, hasta los brazos, como es el caso. Otros indicadores serían los niveles de glucógeno y adrenalina encontrados en el hígado y la glándula suprarrenal. Son elevados en los casos de muerte rápida, pero bajos en los de muerte lenta, ya que el organismo utiliza esas sustancias como última fuente de energía. Los niveles de esta mujer eran espantosamente ridículos.

—Todo eso, junto con la presencia del calcetín para que no hablara, podría ser indicativo de que la víctima fue sometida a un interrogatorio prolongado, ¿no? Estoy casi seguro de que estableció algún tipo de comunicación con nuestro asesino durante el mismo.

—Eso no sabría decirlo. Ten en cuenta que, con el calcetín en la boca, no podría hablar.

—Ya, pero podría asentir con la cabeza. No hay signos de agresión sexual, ¿verdad?

—No, ninguno. A nivel externo, se aprecia una contusión leve en la frente, y presenta marcas cutáneas en muñecas y tobillos. Las de las muñecas son severas, lo cual reafirma la hipótesis de que la víctima trató de liberarse en repetidas ocasiones.

—En el informe fijas la data de la muerte entre las 19:00 y las 22:00 de la tarde del domingo.

—Así es. En los casos de asfixia, el enfriamiento cadavérico es lento al permanecer la sangre dentro del cuerpo, y el rígor mortis no aparece sino hasta las tres o seis horas después de la muerte. Sigue siempre un curso descendente: cabeza, cuello, extremidades superiores, tronco y extremidades inferiores. Cuando la encontramos, sobre las 9:00 de la mañana, estaba en la fase máxima de coagulación de la miosina. Esta molécula provoca el endurecimiento de los tejidos musculares e imposibilita que ojos y boca puedan cerrarse hasta pasadas al menos cuarenta y ocho horas a partir de la parada cardiorrespiratoria y consecuente muerte cerebral. Esta fase se produce, en función de la edad y complexión física de la víctima, entre diez y doce horas después de la muerte.

—Entendido. ¿Y qué me puedes decir de la mutilación?

—En mi vida había visto algo similar. En realidad, se trata de una «operación» muy sencilla, habida cuenta de que es post mórtem. Se efectúa una incisión en las aletas nasales y otra en el cartílago hialino. —Villamil se estiró y meneó con los dedos la parte que une la nariz con el labio superior—. Por los cortes, diría que se hizo con la misma herramienta con la que le cortaron los párpados a la primera víctima.

—Una herramienta para la poda de bonsáis.

—Eso es. Luego, hizo un corte continuo con una hoja fina, tipo cúter —precisó—, uniendo las incisiones anteriores. Al tirar del tejido, el tabique nasal quedaría al descubierto.

—Me pregunto qué mierda hará con esos recuerdos que se lleva. Párpados y nariz. No entiendo nada.

—Pues deberá conservarlos en formol, o el proceso de putrefacción se cebará sobre esos tejidos con mucha rapidez.

—¿Y si se los come?

—No sé. Creo que hay partes en el cuerpo más suculentas que los párpados y la nariz. No quiero ni pensarlo, que te echo aquí mismo las tostadas del desayuno.

—¿Con mantequilla? —preguntó queriendo quitar algo de hierro al asunto.

—Mermelada de ciruela. Para acelerar el tránsito intestinal, ya sabes.

—No, no sé. A mí me transita todo estupendamente.

—De momento, chaval, de momento —puntualizó Villamil levantando el índice.

—De momento —repitió Sancho imitando el gesto.

El inspector revisó sus notas.

—Manolo, hay algo que no me encaja en el informe. Mejor dicho, hay algo que no encuentro.

—Tú dirás.

—El informe toxicológico ha dado negativo, ninguna sustancia extraña. ¿Es así?

—Así es, limpia.

—Bien. Entonces, si no la drogó ni la anestesió, no dejo de preguntarme cómo consiguió atarla a la silla. Ningún vecino escuchó nada, no hay signos de pelea en el escenario del crimen ni presenta golpes en la cabeza, al margen de la contusión leve en la frente, que le hicieran perder el conocimiento. ¿Cómo hizo para que se sentara en la silla, atarle las manos a la espalda, luego al radiador y, por último, atar también los pies a las patas de la silla?

—¿Amenazándola con algún arma?

—Lo he pensado, pero si damos por hecho que actúa solo, es francamente complicado amenazar con un arma mientras utilizas las dos manos para atar a alguien de esa forma.

—Sí. Tienes razón, no había pensado en ello.

—Por tanto, o no actúa solo, o la víctima estaba inconsciente cuando la inmovilizó.

—O la convenció de alguna forma para que se dejara atar.

—No lo descarto, pero me parece altamente improbable.

—Es posible que algo se me haya pasado por alto. Volveré a examinar el cuerpo.

—Te lo agradezco.

—Si tengo novedades, te lo hago saber inmediatamente —aseguró Villamil levantándose de la silla.

—Gracias de nuevo, Manolo —se despidió el inspector extendiéndole la mano.

Residencia de Augusto Ledesma
Barrio de Covaresa

Orestes acababa de recibir noticias preocupantes de Hansel. El rastreo de la IP les había llevado a darse de bruces con el cortafuegos de Clara, una supercomputadora de la antigua Sun Microsystems con una capacidad de memoria duplicada de tres terabytes y la posibilidad de realizar hasta quinientos trillones de operaciones por segundo. Estaba localizada en un antiguo seminario, reconvertido en la década de los ochenta en una fortaleza inexpugnable situada en la población madrileña de El Escorial. Hacía diez años que Clara había sustituido a la veterana Berta en la custodia de todas las bases de datos de la Dirección General de la Policía. Millones de huellas y fotos de carnés de identidad, pasaportes y visados, decenas de miles de fichas de delincuentes y detenidos, expedientes de casos resueltos y pendientes de resolución y otros muchos archivos, todos encriptados. Entre ellos, también se encontraban los historiales y fichas de servicio de todos los integrantes del Cuerpo Nacional de Policía del país.

El diagnóstico de Skuld fue rotundo: la única forma de violar la seguridad del sistema era accediendo con una de las claves de usuario de la propia policía desde uno de los equipos autorizados de la red interna. Esto podría hacerse de forma remota desde el ordenador del inspector Sancho, del que ya tenían abiertos los puertos. No obstante, sin el acceso primario, el sistema se defendería tejiendo una infinita malla de laberintos de la que sería imposible salir, con lo que podrían ser detectados e identificados con mucha probabilidad. Aun así, si la operación tuviera éxito y se consiguiera entrar, solo podría accederse al nivel de información autorizado para la clave de usuario sustraída, y Hansel únicamente le había asegurado entre ocho y diez minutos de inmunidad antes de que el sistema detectara la intrusión. Luego, necesitarían al menos otros cinco minutos para desencriptar las bases de datos. Esto significaba que, en el supuesto más optimista, dispondría de cinco minutos escasos para averiguar lo que necesitaba saber sobre sus rivales.

Lo primero era la clave y sabía cómo conseguirla. Buscó en la agenda: Pílades. Al cuarto tono, contestó.

—Orestes.

—¿Cómo estás, amigo mío?

—¿Y ese tono? Te noto eufórico.

—Sí, lo estoy en este momento —le confirmó.

—Ten cuidado, en los momentos de euforia es cuando más errores se cometen.

—Lo sé, tranquilo. Tengo la sensación de haberme quitado un gran peso de encima y te puedo asegurar que no tengo remordimiento alguno.

—Tú no puedes generar esa clase de sentimientos, ya lo sabes. La elección de tu nueva víctima no ha sido muy inteligente, podrían relacionarte por los lazos familiares.

—No, te equivocas. Gracias a mis colaboradores del grupo los archivos electrónicos ya no existen y los documentos físicos que encontré en el despacho de mi padre han sido pasto de las llamas hace unas horas. Gabriel García Mateo ya es solo ceniza, se ha esfumado para siempre.

—No sabía que todavía mantuvieras contacto con esos piratas. Ten cuidado con lo que les cuentas.

—Somos mucho más que piratas y la norma prohíbe hacer preguntas personales. Nadie conoce a nadie, tú me lo enseñaste.

—Así es. No recuerdo cómo os hacíais llamar.

—Nunca te lo dije.

—Así me gusta. Bueno, chavalín, ¿y cuál es la siguiente etapa?

Orestes esperó unos instantes antes de retomar la conversación.

—Voy a necesitar algo más de ti, ¿puedo contar contigo? —preguntó eludiendo la pregunta anterior.

—Lo sabes perfectamente, estamos juntos en esto. Dime qué es lo que necesitas.

—Una clave de usuario local al sistema informático.

—¿Tus amigos piratas no te la pueden conseguir?

—No son mis amigos y aunque me la pudieran facilitar te lo estoy pidiendo a ti.

—Entiendo. No va a ser fácil, pero me las arreglaré. Soy un tipo con muchos recursos.

—Entonces, ¿podrás hacerlo?

—Lo haré.

—Muchas gracias, amigo.

—Tengo que dejarte, me está entrando una llamada que debo atender. Hablamos en otro momento.

—No hay problema.

—Hasta pronto.

Cortó.

Bar Domingo
Barrio de la Rondilla

—¡Patricio Matesanz! ¿Qué te cuentas?

—Que me voy a cagar en tu estampa, Jesús.

Se hizo un pequeño silencio, tras el que Bragado se aclaró la garganta haciendo un sonido que fue amplificado en volumen y repugnancia por el micrófono del móvil.

—Sé por qué lo dices, pero te juro por mi hija que yo no le he contado nada al señor inspector —aseguró displicente y con cierto retintín—. Además, he tratado de localizarte para compartir contigo lo que descubrí el domingo.

—No me trates como a un estúpido, me has llamado cuando ya se lo habías contado a Sancho. Me has metido en un buen lío. Después de todos mis años de servicio, ahora estoy en tela de juicio. Tenías que pasárselo por la cara, ¿no? En vez de contármelo a mí, tenías que saborear tu victoria en primera persona, ver su reacción, disfrutar de tu momento sin importarte una mierda que eso me comprometiera.

—Matesanz, tranquilízate un poco y escúchame un minuto. En cuanto lo averigüé, le llamé inmediatamente. Pensé que un avance de tal calibre en la investigación sería bienvenido incluso viniendo de mí. No quería implicarte diciendo de dónde había sacado la información, pero el bueno del inspector lo dedujo él solito.

—Puede que Sancho sea un tipo arrogante, pero no tiene un pelo de tonto. Por cierto, respeta a su equipo y confía en él por encima de todo, cosa que tú no hiciste. Tu «medallitis» terminó contigo.

—¡El malnacido de Mejía acabó conmigo! —estalló Bragado antes de succionar el contenido de sus fosas nasales—. No podía soportar que alguien como yo le eclipsara, y menos dentro de su comisaría.

—¡Un mierda, Jesús! ¡Eres un mierda! —gritó el subinspector—. Te hice el favor porque me lo suplicaste y confié en tu discreción como compañero.

—No te pases, Matesanz, que tampoco es para que me montes este cristo. Tranquilo, hombre, que no te van a quitar la jubilación.

—Estaré tranquilo cuando desaparezcas de en medio. —El tono de Matesanz rozaba la intimidación—. No vuelvas a meter tu sucio hocico en esta investigación. Por lo menos, no a través de mí.

—A tus años sigues pensando que eres imprescindible. Nunca lo fuiste, no te necesito. ¡Que te vaya bonito!

—¡Eres un mierda! —concluyó Matesanz.

NI PATRIA NI BANDERA

Aeropuerto de Villanubla
2 de noviembre de 2010, a las 17:35

Sancho miró el monitor de llegadas del aeropuerto de Villanubla. Hora prevista: 17:50. Echó un vistazo a su reloj, y fue entonces cuando se percató de que Mejía no le había dado la descripción física de Carapocha. Solo conseguía recordar el apodo, pero no su nombre de pila. Bernardo, Abelardo... La vibración del móvil en el bolsillo interrumpió su búsqueda.

—Sancho.

—Hola, chaval, soy Villamil. Te he estado buscando por comisaría, pero ya me han dicho que has salido. Tenías razón, se me había escapado algo importante —reconoció el forense, algo acelerado—. Cuando revisé la analítica, me llamó la atención el elevado nivel de creatinfosfoquinasa, conocida como enzima CPK. Resumiendo mucho, te diré que esta enzima se encarga de transformar la energía química en la energía mecánica necesaria para que se produzca la contracción muscular. Una vez realizado el proceso, se elimina al torrente sanguíneo. ¿Me sigues?

—Te sigo, pero no entiendo un carajo —confesó.

—Verás. Al principio, pensé que era consecuencia de la rigidez cadavérica, pero eso es una solemne tontería porque este proceso exige actividad neuronal y, consecuentemente, no se puede dar post mórtem. Tenía que haber otra explicación.

—Te escucho.

—Me ha llevado unas cuantas horas, pero finalmente he dado con ella. He visto una pequeña punción en la base del cráneo que se me había pasado por alto camuflada en la mascarilla equimótica. ¿Recuerdas?

—Sí, las manchas de color púrpura de la cara, cuell...

—¡Eso es! —le interrumpió.

—¿A qué corresponde esa punción?

Sancho caminaba en círculos chequeando en cada vuelta el monitor de llegadas.

—Esto lo he averiguado por casualidad gracias a un reportaje que vi hace poco en televisión. ¿Conoces las armas de electrochoque?

—Sí, claro. He oído que algunos cuerpos de policía las utilizan para reducir a sospechosos.

—Exacto.

—¿Estás seguro?

—Al noventa por ciento. Disparan unos dardos que transmiten impulsos que paralizan a quien los recibe. Los efectos duran unos cuantos minutos en función de la carga que se aplique, pero podría ser suficiente como para atarla a la silla sin oposición.

—Ya veo. Eres un fenómeno, Manolo. Muchas gracias.

—No hay de qué. Por cierto, te he traído el informe actualizado en un *pen drive* de estos modernos que me ha dejado mi hija.

—Peteira estará por allí. Que te diga la clave de acceso a la intranet para que lo puedas grabar en mi escritorio.

—De acuerdo.

—Averiguaremos cómo consiguió esa arma. Ya te contaré.

—Suerte.

El monitor anunciaba que el vuelo IB 8666 acababa de aterrizar. Le daba tiempo de hacer una llamada a Peteira.

—¿Sí? —contestó.

—Buenas tardes, Peteira. ¿Nada sobre Samsa?

—Nada, parece haberse esfumado. El cabrón nos la jugó bien. Hemos realizado el retrato robot a partir de los recuerdos de Botello y Gómez, y lo hemos repartido por el vecindario a ver si alguien le ha visto. No hemos encontrado a nadie de momento, pero Garrido está removiendo Roma con Santiago.

—Álvaro, ya sabes lo que opino de los retratos robot.

—Y tú lo que opino yo del Depor, pero eso no quita que ellos estén en Primera y nosotros en Segunda, no sé si me explico. Vamos, que es lo único que tenemos del sospechoso, y que con eso nos toca trabajar. Además, hemos comprobado que disponía de todo tipo de documentos falsos: DNI, tarjeta de la Seguridad Social, carné de conducir y todos los que acreditan la existencia de su empresa. Un auténtico fenómeno, según han corroborado los expertos en documentoscopia de Madrid.

—¡Un fenómeno! Lo que nos faltaba. Por cierto, ¿qué hay de la pintada?

—Garrido asegura que es cierto que lleva allí unos cuantos años. No saben precisar exactamente cuántos ni quién la hizo, pero es seguro que se pintó antes del asesinato. Yo no las he visto, pero me dice que le han enseñado fotos de hace tiempo en las que se lee perfectamente el «Muérete, vieja».

—¡Hay que joderse!

—Me lo quitaste de la boca.

—¿Ningún resultado de las cámaras de seguridad de la zona?

—No, nada. Montes revisó todo el material recogido en el escenario donde encontramos a la primera víctima y acaba de ponerse con las filmaciones del segundo escenario, pero hay realmente poco. No soy nada optimista.

—Que lo revise todo bien, Montes tiene una retina privilegiada. De las imágenes de los funerales no sacamos nada en claro, ¿verdad?

—No. En el de María Fernanda no había mucho sitio para dejar el coche y las imágenes que se tomaron no son nada buenas. Se ven pocas caras. Al de la señora apenas asistieron una docena de personas y no hay nada extraño.

—Otra cosa, necesito que me busques información sobre una pistola de electrochoque.

—Claro. ¿Por qué?

—Me acaba de decir Villamil que ha encontrado una marca en el cuello que podría haber sido causada por uno de esos artilugios.

—La Taser X26 es lo último en pistolas de impulsos. Una maravilla. Esa pistolita dispara dos dardos que, al impactar, transmiten la descarga incluso a través de la ropa. Hay unos vídeos estupendos en YouTube.

—Tenemos que averiguar cómo ha podido conseguir una.

—Claro. Yo me encargo.

Los pasajeros del vuelo empezaban a salir cargados con su equipaje.

—Tengo que dejarte, ya hablamos.

Sancho se quedó a cierta distancia descartando posibilidades. Primero, mujeres y menores de cincuenta años. Imaginó que siendo una eminencia, como le había calificado Mejía, estaría por encima de ese rango de edad. Eliminó también a aquellos que estaban acompañados. Un hombre de unos sesenta años tirando de un *trolley* rojo con una mano y un maletín negro en la otra buscando a alguien con la mirada centró su atención. Tenía cara de psicólogo, por lo que se dirigió hacia él pensando en estrecharle la mano y presentarse primero evitándose así el bochorno de no recordar su nombre. Cuando se iba a poner en movimiento, le retuvo una mano que presionó su hombro izquierdo.

—Ramiro Sancho, supongo.

La inminente colisión frontal con dos ojos saltones de color gris acero le hizo retroceder un paso.

—Lamento haberte asustado. Soy Armando Lopategui.

El colmillo izquierdo asomaba por la comisura de sus labios luciendo la sonrisa de un niño travieso que acabara de salirse con la suya. Esa expresión le resultó familiar, pero aquella cara huesuda y visiblemente picada por la viruela no encajaba con ninguna de las que conservaba en su «banco de rostros» particular. Entendió al momento el mote de Carapocha.

—Ramiro Sancho —se presentó estrechando la mano que tenía tendida ante él—. Me ha pillado desprevenido.

—He de confesar que lo he hecho a propósito. Te he visto siguiendo a otra presa y he aprovechado. Espero no haberte molestado.

—Para nada —fingió—. Tengo el coche fuera. ¿No lleva equipaje?

—Sí, aquí. De momento, no necesito más.

Se giró para mostrarle una mochila que llevaba a la espalda.

—Muy bien. Es por aquí.

Carapocha nadaba en regocijo cuando llegaron al aparcamiento; Sancho, en vinagre. El psicólogo caminaba como queriendo impulsar su pierna derecha hacia delante, lo cual le forzaba a balancearse sutilmente con cada paso que daba. Era como si llevara un erizo en los calzoncillos, provocando un movimiento tan peculiar como extraño era su acento.

—¿Es automático? —preguntó mirando la caja de cambios del Audi A4 incautado hacía más de tres años por los de narcóticos y que se había convertido recientemente en el vehículo oficial del inspector.

—Así es.

—¿Me dejas conducirlo?

El inspector no respondió.

—Nunca he tenido la oportunidad de conducir un coche automático. Según dicen, hasta los ancianos con problemas de cadera podemos hacerlo —se justificó.

—Claro —cedió.

El inspector abrió la puerta para cambiar de asiento esperando cruzarse con ese extraño personaje que le tenía desconcertado. Cuando llegó a la puerta del copiloto, se percató de que ya estaba con las manos agarradas al volante.

—¿Adónde vamos?

Sancho no pudo esconder la expresión de perplejidad que se adueñó de su rostro.

—¿Dónde se aloja?

—En ningún sitio. Esta noche pensaba alojar mi pene en alguna vagina y ahorrarme el hotel. ¿Qué te parece mi plan?

—Claro, claro, no hay que esperar a que llegue la Navidad para pasar una noche buena —contestó—. Si le parece, vamos a comisaría.

Carapocha resopló con hastío. Su corte de pelo a cepillo y su color blanco nuclear le daban el aspecto de un alto cargo militar. Sancho no dejaba de preguntarse a quién le recordaba esa cara mientras se ponían en marcha.

—¿Y para qué vamos a ir a comisaría? ¿No eres tú la persona que dirige la investigación?

El inspector asintió casi de forma imperceptible.

—Entonces, busquemos otro sitio para que me pongas al día de todo. Tengo aquí el informe que me han remitido desde el Ministerio del Interior. Me lo he leído detenidamente durante el vuelo, pero necesito saber lo que no está escrito cuanto antes.

—Otro sitio —repitió.

—Sí. Alguno en el que podamos hablar tranquilamente antes de que me lleves a cenar al segundo mejor restaurante de Valladolid. Soy un tipo humilde —aseguró ladinamente—. Por cierto, estrellaré el coche contra la primera gasolinera que nos encontremos si me vuelves a tratar de usted.

—Otro sitio…

Para cuando entraron en el pub irlandés The Sun Park Tavern, Sancho ya le había puesto al corriente de los hechos y del curso de la investigación. Durante los treinta y cinco minutos que duró el trayecto desde que salieron del aeropuerto, Carapocha no le había interrumpido ni una sola vez. Es más, no había abierto la boca para otra cosa que no fuera para preguntar: «Y ahora, ¿por dónde tiro?». El inspector tenía serias dudas acerca de que le hubiera estado escuchando. Sancho pidió un botellín. Carapocha, una pinta de Murphy's, y aludiendo al origen de la cerveza, afirmó:

—Los irlandeses son los mayores especialistas del mundo en materia de emigración; los españoles en procrastinar, y los rusos, en beber. Y tú… ¿qué haces bien?

—Pues mira: lo primero me lo estoy planteando muy seriamente; lo segundo que has dicho no sé qué significa —reconoció—, y para lo tercero estoy entrenando duro.

—Por tu aspecto, cualquiera podría pensar que eres descendiente directo de irlandeses del condado de Limerick. No he visto tantos pelirrojos por metro cuadrado en ningún otro lugar del planeta, pero cuando has pedido esa ridícula botellita de cerveza lo he descartado por completo.

El psicólogo le demostró que estaba sobradamente preparado para la tercera de las habilidades que había mencionado pegando un trago que medió el vaso antes de retomar la palabra:

—Me gusta este sitio, has elegido bien.

—Gracias. Solía venir los jueves a ver monólogos, pero ya hace tiempo que no los hacen. Precisamente el dueño de este garito es Vaquero, un monologuista. Muy bueno, por cierto.

—De acuerdo, inspector. Yo ya he escuchado tu monólogo de camino, ahora te toca escuchar el mío. Supongo que eres consciente de que resolver este caso va a obligarnos a trabajar muy estrechamente unidos. Es muy importante que nos conozcamos bien el uno al otro, y saber el pasado de cada uno suele ser un buen primer paso. Si te parece, empezaré yo. Así dejarás de darle vueltas de una vez a la procedencia de mi marcado acento.

—Me parece.

—El 12 de junio de 1937, en plena Guerra Civil y ya viudo por aquel entonces, mi abuelo, Armando Lopategui, subió a su hijo Valentín, de catorce años, a un barco que partía desde Santurce rumbo a Rusia. Hacía menos de dos meses que la Legión Cóndor había arrasado Gernika y mi padre se encontraba allí al cuidado de unos familiares. Aquello le hizo tomar la decisión al abuelo. Así, aprovechándose de su rango de capitán del tercio requeté de Zumalacárregui, y pensando en traerle de vuelta cuando terminara el conflicto, falsificó la fecha de nacimiento de mi padre para saltarse el límite máximo de edad, que era de doce años. Mi abuelo era vasco, católico y carlista, por ese orden. Él no sabía hacer otra cosa que cocinar y pegar tiros y, según decía mi padre, era muy bueno en ambas facetas. No comulgaba con las ideas del franquismo, y aunque le tocó luchar en ese lado de la guerra, no le importó dejar a su hijo en brazos del comunismo con tal de salvaguardar su vida. Mi abuelo, como el resto de padres, pensaba que sería solo para unos meses y que emprendería el viaje de vuelta en cuanto terminara la contienda. Cuando, tras diez días de viaje en condiciones infrahumanas, aquellos hijos de republicanos españoles desembarcaron con el puño en alto en Leningrado, fueron recibidos por su nueva madre, la Unión Soviética, como auténticos héroes. Como curiosidad, te contaré que registraron a muchos de los recién llegados con el apellido Bilbao, ya que la palabra «apellido» se pronuncia en ruso «familia», y claro, creyendo que les preguntaban por su familia, ellos respondían que «en Bilbao». Sigo. En aquellos días, todo el país estaba envuelto en el fervor de la propaganda del régimen comunista en su lucha contra el fascismo. A mi padre le instalaron en una de esas «casas infantiles» situada a las afueras de la ciudad, en Pushkin. Allí vivió y se educó en la doctrina de la hoz y el martillo, ajeno a todo lo que se estaba cocinando en la Europa de finales de los años treinta. No se enteró de la muerte de su padre hasta casi un año después de que falleciera en la batalla del Ebro, en octubre de 1938. Con su muerte, las posibilidades de volver a España se esfumaron completamente y todo se derrumbó cuando el avance del ejército alemán en la operación Barbarroja les enseñó de cerca la esvástica en 1941. ¿Cómo estás en historia?

—Como en física cuántica —respondió el inspector con franqueza.

—Agradezco tu sinceridad e interpreto que ese gesto de pasarte la mano por la barba es una señal de que mi historia te está encantando, así que continúo. —Carapocha terminó la pinta y levantó el recipiente vacío en dirección a la barra para que le trajeran otra—. Después de muchos combates sin apenas avances, el alto mando alemán decidió que la mejor solución era cercar Leningrado y continuar avanzando en los otros frentes. Las casas infantiles fueron desmanteladas, y muchos de los mayores de dieciocho años que las ocupaban se enrolaron voluntariamente en el Ejército Rojo para demostrar su gratitud a «papá Stalin», pero principalmente, para poder llevarse algo de comer a la boca. Mi padre se hacía llamar Valya Armandovich Lopatov, nombre que se tejió cosiendo el diminutivo en ruso de Valentín, el patronímico de su padre y una adaptación al idioma de su apellido. Era rubio con los ojos claros y allí se ocuparon de que aprendiera muy bien el idioma, motivos ambos por los que no le costó mucho integrarse en el régimen soviético. No obstante, él me contó muchas veces que seguía pensando en castellano, y follando en vasco, para no perder su identidad. El lavado de cerebro que les hicieron en aquellas casas infantiles también ayudó bastante. Así, se alistó en la 56.ª División de Infantería al mando del teniente general Vladimir Petrovich Svidirov. Tengo esos nombres grabados a fuego en la memoria de las veces que me los repitió mi padre —dijo separando la mirada por primera vez de los ojos de su oyente—. Pasó dos años terribles sufriendo temperaturas de hasta 50 ºC bajo cero, comiendo pan hecho con harina de serrín e hirviendo las suelas de las botas de los caídos mientras los comisarios políticos del partido les decían dónde, cuándo y cómo tenían que morir. ¡Cuántas veces me recordó mi padre, con dos buenas bofetadas, el hambre que pasó en aquellos años si se me ocurría dejar algo comestible en el plato! Incluso se dieron casos de canibalismo entre la población; muchas mujeres y niños desaparecían por la noche y aparecían en el mercado convertidos en trozos de grasa y carne. El ejército castigaba esta práctica con el fusilamiento sumario, aunque sabían que mucha de esa carne iba a parar a los estómagos de los heroicos defensores de la patria. Mi padre me aseguró que él nunca llegó a comer carne humana, y yo le creí. En cierta ocasión, me relató que detuvieron a dos hermanos que, tras un interrogatorio aderezado con todo tipo de suplicios físicos, confesaron haber aniquilado a cuatro familias enteras que vivían aisladas en un bloque de edificios. Justificaron sus actos con los ciento cincuenta kilos de carne que consiguieron para alimentar al Ejército Rojo. Mi padre y otros dos camaradas les dejaron a merced de los escasos vecinos que quedaban con vida en aquel barrio. ¿Sabes adónde quiero llegar con todo esto?

—No, pero apuesto a que lo voy a averiguar de inmediato.

—Estás empezando a caerme bien, inspector —aseguró Carapocha antes de dar un trago a su cerveza con la misma ansiedad que en las ocasiones anteriores—. Lo que quiero decir es que el ser humano es capaz de todo, solamente deben darse las circunstancias apropiadas.

—¿Justificas esos actos de canibalismo?

—No, para nada. Yo no soy nadie para juzgar ni para absolver, pero es un hecho, y me sirve para quitarme esos prejuicios de la cabeza que no hacen más que limitar las capacidades del ser humano. Por eso, las claves para anticiparnos a un asesino como al que nos enfrentamos estarán en tratar de entender los motivos por los que mata; luego, vendrá el cómo, el cuándo, el dónde, a quién y a cuántos mata. Me gustaría que tuvieras esto muy presente.

—Pues permíteme que yo también te diga algo. El cuántos mata me preocupa incluso bastante más que el porqué. Ya ha liquidado a dos personas, y debemos centrarnos en que no haya una tercera.

—Te equivocas, amigo —refutó Carapocha sin mover apenas sus finos labios de color rosa pálido—. Volverá a matar antes o después. Asume esto y habrás dado un paso muy importante.

—¿Quieres decir que tenemos que esperar de brazos cruzados a que vuelva a asesinar?

—No. Tenemos que dar por hecho que lo hará y que, probablemente, se irá haciendo cada vez más descuidado. Entretanto, trataremos de averiguar por qué tiene la necesidad de matar. Pero ese no es el asunto de hoy; ahora estamos conociéndonos, ¿recuerdas?

Sancho bebió.

—Mi padre logró huir del cerco de Leningrado en enero del cuarenta y tres junto con varios de sus camaradas, pero volvió en agosto para combatir en Krasni Bor, en el sector ocupado por la División Azul que, en esos momentos, comandaba el general Muñoz Grandes. Es curioso, la primera vez que escuché hablar de Valladolid fue a mi padre; más o menos, cuando yo tenía diez o doce años. Me contó que, tras un fallido contraataque enemigo en su desesperado esfuerzo por resistir en inferioridad de condiciones al Ejército Rojo, hicieron prisioneros a algunos españoles. Sabedores de su origen, los mandos ordenaron a mi padre que interrogara al oficial de rango superior, un teniente de brigada llamado Francisco Javier San Martín, natural de Valladolid. Así lo hizo, y llegó a entablar amistad con él intercambiando información trivial sobre sus respectivas vidas, porque no consiguió sacarle más que eso. Dos semanas después, aquel teniente fue fusilado por defender una patria y una bandera que no eran las suyas, pero mi padre cumplió su promesa de enviar unas cartas a su familia al término de la contienda. Vaya, se me ha vuelto a terminar la pinta.

—Y a mí este botellín tan ridículo.

—Sugiero que vayas pidiendo otra ronda mientras yo voy al baño para hacer espacio. Mientras, puedes ir pensando dónde vas a llevarme a cenar.

—Haragán y gorrón parecen dos cosas, una son —sentenció Sancho.

—¡Me gusta! No lo había oído antes, pero ¿tú sabes el origen etimológico de la palabra «gorrón»?

Sancho sostuvo su mirada con interés.

—Cuando baje del baño, te lo explico.

Al cabo de unos minutos, Carapocha bajaba por las escaleras de vuelta del baño. Sonreía mostrando su colmillo y, cuando se sentó en la mesa, agarró la pinta y la levantó para brindar.

—*Nasdarovie!*[32]

—¡Salud!

El sonido de los vidrios rompió la tranquilidad del bar. Ambos bebieron. Ganó el ruso.

—Un buen investigador debe ser un gran observador —afirmó el psicólogo—. ¿Tú lo eres, Ramiro?

Sancho levantó sus pobladas cejas como respuesta.

—Te propongo algo: elige una mesa y yo hago el resto.

En el local solo había dos mesas ocupadas, una por un hombre de mediana edad con un portátil y otra junto a las escaleras por dos mujeres. El inspector señaló con el mentón la de las féminas, que quedaba a la espalda del psicólogo.

—Sabía que te decidirías por esa. ¿De qué dirías que están hablando?

—No tengo forma de saberlo.

---

[32] Traducido del ruso, «salud».

—Eso no es cierto, y te lo voy a demostrar.

Carapocha se tomó unos segundos y cerró los ojos antes de hablar.

—Por la diferencia de edad y la coincidencia en algunos rasgos faciales claves, como la distancia entre los ojos, la profundidad de las cuencas oculares, el arco supraciliar, el nacimiento del pelo y el remate cónico de la barbilla, aseguraría que son madre e hija. Queda patente que ambas siguen la misma dieta, con más calorías que la despensa de un charcutero; sin duda, herencia de la cocina a base de guisos de la abuela materna. La madre ha adoptado en la mesa una postura dominante, con ambos pies en el suelo, los codos encima del tablero e invadiendo el espacio neutral que las separa. La hija, en cambio, se mantiene a la defensiva con las piernas y brazos cruzados, reclinada sobre el respaldo y prácticamente sin intervenir en la conversación. —Carapocha abrió los ojos para encontrarse con los azules y asombrados de Sancho—. Hipótesis: me debato por dos, pero la marca que lleva la hija en el dedo anular es del anillo de boda sin duda alguna. Parece reciente, así que deduzco que solía lucirlo con orgullo no hace mucho tiempo.

Sancho forzó la vista para corroborar que lo que decía el psicólogo era cierto.

—Así pues, me voy a decidir por la siguiente teoría: la hija se ha separado de su marido recientemente y la madre, que nunca tragó al yerno, le está haciendo tragar el clásico «si ya te lo dije yo».

—Impresionante, aunque nunca podremos comprobar esa hipótesis.

—Eso ya lo veremos; su conversación tiene visos de ir creciendo en intensidad y volumen. Bueno, Ramiro, después de este paréntesis, voy a tratar de resumir la historia que te estaba contando para llegar hasta mi nacimiento antes de que estés completamente borracho y de que tu cerebro deje de asimilar mis palabras.

—¿Y qué pasa con lo del significado de la palabra «gorrón»?

—Otro día. En el verano del cuarenta y cuatro, mi padre fue alcanzado por la metralla de un proyectil lanzado por una pieza de la propia artillería soviética en Finlandia. Parece que un error llevó a bombardear las posiciones equivocadas causando decenas de muertos y cientos de heridos. Estos hechos eran más frecuentes de lo que se podría pensar, pero nunca trascendían, como es lógico. El caso es que mi padre se enteró de la caída de Berlín en un hospital de Minsk mientras trataban de recuperarle un ojo que finalmente perdió. A su regreso a la madre patria, pudo comprobar que «papá Stalin» no admitía a sus hijos lisiados en el nuevo Ejército Soviético, así que empleó los cuatro rublos que le dieron por invalidez en comprar una pequeña granja a las afueras de Leningrado. A los pocos meses, conoció a una bonita mujer, mi madre, Ekaterina Kuznetsova Pavlevna, con la que se casó después. Ese mismo año, tuvieron una niña, Irina, que murió a los pocos meses de difteria. En las zonas rurales apenas había medios para tratar las muchas enfermedades provocadas por la escasa y mala alimentación. Así, mi padre decidió que tenían que trasladarse a Moscú en respuesta a la necesidad de personal cualificado para trabajar en las fábricas de metalurgia. No le fue nada mal, y en 1949 llegó otra niña a la que llamaron Yelena. Él seguía empeñado en tener un varón, y lo consiguió en 1953, cuando nací yo. Me pusieron el nombre de su padre, mi abuelo.

Sancho desvió la mirada a la pantalla de su móvil, que hasta ese momento descansaba tranquilamente al lado de un cenicero negro. Dudó en aceptar la llamada de Martina Corvo.

—¿Qué pasa, inspector? ¿No se atreve a coger el teléfono a una mujer?

Carapocha había girado la cabeza para leer el nombre en el identificador de llamada. Sancho se decidió.

—Sancho.

—Hola, Sancho.

—Hola, Martina.

—Esperaba que me llamaras para tratar el segundo poema. ¿Ya no necesitas mi ayuda?

Mientras, Armando Lopategui pasaba las hojas del informe como queriendo encontrar algo antes de que se agotara el tiempo.

—No. Es decir, sí. Vamos, que no he tenido tiempo.

—Ya, tiempo —repitió Martina—. ¿Qué te parece si nos vemos luego? Podría resultarte de interés para la investigación.

—Sería estupendo, pero estoy con un… —Sancho dudó en la definición.

—Psicólogo criminalista —añadió Carapocha, que parecía haber encontrado lo que buscaba.

—Con un psicólogo criminalista que nos va a ayudar en la investigación —dijo terminando la frase.

—Ya, bueno. Otro día, entonces. Espero tu llamada.

—Sí, te llamo esta semana sin falta.

Carapocha le arrebató el teléfono de la mano ante la mirada estupefacta del inspector.

—Doctora Corvo, soy Armando Lopategui, el psicólogo criminalista. Luego te volvemos a llamar para tratar ese segundo poema. ¿De acuerdo?

—Sí, de acuerdo —repitió la doctora algo confusa.

—Hasta ahora.

—¡Hay que joderse! —se lamentó escondiendo la cabeza bajo sus manos con los dedos entrelazados.

—Dime, Ramiro, ¿está buena? —preguntó con los ojos fuera de sus órbitas y mostrando las dos filas de dientes color marfil.

—Sí, lo está.

—Mucho mejor, entonces. ¡Me va a gustar este equipo de trabajo! —voceó aplaudiendo como una foca con las palmas unidas por las muñecas sin separarlas del pecho.

Sancho seguía tratando de averiguar a quién le recordaba.

—Son las 19:35 —anunció Carapocha—. Hasta que quedemos para cenar, me da tiempo a terminar con mi historia.

El inspector bebió para seguir escuchando; Armando Lopategui, para seguir relatando.

—Mi infancia fue normal a pesar de que mi aspecto físico no lo era. En aquellos tiempos, se pensaba que todos los niños albinos éramos hijos de oficiales alemanes y de zorras colaboracionistas, así que mi padre me preparó desde muy temprana edad para que pudiera defenderme por mí mismo. Cuando llegaba de la fábrica, me enseñaba a pelear, a cocinar, a leer y a escribir en castellano. Sus clases siempre empezaban con la frase «Uno no sabe quién es si no sabe de dónde proviene». A diferencia de lo que ocurría con la mayoría de los chicos de mi edad, mi padre no me hacía trabajar, pero me exigía mucho con los estudios. Si no estaba entre los primeros de la clase, me lo hacía pagar caro, créeme. Vivimos con muchas limitaciones, pero tengo recuerdos felices en general. Hasta que ocurrió el hecho que marcó mi vida; nuestras vidas —corrigió.

Carapocha endureció el semblante e hizo un pequeño receso para humedecerse la garganta antes de continuar:

—Yo tenía quince años, mi hermana Yelena acababa de cumplir los diecinueve y tenía un novio, Anatoliy, al que veía a escondidas de mi padre. Mi madre y yo lo sabíamos, pero nunca le dijimos nada. A mi padre no le gustó el día que se lo presentó formalmente; alegó que tenía algo muy raro en la mirada, y pidió a Yelena, con su particular estilo, que no volviera a verle. Mi hermana, lógicamente, no le hizo caso. Una noche, pasadas solo unas semanas de la advertencia de mi padre, mi hermana no regresó. Tardaron más de un mes en localizar su cadáver en el jardín del novio junto a los de otras tres chicas.

—Joder —masculló.

—El tal Anatoliy, cuyo verdadero nombre era Kostantin Bogdanovich Goludev, fue condenado a la pena capital y ejecutado. Mi padre nunca volvió a ser el mismo; apenas hablaba y se fue extinguiendo poco a poco, aunque duró el tiempo suficiente como para ver morir de cáncer a mi madre, tan solo dos años después de aquello. Yo era muy buen estudiante, y tratar de entender el porqué del comportamiento humano fue lo que me empujó a matricularme en 1971 en la Facultad de Psicología de la Universidad Estatal de Moscú M. V. Lomonósov que, en aquellos tiempos, estaba dirigida por el decano Alekséi Leóntiev, una eminencia. Desde el primer día, me entregué con ahínco a mis estudios e investigaciones, y llegué a ser el primero de mi clase. Así, llamé la atención del KGB que, inmerso en un proceso de cambio, había puesto toda su atención en reclutar carne fresca en las universidades. Sobre todo, se interesaron por los jóvenes brillantes sin mucho que perder, como era mi caso. Transcurridos tres años de duro entrenamiento militar, estudios y adoctrinamiento, ya me había ganado una nueva familia con nuevos padres y hermanos a los cuales ya no podría renunciar.

—El KGB —repitió Sancho.

—Exacto, el Komitet Gosudárstvennoy Bezopásnosti —pronunció en ruso— o Comité para la Seguridad del Estado. Como te dije al principio, tenemos que conocer de dónde venimos si queremos trabajar juntos en esto.

—Estoy de acuerdo, solo que me parece…

—¿De película? —se anticipó Carapocha.

—Sí, de película —corroboró Sancho.

—Bueno, te diré que no tiene tanto *glamour* como nos han hecho ver en Hollywood. Yo solo tenía veinte años y, estando en plena Guerra Fría, la Unión Soviética necesitaba sangre nueva para poder derramar la de sus enemigos. Aunque no existiera campo de batalla, matamos y morimos por unos ideales que se fundamentaban en el miedo. Mis estudios en psicología y mi facilidad para los idiomas hicieron que me destinaran al 8.º Alto Directorio. Nos ocupábamos del desarrollo de sistemas criptológicos, vigilancia de las comunicaciones en el exterior y nuevos métodos de comunicación. Pudimos saber que la CIA estaba desarrollando un grupo especializado en la elaboración de perfiles psicológicos, y nuestro director, Yuri Vladímirovich Andropov, no quería quedarse atrás. Ahí empecé yo a destacar y, a pesar de mi edad, me hice un hueco importante en Lubianka[33]. Mi padre no supo nada hasta que enfermó y empezó a perder la movilidad. Solo entonces decidí contárselo. Murió de un ataque al corazón en su silla de ruedas en junio de 1978 y, aunque nunca se lo escuché decir, creo que estaba orgulloso de mí.

Sancho no pestañeaba, lo cual animó a Armando a continuar.

—Con veinticinco, la carrera terminada y mi adiestramiento completado, me enviaron a mi primer destino en el extranjero: Berlín. En Normannenstrasse[34] colaboraba con el escudo y la espada del partido, la Stasi, en la organización de la Administración 12, que se encargaba de la vigilancia de las comunicaciones tanto internas como con el exterior. Durante esos años tuve el honor de trabajar con Mischa Wolf[35], del que aprendí todo lo que no venía en los manuales. Mi primera misión fue elaborar el perfil psicológico de Karol Józef Wojtyła, un ciudadano polaco que se postulaba como nuevo Sumo Pontífice de la Iglesia católica, con el peligro que eso suponía para la hegemonía soviética en los países del este.

—¿Investigaste a Juan Pablo II?

—En realidad, nosotros no investigábamos. Simplemente, elaboramos el perfil a partir de los informes que nos llegaban

---

[33] Nombre con el que se conoce el edificio que albergaba la sede central del KGB en Moscú.

[34] Calle en la que estaba situado el cuartel general de la Stasi, hoy reconvertido en un museo.

[35] Markus Johannes Wolf, conocido como el espía romeo o el espía sin rostro. Ocupó el cargo de máximo responsable de los servicios secretos de la Stasi desde 1953 hasta 1986.

de inteligencia. Buscábamos una posible conspiración orquestada por los alemanes occidentales y los americanos para desestabilizar el telón de acero. No encontramos nada. Bueno —rectificó—, nada que probara que el que sería Papa estuviera inmerso en aquella supuesta conspiración. Por cierto, su sucesor os bendecirá con una visita en unos días, ¿no? ¿Vas a ir a verle?

—Prefiero ver a los Rolling.

Sancho miró la hora: las 19:59.

—¡Mira, mamá! ¡¡Vete a la mieeerda!! Me casé con él porque me dio la gana, por lo menos a mí nunca me tocó la cara —gritó la muchacha justo antes de sacar sus carnes del local de forma tan airada como poco decorosa.

—Ni la cara ni ninguna otra cosa, que para eso ya tenía a la otra —replicó la madre a modo de despedida.

Carapocha le guiñó un ojo y continuó hablando:

—Se nos hace tarde, voy a concretar. Durante la carrera y a raíz de lo que le sucedió a mi hermana, me interesé por el estudio de la mente criminal y tuve la oportunidad de profundizar en el perfil psicológico de algunos asesinos en serie. Estudié toda la documentación a la que pude tener acceso en aquella época. Te puedo nombrar casos como el de Gilles de Rais, un noble francés del siglo xv al que, junto a sus lacayos, se le atribuyó el asesinato, violación y desmembramiento de no menos de mil niños en un período de ocho años. El de Thug Behram, un hindú de finales del siglo xviii sobre el que pesan más de novecientos asesinatos rituales. En Japón, Miyuki Ishikawa terminó con la vida de más de cien recién nacidos con sus propias manos. El del Petiso Orejudo, en Argentina, que comenzó su carrera como asesino en serie con tan solo diez años llegando a matar a cuatro niños e intentándolo con otros siete. O el caso de H. H. Holmes; este es buenísimo, verás…

Sancho frunció el ceño como reacción a la sonrisa macabra que lucía Carapocha en su relato.

—Este yanqui de finales del XIX se construyó su propio castillo a base de estafas, y a él llevaba a sus víctimas para torturarlas primero y asesinarlas después de mil y una formas distintas. Incluso —añadió Carapocha entre risas— inventó un sistema industrial para hacer desaparecer los cadáveres. Un fenómeno.

—Parece que todo esto te divierte —objetó el policía en tono acusador.

—Yo no diría tanto. Pero sí, tengo que reconocer que haber estudiado más de doscientos expedientes de asesinatos en serie ha provocado en mí una pérdida de la sensibilidad que se le presupone al ser humano ante las atrocidades cometidas por sus semejantes. Sin embargo, déjame que te hable de otros casos mucho más recientes, como el de Albert de Salvo, Ted Bundy, Ed Kemper, Monty Russell, John Gacy, Andrew Cunanan o Henry Lee Lucas, por citarte algunos. He profundizado en todos estos y participado personalmente en otros como el de Peter Sutcliffe[36] y no —enfatizó negando con el dedo índice—, no quiero darte la impresión de ser frívolo, pero puedes dar por seguro que todo esto te superará como me superó a mí si cometes el error de implicarte demasiado. ¿Puedo contarte algo?

---

[36] Asesino en serie conocido como «el destripador de Yorkshire», al que se le atribuyen los asesinatos de trece prostitutas entre las décadas de 1970 y 1980.

—Adelante.

—Joachim Kroll, más conocido como el caníbal del Ruhr, fue el primer asesino en serie con el que me entrevisté en persona. No podía haber elegido a un espécimen peor. Este analfabeto asesinó desde 1955 hasta 1976 a, por lo menos, trece personas de edades comprendidas entre los cuatro y los sesenta y un años. Normalmente, las estrangulaba y las violaba, por ese orden —aclaró—. Pude hablar con él en tres ocasiones en la cárcel de Rheinbach, durante el año 1979. ¿Sabes qué es lo que más me impresionó o, mejor dicho, me marcó de este sujeto?

Sancho no contestó.

—No fue que me contara cómo disfrutaba cuando estrangulaba a una niña de cinco años ni el placer que le causaba cocinar los muslos de otra víctima de doce, no. Lo que realmente me impactó de él fue que, cuando actuaba, lo hacía de forma impulsiva y aleatoria. Nada de planificación. Joachim Kroll vivía su vida hasta que se le presentaban las condiciones propicias para cometer otro asesinato. Entonces, procedía con una determinación absoluta digna de admiración.

—¿Admiración? —repitió frunciendo el ceño.

—Sí, admiración y pavor. Que terminara sus días como asesino en serie fue simplemente fruto de la casualidad. Algunos restos de su última víctima aparecieron en el retrete de un vecino, y eso llevó a la policía a su detención. Confesó ocho de los asesinatos porque era de los que se acordaba, pero aseguró haber cometido muchos más. No pasó ni un año desde 1955 sin que asesinara brutalmente a alguien. En mis conclusiones, anoté que nunca habrían dado con él si hubiera procedido de forma más organizada.

—¿Adónde quieres llegar? Te aseguro que me tienes desconcertado.

—Lo que quiero hacerte entender, Ramiro, es que tendrás que estar preparado para competir en una carrera de fondo en la que tu rival conoce mejor el recorrido y te lleva mucha ventaja. Durante el trayecto hasta aquí, he podido detectar que estás empeñado en correr a un ritmo mucho más elevado del que vas a ser capaz de aguantar.

Sancho se acarició el mentón y pensó que un día de estos debería podar su barba.

—Es posible que tengas razón —reconoció—, pero no cuento con un bagaje en este tipo de casos y no sé muy bien a qué nos enfrentamos.

—A quién —corrigió Carapocha—. Esa es la clave, y para eso estoy yo aquí, para ayudarte.

—¡Hay que joderse! ¿Tenía que tocarme esto a mí?

—Bueno, muchos otros antes que tú han tenido que enfrentarse a estos monstruos. De hecho, mis amigos del FBI aseguran que, en estos momentos, hay al menos doscientos asesinos en serie en activo solo en los Estados Unidos. No hay rincón del planeta en el que no se hayan producido hechos similares a los que te he mencionado. Y todavía no te he hablado de otros a los que, amparados en un conflicto bélico, se les permite dar rienda suelta a su voracidad. Estos asesinos, denominados genocidas, focalizan todo su odio en una etnia concreta buscando su exterminio, y te puedo asegurar que actúan con total impunidad. Fui testigo de ello en primera persona durante el conflicto de los Balcanes. Lo tengo aún tan reciente...

El gesto se le endureció y desvió la mirada. Tragó saliva antes de pronunciar el nombre de Ratko Mladić. Luego cogió aire para seguir hablando.

—Te sorprenderías del nivel de crueldad al que pueden, rectifico, podemos —enfatizó señalando con el índice a Sancho y a sí mismo— llegar los seres humanos. No existe otro ser vivo que nos pueda igualar en atrocidades cometidas contra miembros de su misma especie.

—Estoy seguro de ello. Hay mucho enfermo por el mundo.

Carapocha le indicó con la mano que se detuviese mientras apuraba la pinta.

—Espera, espera…, creo que tendríamos que establecer las bases principales para que podamos entendernos. Los que tú denominas «enfermos» son solo una parte de los individuos que protagonizan estas macabras historias. No quiero aburrirte con una clase magistral, pero te diría que hay que distinguir dos grandes grupos siguiendo el criterio de imputabilidad y por simplificar las cosas: los enfermos mentales y los que sufren un trastorno de la personalidad. Entre los primeros, se encuentran los psicóticos, esquizofrénicos y paranoicos, incapaces todos de conectar con la realidad; los oligofrénicos, que sufren una insuficiencia cuantitativa en el grado de inteligencia, o los neuróticos, que son los que experimentan reacciones anómalas ante determinadas situaciones. En la otra gran categoría, se agrupa a todos aquellos que padecen un trastorno grave de la personalidad y que conocemos como psicópatas o sociópatas. ¿Está clara la categorización hasta aquí?

—Creo que sí. Consecuentemente, al primer grupo, el de los enfermos mentales, no se le puede imponer una pena de cárcel, mientras que a los psicópatas sí.

—Eso es, aunque, por norma, los enfermos mentales actúan de forma impulsiva y, por lo tanto, son mucho más fáciles de localizar y detener. Sin embargo, los psicópatas que desembocan en el crimen son rivales mucho más peligrosos y complicados de atrapar; sobre todo, aquellos que se encuadran entre los que denominamos como «organizados».

—¿Y bien? ¿A quién crees que nos enfrentamos? —quiso saber el inspector levantando sus pobladas cejas pelirrojas.

—Veamos. Normalmente, parto del modus operandi para llegar a un diagnóstico por descarte. Así, yo descartaría casi con total seguridad que se trate de un enfermo mental dada la premeditación, planificación y cuidado con el que actúa.

—¿Se trata, por tanto, de un psicópata?

—Es probable, pero aunque tuviéramos la certeza absoluta, significaría avanzar muy poco, ya que no hay dos psicópatas que actúen de la misma forma. En este caso, el hecho de que nos esté dejando poemas marca su estilo propio.

—¿Se conocen casos similares?

—Muchos en las películas yanquis, menos en la vida real, pero no tengo ninguno en la cabeza que haya dejado poemas en el escenario del crimen. No obstante, revisaré mis archivos. ¿Qué hora tenemos?

—Las ocho y media pasadas.

—Pues paga y vámonos, no hagamos esperar demasiado a la doctora. Por cierto, que no quiero que se me olvide: el jueguecito de la observación de antes era solo un montaje. Verás, cuando subí al baño, hice el esfuerzo de fijarme muy bien en los rasgos de ambas mujeres y escuché un «Mira, hija, ese tipo no era para ti». Entonces, me monté la historia en el baño con el objeto de enseñarte algo que te puede servir de mucho en el futuro y que contradice lo que todo el mundo piensa sobre el juego del engaño. Me lo dijo un buen amigo, Goran Jerčić, un apátrida musulmán cuyo destino quedó unido al mío un mes de julio de 1992 en Prijedor[37]. Aquella frase se me quedó grabada por siempre en mi memoria.

—Dispara, camarada.

—Normalmente, lo que parece es simplemente eso: lo que parece que es. Ahí radica el secreto, en hacer creer a tu rival que nada es lo que parece cuando la realidad es, precisamente, lo que se refleja en el espejo.

Sancho grabó la frase, aunque no supo interpretar su significado en ese momento.

—Ya lo entenderás, ahora tienes que decidir dónde nos vas a invitar a cenar.

---

[37] Ciudad situada en la zona noroccidental de Bosnia y Herzegovina en la que se desarrollaron terribles episodios de limpieza étnica contra bosnios y croatas por parte de las fuerzas paramilitares serbias de la autoproclamada República Srpska.

Y TENGO LA IMPRESIÓN DE DIVAGAR

Residencia de Augusto Ledesma
Barrio de Covaresa
2 de noviembre de 2010, a las 21:18

Augusto necesitaba desconectar. El cuerpo le pedía salir de fiesta y darse un buen homenaje, pero sus obligaciones profesionales pudieron más. Decidió entonces darse un baño y relajarse. Se preparó un gin tonic, y llenó la bañera de agua tibia antes de comprobar la temperatura. Cortó el agua fría y dejó que el vaho se hiciera dueño y señor de la atmósfera antes de prender una barra de incienso con olor a lavanda. Tardó unos cuantos minutos en elegir la música, no quería equivocarse. Finalmente, se decidió por Starsailor y dudó entre los dos discos que más le gustaban de la banda de rock británica: *Silence is easy* u *On the outside.* Optó por el último y apretó el botón de reproducción aleatoria. Acompañado por la voz de James Walsh, fue tomando contacto con el agua. Muy despacio. Con la espuma cubriéndole por el ombligo, se encendió un purito y dio un trago a la copa.

Sumergido completamente, reconoció los acordes de uno de sus temas favoritos del grupo: *Faith, hope, love.* Sacó la cabeza del agua para cantar la letra desde la segunda estrofa.

Tired of living in this modern land,
too many ideals to meet with its demands.
Tired of looking for sympathy,
got to learn to stand on my own two feet.
Faith, hope, love!!
(Too much, too soon, to see it through, look back at your life
with some kind of pride).
Be enough.
If I ever let you down,
would you ever feel the ground?
Faith, hope, love!!
(Too much, too soon, to see it through, look back at your life
with some kind of pride).
Be enough.

En aquel momento, notó una sensación extraña que nacía en la base del cráneo para recorrerle la espalda en sentido descendente. Se estremeció y, sin poder ponerle remedio, dos generosas lágrimas recorrieron sus mejillas para perderse en el fondo de la bañera. Trató de aislar esa emoción e identificarla. Estaba casi seguro de que se trataba de felicidad contenida, y se dejó llevar. Cayeron muchas más lágrimas antes de deslizarse completamente. Transcurrieron muchos segundos hasta poder certificarlo.

Definitivamente, se trataba de felicidad; o algo parecido.

Casco histórico de Valladolid

Hacía ya varias horas que los termómetros habían caído bajo cero, por lo que apretaron el paso al enfilar la calle Correos.

—¿Sabes que en Valladolid tenemos dos estaciones? —preguntó el inspector.

Carapocha le miró con cara amable, condescendiente ante su inminente respuesta. Vestía con un gorro de lana negro y una tres cuartos de tela verde de corte militar, un pantalón vaquero azul oscuro y unos botines que ya hubiera querido poder calzarse John Wayne.

—El invierno y la del tren.

Carapocha se pasó el índice por la nariz antes de hablar.

—Ese chiste se repite en todas las ciudades en las que sus habitantes presumen de pasar frío. Tú no tienes ni la más remota idea de lo que es aguantar semanas en las que la máxima no llegaba a los veinte grados bajo cero con noches por debajo de los cuarenta. Eso es frío, querido amigo.

—Claro, por eso a tu edad has decidido mudarte a zonas más cálidas. ¿Vas mucho a Benidorm?

—¿Tienes hermanas, Ramiro?

—Sí, una, felizmente casada y con dos niños. ¿Tú tienes hijas?

—Una, preciosa, pero muy lejos de tu alcance, por distancia y por categoría.

—¿Así que tienes una hija? —preguntó eludiendo el último ataque del psicólogo.

—Erika. Ahora vive conmigo en Plentzia, en la casa que levantó mi abuelo, que yo rehabilité y en la que me refugié tras mi funesta etapa de los Balcanes. Se está preparando el doctorado en Psicología. Ella ha vivido siempre en Berlín y yo… en fin, yo he dormido en muchos sitios y vivido en pocos. Siempre me he sentido un extraño, incluso en mi tierra. Últimamente, trato de pasar más tiempo con ella, pero tenerla delante me causa mucho dolor. Es clavada a su madre en todos los aspectos.

Carapocha hizo un esfuerzo por borrar de su cara los restos de un naufragio que llevaba toda una vida tratando de olvidar. Resultó baldío.

Sancho interpretó perfectamente el guion y cambió de registro:

—Ya estamos llegando. Ese de ahí es El Jero.

El sitio lucía media entrada, pero todos los parroquianos allí congregados se agolpaban en la barra a la espera de ser servidos.

—Bonito y acogedor, sí señor.

Sancho se paró justo en la entrada para mostrarle a su acompañante, y más que posible invitado, el cartel en el que podían leerse las distintas opciones en montaditos. El psicólogo se arrancó a leer.

—«La cabra: queso de cabra con toffe»; ¿con toffe? Nominado. «Misión imposible: bacalao con boletus»; este me lo anoto. «Galáctico: cecina con membrillo»; el membrillo, para la policía. «Náufrago: pescado adobado con verduras»; este, para ti. «Campesino: morcilla con manzana»; este sí. «Matrix: higo con crema de queso»; ¡sus muertos, en Rusia te disparan por menos! «Hatillo de Colón: pasta con sorpresa»; no me gustan las sorpresas ni el día de mi cumpleaños.

—Mira, camarada, pillamos esa mesa y esperamos a Martina —interrumpió Sancho.

—Ve pidiendo algo de ese vino del que tanto alardeáis, que yo tengo que contribuir a incrementar el caudal del Pisuerga.

—Tienes que mirarte esa próstata.

Justo cuando los últimos destellos del pelo blanco polar del psicólogo se perdían escaleras abajo, entraba por la puerta del bar la melena suelta de color castaño oscuro, casi negro, de Martina. Sancho le hizo un gesto con la mano y le dedicó una sonrisa cuya intensidad tuvo que restringir en contra de su voluntad.

—Hola, Martina.

—Sancho.

Sus mejillas se rozaron y sonaron los besos.

—¿Todo bien? —empezó ella.

—Sí, bien. Todo lo bien que se puede estar cuando a uno le llega la mierda hasta el cuello.

—Te noto tenso.

—Es como si una garra me estuviera apretando por dentro.

—Tienes que tratar de relajarte un poco.

La respuesta de Sancho se ahogó en su garganta y fue arrastrada por la saliva para diluirse en los jugos gástricos de su estómago.

—Es posible, no eres la primera persona que me lo dice, y también es probable que nuestro acompañante de esta noche tenga un poco que ver también. Armando Lopategui. Verás qué encanto de persona. Un cielo.

Martina captó la ironía.

—¿Sí?

—Sí, soy un encanto —certificó Carapocha clavando la mirada en los ojos de Martina—. Armando Lopategui —se presentó extendiendo la mano.

—Martina Corvo.

—El inspector se quedó corto cuando me aseguró que eras una mujer espectacular —dijo sin soltar la mano de la doctora.

Sancho resopló bajando la cabeza.

—Lo dicho, encantador —masculló Sancho.

—Precisamente, hoy leía unas declaraciones de otro tipo encantador. Un gran líder político y ejemplo para los gobiernos occidentales en la defensa a ultranza de la igualdad de sexos: Silvio Berlusconi. Venía a decir algo así como que era mejor que a uno le gusten las mujeres guapas que los gays. Sobre todo, las que puede pagar él; también yo prefiero esas. Un fenómeno de masas, *Il Cavaliere*.

—Bueno, bueno… pues aquí tenemos la versión castellana en la persona de nuestro querido alcalde —añadió Martina.

—Vamos a ver —intervino Sancho—, nada tiene que ver el uno con el otro. El comentario de De la Riva puede que haya sido desafortunado y que se considere un error político, pero las reacciones en los medios afines al Gobierno han sido desmedidas con el único propósito de desacreditarle políticamente. Lo que ha mejorado la ciudad en muchos aspectos durante sus legislaturas es digno de elogio. Cuando volví de San Sebastián, casi no reconocía las calles. Lo que pasa es que la gente olvida muy rápido lo bueno, y se tatúa en el recuerdo lo malo.

—Ya le ha dado tiempo en quince años que lleva en el Ayuntamiento.

—Señal inequívoca de que la gente está de acuerdo con su gestión, ¿no? Yo, desde luego, volveré a votarle.

—Pues, por mi parte, yo volveré a no votarle.

Carapocha no perdía detalle de la escena.

—Entre vosotros hay algo —sugirió Carapocha agarrando a ambos por los hombros. Sancho y Martina se rieron sin ganas—. Hechas las presentaciones, ¿os parece que aposentemos nuestros culos y tapemos los agujeros de nuestros estómagos?

Martina y Sancho seguían mirándose.

—Andando —dijo él—, que mañana me levanto con resaca otra vez.

—Puedes estar seguro —garantizó Carapocha.

Martina les miraba como quien acaba de incorporarse tarde a una fiesta. Se acomodaron en una mesa para cuatro; Sancho y Carapocha, el uno frente al otro. Martina, a la izquierda del psicólogo y a la derecha del inspector.

—Y bien —intervino Sancho mirando al psicólogo—, todavía no te lo he preguntado; ¿cómo prefieres que nos dirijamos a ti?

—¿Me estás preguntando si me ofende que me llames por mi bonito apodo? En absoluto. Mira —le dijo a Martina—, como el inspector ya lo sabe, te lo cuento a ti. A los diez años, una epidemia de viruela se extendió por el colegio y nos vimos afectados unos cincuenta niños, de los cuales tres murieron. En mi caso, y gracias a la herencia de albinismo que me regaló mi abuelo por parte de padre, la viruela se cebó con mi cara dejándome estas marcas de por vida. Mis queridos compañeros de El Centro[38] no tardaron en rebautizarme *cratcherlitsó* —pronun-

---

[38] Término con el que se conocía popularmente al KGB.

ció en ruso—, que traducido viene a significar «cara cráter». Luego, durante mis años en Berlín, mis amigos de la Stasi hicieron una adaptación del término en alemán *Pickelgesicht* —sonó en alemán—, que podría traducirse como «cara picada».

Martina levantó las cejas haciendo evidente su asombro.

—Cuando nos trasladamos a España en 1990 —prosiguió—, un año después de la caída del muro, fijamos nuestra residencia en Plentzia, donde nació mi abuelo, una magnífica y tranquila villa a unos kilómetros de Bilbao. En esa década pasaba más tiempo en los Balcanes que en el País Vasco, pero a los pocos meses ya me llamaban Carapocha, y tengo que reconocer que este mote es el que más me ha gustado de todos. Así pues —se dirigió de nuevo a Sancho—, puedes llamarme Armando, doctor, Carapocha o como te plazca. Menos señor Lopategui, lo que quieras.

—Armando, entonces.

—Me parece estupendo, Ramiro.

—Por lo que veo, has tenido una vida bastante… —intervino de inmediato Martina.

—Digamos que no me he aburrido —se adelantó Carapocha.

—Por aportar más datos, aquí el amigo también es exagente del KGB.

—¿Ex? —recalcó maliciosamente el ruso.

—Bueno, si os parece, vamos con lo que nos ha traído hasta aquí —propuso Sancho.

—Estupendo, ¿qué pedimos? —consultó el psicólogo mientras se frotaba las manos como un chacal ante un desfile de ovejas.

—Surtido de montaditos y que cada perro se lama su cipote.

—Bonita expresión, inspector —dijo Martina abriendo la cremallera del portafolios.

Sancho bebió y el psicólogo le imitó.

—Bueno, yo os cuento lo referente al poema y ya os dejo lamiéndoos lo que queráis, ¿de acuerdo? Por cierto, ¿lo habéis leído?

Sancho asintió levemente.

—Podría recitarlo como un juglar —aseguró el psicólogo.

—Prefiero no arriesgarme a comprobarlo —replicó ella—. Empezando por el título, Clitemnestra fue, según la mitología griega, reina de Micenas y esposa del gran Agamenón. Clitemnestra y su amante, Egisto, asesinaron a Agamenón durante la archiconocida guerra de Troya, y ambos se hicieron con el trono de Micenas. Unos años más tarde, la pareja fue a su vez asesinada por Orestes, único hijo varón de Clitemnestra y Agamenón, con la inestimable ayuda de su amigo Pílades. Estos hechos se narran con detalle en *La Orestíada*, de Esquilo.

—Interesante —intervino Carapocha.

—Revelador —añadió Sancho con cierta sorna.

—El poema presenta la misma estructura que el primero: las cinco primeras estrofas siguen la rima de los tercetos encadenados y se remata con un pareado final. Si os parece, lo leo.

Ambos asintieron.

Clitemnestra

Camino del corazón al pasado,
camino arrastrando el tiempo y el peso,
camino al ritmo de un reo ahorcado.

Me empeño en recordar un solo beso,
un solo instante, un solo momento,
y si lo recuerdo, yo lo hago preso.

Fuerzo la marcha, contengo el aliento,
para poder encontrar las razones
que den sentido a este sentimiento.

De vacío sin dolor ni cuestiones,
de ternura insípida con aliño,
de conflicto sincero hecho jirones.

Tropiezo en mi vida, cuando era niño,
me mató tu aguja, tu odio con saña.
Enterraste mi alma; yo, mi cariño.

Como Orestes, vendré con mi guadaña
a llevarme el tesoro, alimaña.

—Tengo que reconocer que, leídas por ti, las palabras cobran mucha más fuerza. Veo una herida muy profunda y mucho rencor —apuntó Carapocha.

—Desde luego. Tratando de quedarme solo con la esencia, diría que en la primera y segunda estrofa nos habla en pasado de lo duro que se le hace recordar los inexistentes momentos de afecto y cariño. En la tercera y la cuarta, trata de entender los motivos por los que se siente tan...

—Vacío —completó el psicólogo.

—Exacto, esa es la palabra clave.

—Penita me está dando el hombre —intervino irónicamente el inspector.

—En el último terceto, nos cuenta, precisamente, cuáles son los motivos.

Carapocha lo repitió de memoria y, cuando terminó, hizo una pausa para engullir un «campesino» primero y un «misión imposible» después. Sancho y Martina intercambiaron miradas.

—¿Malos tratos? —sugirió el inspector retomando la conversación.

—Muy posiblemente —contestó Carapocha con los carrillos llenos—. ¿Doctora?

—Estoy de acuerdo, aunque no sabría concretar si físicos o psíquicos.

—Ambos se retroalimentan. Las palabras «aguja», «odio» y «saña» son suficientemente explícitas. Ese verso, «enterraste mi alma; yo, mi cariño», es concluyente para mí.

—¿Creéis realmente que está dirigido a su madre? —preguntó Sancho—. Si es así, estaría dándonos una pista muy fácil de seguir, aunque quizá eso explique por qué hay archivos que han sido destruidos por un virus; concretamente, un expediente de adopción con el nombre de la víctima.

—¿Poeta y pirata informático? —preguntó Martina sin esperar respuesta.

—Interesante combinación. Estoy de acuerdo con el inspector, sería demasiado fácil que se tratara de su madre. No obstante, puede que el poema sí esté dedicado a su madre, pero que la víctima no lo sea. Puede que le recordara a ella, y así saldaría una deuda que tenía pendiente.

Carapocha miró a Martina invitándola a dar su opinión. Martina aceptó:

—Yo tengo claro que el poema está dirigido a su madre. El pareado final es del todo concluyente. «Como Orestes, vendré con mi guadaña a llevarme el tesoro, alimaña». Lo que me desconcierta es eso del tesoro. Le he dado muchas vueltas, pero no sé muy bien a qué se refiere —reconoció Martina.

—¿Faltaba algo de valor en la casa de la víctima? —preguntó Carapocha al inspector.

—No tenemos forma de saberlo, la mujer vivía sola desde que se instaló en esa casa. Era una persona muy huraña y distante, según nos contó la vecina.

—Hay algo que no quisiera olvidarme de mencionaros —dijo Martina retomando el hilo poético de la conversación— referente al estilo. Damos por hecho que los poemas están escritos por el mismo autor, está comprobado que ambos son originales. No obstante, este segundo está mucho más trabajado que el primero. Sancho, ¿recuerdas que te dije que me parecía de muy poca calidad?

—Sí. Así lo anoté en mi informe.

—Bien, no puedo decir lo mismo de este. Hay multitud de figuras retóricas, metáforas, aliteraciones y anáforas. No sé, pero seguro que no se debe a la evolución del poeta entre ambos asesinatos. Es posible que la temática influya.

—O que le haya dedicado más tiempo al segundo —sugirió el psicólogo—. Fijaos, en el primer asesinato…

—María Fernanda —apuntó Sancho.

—Eso. Me contaste que todo parecía indicar que el encuentro fue casual. De ese modo, yo me inclino a pensar que escribió el poema una vez la hubo matado y antes de deshacerse del cuerpo. Esto nos lleva a una conclusión: que no corría riesgo de ser descubierto en el lugar donde cometió el crimen.

—¿Su casa? —preguntó Martina.

—No es lo habitual —aseguró Carapocha—. Alguien que comete un asesinato y al que se le supone cierta inteligencia, como es el caso, nunca actuaría en su guarida. No obstante, hay muchas excepciones. Bueno, a lo que iba. En el segundo poema, si damos por bueno que se trata de su madre, es lógico pensar que actuara de forma premeditada y que, consecuentemente, le dedicara más tiempo al poema.

—Brillante —sentenció irónicamente Sancho—. Dejadme que os diga algo: vamos a atrapar a este tipo antes o después, pero tenemos que tratar de hacerlo con el menor número de víctimas a su espalda. Entonces —se volvió a Carapocha—, ¿cuál crees que sería el siguiente paso?

Carapocha bebió.

—Yo tengo muy claro qué es lo que voy a hacer cuando salga de aquí, creo que ya te lo comenté antes. Mañana, sobre las 10:00, hay una reunión en la que algunos esperan que este psicólogo señale con el dedo al asesino. Les voy a decepcionar

—aseguró en voz baja y abriendo tanto los ojos que daba la sensación de que iban a terminar dando botes por el suelo.

—¡Sí señor! Solo quien ha comido ajo puede dar una palabra de aliento. Por cierto, la reunión está convocada para las 9:30 —corrigió Sancho.

—Pues eso, sobre las 10:00.

El inspector eludió la confrontación y preguntó dirigiéndose a la doctora:

—Por cierto, Martina, ¿qué nos puedes decir de *La metamorfosis*, de Kafka?

Martina gesticuló con sorpresa.

—Cierto, no había tenido ocasión de decírtelo. Tenemos un sospechoso que es la persona que encontró el primer cuerpo y dio el aviso, y que ha utilizado el seudónimo de Gregorio Samsa.

—¿Gregorio Samsa? Claro, es el personaje principal de *La metamorfosis*, de Kafka. Algunos tenemos «tatuada» en la memoria esa primera frase del libro: «Cuando Gregorio Samsa se despertó una mañana después de un sueño intranquilo, se encontró sobre su cama convertido en un monstruoso insecto». Muchos piensan que el protagonista es el propio Franz Kafka. ¿En serio que os dio ese nombre y no levantó ninguna sospecha?

—Lo sé, lo sé. Deberían incluir la literatura como una de las materias principales para sacar la oposición a inspector.

—Sabes que no quería ofenderte, Sancho, solo que me ha sorprendido.

—Si sirve de algo, yo tampoco hubiera identificado el nombre —mintió Carapocha.

—No he tenido tiempo de leer la obra, pero si pudieras avanzarnos algo sobre ella, te estaría muy agradecido —dijo el inspector con un tono más conciliador.

—Por supuesto. En su día, hace ya tiempo, asistí a un monográfico de esa joya literaria. Veamos lo que consigo recordar. —Martina suspendió la mirada en el techo durante unos segundos—. Sí. La obra, escrita en alemán, se centra en la historia de Gregor Samsa, un comerciante que trabaja duro con el único objeto de mantener a su familia. Cierto día, se despierta con una apariencia parecida a la de un insecto, y su familia, lejos de ayudarle, le rechaza. Él se encierra en su habitación y solo su hermana se acerca a él para darle de comer. El argumento se centra en el proceso de aislamiento del protagonista que desembocará en su muerte por inanición.

—Vale, pero ¿qué tiene que ver esta obra o Kafka con nuestro protagonista?

—Kafka fue uno de los precursores del expresionismo y del surrealismo, reflejando a través de su obra la angustia y frustración del individuo ante las fuerzas incontrolables que le rodean. En realidad, podría verse como la otra cara de Samsa. En la novela, el vacío de la soledad empuja a Samsa hacia la autodestrucción, mientras que en el poema parece querer decirnos que el vacío de la soledad le empuja a destruir a los demás.

—Estoy de acuerdo. Nuestro sospechoso se identifica con el protagonista de la obra de Kafka, se siente como un bicho raro y sufre el rechazo de los demás. Eso le ha llevado, primero, al aislamiento y, con posterioridad, a rebelarse contra la sociedad. A su manera —precisó el psicólogo—. Esto es algo muy común en los individuos que presentan cuadros de psicopatía.

—¿El qué? —preguntó el inspector.

—Tratar de justificar sus actos argumentando que la sociedad les ha forzado a cometerlos.

—Ya. En fin, creo que he tenido bastante por hoy —anunció Sancho mirando el reloj y frotándose los ojos—. Yo también necesito algo de soledad y, sobre todo, necesito dejar de beber.

—Pero, Ramiro, ¿piensas dejar a esta joven en compañía de un ser tan vil como yo?

—Pues sí, pero temo más por ti que por ella. Muchas gracias por todo, ya nos vemos —le dijo a Martina.

Sancho pidió la cuenta y se dirigió hacia la salida; una leve presión en su brazo le hizo darse la vuelta.

—¿Tienes un minuto para que podamos hablar? Quería explicarte…

—Creo que ahora no estoy capacitado para una conversación profunda. Además, no creo que me tengas que justificar nada.

—Lo sé, pero me gustaría aclararte algo antes de que te hagas una idea equivocada sobre mí.

—De acuerdo, pero otro día. Hoy no doy para más.

—Está bien, cuando tú quieras.

Martina se acercó para darle dos besos, Sancho se agachó para recibirlos. Uno de ellos impactó en la comisura de sus labios. Carapocha, atento a la escena, sonrió.

QUE NO SEA TODO MENTIRA,
O EN SU DEFECTO NO LO PAREZCA

Jefatura Superior de Policía
Calle Felipe II
3 de noviembre de 2010, a las 9:40

U n fuego cruzado de miradas estaba teniendo lugar en la acristalada sala de juntas. En sus trincheras, los subinspectores Álvaro Peteira y Patricio Matesanz, el jefe de la Brigada de Investigación Tecnológica, Carlos Aranzana, el comisario Antonio Mejía, el comisario provincial Francisco Travieso, la juez Aurora Miralles, el inspector jefe de la Policía Científica, Santiago Salcedo, el forense Manuel Villamil, el subdelegado del Gobierno, Pablo Pemán, y el inspector del grupo de Homicidios, Ramiro Sancho, esperaban la llegada del psicólogo criminalista para iniciar las hostilidades.

Sancho examinaba desde su posición las del resto de contendientes mientras jugaba con los pelos de su barba. El subdelegado del Gobierno, de traje y corbata, hacía mención de un titular del periódico al comisario provincial Travieso y a la juez

Miralles, visiblemente alterado. Peteira y Matesanz hablaban entre ellos en voz baja. Santiago Salcedo y Manuel Villamil intercambiaban observaciones sobre el último informe del forense y Carlos Aranzana se entretenía con su móvil de última generación. Mejía, por su parte, tenía la mirada perdida en la única ventana de la sala que daba al exterior.

—Buenos días, señores.

Todos, excepto Mejía, se volvieron hacia la puerta por la que apareció Carapocha con su peculiar balanceo y sonriendo sin enseñar más dientes que su colmillo. La juez Miralles no pudo ocultar su asombro por la discordancia entre la indumentaria del especialista y la edad que aparentaba. Cuando sus ojos se encontraron, se escrutaron antes de devolverse el saludo.

—Disculpen el retraso, pensé que el inspector Sancho tendría a bien pasar a buscarme por el hotel —declaró sin cambiar el gesto y guiñando el ojo izquierdo al aludido.

El inspector le devolvió el guiño tratando de encontrar el parecido con ese rostro que le venía persiguiendo desde el primer momento en que lo vio. Como en el resto de ocasiones, no obtuvo resultado alguno.

El psicólogo dejó la cartera encima de la mesa y ocupó la única silla vacía, entre Sancho y el comisario provincial Travieso. El subdelegado del Gobierno tomó la palabra para hacer las pertinentes presentaciones de los asistentes y continuó diciendo:

—Bien. Cumplido el trámite, creo que deberíamos acometer el asunto por el que nos hemos reunido hoy aquí sin perder un solo minuto. Tenemos con nosotros a Armando Lopategui, psicólogo criminalista y especialista en la investigación de casos similares al que nos toca enfrentarnos. En el *dossier* que tenéis delante, podréis comprobar su grado de formación y experiencia en la materia. Sin ánimo de parecer condescendiente, debo decir que tenemos la suerte de contar con uno de los mayores expertos del mundo en el estudio del comportamiento de los asesinos en serie.

Pablo Pemán acompañaba aquel discurso con un estudiado y oportuno movimiento de manos. Sentado, no lucía sus casi ciento noventa centímetros. De facciones casi rapaces y piel morena, trataba de endurecer el tono para cargar de solemnidad sus escogidas palabras. Con la cabeza ligeramente inclinada hacia abajo y la mirada forzadamente oblicua, intentaba mostrar su preocupación por los violentos hechos acontecidos durante las últimas semanas en «su» ciudad.

Mientras, Carapocha centraba su atención en cada uno de los rostros que tenía ante sí esperando pacientemente a que el político dejara de hablar. Al cabo de unos minutos, Pemán cedió la palabra al comisario provincial Travieso. Su tono de voz, agrietado y titubeante, contrastaba con la solidez del subdelegado Pemán.

—Si les parece, voy a hacer un resumen de la situación en la que nos encontramos a día de hoy. Tenemos dos homicidios cometidos, a todas luces, por el mismo individuo; las víctimas, una joven de veinticinco años y una mujer de cincuenta y dos, presentaban mutilaciones y no hemos hallado las partes sustraídas de los cuerpos. En ambos casos, se han encontrado poemas que están siendo estudiados con el objeto de conseguir información que pueda conducirnos hasta el autor de los mismos, que entendemos que es el mismo sujeto que perpetró los crímenes. Tenemos un sospechoso que se hace llamar... —miró sus anotaciones— Gregorio Samsa, que es la persona que supuestamente encontró el cuerpo de la primera víctima y dio aviso a la policía. Según se ha probado ya —prosiguió Travieso—, mintió en su declaración y ni su nombre ni su empresa existen. Bueno, rectifico, el nombre sí existe como personaje de un libro de... Kafka —volvió a leer— y su empresa la bautizó con el nombre de su obra principal. Se ha cursado una orden de detención y se ha pasado la descripción física con el retrato robot elaborado a partir de la descripción de los agentes que le tomaron declaración. Según nos han informado esta misma mañana, un vecino de la segunda víctima asegura haber visto unos días antes por el barrio a un operario cuya descripción se corresponde con la del sospechoso. Este es el individuo.

Travieso levantó el retrato robot de un hombre de unos treinta años, rostro cuadrado, peinado con raya al medio, cejas pobladas y rectas, gafas de pasta negra, ojos claros, nariz ancha y respingona, labios gruesos, mentón cuadrado y perilla bien cuidada.

—Señor —intervino Sancho—, dudo mucho que ese sea el aspecto real de nuestro sospechoso.

—¿Por qué motivo?

—Porque normalmente, y a no ser que seas un experto en reconocimiento facial, los humanos no recordamos los rostros por partes, sino como un conjunto de rasgos. El problema es que un retrato robot se hace justamente por partes. Cabeza, ojos y cejas, nariz y labios, es decir, la suma de muchos elementos que no pueden ser recordados con exactitud. Además, no creo que un tipo que ha tenido los santos huevos, y disculpen la expresión, de venir a declarar a comisaría no haya tomado la precaución de montarse un buen atrezo.

—Eso, en el caso de que el sospechoso diera por hecho que íbamos a darnos cuenta del engaño. ¿No cree? —expuso Travieso levantando una ceja de forma ostensible.

—Señor, le puedo asegurar que este tipo está jugando con nosotros. Diría que conoce bien el procedimiento de investigación policial y que se mueve varios pasos por delante.

—En este punto, yo debería informar a los presentes de algo importante —expuso con timidez Carlos Aranzana, de la BIT, ajustándose las gafas con el dedo índice— que podría reforzar esa teoría. Ayer de madrugada terminamos el diagnóstico de los sistemas que, como ya saben, han sido vulnerados en las últimas horas. No tenemos buenas noticias, el ataque es serio y puedo asegurar que no ha sido perpetrado por un aficionado. Hemos seguido el rastro y, aunque nos va a resultar casi imposible dar con el origen, hemos cortado el acceso y colocado señuelos por si se les ocurre volver a entrar. Cosa que dudo —añadió.

—¿A qué información han accedido? —preguntó la juez Miralles.

—Destruido —matizó el informático—. El ataque tenía como objetivo eliminar cualquier dato relacionado con el número del DNI de la segunda víctima, su nombre y el de su hijo. Todos esos documentos fueron infectados con un virus que inutiliza el archivo en el momento en que se ejecuta. Lamentablemente, solo nos quedan los datos custodiados en Clara; exclusivamente, el DNI de la difunta.

—Veo que nos enfrentamos a un rival muy complicado —intervino de nuevo la juez—. Capaz de violar nuestros sistemas, de falsificar documentos oficiales, de escribir poesía y con los arrestos de mostrarse físicamente ante nosotros.

—¡Está riéndose de nosotros! —exclamó Pemán.

—Ahí se equivoca, señor… —participó el psicólogo haciendo una mueca exculpatoria.

—Pemán, Pablo Pemán.

—Eso. Le puedo asegurar, señor Pemán, que su propósito no es otro que obtener información sobre su rival. Es decir, sobre nosotros. Él sabe bien que no gana nada mofándose. La burla es, precisamente, el hecho de que siga actuando con impunidad. Si cometemos el error de menospreciarle, estaremos dándole más ventaja. Todavía más ventaja —precisó.

—Bueno. Quizá sea el momento de que nos dé su punto de vista sobre el caso, señor Lopategui —sugirió el subdelegado del Gobierno.

—Con mucho gusto, pero, por favor, señor Lopategui no. Armando o Carapocha, como figura en el informe. De señor tengo poco o nada —aclaró mientras se frotaba los ojos con las manos y se acomodaba en la silla—. Me van a disculpar si no me encuentran hoy muy brillante, he dormido pocas horas porque he estado estudiando el caso.

Sancho esbozó una tenue sonrisa que fue malinterpretada por Pemán y por Travieso.

—Lo primero que tengo que decirles es que mi único papel aquí es el de elaborar un perfil psicológico que nos ayude a conocer a quien está cometiendo estos crímenes con el objeto de que los investigadores puedan anticiparse a su siguiente movimiento. Dicho esto, y ya que se ha mencionado el término, me gustaría aclarar que aún no podemos calificar al sujeto de asesino en serie, ya que, hasta la fecha, pensamos que solamente ha cometido dos asesinatos, y no se le puede considerar como tal hasta que no cometa el tercero en un lugar y período temporal distinto.

—Parece que da por hecho que va a seguir matando —intervino la juez Miralles.

—Es más que probable. Antes, hizo mención a los arrestos que tuvo Samsa y, sin querer quitarle mérito, le diré al respecto que es frecuente que un asesino en serie participe en la investigación, bien como testigo o incluso ayudando a la familia en la búsqueda de la víctima desaparecida durante semanas o meses, por poner un ejemplo. Les gusta regocijarse de la desgracia ajena desde dentro.

—Ha dicho antes que es muy probable que vuelva a matar. ¿Podría establecer algún porcentaje? Creo que es importante que podamos cuantificar los riesgos —solicitó Travieso.

Carapocha se giró a su derecha para contestar al comisario provincial y, con gesto solemne, aseveró:

—Exactamente, del cincuenta por ciento.

—¿Exactamente?

—Eso he dicho. Puede que vuelva a matar o puede que no.

En la sala se hizo un silencio incómodo, como si alguien hubiera pulsado el *pause*. Solo se movían las miradas, transitando en la misma dirección, buscando una reacción en el comisario provincial que llegó en forma de evolución cromática. Pasó con más vergüenza que gloria por toda la paleta del rojo: rojo fresa, rojo llama, rojo cereza, rojo ladrillo, rojo carmín, rojo burdeos y granate antes de teñir su rostro con el color purpurado cardenalicio. Sancho puso todo su empeño en retener la carcajada que se estaba criando en su interior, cuya presentación en sociedad estaba a punto de producirse. Carapocha retomó la palabra para alivio del inspector:

—Disculpe la broma. No se puede establecer ningún porcentaje aproximado, aunque yo me inclino a pensar que volverá a intentarlo basándome en los informes de la investigación y en mi propia experiencia. Lo que no podemos saber es cuándo lo hará ni qué tipo de víctima seleccionará.

Travieso no pareció satisfecho con la disculpa, lo cual fue advertido por el psicólogo criminalista que aparentaba estar disfrutando.

—No obstante —continuó—, si lo que me pide son números, yo tengo unos cuantos que seguramente le resultarán de interés. Mire, los asesinatos en serie suponen el uno por ciento del total de crímenes violentos del mundo. Casi el noventa por ciento de los mismos es cometido por varones con una horquilla de edad comprendida entre los veinticinco y los treinta y cinco años. En la actualidad, más del noventa por ciento de los asesinatos en serie se produce en países altamente desarrollados; tres de cada cuatro, en los Estados Unidos. Más datos: el sesenta y cinco por ciento de las víctimas de estos *serial killers* son mujeres, y casi el noventa por ciento son de raza blanca. No obstante, hay notables excepciones, como los más de treinta asesinatos perpetrados entre 2006 y 2009 por una brasileña de diecisiete años con un cuchillo; todos hombres. Para terminar, del total de asesinatos en serie cometidos en Estados Unidos, el cincuenta por ciento, es justo la mitad —remató.

—¿No te encanta este tipo? —cuchicheó Sancho al oído de la juez Miralles.

—Ahora bien, ¿de qué nos sirve conocer estos datos? De muy poco, diría yo. Creo que deberíamos centrarnos en otras cuestiones más importantes, señor.

A pesar de su marcado acento, Carapocha hablaba con tal firmeza y de forma tan convincente que los asistentes permanecían inmóviles con sus miradas fijas en los ojos grises del psicólogo. Era como si estuvieran disfrutando de un proceso hipnótico.

Al no existir respuesta ni objeción en el foro, siguió hablando:

—Entonces —dijo retomando la palabra—, ¿qué información es la que realmente nos interesa y nos urge conocer? —Alargó la pausa como esperando una respuesta que sabía que no iba a llegar—. Aquella que nos aporte datos específicos sobre el individuo al que nos enfrentamos. Más concretamente, de los motivos por los que mata. Si entendemos esto, podremos ser capaces de llegar a la tipología de la víctima y tendremos alguna oportunidad de anticiparnos. De otra forma, solo podemos esperar a que cometa algún error que, dicho sea de paso, suele ser la forma habitual en la que terminan las carreras de los asesinos en serie.

—Bonito panorama —concluyó Pemán.

—¡Y tanto! —refrendó Travieso.

«Como canta el abad, responde el sacristán», juzgó Sancho.

—No nos alarmemos. Con el tiempo, estos sujetos se sienten más cómodos y dejan de tomar tantas precauciones; en ese momento, la probabilidad de que cometan un error aumenta considerablemente.

—En resumidas cuentas, que lo más probable es que, hasta que no cometa un error, no vamos a dar con él —intervino por primera vez Mejía.

—Eso es, comisario. Para no haber hecho otra cosa que estar mirando todo el rato por la ventana, ha entendido usted perfectamente —expuso el psicólogo adoptando la sonrisa del *joker*.

Mejía paladeó la acusación y le devolvió una mirada gélida antes de replicar:

—Siendo así, será mejor que saquemos unas cartas y no perdamos el tiempo con estas chorradas. ¿Reparte usted?

—Si no hay alcohol, no juego a las cartas. Lo siento, pero permítame que le diga algo: que seamos conscientes de que un error del asesino sea la forma más probable de detenerle no quiere decir que tengamos que entretenernos jugándonos las nóminas al póquer. Tenemos que hacer todo lo posible para forzarle a cometer ese error cuanto antes. Esta es la clave, señores, y el resto no es más que abono para el campo.

La juez Miralles asintió la primera y su entusiasmo se contagió al resto como una ola en el Estadio Azteca.

—Bien —intervino Sancho cuando le llegó la ola—. Por tanto, no difiere mucho de cualquier investigación criminal.

—¡Exacto! —contestó Carapocha señalando con el índice al inspector—. Tenemos que centrar nuestros esfuerzos en establecer el móvil para clasificar a nuestro sujeto como asesino visionario, misionario, hedonista, lúdico o dominador. Según mi criterio, y basándome en los poemas que «nos dedica», yo diría que tiene mucho de hedonista, pero normalmente están presentes más de una de estas características. Una de ellas, eso sí, más marcada que las demás. Es posible que tenga algo de lúdico también.

—¿Quiere decir que la diversión es lo que le mueve a matar? —preguntó Pemán.

—Es muy probable, sí. O puede que el hecho de matar le inspire para elaborar sus poemas. En estos momentos es difícil de asegurar pero lo cierto es que se arriesga a dar la cara, aunque sea disfrazado, y que viola los sistemas de seguridad de la policía sabiendo que cabe la posibilidad de dejar rastro. Si planteamos esta investigación como una «cacería», tenemos que asumir que nuestra «presa» conoce mejor el terreno que nosotros y que nos lleva bastante ventaja, aunque esto no quiere decir que no podamos atraparle. Ya sabemos algo importante sobre su comportamiento, lo cual nos va a permitir soltar a nuestros perros en las zonas en las que pensamos que podría moverse.

—¿Puede explicarse mejor? —pidió la juez Miralles.

—Desde luego. Tenemos los informes de la Policía Científica sobre los escenarios, del forense sobre el tratamiento a las víctimas y de la investigación policial sobre su modus operandi, todo lo cual nos permite clasificar al sujeto como un criminal organizado. La mala noticia es que enfrentarse con este tipo de asesinos requiere más ingenio que en el caso de los desorganizados, ya que es menos probable que cometa errores. ¿Qué sabemos? Primero, que actúa con premeditación. El último asesinato es una prueba irrefutable, porque sabemos que planificó el asalto a la vivienda y que esperó pacientemente a que llegara su víctima.

—Sin embargo —objetó Sancho—, no tenemos tan claro que la elección de la víctima fuera premeditada en el primer asesinato; es más, todo parece indicar que no fue así.

—Es posible, pero la premeditación en estos casos se entiende como el deseo o la necesidad de matar. El caso de John Wayne Gacy, *el payaso Pogo,* es un ejemplo muy esclarecedor. Este sujeto se disfrazaba de payaso para amenizar fiestas de niños, y era reconocido por todos cuantos le rodeaban como un hombre afable y con mucha mano para entretener a los más pequeños. Pues bien, cuando tenía la necesidad, salía de su casa con la intención de matar; algunos días lo conseguía, y otros no. La víctima era lo de menos, el fin último era su secuestro, tortura, violación y asesinato. Total, treinta y tres jóvenes, de los cuales veintiocho enterrados en el sótano de su casa. Por cierto, le cazaron al comprobar el origen del hedor que inundaba el vecindario.

—Treinta y tres, ¡carallo! —repitió Peteira.

—Continúo. Segundo, el asesino organizado tiene dotes para la persuasión y el engaño, por lo que suelen ser personas que cuidan su aspecto físico y sus modales para no generar rechazo en sus futuras víctimas. Tercero, dispone de sus propios medios para perpetrar los asesinatos; en nuestro caso, la pistola paralizante, las herramientas para el cuidado de bonsáis, la cinta adhesiva y la bolsa de plástico, que sepamos hasta ahora. Esto nos lleva a pensar que, con el tiempo, nuestro asesino saldrá de casa bien pertrechado por si le surge la oportunidad; el coche suele ser el sitio perfecto para tal fin. Cuarto, se preocupa por ocultar pruebas incriminatorias; prueba de ello es que no se recogieran restos de ADN en ninguno de los escenarios ni en las propias víctimas. Quinto, suele ocultar los cadáveres. No es así en nuestro caso, y esto me preocupa bastante. —Hizo una pausa esperando alguna reacción que encontró en la elevación de cejas del subdelegado Pemán—. El hecho de que no le importe que encontremos los cadáveres es un claro indicador de la seguridad con la que él cree que actúa, y esto favorece que aparezcan más víctimas. Sexto, trata de conservar a la víctima con vida durante el mayor tiempo posible. Sabemos por el informe forense que torturó a la segunda. Con respecto a la primera, no podemos asegurarlo. Decía Carl Gustav Jung, una eminencia en psicología analítica, que el hombre sano no tortura a otros; por norma, es el torturado el que se convierte en torturador. Es más que probable que nuestro sujeto haya sufrido malos tratos durante su niñez. Sexto… —remarcó antes de hacer una nueva pausa.

—Séptimo —corrigió Mejía sin dejar de mirar al exterior.

—Me alegra comprobar que todavía hay alguien que sigue atento. Gracias, comisario.

—De nada.

El comisario provincial Travieso hizo un gesto de desaprobación que fue inmediatamente respondido con un guiño de Carapocha antes de proseguir:

—Séptimo, suele llevarse «recuerdos» de sus víctimas. Trocitos de carne. Que no se hayan encontrado los restos amputados genera una serie de incógnitas. ¿Por qué mutila? No parece que sea por sadismo, ya que lo hizo post mórtem en ambos casos. ¿Necrofilia? Podría ser, aunque yo me decantaría más por factores de desfeminización de sus víctimas, ya que deja los cuerpos a la vista de cualquiera. ¿Y qué hace con los trocitos de carne que se lleva? ¿Canibalismo? Hay muchos más casos de los que pensamos. ¿O son solo *souvenirs*? Al margen, en la segunda poesía nos dice que ha arrebatado un tesoro a su segunda víctima. ¿Qué es? No sabemos. Como habrán comprobado ya, hay muchas cosas que no sabemos, pero también hay algunas importantes que sí.

—Aquí, la cuestión es saber cómo sacar provecho de la información que tenemos —apostilló Sancho.

—Eso es. Hay que ir encajando piezas, el objetivo es poder anticiparnos. Prosigo para no perder el hilo. Si partimos del hecho de que es un asesino organizado, podemos afirmar casi con total seguridad que nos encontramos ante un psicópata o un sociópata o, como escriben ahora algunos afamados colegas míos en sus manuales superventas, un sujeto que sufre un trastorno de la personalidad antisocial: un TPA —dijo como sacando un cartel invisible con la mano y mirando al infinito.

—¿Podría decirnos cuáles son las diferencias entre uno y otro? —preguntó Pemán.

Carapocha clavó sus ojos grises en el techo y cogió aire.

—Temía que fuera a llegar esta pregunta. Verán, podría hablarles de las distintas teorías que existen sobre las diferencias que hay entre los psicópatas y los sociópatas, pero estaríamos desviándonos del meollo de la cuestión. Sin embargo, no quisiera dejarle sin su respuesta, así que podría decirle de forma esquemática que la diferencia principal radica en el camino que siguen unos y otros. Me explico, parece ser que la psicopatía tiene un común denominador en la herencia genética. Es decir, el psicópata sufre un funcionamiento deficiente de su actividad cerebral que le empuja a tener comportamientos antisociales. En la sociopatía, por el contrario, parece no existir esa componente genética, y es el entorno social el que hace que el sujeto se rebele en su contra de forma violenta.

—¿Parece ser? —recalcó Manuel Villamil—. Cuando yo estudiaba se aseguraba que la psicopatía iba siempre asociada a la herencia genética.

—Efectivamente, y por eso he hecho énfasis en esa palabra porque, bajo mi criterio, estas teorías no están lo suficientemente probadas; depende de la «eminencia» a la que leas. Se supone que un psiquiatra debería tratar a un psicópata y un psicólogo a un sociópata, pero esto tampoco se cumple. Cuando yo lo estudié, y creo que somos de la misma quinta aunque de distinta escuela —sostuvo mirando al forense—, les denominábamos a todos psicópatas y punto.

—Cierto —confirmó Villamil.

—Por tanto, como decía antes, esta distinción carece de importancia para la investigación, ya que, en ambos casos, los comportamientos son coincidentes. Así, vamos a obviar ambos términos y vamos a referirnos a ellos como los definió un colega y buen amigo mío cubano, el doctor Sanz Marín, que no es ninguna eminencia pero sí muy brillante con la dosis adecuada de ron; los TPA: trastornados pero astutos —expuso tratando de imitar el acento cubano—. ¿De acuerdo?

Nadie se opuso. Bebió agua directamente de la botella y prosiguió:

—Lo primero que habría que considerar es que ni todos los TPA son asesinos en serie ni todos los asesinos en serie son TPA. Les puedo asegurar que hay muchas clases y subtipos. En ambos casos, se trata de un proceso evolutivo que puede manifestarse antes o después. Tenemos asesinos en serie muy prematuros, como es el caso del Petiso Orejudo en Argentina, o los cada vez más habituales de menores que, una mañana, acuden al instituto armados hasta los dientes y se llevan por delante al mayor número de compañeros posible antes de ser abatidos o suicidarse. Los hay también muy tardíos, como el reciente caso de la Reme, que asesinó a cuatro ancianas en Barcelona. No constaban antecedentes hasta que empezó su carrera de asesinatos a los cincuenta años, si no recuerdo mal. En el caso que nos ocupa, nuestro sospechoso ha decidido empezar su carrera ahora, con unos treinta o treinta y cinco años según la descripción de los agentes que le tomaron declaración. Muy joven. Muy peligroso —recalcó.

—¡Y tanto! —dijo la juez.

—¿Ustedes saben quién era Manolito Delgado Villegas? —preguntó Carapocha.

No hubo respuesta.

—Lo suponía. ¿Y si les digo que es uno de los mayores asesinos en serie de la historia contemporánea y que nació en Sevilla en 1943? —El psicólogo hizo de nuevo una pausa con tintes cinematográficos—. Me van a permitir que les ilustre; y también voy a pedirles disculpas. Seguro que algunos habrían levantado la mano si les hubiera preguntado por el Arropiero. Lo que les puedo asegurar es que, si este tipo hubiera nacido al otro lado de los Pirineos, se habrían escrito cientos de libros sobre él y se habrían rodado varias películas contando su historia, y tendría millares de admiradores si llega a tener pasaporte norteamericano. Pero ustedes, los españoles, por no saber valorar lo suyo, no aprecian ni a sus asesinos en serie más distinguidos.

Un murmullo generalizado se adueñó de la sala.

—Este hombrecillo de apenas un metro sesenta y bigote a lo Cantinflas que, además, era analfabeto, tartamudo y disléxico, fue capaz de asesinar a más de cuarenta personas en apenas diez años. Cuando le echaron de la Legión, donde por cierto aprendió el golpe en la tráquea con el que mató a la mayor parte de sus víctimas, se dedicó a recorrer la geografía española viviendo como un mendigo y ganándose la vida como… ¿Cómo llaman aquí a los prostitutos?

—Chaperos —apuntó Peteira acertadamente.

—Premio. Este chapero, que fue sembrando de cadáveres su periplo, nunca levantó sospechas. Llegó a matar incluso en Francia, y digamos que no tenía una motivación especial ni una tipología de víctima marcada. Hombre o mujer, de cualquier edad y condición, todos eran perfectamente válidos. Mataba por notoriedad. Básicamente, para ir sumando víctimas a su currículum y convertirse así en uno de los mayores asesinos en serie de la historia. El único problema, insisto, es que era español; si no, lo habría conseguido. Cuentan que, en cierta ocasión, fue con un amigo al cine a ver *El estrangulador de Boston,* esa película protagonizada por Tony Curtis. Salió indignado de la sala porque él ya había matado a más de veinte personas mientras que el otro «solamente» había acabado con la vida de trece; encima, prostitutas. Abrevio: Manolito, como le llamaron los investigadores con los que recorrió el país durante dos años reconstruyendo sus crímenes, relató con pelos y señales todas sus «hazañas», y se constató entonces que su mente criminal había ido evolucionando hasta convertirse en la de un auténtico necrofílico. En Barcelona, mató a una anciana y guardó su cadáver bajo un puente para abusar de él cuando le apeteciera. No obstante, como la mayor parte de los megalómanos, era patológicamente pulcro.

—Un tanto paradójico en alguien que mantiene relaciones sexuales con cadáveres —expuso Manuel Villamil haciendo visible su repulsa.

—¡Exacto! —exclamó marcando cada sílaba con un golpe en la mesa—. Justo ahí quería yo llegar. La mente de un asesino en serie resulta en sí misma una gran paradoja. No podemos ponernos en su lugar. Por tanto, si queremos anticiparnos a sus movimientos, tenemos que tratar de pensar de forma muy distinta a como nos dicta la razón. Fíjense, en aquellos años, llegaron a justificar sus actos por el cromosoma cuarenta y siete, ese del que se llegó a asegurar que era el causante de la agresividad. Tonterías. A lo que iba: finalmente, detuvieron a Manolito por asesinar a su novia en el Puerto de Santa María. ¿Saben por qué la mató?

Nadie articuló palabra alguna.

—Porque le pidió practicar sexo oral, y eso le repugnaba. Ese fue su error, matar a alguien de su entorno. Así, cuando le preguntaron por la desaparición de la chica, lo confesó todo; porque «había llegado el momento de hacerse famoso», dicho con sus propias palabras.

Carapocha hizo un pequeño descanso para beber agua antes de continuar.

—Cada caso debe ser estudiado de forma particular, aunque también es cierto que estos sujetos presentan características comunes entre sí. Por ejemplo, la falta de empatía. Son individuos incapaces de conectar con otras personas; mucho menos, con sus víctimas. De esta forma, cometen atrocidades contra la vida de otros por el simple hecho de considerarlos seres inferiores. Cuando los TPA se proponen algo, harán todo lo que esté en sus manos para conseguirlo, y los medios necesarios carecen de importancia. Por eso, muchos terminan por delinquir antes o después. Además, suelen abusar del alcohol y las drogas en el momento de perpetrar los crímenes, lo que les ayuda a evadirse de la realidad. En contrapartida, esto incrementa las probabilidades de que cometan errores. Tienen la necesidad de ejercer el control en busca de esa sensación de poder que desemboca en el placer. Muchos, no todos, disfrutan causando dolor a sus víctimas, razón por la que las armas de fuego no suelen ser sus preferidas.

—Enfermos —murmuró Pemán con palpable desprecio.

—¡No, no, no y no! ¡En absoluto! —Carapocha se levantó de su silla y se dirigió al subdelegado del Gobierno casi de forma amenazante—. ¡¡En absoluto!! —repitió alzando más la voz—. Estos individuos diferencian con total y absoluta claridad lo que está bien de lo que está mal, el único problema es que ¡¡¡se la suda!!! —dijo remarcando cada sílaba y elevando aún más el tono—. No cometamos el error de considerar a este sujeto como un enfermo mental, porque no lo es.

El tiempo volvió a congelarse en la sala.

Carapocha buscó en los gestos faciales de algunos de los asistentes las reacciones a su salida de tono. La juez Miralles, con el ceño fruncido y rictus severo, como Margaret Thatcher en la Bombonera[39], incómoda; el subdelegado Pemán, amarrado a la silla con los ojos extremadamente abiertos, como un monje franciscano en un *tuppersex*, absorto; el comisario provincial Travieso, mordiéndose los interiores de los carrillos,

---

[39] Nombre por el que se conoce el estadio de fútbol del Boca Juniors, uno de los equipos más populares de Argentina.

como Hitler en una celebración del Janucá[40], irritado; y el comisario Mejía, con la mirada perdida en la inmensidad eterna, como un californiano en un partido de pelota vasca, indiferente. El inspector le dio al *play* con un golpecito en la mesa y un gesto de complicidad hacia el ponente que le bastó para que este retomara la palabra.

—Les pido sinceras disculpas a todos, y particularmente a usted —expresó dirigiéndose a Pablo Pemán—. Tengo que reconocer que, en ocasiones, haber vivido tan de cerca casos similares a este y haber tratado directamente con personas que han sido capaces de contarme sin titubear sus «hazañas» me hace perder el control. Me van a permitir que les cuente una historia.

Carapocha volvió a su sitio, pero no se sentó. Terminó con el agua que quedaba en la botella y se tomó unos segundos antes de comenzar.

—En 1991, casi recién instalado en Plentzia, un viejo amigo que trabajaba en la Fiscalía de Henao, en Bélgica, me pidió que viajara a Charleroi para examinar a un convicto condenado a trece años de prisión por violar, junto a su compañera sentimental, a cinco niñas. Había cumplido solo dos años, pero barajaban la posibilidad de darle la libertad condicional por buen comportamiento. La verdad es que estuve a punto de decirle que no, pero le debía una al bueno de Aarjen. La primera vez que me entrevisté con aquel tipo ya me transmitió una sensación extraña, se esforzaba demasiado por parecer un pobre hombre. Hablaba muy bajo, casi entre dientes, evitaba mirar directamente a los

---

[40] Festividad que celebran los judíos como conmemoración de la victoria de los macabeos sobre los griegos y la consiguiente recuperación de la independencia de su pueblo.

ojos y elevaba continuamente los hombros como si no supiera que el sol sale y se pone todos los días. Durante las siguientes entrevistas, le hice preguntas mucho más comprometedoras sobre los hechos en sí, y le recordé detalles escabrosos de aquellas violaciones para comprobar cuál era su reacción. Únicamente conseguí lágrimas, montones de lágrimas. Parecía ciertamente afectado, avergonzado por haberse dejado llevar por su compañera sentimental. Nunca trató de exculparse, todo lo contrario; asumía su culpabilidad y mostraba arrepentimiento. Eso fue lo que, definitivamente, convenció tanto al psiquiatra de la prisión como al juez; a pesar de mi informe. Nunca terminé de creerme su papel, pero lo cierto es que no tenía más ganas de aguantar el horrible clima de la región valona y no me opuse lo suficiente. —Apoyó los nudillos en la mesa y cerró los ojos—. Aquel pobrecito se llamaba Marc Dutroux, ¿lo recuerdan?

Nadie contestó, pero todos asociaron ese nombre con el de un monstruo.

—En el verano de 1996, Aarjen volvió a llamarme para contarme que habían detenido a Dutroux como principal sospechoso de una serie de desapariciones de unas niñas de ocho años, y que se estaba confesando coautor de esas desapariciones y muchos más delitos aderezados con torturas, violaciones, abusos grabados en vídeo y, cómo no, asesinatos. —A Carapocha se le notaba visiblemente afectado—. Un año antes yo había perdido a mi esposa y aquello significó otro duro golpe para mí; casi definitivo. En cierto modo, me sentí culpable de todo el sufrimiento que Dutroux había causado estando en libertad. Ya en 2004, me llamaron para declarar en el juicio. Lo gracioso es que, a pesar de los cargos que se le imputaban, muchos le seguían considerando un pobre hombre, un enfermo mental, un desgraciado. Yo les puedo asegurar que Marc Dutroux era un psicópata con tendencias pederastas que sabía lo que hacía en todo momento. Por eso, no podemos caer en el error de menospreciar, ni mucho menos compadecer, a nuestro enemigo. No debemos tratarle como a un enfermo mental, porque no lo es. Lamento de nuevo haberme extralimitado.

—Disculpas aceptadas —mintió Pemán.

—Gracias. Si les parece, continuaré con algunas apreciaciones importantes.

—Por favor —pidió la juez Miralles.

—Algo que tenemos que considerar es la alta probabilidad de que la persona que estamos buscando esté perfectamente integrada en la sociedad. Por las capacidades que nos ha demostrado poseer, no parece ser un delincuente con una carrera delictiva que vaya a resultarnos fácil desenmascarar. Les puedo asegurar que hay muchos más TPA de los que estamos dispuestos a admitir públicamente. Viven entre nosotros tratando de pasar desapercibidos, y muchos llegan o han llegado a ocupar altos cargos en las capas más altas de nuestra sociedad. Créanme. Los yanquis, que son muy amigos de los estudios sociodemográficos y que, dicho sea de paso, tienen registrados más de mil trescientos casos de asesinos en serie, aseguran que el dos y medio por ciento de la población presenta algún grado de TPA. Seguro que si nos ponemos a pensar en nuestros conocidos, surge alguna que otra candidatura.

—O varias —intervino Carlos Aranzana sin levantar la cabeza del móvil.

—Debemos pensar que se trata de un individuo que, por las circunstancias que sean, ha decidido emprender una «cruzada» —enfatizó el término haciendo el gesto de las comillas con los dedos— contra la sociedad. Normalmente, se caracterizan por ser personas con un talento especial para la persuasión y la manipulación. Mienten de forma patológica; incluso, a sí mismos. Insisto, no tienen la capacidad de empatizar y, por tanto, carecen absolutamente del sentimiento de culpabilidad o arrepentimiento. Suelen considerarse superiores al resto, y eso les licita para cometer sus crímenes, que pueden ir desde el fraude o la extorsión hasta la violación o el asesinato en serie. Un ejemplo muy claro de este tipo de sujetos sería el de Ted Bundy; seguro que a muchos de ustedes les suena. Hasta le hicieron una película, y su recuerdo aún provoca admiración en algunas personas.

Carapocha buscó el móvil en el bolsillo de su pantalón, miró el identificador de llamada y la rechazó.

—Disculpen. Ted Bundy, el hombre por el que se acuñó por vez primera el término «asesino en serie». Un tipo de buen aspecto físico, con mucho encanto y buen estudiante hasta que, en 1974, con veintisiete años, decidió que el remedio para luchar contra sus depresiones y sus frustraciones sexuales era violar y matar a mujeres, y no obligatoriamente en ese orden. En solo dos años, hasta su arresto, asesinó al menos a veinticinco mujeres. Hagan ustedes cuentas del promedio. Su método era convencerlas para que se subieran a su coche utilizando distintas artimañas, o bien, colarse en sus apartamentos. Actuaba con total impunidad dejando su estela de muerte por varios estados, y estaba tan seguro de sí mismo que ni siquiera utilizaba un seudónimo. La primera vez que le arrestaron fue en un control rutinario de carretera. Se escapó durante unos días antes de ser arrestado de nuevo, pero volvió a fugarse; esta vez de una prisión. Durante ese período, no trató de esconderse, aunque ya era uno de los criminales más buscados del país; no, siguió asesinando hasta que le detuvieron por conducción temeraria. En el segundo juicio, decidió defenderse a sí mismo, a pesar de no tener terminada la carrera de Derecho, y consiguió aplazar una y otra vez su ejecución a cambio de proporcionar información relevante sobre otras desapariciones y asesinatos que permanecían sin resolver. Se le imputaron hasta treinta y tres asesinatos, aunque muchos piensan que llegó a terminar con la vida de más de cien jóvenes; la mayoría, con el pelo largo y castaño, como su madre. Finalmente, murió en la silla eléctrica en 1989, diez años después de ser condenado a muerte. En sus últimos años, incluso colaboró en la investigación de otro caso de un asesino en serie. Ahora mismo no recuerdo su nombre. Concedió entrevistas a los medios, a periodistas y escritores; se convirtió en el primer criminal mediático de la historia. Hasta tal punto que recibió cientos de cartas de admiradoras en los meses previos a su ejecución.

—Disculpe, señ… perdón, Armando —intervino Matesanz por primera vez—. ¿Por qué se empeña en contarnos esos casos? ¿Qué tienen que ver con el nuestro?

—Este en concreto tiene mucho que ver, se lo aseguro. Miren, tenemos una gran ventaja con respecto a otros muchos casos de asesinatos en serie. En algunos como el que les acabo de contar, o como en el del Arropiero, las autoridades no relacionan las desapariciones ni los asesinatos con un único autor hasta que se detiene al criminal. En el que nos atañe, él mismo se ha ocupado de hacerlo. Por eso, tenemos que actuar con cautela para tejer una red en la que podamos atrapar a ese tal Gregorio Samsa sin generar alarma social.

—¿Una red? ¿A qué te refieres? —preguntó Sancho.

—No lo sé exactamente. Todavía. Necesitamos tiempo para estudiar el terreno, pero si pretendemos atraparle, tenemos que hacerle ver que en este territorio, en Valladolid, todavía puede cazar con libertad, si me permiten la comparación. Si estrechamos mucho el cerco, se marchará a otra ciudad y continuará allí su carrera. Cuanto mayor sea su ámbito de actuación, más complicado será atraparle y el coste en vidas humanas será también mayor. ¿Recuerdan el caso de Volker Eckert?

—Claro —aseguró el subinspector Peteira—, el camionero alemán que se cepilló a más de veinte prostitutas en sus rutas por Alemania, Francia y España. De hecho, le pillaron no hace mucho gracias a las investigaciones de los Mossos d'Esquadra.

—Efectivamente, a partir de la grabación de una cámara de seguridad en la que podía verse la marca de su camión cuando estaba deshaciéndose de un cadáver. Este tipo empezó matando en su círculo de conocidos; su primera víctima fue una compañera de trabajo. Tras cumplir la condena, decidió que la mejor forma de satisfacer su necesidad de matar era siendo un asesino itinerante. Resultado, como bien apunta el subinspector, más de veinte víctimas. ¿Entienden por qué es tan importante cazarle aquí y ahora?

—Perfectamente, aunque hubiera preferido que eligiera otro territorio —confesó el comisario provincial.

—¿Que actúe en Valladolid es indicativo de que conoce bien la ciudad? —preguntó Sancho.

—Es probable que sí. Normalmente, cometen los primeros asesinatos en el medio en el que se encuentran más cómodos, y aquí pesa mucho el criterio de cercanía. Luego, como decía antes, van ampliando su territorio de caza en la medida en que van ganando experiencia. En estos momentos, yo me inclino a pensar que ambos asesinatos responden a un motivo concreto, pero es probable que con el tiempo mate de forma indiscriminada, solo por el placer de matar.

—Bueno, ¿y no habría forma alguna de acelerar el proceso? Me explico, tenemos un retrato robot que, si bien puede que no sea totalmente fidedigno, podría llevar a la identificación del sujeto —propuso Pemán.

—Pablo, ¿estás sugiriendo que se difunda en la portada de *El Norte de Castilla* el rostro de un posible asesino en serie? —preguntó Mejía levantando un ejemplar de *El Día de Valladolid*—. ¿Te haces una idea de la alarma social que eso provocaría?

—Me hago a la idea, pero, si tenemos la certeza de que va a volver a actuar, ¿no sería mejor prepararnos y combatir las consecuencias del pánico antes que soportar la carga que supondría para nuestras conciencias una nueva víctima?

—Apelar a la prensa en el caso que nos atañe, tal y como dicen en mi país, es como eyacular contra la pared: placentero, pero ineficaz. Una práctica muy habitual en los Estados Unidos… lo de crear alarma social —puntalizó—. Mis disculpas —le pidió a la juez.

El silencio se adueñó de nuevo de la sala hasta que Sancho se decidió a romperlo:

—No tenemos la certeza de que vaya a volver a actuar; si lo hace, no podemos saber cuándo ni dónde. Si hacemos sonar las alarmas, provocaremos cientos de llamadas de personas denunciando al vecino del tercero, y le aseguro que no contamos con los recursos suficientes para comprobar cada testimonio que nos llegue. Disculpen mi insistencia, pero no creo que debamos trabajar con ese retrato robot.

—Estoy de acuerdo —dijo la juez Miralles que jugueteaba con una Mont Blanc entre los dedos—, la histeria colectiva solo hará que desviemos la atención hacia otro sitio o, como dice nuestro experto, que se asuste y amplíe su ámbito de actuación.

—Buen apunte —avaló el psicólogo—. Alguien dijo que no hay nada tan común como el deseo de ser elogiado; en un psicópata de corte narcisista esto se convierte en algo prioritario. De ahí que sea él quien esté tratando de provocar esa situación. Pensé que ya se habrían percatado de esto. ¿Por qué creen que abandonó el primer cadáver en un lugar público? Con el segundo no lo hizo por el riesgo que conllevaba ser descubierto, pero dejó la puerta abierta para que lo encontraran rápidamente. ¿No es así? —preguntó al inspector.

Sancho lo corroboró asintiendo con la cabeza.

—Está tratando de provocar la alarma social —continuó—, ya sea para generar confusión o para conseguir notoriedad, como Manolito Villegas. No descartemos que él mismo llame al teléfono de un periódico identificándose como «el asesino de la buena pluma» y les proporcione detalles a cambio de una portada en la que se publiquen sus escritos. Por cierto, la prensa no ha relacionado los crímenes todavía, ¿verdad?

—No. De momento —aclaró Sancho.

—Siendo así, tratemos de que el momento sea eterno; es vital.

—Se intentará. Todo esto me supera —reconoció Pemán.

—Nos supera a todos —enfatizó Carapocha—, porque nuestro cerebro no está preparado para entender los motivos que empujan a un individuo a causar tanto dolor a los que le rodean. Cuando asumamos esto, habremos dado un gran paso.

Pemán resopló.

—Y poco más tengo que aportar por el momento. Estaré a su disposición durante algunas semanas de forma intermitente. Mi interlocutor directo será el inspector Sancho. Muchas gracias a todos por su paciencia y sus aportaciones —dijo clavando los ojos en Santiago Salcedo, que no había intervenido ni una sola vez.

—Bien, señores —concluyó el subdelegado mirando su reloj de pulsera—. Si no hay más cuestiones, nos ponemos manos a la obra. Muchas gracias por su valiosa información.

«Maldito comemierda» fueron las siguientes palabras que pasaron por la cabeza del subdelegado y, aunque no las pronunció entonces, se prometió a sí mismo que se las diría a la cara en algún momento. Esbozando una sonrisa por despedida, desapareció de la sala de dos amplias zancadas.

Residencia de Augusto Ledesma
Barrio de Covaresa

Comunicado del Twoday Festival[41]

El Twoday Festival 2010 que tenía previsto celebrarse los días 5 y 6 de noviembre en Valladolid se aplaza por motivos técnicos.

---

[41] Copia del original enviado por la organización.

La organización lamenta los trastornos que este aplazamiento pueda suponer e informa de que se está trabajando para que se celebre en una nueva fecha que se anunciará en breve.

A todas las personas que hubieran adquirido sus entradas o abonos a través de los diferentes puntos de venta habilitados a tal efecto: www.ticketcyl.com y centros asociados y Red ticketmaster les será devuelto el importe íntegro, debiendo utilizar para ello el mismo sistema que hubieran utilizado para su compra. El plazo para la devolución de entradas se realizará a partir del próximo miércoles 10 de noviembre y hasta el día 30 del mismo mes.

Para más información: www.twodayfestival.com

—¡¿Qué cojones?! —gritó Augusto al terminar de leer el correo electrónico.

Apretó fuerte los puños y le chirriaron los dientes. No estaba acostumbrado a la frustración, y realmente le apetecía mucho asistir a ese concierto. Se lo anotó en la agenda del iPhone y, pensando en el lío que iba a montar en la tienda, volvió a centrarse en el trabajo.

*Exteriores de la Jefatura Superior de Policía
Zona centro*

—Mis pelotas en conserva por saber lo que piensas —expuso Carapocha.

—Me asombra tu capacidad para hacer amigos. Hasta Mourinho podría aprender de ti cómo fortalecer los lazos afectivos con el prójimo.

—¿Y quién coño es ese?

—Uno que siempre tiene una perlita guardada para el momento preciso. Vamos al coche.

—Sé quién es, te tomaba el pelo; por cierto, creo que tienes menos que ayer, y sí, efectivamente, la estrategia es la misma. Muchos de los presentes en la reunión que acabamos de tener solo van a tratar de que la mierda les salpique lo menos posible. Poco les importa cómo llevemos la investigación, te lo aseguro. Además, me voy a permitir darte un consejo: cuantos menos detalles conozcan de los avances, mejor. Te lo digo desde la experiencia, me he enfrentado en varias ocasiones a estas personas con distinto nombre pero con los mismos trajes, y no ayudan en absoluto. Por eso, trato de focalizar sus miedos hacia mi persona, así conseguirás trabajar con algo más de holgura. Con los políticos solo funciona el juego de medias verdades y mentiras aparentes porque las que son muy evidentes, ya se ocupan ellos de que no lo parezcan.

Sancho le dio las gracias con la mirada.

—Yo soy más de Guardiola.

—¿Políticamente correcto y bien vestido? No, gracias, yo me quedo con el «bocatrucha».

—De todos modos, yo paso de todo ese circo. Hace que no veo un partido de fútbol… ni me acuerdo.

—¡Esa es la prueba! Tú no eres español —clamó acusando a Sancho con el dedo.

—Donde esté un balón ovalado, que se quite uno redondo. El año que viene se disputa el Mundial en Nueva Zelanda; como me anime a ir, lo mismo ni vuelvo. De momento, este fin de semana tengo previsto agarrar el coche e irme a

Gernika para ver a mi equipo. Buena comida, buena bebida y rugby.

—¡A treinta kilómetros de mi casa! Esa zona es preciosa. Si no tienes inconveniente, me voy contigo y te hago de guía turístico a cambio de que me invites a comer en una sidrería que conozco en Astigarraga.

—Conozco bien la zona, trabajé unos cuantos añitos en el País Vasco y me quedo con Nueva Zelanda.

—Bonito país, Nueva Zelanda —aseguró Carapocha.

—¿Lo conoces?

—No, demasiadas vacas. Aunque, a este paso, pronto llegaremos allí. ¿Dónde coño has aparcado?

Sancho se mordió el labio inferior.

—¡Señor, dame paciencia, porque si me das fuerzas… le reviento! —exclamó levantando las manos al cielo.

—¿Eres católico?

—No, gracias.

—Me alegro. Mucho —enfatizó—. ¿Te has dado cuenta de que no hay ni un solo país de mayoría católica que sea próspero? Italia, España, Portugal y tu querida Irlanda. Para los católicos todo se resuelve con la absolución.

—Interesante. Pero Alemania ya es un país de mayoría católica y yo creo que algo prósperos sí son, ¿no crees?

—Tienes razón, pero las almas compradas a raíz de la «elección» del cardenal Ratzinger como jefe del Vaticano no cuentan.

Sancho rio.

—¿Siempre tienes una respuesta en la recámara?

—Siempre; y también preguntas. Ahí va una: ¿La juez Miralles está casada?

—Lo estuvo.

Carapocha adoptó la expresión de una hiena que se encuentra con una gacela lisiada.

—Me ha gustado bastante. En todos los sentidos —precisó.

—Ya, ya. Te entiendo, camarada.

—Te estoy hablando muy en serio, soplapollas. De toda la mesa, yo solamente confiaría en esa mujer. El señor subdelegado actúa como si escondiera algo —dictaminó el psicólogo.

—Te equivocas. Peteira y Matesanz, aparte de ser dos buenos investigadores, son personas íntegras, y el comisario Mejía también.

—No lo pongo en duda, pero creo que tu comisario tenía asuntos en la cabeza que le preocupaban más que este caso.

—Sí, eso es cierto, yo también le he notado algo ausente.

—Y a tus chicos, más vale que les protejas de toda esa mierda burocrática si quieres que hagan bien su trabajo. Hablando de trabajo, voy a necesitar plantarme unas horas delante de un ordenador para revisar todo lo que tenéis hasta ahora.

—No te preocupes, hombre, yo te cedo el mío y así me dejas un poco tranquilo para que pueda hablar con mi gente.

—Me gusta la forma en que has dicho eso de «mi gente», parece sacado de *Los intocables de Eliot Ness.*

—Tus muertos...

—Repartidos entre Euskadi y Rusia. Como dicen en mi país, no creo que tu culo cague tan lejos. Anótatela para tu refranero.

—Prefiero esta: «El que mee lejos y cague fuerte, no debe temer a la muerte».

Carapocha se metió en el coche emitiendo un sonido que se quedó a medio camino entre la carcajada y el aullido.

Residencia de Martina Corvo
Zona centro

Eran casi las doce, y la noche anhelaba sumar cinco grados más de temperatura. El frío acumulado en las manos de Martina complicaba la búsqueda de la llave del portal en el caótico universo de su bolso. Había menos luz de lo habitual en el jardín de entrada al portal de la calle Santo Domingo de Guzmán. Martina había alquilado allí un apartamento buscando la tranquilidad y la quietud de una calle peatonal frente al convento de Santa Catalina. Era un auténtico oasis de paz en el bullicio del centro de Valladolid, y raramente se escuchaba un ruido a partir de las diez de la noche que no fuera el de los solitarios pasos de algún transeúnte.

Un leve escalofrío le recorrió la espalda cuando, por fin, encontró el manojo de llaves. Giró la cabeza, pero no se veía nada más allá de la puerta del garaje. Pudo dar con la llave, que introdujo en la cerradura en el primer intento, pero no conseguía girarla. Un olor que le resultó ciertamente familiar le hizo darse la vuelta de nuevo y retener la respiración. Antes de advertir que estaba utilizando la llave del trastero, identificó el aroma. Acertó con la llave a pesar del temblor de su mano y, cuando logró abrir la puerta, la empujó con tanta fuerza que se golpeó contra la pared. Cuando se cerró a su espalda, soltó el aire que tenía cautivo y se detuvo frente al ascensor.

Tabaco con aroma a vainilla, como el de los puritos que fumaba Jere, el celador de su facultad.

DE PUTA O DE BEATA,
ENCANTADORAS AMBAS

Disco Center
C/ Labradores, 24 (Valladolid)
10 de noviembre de 2010, a las 11:15

El viento y la lluvia se aliaron durante la noche para presentar su candidatura conjunta a día más desapacible del mes. Antes de empujar la puerta de Disco Center, Augusto se notó muy exaltado e inspiró hondo mientras hacía sonar sus nudillos. Para alcanzar ese estado, habían contribuido a partes iguales la molestia de tener que romper su rutina diaria, la irritación por la media hora que llevaba dando vueltas en busca de un aparcamiento, el fastidio de haberse empapado con el aguacero que estaba cayendo y la frustración por haber tenido que cambiar sus planes tras la anulación del concierto.

A pesar de ello, el cómputo de la semana había resultado más que favorable para sus intereses. El asalto a la supercomputadora Clara se saldó con un rotundo éxito. La acción se llevó a cabo a primera hora de la tarde del 3 de noviembre tras analizar que, dos días después de un festivo, los accesos al sistema casi se duplicaban; por lo tanto, contarían con más probabilidades de pasar desapercibidos. Penetrar a Clara fue coser y cantar gracias a que Pílades, tal y como había dicho, consiguió la llave de su cinturón de castidad. Una vez abierto, Hansel la convenció a base de caricias y susurros al oído de que sus intenciones eran legítimas y sinceras. Mientras, Skuld preparó el lecho de sábanas de seda en solo cuatro minutos y catorce segundos. Con todo dispuesto, Orestes se encargó de lubricar de forma remota a Clara sin moverse de su casa y, en apenas seis minutos más, llegaron al orgasmo. Sabía bien dónde tocar, y una vez fumado el cigarro de rigor, se marchó como lo hacen los amantes de una noche: sin dejar rastro alguno.

Así pues, ya tenían en sus manos toda la información que necesitaba sobre sus adversarios —el inspector de homicidios Ramiro Sancho, la doctora especialista en psicolingüística Martina Corvo y el enigmático psicólogo criminalista Armando Lopategui, cuyo expediente estaba marcado con acceso restringido de nivel 1—. Le había provocado un intenso placer leer el historial completo del inspector y comprobar la talla del jugador que tenía enfrente, con una hoja de servicios intachable construida durante su etapa en la Unidad Territorial de Información de San Sebastián. Allí participó activamente en la lucha contra la red de extorsión de ETA y, aunque no lo mencionaba de forma explícita, se podía leer entre líneas que había trabajado durante un tiempo como infiltrado en las filas de Jarrai[42]. En el plano personal, sin embargo, las cosas no le habían ido tan bien.

---

[42] Organización juvenil ligada al entorno de la banda terrorista ETA.

Cuando vio su fotografía, le chocó bastante su aspecto; desde luego, no parecía muy español. No obstante, fue a la doctora a quien dedicó más tiempo. Tras anotar su nombre y dirección, buscó en Internet más información, y encontró varias tesis y trabajos firmados por ella que le resultaron de cierto interés. Leyó casi por completo las trescientas veinticuatro páginas de su tesis *La influencia de Juan Ramón Jiménez en la génesis de la Generación del 27*, y había empezado a zambullirse en *Reflexiones sobre la extensión psicolingüística en las traducciones literarias*. La idea de tener una larga charla con la doctora sobre literatura le atraía poderosamente.

Orestes empeñó buena parte de su tiempo en intercambiar información con Pílades. No obstante, el escenario había cambiado y no quiso desvelarle su siguiente paso. Él se percató de ello. Las últimas palabras de Pílades le hicieron pensar: «Si quieres que te acompañe, tengo que saber qué camino coges».

Algo más calmado, Augusto entró en la tienda. En el interior, un chico con rastas discutía airadamente con el dependiente. El tipo de la tienda, con mucho más peso del que podían soportar sus rodillas, hacía grandes esfuerzos por no saltar el mostrador y devorar a ese cliente.

—¿Tan difícil es que entiendas que no nos funciona el sistema? No es que no quiera devolverte el dinero, es que no puedo. Te lo he repetido ya unas cuantas veces.

Augusto aprovechó el momento para intervenir.

—¿Tan difícil es que entiendas tú que nos la suda que no te funcione el sistema? Mira, abres el cajoncito ese, me das mis cincuenta euros y yo te dejo aquí la mierda de entrada que tú me vendiste.

—¡Otro que tal! —exclamó el dependiente, exasperado—. Como le estaba diciendo a él, para poder devolver el dinero, tiene que funcionar el sistema. Si no, la organización no nos lo abona a nosotros.

—¡Es que me importa una mierda que os lo abonen u os regalen un saco de estiércol y os abonéis vosotros mismos! ¡Yo no me voy de aquí sin que me devuelvas mi dinero!

Augusto le sostuvo la mirada al dependiente, que inspiraba y espiraba profusamente por la nariz como un búfalo acorralado. El chico de las rastas dio un casi imperceptible paso atrás cediendo la iniciativa a su nuevo aliado. Justo en aquel momento una voz femenina a su espalda hizo que ambos se volvieran.

—Pues vas a tener que ir sacando más billetes, porque yo te traigo otras dos entradas.

—¡Tócate los huevos! —se lamentó.

Lo primero que le llamó la atención fue el color rojo intenso de su pelo bien cortado y el *piercing* que llevaba en la nariz, pero aquellos ojos se apropiaron inmediatamente de todo su interés; entre azules y grises, ovalados y algo saltones. Distintos. Ella dulcificó el semblante y le regaló un gesto de complicidad que alimentó su ímpetu reivindicativo.

—Parece que esto se te va a ir poniendo cada vez más feo. Lo más inteligente es que nos devuelvas la pasta antes de que se te empiece a acumular gente en la tienda. Ya me habéis estropeado media mañana para venir hasta aquí, y te aseguro que no pienso volver otro día a comprobar si te funciona o no el sistema. Incluso un tipo como tú debería entenderlo.

—¿Qué coño has querido decir con eso?

El dependiente se apoyó sobre el mostrador y se inclinó hacia delante estrechando la distancia con Augusto que, lejos de achantarse, hizo lo propio antes de responder:

—Quiero decir que, si hubieras estudiado, te acabarías de levantar hace media hora para llegar a tiempo al Consejo de Ministros, y tu mujercita estaría planchándote la corbata y limpiando tus zapatos negros, pero como preferiste leer tebeos a estudiar…, aquí estás, jugándote la carita por unos euros que ni siquiera son tuyos.

Cuando entraron otras dos personas por la puerta, el dependiente claudicó golpeando el mostrador con la mano extendida. Abrió la caja, sacó varios billetes de cincuenta euros y los estrelló contra el mostrador como si fueran piezas de dominó.

—¡Tomad vuestro dinero y desapareced de aquí de una puta vez!

—¿Ves como no era tan difícil? —dijo ella cogiendo su parte.

El chico de las rastas se fue sin decir esta boca es mía, mientras Augusto aguantó la mirada del búfalo durante unos cuantos segundos más. Luego agarró sus cincuenta y se encaminó a la puerta, que ya sujetaba la chica del pelo rojo intenso. En la calle rebotaban con fuerza las gotas que, como kamikazes, se lanzaban en picado y en escuadrón dejando por único legado el sonido de sus colisiones contra el suelo.

—Muchas gracias —le dijo ella—. ¿Me dejas invitarte a un café?

Augusto reparó en su boca. Dientes perfectos, labios gruesos.

—Claro —respondió sin pensarlo.

—Aquí cerca está El Géminis. Habrá que correr.

Los apenas treinta segundos que tardaron en llegar fueron suficientes para que lo hicieran completamente calados.

—¡Qué forma de llover! —renegó secándose la cara con unas servilletas de papel—. Por cierto, me llamo Violeta.

Dudó en la respuesta, pero finalmente, sin saber muy bien el motivo, decidió no esconderse bajo ningún seudónimo.

—Yo soy Augusto.

—Muchas gracias por echarme una mano con ese *troll*.

Ella todavía jadeaba ostensiblemente.

—Yo también venía calentito, así que me uní a la causa cuando te vi peleando por lo tuyo.

Violeta le devolvió una sonrisa y llamó la atención del camarero con la mano.

La fragilidad de su físico contrastaba con la fuerza que transmitían sus gestos. Vestía un jersey de lana y unos pantalones vaqueros ajustados que delataban su escaso pero bien distribuido volumen. Esa cara de no haber roto un plato debía de tener más edad de la que aparentaba. Unos veintiocho, se figuró Augusto.

—Para mí, un café solo.

—Yo, un cortado con sacarina.

—Te cuidas, ¿eh?

No supo bien qué contestar, y fue en ese momento cuando se percató de que llevaba algunos meses sin hablar con alguien que le pareciera interesante.

—¡Qué putada la suspensión del festival! Me apetecía mucho ir —dijo al fin.

—Pues sí, aunque yo principalmente había comprado las entradas por ver a Iván Ferreiro.

—Se sale, aunque me gustaba más en su época de Los Piratas. También tenía ganas de ver en directo a Lori Meyers, he oído que son buenos.

Augusto sacó un purito y, en lo que encontró el mechero para encenderlo, ella ya se había liado un cigarro perfecto.

—Son muy buenos en directo, sí. Yo les vi en el Sonorama de este año. ¿Te gusta la música *indie*[43]?

—La verdad es que me gusta casi todo tipo de música. Devoro todo lo que cae en mis manos. La música y la lectura son mis dos grandes pasiones —aseguró él—. Por cierto, no consigo ubicar ese ligero acento tuyo.

—Mi madre es sueca, y se empeñó en que aprendiera a hablarlo desde pequeña.

—¡Qué suerte!, siempre me han llamado la atención las lenguas nórdicas.

—Que se empeñara no significa que lo consiguiera —aclaró ella—. Creo que podría entenderlo si me hablan despacio, pero no soy capaz de pronunciar ni una sola palabra.

Sus ojos, acompasados con unos sutiles e intencionados movimientos de cejas, decían mucho más de lo que expresaba con palabras. Aquellas señales no pasaron desapercibidas para él.

—Seguro que te gusta Love of Lesbian —aventuró ella cambiando de tercio.

—¡¡Muy buenos!! Aquí los llevo, siempre conmigo —dijo mostrando su iPhone—. Sus tres discos, pero con *1999* he de

---

[43] Término con el que se agrupa a la música que se sale, supuestamente, del circuito comercial.

reconocer que estoy algo obsesionado; tiene canciones cojonudas: *Allí donde solíamos gritar, Algunas plantas* o *Segundo asalto*.

—Muy buenas todas, sí.

—De *Cuentos chinos para niños del Japón*, me quedo con *La niña imantada*, y *La parábola del tonto* me pone los pelos de punta.

—¿Sensible?

—Solo con las buenas canciones y los grandes libros.

—Interesante.

—¿Has escuchado a Vetusta Morla? —pregunto él.

—Conozco la de… espera.

Violeta se mordió el labio inferior antes de empezar a tararear la canción. Augusto tuvo que controlar el impulso que le empujaba a abalanzarse sobre ella.

—*Al respirar*.

—¡Esa, esa! —gritó ella apuntándole con el índice.

—Tienes que hacerte con el disco *Un día en el mundo*, es realmente bueno —sugirió soltando el humo—, y se supone que el año que viene publican un nuevo disco.

—Ahora si me dices que te gusta Bunbury, te llevo al altar —aseguró Violeta.

Augusto emuló a la mujer de Lot en la huida de Sodoma y tardó unos segundos en recomponerse antes de sentenciar:

—Bunbury es el maestro de maestros.

Violeta se limitó a sonreír cediéndole la palabra.

—Héroes fue el primer grupo con el que me obsesioné en mi vida; en la gira de 2007 estuve en los dos conciertos de Zaragoza y en el de Valencia. Al de Sevilla intenté ir, pero al final no pude.

—Yo también estuve en el segundo de Zaragoza. ¡Fue increíble!

—Acojonante, sí. Ahora también me hago con todo lo que saca en solitario.

—¿Sabes qué? Creo que voy a darle un abrazo al *troll* por haber provocado este encuentro. Hacía tiempo que no me encontraba con alguien como tú.

Augusto solo pudo sostener su mirada. Terminado el segundo café, Violeta dejó la taza de forma repentina sobre la barra.

—¡Por cierto, por cierto! Ya te habrás enterado de que Joe Satriani toca el día 21 en el Polideportivo de Huerta del Rey, ¿no?

Augusto buscó en sus archivos mentales sin éxito. Ese nombre le sonaba mucho, pero no aparecía en los resultados de búsqueda.

—Joe Satriani… —repitió dejando patente su desconocimiento.

—¡No me digas que no has oído a Joe Satriani!

—Pues no te lo digo.

—Yo no me lo pienso perder a pesar de que la persona que iba a ir conmigo me haya dejado tirada. Es uno de los mejores guitarristas de rock del mundo —afirmó—. ¡Aquí, en Valladolid! Es una ocasión única. La revista *Total Guitar* le colocó en el puesto número siete entre los mejores guitarristas de la historia. Es un fenómeno del *tapping*, a una y a dos manos.

—Tiene que ser muy bueno, porque Matt Bellamy, de Muse, que está considerado como el mejor guitarrista de la década, está bastante más abajo. Eso sí, dicen que su *riff* al comienzo de *Plug in Baby* es uno de los mejores de todos los tiempos. ¿Sabes cuál te digo?

—No caigo, pero lo buscaré en cuanto llegue a casa. Me gusta Muse, pero soy más de Placebo. Brian Molko me provoca sensaciones que no sería capaz de describir.

—¡Pufff! —resopló Augusto—. Lo estás bordando, otro de mis grupos favoritos.

—¡Bueno! —Violeta cerró casi por completo los párpados hasta dejar solo una rendija por la que todavía se veía brillar su pupila color gris azulada—. Entonces, ¿qué? ¿Te apuntas?

Buscó alguna excusa que sonara convincente, pero su locuacidad estaba bloqueada. Acertó a decir «por supuesto» antes de que ella le agarrara por el brazo y tirara de él hacia la puerta.

—Genial. Pues ya que estamos aquí al lado, vamos otra vez donde el *troll* y le compramos tu entrada con su dinero.

Augusto no se percató de que le estaba tocando hasta que cruzaron la calle.

Ya llovía menos.

Comisaría de distrito
Barrio de las Delicias

Con todo el grupo en la calle, Sancho trataba de exprimir al máximo el tiempo que Carapocha «había tenido a bien» concederle para actualizar sus informes y hablar con su gente antes de atender la visita de la madre de la primera víctima, que acudía a él en busca de esperanza. La garra seguía apretando por dentro y no dejaba de preguntarse cómo era posible que hubiera compartido tantos momentos intensos con ese desconocido en menos de una semana. Masajeándose el mentón, tuvo que reconocer que Armando Lopategui le estaba enseñando el sentido de la palabra «camarada».

Tal y como le había dicho, el psicólogo le acompañó a Gernika para ver aquel partido de rugby entre el Bizkaia Gernika RT y el Cetransa El Salvador. Durante las tres horas y media que duró el viaje por carretera, el tema principal de conversación fue, como no podía ser de otra forma, la investigación. Carapocha le relató otros casos con los que, según él, había cierto paralelismo y le habló de cómo trataba de superar la enorme frustración que suponía el fracaso cosechado en muchos de los sucesos en los que había intervenido en el pasado.

Las tonalidades amarillas, marrones y ocres de la planicie castellana se fueron transformando en una interminable gama de verdes en relieve a medida que ganaban kilómetros en dirección al norte. Una vez en la población vizcaína, ya no volverían a tocar el asunto; ni siquiera en el viaje de regreso a Valladolid. Comieron «de potes», y fueron tomando contacto con el ambiente que se vivía en la población antes de dirigirse al campo. Carapocha estaba ensimismado por la atmósfera festiva de la grada de Urbieta, pero sobre todo por la posibilidad de seguir bebiendo cerveza.

Durante el calentamiento, Sancho le hizo un resumen de la trayectoria de ambos equipos. El conjunto local había ascendido hacía solamente dos años, pero contaba con un equipo muy fuerte en delantera y un espíritu muy combativo que había sabido transmitirles su entrenador, un argentino llamado Jorge

Giménez. El Salvador, tras hacer una primera vuelta desastrosa de la mano de otro tipo que, en palabras de Sancho, «sabía menos de rugby moderno que yo de cocinar con la Thermomix», estrenaba técnico: Juan Carlos Pérez. Dado que el inspector era seguidor del equipo visitante, Carapocha se hizo repentinamente hincha incondicional de los locales. Durante la primera parte, el inspector se dedicó a exponerle los aspectos clave del juego mientras Carapocha escuchaba con la misma atención con la que bebía. De vez en cuando, le hacía alguna pregunta sobre una acción concreta del juego o se levantaba de su asiento para aplaudir alguna jugada de «los suyos». Estaba disfrutando del partido como un aficionado local más.

En el transcurso de la primera parte, ya se había quedado con los nombres de los jugadores locales más destacados —los argentinos Negrillo, Zabaloy, Bruno Mercanti o Poki Coronel y los de casa: Magunazalaia, Martitegui o los hermanos Urrutia—. De los franjinegros, preguntó los nombres de aquellos que más le llamaron la atención: el samoano Joe Mamea, el medio melé Pablo Feijoo, el calvo Murré y otro de grandes proporciones al que llamaban, indistintamente, Nava o Navas. El marcador parcial favorecía a los visitantes por 6 a 10. Carapocha, sin embargo, se imponía en latas vacías a Sancho por un claro 4 a 2. Cuando se reanudó el partido, ya sabía lo que era una patada a seguir, una *touch* o un *maul,* y distinguir entre un *ruck* y una melé. También le quedó claro que no se podía increpar al árbitro en el rugby, lo que aceptó a regañadientes. El partido se resolvió en los instantes finales por 14 a 13 a favor de los locales para júbilo de Carapocha, que también consiguió la victoria en cervezas frente al inspector por 6 a 4. Cuando el inspector le explicó en qué consistía el tercer tiempo[44], el psicólogo le confirmó que, a partir de ese momento, el rugby se había convertido en su deporte favorito; por delante, incluso, de la gimnasia rítmica. Ya en la sede del club, Sancho se encontró con ilustres veteranos y excompañeros, con quienes compartió mesa y bebida. Mientras, su acompañante aparecía y desaparecía entre la muchedumbre departiendo con los parroquianos sobre quién sabe qué. Incluso, se encontró con un vecino suyo de Plentzia que resultó ser el gerente del club y que le aseguró que algún día el nombre de Gernika se pasearía por Europa. Luego insistió en que se quedaran a cenar con ellos y no supieron decir que no. Aguantaron hasta las tres de la mañana, momento en el que tuvieron que batirse en retirada después de haberse dejado llevar por los excesos. Eso sí, se fueron sin hambre y sin sed.

El domingo, Carapocha insistió en enseñar a Sancho todos los recovecos de su Plentzia, alternando conversaciones sobre el rugby y la idiosincrasia y gastronomía vascas con preguntas sobre las relaciones amorosas de Sancho. Nagore y Martina subieron a la palestra para bajar de ella con distinta suerte. En el viaje de vuelta, el psicólogo se adentró en los dominios de Morfeo cuando aún no habían salido de Gernika. El policía condujo dando rienda suelta a sus cavilaciones y antes de llegar a Burgos ya había llegado a la conclusión de que no recordaba un fin de semana tan bien aprovechado y divertido en los últimos años.

---

[44] Así se conoce entre los aficionados al rugby la tradición por la que el club local invita a jugadores y aficionados de ambos equipos a un aperitivo con abundante presencia de cerveza.

Sancho volvió al presente rescatando su mirada, que tenía perdida en el monitor, para repasar las últimas anotaciones que acababa de hacer en su cuaderno. Tenía que reflejar los escasos avances de la investigación en el informe que iba dirigido a Mejía y Travieso. Nada se sabía del origen de la pistola Taser, y las averiguaciones sobre el proceso de adopción de Mercedes Mateo estaban en punto muerto. La principal línea de avance en el caso se centraba, en ese momento, en la detención de un sujeto cuya descripción plasmada en un retrato robot había sido corroborada por un vecino como la del operario que había sido visto merodeando cerca de la casa de la segunda víctima.

Sin embargo, la realidad era bien distinta, pero no la dejaría por escrito en un equipo al que tenía acceso el principal sospechoso. Peteira había elaborado un listado con cuarenta y tres nombres a partir de la información proporcionada por la central de Correos. Se les había requerido información sobre los propietarios de apartados de correos en Valladolid que hubieran recibido algún envío procedente de los veinticuatro países en los que se podía comprar, vía Internet, una pistola Taser X26. Esos nombres se cruzaron posteriormente con la base de datos de fichados, y se habían obtenido cinco resultados. Por su parte, Matesanz había conseguido averiguar en el Registro Civil que Mercedes Mateo Ramírez y Santiago García Morán habían tenido un hijo el 22 de marzo de 1978: Gabriel García Mateo. En el Juzgado N.º 1 de Valladolid, encontró documentación con fecha 17 de septiembre de 1984 sobre la retirada de la custodia y patria potestad a la madre por malos tratos. Cuando leyó que el niño tenía lesiones en las manos causadas por alfileres, acudió al segundo poema y encajó las piezas.

Tropiezo en mi vida, cuando era niño,
me mató tu aguja, tu odio con saña.
Enterraste mi alma; yo, mi cariño.

Tenía muy claro que Gabriel García Mateo era Gregorio Samsa, pero la pista del niño se perdía con la adopción y no encontraron nada sobre sus padres adoptivos. Era como si se lo hubiera tragado la tierra. Mientras se preguntaba quién podría hacer desaparecer no solo archivos electrónicos, sino también físicos sobre una adopción, sonó su teléfono móvil. No tenía el número registrado, pero algo le hizo aceptar la llamada.

—Sancho.

—Soy Bragado. —Acto seguido, se autentificó con un sorbido nasal.

El inspector maldijo en el acto haber hecho caso omiso a su presentimiento.

—Bragado. ¿Qué tripa se te ha roto ahora?

—Vamos a dejarnos de tonterías, por favor. Necesito hablar contigo, estoy donde Luis.

—¡Joder, Bragado!, ¿no te dejé claro que te quería fuera del caso? No tengo tiempo para darte más explicaciones. Ya sabes, a buen entendedor…

—Pocas palabras bastan —completó su predecesor—. Ya me lo conozco, pero vas a tener menos tiempo aún si hago una llamadita a mis amigos de la prensa para contarles que tenemos un posible asesino en serie en la ciudad.

La amenaza no encontró respuesta.

—No pretendo dificultar las cosas. Creo que ya te he demostrado que solo quiero ayudar, nada más.

—¡Una puta mierda, Bragado, tú siempre buscas algo a cambio! ¿Qué quieres de mí?

—Quiero demostrar al cuerpo en general, y a Mejía en particular, que se confundieron conmigo. Sigo muy jodido por todo aquello. Únicamente te robaré unos minutos. Vamos, Sancho, me la debes.

—¡Yo no te debo absolutamente nada! —voceó justo antes de advertir que tenía la puerta abierta—. Bragado, dame quince minutos.

—Aquí te espero.

Sancho golpeó el móvil contra la mesa y se masajeó las sienes con los ojos cerrados. Se levantó maldiciendo y se dirigió al despacho de Mejía. A los ocho minutos, salió de allí compungido, cariacontecido y con un nudo marinero por estómago. El comisario le había comunicado con aparente sosiego que tenía que ingresar en el hospital Río Hortega al día siguiente para someterse a un tratamiento de quimioterapia y radioterapia por unas manchas en el pulmón que le habían detectado hacía un par de semanas y de las que ya tenían el veredicto: cáncer de pulmón en estadio IIIA extendido por los bronquios y el diafragma. Nunca sabía qué decir en ese tipo de situaciones, pero consiguió balbucear:

—Antonio, no te preocupes por nada de lo que ocurra aquí dentro, solo concéntrate en salir de esta.

Cuando le estrechó la mano para despedirse, Sancho percibió algo distinto en la mirada de ese hombre que acumulaba sudor frío en las palmas y al que le temblaba el pulso. Era miedo.

Antes de entrar en El Mesón Castellano, tradicional centro de operaciones de los tiempos muertos de los habitantes de la comisaría, se prometió que no le contaría nada a Bragado sobre la enfermedad de Mejía. Apenas hubo empujado la puerta, el olor de la tortilla de patatas y el de los torreznos hicieron que su estómago se activara. Apalancado en la barra pudo distinguir el volumen de ese hombre con apariencia de homínido dispuesto a amargarle los siguientes minutos de vida. Bragado estaba enterrando su penúltima colilla entre los cadáveres de lo que, hacía menos de cuatro horas, había sido un paquete de Winston. La barba sin afeitar de casi una semana y reconocer la misma ropa que llevaba puesta el día en que le destapó lo de Samsa fueron alarmas que obligaron a Sancho a guardar una más que prudente distancia de seguridad olfativa.

—Gracias por venir. ¿Qué vas a tomar?

—Café solo. Todavía no sé qué hago aquí, pero estoy seguro de que, cuanto más tiempo pase contigo, más probabilidades tengo de meterme en un gran lío. Te agradecería que fueras muy concreto, no tengo mucho tiempo.

—Mira, a mí me retiraron antes de lo debido, lo sabes. Necesito que comprendas que he dedicado toda mi vida al cuerpo, y que es lo único que sé hacer. Llevo años levantándome por la mañana sin saber a qué coño dedicar las horas. Mi hija voló del nido hace ya tiempo, y con mi ex no tengo más trato que la llamada mensual para recordarme que le haga el ingreso de la pensión.

Sancho le escuchaba atentamente, sin interrumpirle, tratando de detectar algún signo que le indicara si estaba siendo sincero o no. Hasta el momento, no pudo apreciar nada delatador.

—Es cierto que me salté ciertas normas en mi última etapa como inspector, pero, sobre todo, me salté a Mejía —confesó—. Desde que se plantó con su saco de huesos y su cara amarillenta en el despacho del comisario, trató de imponer sus normas, pero ya había unas normas, y funcionaban.

«Bragado's rules», pensó Sancho.

—Siempre fue muy burocrático, seguía el maldito manual de procedimientos punto por punto, y eso ralentizaba mucho el avance en mis casos. Los primeros meses conseguí amoldarme a duras penas, pero fue a los dos años cuando tuvimos el primer desencuentro importante en un caso muy claro de violencia doméstica en el que no éramos capaces de encontrar el arma del crimen para incriminar al marido. Te aseguro que era tan culpable como la peste bubónica. Al poco tiempo, apareció la maldita arma en un contenedor de obra a tres calles del domicilio del matrimonio.

—¿Apareció?

—Apareció, sí. El caso es que el marido terminó confesándolo todo, y nos indicó dónde la había tirado. Una figura de bronce con la que le abrió la cabeza por tres sitios.

—Confesó. Ya me han hablado de tus métodos en los interrogatorios.

—Confesó y punto —precisó aspirando el contenido de su nariz—. Era culpable y no podía permitir que se fuera de rositas, ¿vale?

—Y Mejía se enteró.

—Así es. Puso el caso en manos de Asuntos Internos, pero yo tenía un buen amigo ocupando un alto cargo político que consiguió que solamente me abrieran expediente disciplinario.

—Muy bien, Bragado, pero ¿qué tiene que ver este caso con rencillas del pasado entre Mejía y tú?

—Mejía es un hombre muy testarudo, ya le conoces. No pararía hasta que consiguiera largarme y, al final, lo consiguió. De no ser así, todavía me quedarían tres años de servicio y estaría al frente del caso más importante al que me hubiera enfrentado en toda mi carrera. ¿Lo entiendes? —Agitó su paquete vacío y alargó la mano para coger un Camel ajeno que reposaba desprevenido en la barra—. Solo quiero ayudar, sentirme partícipe de la investigación, aunque sea *off the record.*

—¿Crees que vas a conseguir algo amenazándome con ir a los medios? —cuestionó Sancho estrechando la distancia de seguridad y verificando que el del tabaco no era el único olor que despedía Bragado.

—Siento haberlo hecho, pero necesitaba hablar contigo. Dime a quién estamos buscando y no te molestaré más. Yo me moveré al margen, te aseguro que me quedan muchos contactos en la calle que podrían ayudarnos.

Escuchar a Bragado expresarse en la primera persona del plural le produjo un escalofrío que le obligó a encogerse de hombros. El inspector inspiró al tiempo que se frotó con saña la barba antes de contestar. Valoró la probada capacidad de su predecesor como investigador frente a los riesgos de hacerle partícipe del caso.

—Dos normas: solo hablarás conmigo y me contarás al instante todo lo que averigües. ¿Está claro?

Bragado asintió. Sancho terminó su café y pagó.

—Vamos a dar una vuelta.

Una vez fuera, Sancho le contó, mientras trataba de no meter el pie en alguno de los charcos que había dejado la lluvia caída esa mañana, que habían comprobado que, efectivamente,

Gregorio Samsa era una identidad falsa y que estaban seguros de que la descripción física no se ajustaría a la del sospechoso. Casi tenían la absoluta certeza de que la segunda víctima era su madre natural, pero la pista del niño se perdía en el momento en que fue entregado en adopción. No le pasó desapercibida la expresión de Bragado cuando le reveló el nombre del niño, pero no entendería la razón sino hasta muchas semanas después.

Se despidió de él con un «recuerda lo que te he dicho», y puso rumbo a su despacho sin saber muy bien si se arrepentiría antes o después de lo que le había contado. Culminó la mañana entre medias verdades y mentiras piadosas tratando de sembrar confianza en el terreno de angustia de María Santos, la madre de la primera víctima. No lo consiguió. Luego dedicó la tarde a tratar de encontrar nuevas vías de investigación con Carapocha. Tampoco lo consiguió.

HACIA UNA FOSA COMÚN

Antigua residencia de los Ledesma
Parque Alameda (Valladolid)
22 de marzo de 1988

En el salón de los Ledesma todavía se combatían los últimos coletazos de aquel invierno de finales de los ochenta a base de pino y encina. El humo desaparecía por el tiro de la chimenea dejando como única huella de su existencia las partículas olorosas que tapizaban la estancia con esencia a combustión de madera. Octavio Ledesma no perdía detalle del movimiento de aquellas lenguas de fuego azul y anaranjado que se contorsionaban en una danza tan descoordinada como cautivadora. Para ser un día entre semana, había llegado mucho antes de lo que era habitual en él. El cumpleaños de su hijo Augusto así lo requería y, además, esperaba visita. Con la disponibilidad de tiempo por excusa, alargó la mano para acercar la caja de habanos con higrómetro que reposaba solemnemente sobre la mesa del comedor. Disponía de casi una hora, por lo que buscó entre los inquilinos un calibre mediano pero de buen cepo, una vitola de galera entre la corona y el robusto. Así, empezó el repaso visual de los candidatos. Cohiba robusto, Montecristo N.º 2, H. Upman Magnum 46, Romeo y Julieta Short Churchill, Partagás N.º 2, Bolívar Belicisos Finos, Hoyo de Monterrey Epicure N.º 2; se detuvo en un Vegas Robaina Famosos. Lo asió con distinción haciendo pinza con el índice y el pulgar, e hizo un reconocimiento ocular de la capa: colorado maduro uniforme y con cierto brillo. Acto seguido, lo presionó sutilmente y se lo colocó cerca del pabellón auditivo: ausencia de crujidos; levemente mullido, pero firme. Perfecto. El siguiente paso era el definitivo. Se lo colocó debajo de la nariz para olfatear su aroma: serrín, cuero y paja; olor a establo caballar. Ese era. Le hizo un buen corte con la guillotina de dos hojas justo donde el gorro se une con la capa queriendo asegurarse un buen tiro sin peligro de que se desprendiera la hoja durante la fumada. Para Octavio, el momento del encendido era como desnudar a una mujer; requería pausa y ternura. Prendió el fósforo de madera y colocó la boquilla del cigarro a noventa grados de la llama rotando el cigarro lentamente para que prendiera toda su superficie de forma homogénea. Se lo colocó en el centro de la boca y, con la llama a medio centímetro, aspiró muy despacio hasta atraer el fuego al habano. Como los preliminares del sexo, tan necesarios como satisfactorios. Con las primeras caladas, paladeó la mordacidad del cuerpo y se reclinó en el sofá para dejarse arrastrar por el sabor suave a caldo de carne y a madera vieja.

Transcurrieron algunos minutos hasta que el ruido de los niños en el exterior hizo que se acercara a la ventana para contemplar aquella algarabía. Esa era, precisamente, una de sus cualidades principales: examinar atentamente desde una posición privilegiada para evaluar la situación antes de la toma de decisiones. Había, al menos, quince críos de entre ocho y diez años agotando el remanente de energía que les quedaba a esa hora de la tarde en la que ya empezaba a extinguirse la luz del día. Le costó más de un minuto encontrar a Augusto. A varios metros de distancia del foco de acción más cercano, sentado en el césped y abrazado a sus rodillas, practicaba lo que tantas veces su padre adoptivo le había aconsejado hacer: observar.

Impasible, seguía con los ojos la actividad de los muchos compañeros y pocos amigos que habían venido a celebrar, cargados de regalos, su décimo cumpleaños. Había recuperado casi el cien por cien de la movilidad de los dedos, y ya era capaz de desarrollar cualquier actividad física como el resto de niños de su edad. Nada le imposibilitaría agarrar ese balón y estrellarlo, sin querer, en la cara de Marcos Martín *Martillo*. Nadie le podría impedir empujar con tanta fuerza el columpio en el que se balanceaba Bárbara Clavero *Barbie*, como para que saliera despedida y chocara contra ese árbol. Augusto disfrutaba en soledad evaluando posibilidades y analizando opciones en el mundo que había creado para él.

Octavio dejó caer sus más de cien kilos como un muñeco de trapo en su sofá pensando en todo lo que había tenido que hacer para conseguir que Augusto tomara sus apellidos. Recordaba perfectamente la primera vez que le vio, porque coincidió con el Día de la Madre de un mayo excepcionalmente caluroso. Era la segunda visita que hacían al centro de acogida de menores y, en aquel momento, Ángela estaba empecinada en adoptar a un pequeño. Ella siempre se comportaba de forma obsesiva cuando se le metía algo entre ceja y ceja; muy fuerte en la arrancada, pero con poco recorrido. Octavio, sin embargo, no hacía mucho que había tomado posesión del cargo de delegado del Gobierno, y no pensaba en otra cosa que no fuera hacer despegar su prometedora carrera política. Así pues, no importaba ir a ver niños cuantas veces fuera necesario sabiendo que las dificultades del proceso diluirían las ganas de adoptar de su querida esposa. Lo cierto era que Gabriel le llamó la atención la primera vez que puso los ojos en aquel niño despeinado de ojos negros y sagaces. Estaba apartado del resto, entretenido con un libro y cerca de un altavoz por el que se podía escuchar *El invierno* de *Las cuatro estaciones,* de Vivaldi. Cuando Octavio preguntó por él, le dieron los detalles de su historial. Había llegado allí hacía dos semanas después de pasar por algunos centros en los que no había logrado adaptarse. Se acercaron para hablar con él, pero únicamente pudieron arrancarle por respuesta una mirada en la que se mezclaban desdén y necesidad de socorro a partes iguales. Al día siguiente, ya estaban empezando unos trámites para la adopción que, en circunstancias normales, se habrían dilatado entre doce y dieciocho meses. Octavio no estaba acostumbrado a esperar tanto, y puso la maquinaria en marcha.

Cuando le llamó para decirle que necesitaba verle para pedirle un pequeño favor, supo que había llegado el momento de pagar por los servicios prestados. Así funcionaban las cosas, y él no era persona que diera la espalda a sus compromisos. Quedaban todavía veinte minutos para las ocho, hora a la que se había fijado la visita. Con una calada y ensimismado en la combustión de los troncos de encina, se dispuso a esperar.

Finalmente, el timbre sonó a las 20:35; en condiciones normales, habría cancelado la visita. Que llegaran tarde a una cita no estaba en su lista de errores admisibles, pero no pretendía darle la impresión de querer eludir sus compromisos. El delegado del Gobierno hizo un gran esfuerzo por enmascarar su semblante airado mientras Ángela recibía a la visita y le acompañaba al salón.

—Buenas tardes —saludó Octavio haciendo énfasis en la segunda palabra.

—Buenas. Una tarde de locos —dijo la visita tras una primera inspección ocular.

Octavio, que esperaba algún tipo de disculpa, no pudo evitar que su irritación emergiera de las profundidades de su ser para reflejarse en su cara. Le hizo un gesto magnánimo con la mano para que se sentara frente a él antes de preguntarle:

—¿Y bien? ¿A qué debo este inesperado reencuentro?

Su invitado no se sentó. Tenía sus ojos anclados en el botellero.

—Antes solía ofrecerme.

—Ya, es que hoy no dispongo de demasiado tiempo.

—Hoy no, ¿eh?

Octavio Ledesma no era un hombre acostumbrado a que le hablaran de esa forma, y menos en su propia casa, pero masticó bien sus palabras como si fueran chinchetas haciendo de tripas corazón para digerirlas; estoicamente, preguntó:

—¿Lo de siempre?

—Lo de siempre. Sin hielo.

—Claro, sin hielo.

Octavio sirvió un Chivas Regal de veinticinco años a su invitado y le acompañó con un Napoleón.

—¿Qué tal está su hijo? —preguntó para refrescarle el motivo por el que estaba allí.

—Bien.

—¿Está ya recuperado de los daños en las manos?

—Totalmente —exageró Octavio.

—Me alegro mucho. Recuerdo que los médicos no estaban del todo seguros en los primeros diagnósticos.

—Los primeros médicos no eran especialistas ni estaban a la altura, por eso nos dirigimos a otros.

—Ya entiendo —dijo ahogando las últimas sílabas en el vaso ancho de cristal de Bohemia.

El sonido al sorber hizo que Octavio tuviera que tragar saliva para no corresponderle con un gesto grosero. Aquel hombre se levantó con dificultad del sofá para coger una foto con marco de plata en la que Octavio rodeaba con un brazo a su hijo Augusto, que tenía la mirada perdida en el suelo. El padre vestía con porte militar un uniforme de camuflaje, sostenía un rifle de caza en su mano izquierda y tenía el pie encima de lo que, a buen seguro, era la pieza de la jornada.

—Me encanta esta foto. ¿Qué mató?

—Un corzo.

—¿Es buen tirador? —preguntó el hombre señalando a su hijo.

—¡Dios Santo, que acaba de cumplir diez años!

—Cierto, pero seguro que aprenderá del Emperador. Tiempo al tiempo —auguró dejando la foto en su sitio.

—Hoy he dejado varios asuntos sin atender que quisiera tratar antes de la cena. ¿Podemos centrarnos en el motivo de su visita?

—Faltaría más, no quiero robarle su valioso tiempo. Verá, como bien sabe, hace ya dos años que se jubiló el comisario Calvo Lamela y no consigo entenderme con su sustituto, Antonio Mejía. Él tiene sus normas, y yo las mías.

Octavio le aguantó la mirada sin mediar gesto ni palabra alguna.

—Tengo un problema con el caso de malos tratos al que acabamos de dar carpetazo. ¿Sabe a cuál me refiero?

Tras explicarle los motivos que le habían llevado a emplear métodos poco ortodoxos —pero, a la postre, muy eficaces— y que el comisario Mejía se lo había agradecido con una denuncia, Octavio conoció de verdad por primera vez a la persona a la que había recurrido para saltarse todos los trámites en el proceso de adopción. En efecto, gracias a ese hombre, había conseguido en solo dos meses el certificado de idoneidad de la Junta de Castilla y León, y así pudieron tener a Augusto en casa en las Navidades de ese mismo año. No obstante, no estaría tan en deuda con él si solamente se hubiera tratado de eso. En lo que tuvo que hilar muy fino fue en hacer desaparecer toda la documentación sobre el proceso de adopción e historial del niño antes del cambio de nombre. Las sesenta mil pesetas que le pagó para sufragar los gastos de aquella gestión le parecieron una limosna entonces. Sabía que el coste iba a ser notablemente superior, y aquel hombre había decidido que era el momento de poner más ceros.

Se equivocaba pero no tardaría en enterarse de que el motivo de la visita no era precisamente económico. Lo que nunca pudo imaginarse era que, algunos años antes, Bragado ya había sacado trescientas mil pesetas más de los García-Mateo.

—¿Qué necesita? —se atrevió a preguntarle sin rodeos.

—Que ese expediente se quede en papel mojado. Eso es exactamente lo que necesito, y doy por supuesto que no le costará mucho más que levantar el teléfono desde su cargo de delegado del Gobierno.

—Se equivoca. Me cuesta muchísimo más que eso —atajó endureciendo el tono.

En ese momento, Augusto entró por la puerta con un libro en la mano. Había reconocido la voz de la persona que charlaba con papá, y hacía tiempo que no escuchaba una de esas fascinantes historias sobre investigaciones policiales que compartía con su padre.

—Hola, hijo. ¿Ya se han ido tus amigos?

El niño afirmó con la cabeza.

—¡Felicidades, Gabriel! —exclamó el hombre en un insultante tono de falsete, extendiendo su mano cubierta de pelo.

—Me llamo Augusto —objetó el niño.

—Se llama Augusto, no lo olvide.

—No lo olvido, solo que su pasado me ha venido a la cabeza de forma repentina —mintió—. Ese pasado que muy pocos conocemos.

Octavio entendió el mensaje y pidió a Augusto que subiera a su habitación.

—Hoy terminaremos de leer *Moby Dick*. Dame solo unos minutos, hijo.

Cuando desapareció por la puerta, Octavio sabía muy bien lo siguiente que tenía que decir, a pesar de que le costó pronunciar las palabras.

—Haré lo que me pide, pero tenga muy presente que cada vez que levanto el teléfono para solicitar un favor estoy hipotecando un crédito político que todavía no es tan sólido como quisiera.

—Claro. Supongo que también lo tuvo muy presente el Emperador —parafraseó— cuando recurrió a mí para que me jugara el cuello. ¿O es que mi crédito no le importaba tanto por aquel entonces?

Octavio no replicó y se incorporó del sofá dando por terminada la visita.

—Le acompaño a la puerta.

—Muchas gracias por el trago.

—Tendrá noticias mías, inspector Bragado.

—Cuento con ello.

Un sonido procedente de las profundidades de su esófago y amplificado en su cavidad nasal le sirvió de despedida.

El Emperador se quedó inmóvil apretando los puños y con las pupilas inyectadas de aversión.

—*Timendi causa est nescire*[45].

Y en aquel momento, no podría estar más en lo cierto.

Algunos años después, la ignorancia le llevaría a morir junto a su esposa en un desgraciado «accidente».

---

[45] Expresión latina atribuida a Séneca que se traduce al castellano como: «La ignorancia causa miedo».

EN LA PIEL DE UNA GOTA, MIS ALAS VOLVIERON ROTAS

Residencia de Augusto Ledesma
Barrio de Covaresa
19 de noviembre de 2010, a las 19:38

Now in Vienna there are ten pretty women.
There's a shoulder where death comes to cry.
There's a lobby with nine hundred windows.
There's a tree where the doves go to die.
There's a piece that was torn from the morning,
and it hangs in the gallery of frost.
Ay, ay, ay, ay.
Take this waltz, take this waltz,
take this waltz with the clamp on its jaws.

El tono pausado, ronco y abisal de Leonard Cohen versionando el poema de Federico García Lorca *Pequeño vals vienés* había sumergido a Augusto en un estado placentero de letargo en el que hubiera querido permanecer mucho más tiempo del que disponía esa tarde. Sentado en el sofá, presionándose ligeramente los ojos con las palmas de las manos, buscaba la forma de afrontar el encuentro que tenía en poco más de una hora con Violeta. Se notaba algo alterado, y necesitaba autocontrol.

No recordaba bien cuándo había tenido su última cita con Paloma antes de que ella decidiera marcharse a Madrid para trabajar como directora de recursos humanos en una multinacional alemana. A partir de ahí, todo se torció. Paloma decidió tomar el camino más corto para poner punto final a la única relación estable que Augusto había sido capaz de mantener en su vida.

Encendió un cigarro y le dio un trago al gin tonic antes de bucear en sus recuerdos al ritmo de *Take this waltz*.

> *This waltz, this waltz, this waltz, this waltz*
> *with its very own breath*
> *of brandy and death,*
> *dragging its tail in the sea.*

Se habían conocido en clases de conversación de alemán tan solo unos meses después de regresar de Alemania. A Augusto le atrajo la capacidad intelectual de una chica que, por primera vez, no le hacía sentirse como un tipo raro cuando mantenían conversaciones sobre historia, arte o literatura ni le señalaba con el dedo cuando se emborrachaba hasta perder el conocimiento los fines de semana. La relación fue creciendo hasta llegar a entenderse casi a la perfección, incluso en la cama, donde nunca había encontrado sensaciones añadidas a las propias del placer sexual. Pasaron casi tres años en los que llegó a pensar que podría ser capaz de integrarse en el tejido social, pero no fue más que un espejismo que él atribuyó a su propia debilidad para asumir lo que realmente era. El oasis se convirtió en arena estéril el día en que llegó esa oferta y ella decidió anteponer su vida profesional a la sentimental. Al principio, se llamaban casi todos los días y se veían bastantes fines de semana. A los dos meses, Paloma ya se mostraba reacia a que la visitara en Madrid aduciendo razones de trabajo. Un jueves, Augusto quiso darle una sorpresa y ella le correspondió de la misma forma cuando le presentó a su nuevo «compañero» de piso y futuro marido.

And you'll carry me down on your dancing
to the pools that you lift on your wrist.
Oh my love, Oh my love,
Take this waltz, take this waltz.

Augusto se marchó sin más, y nunca volvió a tener contacto con Paloma. Años después, recibió una invitación de boda y una carta en la que venía a decirle que lo suyo había sido algo muy especial y que le recordaba con mucho cariño, pero que no se había sentido capaz de profundizar en el corazón de Augusto. Nunca tuvo respuesta, él ya había encontrado de nuevo su refugio en Orestes.

El sonido del Whatsapp puso fin a la melancolía.

—¡No queda naaaaaaaaaa!

—¿Para vernos o para el concierto?

—Para el concierto, listo.

—¡Ja, ja, ja!

—¿Estás preparado?

—Siempre estoy preparado.

«En realidad, no —reconsideró—. Tengo que ducharme, vestirme y ponerme un poco a tono».

Tenía cuarenta minutos.

—Violeta, te dejo que tengo que maquillarme.

—Vale. Te veo en un rato, besos.

—Besos.

Tiró el iPhone encima de la mesa y salió disparado a cambiar la música. Desde que tuvo las entradas en el bolsillo, se hizo con casi toda la discografía de Satriani con el fin de prepararse para el concierto. Le gustaba. La única duda era si un concierto instrumental le produciría las sensaciones que buscaba. Puso *Surfing with the alien* y subió el volumen a tope. El final de la copa y el principio de la coca hicieron el resto.

Algo más tarde, el nombre de Pílades apareció en el móvil. Deslizó el dedo por la pantalla para atender la llamada.

—Me pillas en mal momento, amigo.

—Orestes, no tienes que hablar, solo escucha. Quería haberte llamado antes, pero me ha sido imposible. Esa gente sabe más de lo que tú crees. Están buscando a Gabriel García Mateo y tienen una descripción física tuya.

—No te preocupes, estaba previsto. No van a encontrar nada por ese camino.

—¿Estás seguro?

—Sí. Como te dije ya nos hemos ocupado de eso entre el Emperador y yo.

—Solo quería asegurarme. Ten mucha precaución.

—Muchas gracias por avisarme. Lo haré.

—Hazlo. Cuídate.

Cuando Augusto salió fuera, ya estaba el taxi esperando.

«Otra mierda de Skoda Octavia», sentenció.

El pelo rojo de Violeta llamaba la atención como una sotana en un burdel sobre el resto de cabezas que hacían cola para entrar. La gélida temperatura exterior era notoria por el vaho que salía de las muchas bocas que se congregaban impacientes para entrar al concierto. Muchos trataban de combatir el frío dando saltitos sin despegar las punteras del suelo; otros se desplazaban lateralmente golpeándose la espalda con las manos. Violeta solo fumaba. Se acercó por un lado y susurró:

—Hola, preciosa.

Ella le dio la bienvenida con una sonrisa y un beso en la boca. Augusto no supo qué decir y Violeta salió al rescate:

—¡Menuda rasca!, ¿no?

—Es lo que tiene noviembre —atinó a decir mientras saboreaba el beso.

Media hora antes de que comenzara el concierto, ya habían serpenteado entre la gente y cogido posiciones cerca del escenario. Era extraño, a Augusto ni siquiera le importaban el contacto con otras personas y los empujones, y solo estaba pendiente de no perder la mano que le guiaba. De repente, quince minutos antes de la hora prevista, se apagaron las luces y apareció Joe Satriani en el escenario tras una guitarra naranja, vestido de riguroso negro, calvo y con gafas de sol. Los primeros punteos fueron recompensados con los aplausos de un público entregado que casi llenaba el aforo.

—¡Es un puto genio! —gritó Violeta.

Augusto asintió sin poder evitar que su cara se tiñera de entusiasmo.

Las miradas entre ellos fueron subiendo de tono entre los alardes de guitarra y las escapadas al baño que encontraron su excusa en una excesiva ingestión de cerveza. Satriani dejó patente con *Big bad moon* que lo de cantar no era precisamente lo suyo, y mientras sonaba *Andalusia*, la lengua de Violeta ya jugueteaba dentro de su boca. El apoteósico final del concierto pasó desapercibido para ambos, encerrados en la hermética burbuja del magreo. Augusto tenía la firme intención de rematar la noche en el Zero Café, pero la contrapropuesta de Violeta de tomar unas copas en su casa le hizo cambiar de planes sin reparos. El taxista que les dejó frente a un portal de una calle en el barrio de La Rubia no pudo dejar de mirar por el retrovisor añorando sus años de juventud, cuando él también tenía éxito con las chicas. En el ascensor que les llevaba al quinto piso, las manos de Augusto se aventuraron dentro de la ropa de Violeta. Ella no solo se dejó hacer, sino que respondió con un contraataque feroz agarrándole el trasero para empujarle contra su pubis. Entraron a trompicones, y cuando la puerta del piso se cerró a sus espaldas, ella ya estaba desnuda de cintura para arriba y él de cintura para abajo. Augusto sabía de su incapacidad para proporcionar placer oral debido a la intolerancia que le producían los efluvios del sexo, por lo que quiso tomar la iniciativa y dar el salto directamente a la penetración. Violeta no se lo permitió, no sin preservativo.

—¿Tienes?

—Cojones, no —reconoció.

—Dame un segundo.

No fue uno, sino diecisiete los segundos que tardó en llegar al dormitorio, abrir el primer cajón de la mesilla, cerrarlo, abrir el segundo, localizar la caja de preservativos entre su medicación, cogerla y volver al salón. Los mismos segundos que tardó él en ajustarse uno y entrar dentro de Violeta sobre la mesa del comedor. Cambiaron de postura y de escenario haciendo gala de una gran creatividad y alternando el protagonismo en la dominación. Cruzaron miradas con destino a los tatuajes que lucían en las pieles contrarias, pero no hubo preguntas. El diálogo se redujo a monosílabos hasta el momento en que ella gritó «¡Cuidado!» cuando empezó a notar demasiada presión en su cuello.

Calles del centro histórico de Valladolid

Un gorro de lana negro, una bufanda gris y unos guantes de cuero complementaban la indumentaria de abrigo con la que Sancho trataba de combatir el frío nocturno de noviembre. Contrastaba, y mucho, con el atuendo del psicólogo: cazadora de excombatiente de Vietnam sobre camiseta de mismo verde caqui y vaqueros desgastados. Caminaban al ritmo que marcaba la cadera del psicólogo en dirección a la plaza del Coca[46].

---

[46] Nombre con el que se conoce popularmente a la plaza Martí y Monsó por el cine Coca que allí estaba situado.

—Esta es la iglesia de San Benito —le ilustró Sancho señalando con un movimiento de cuello para no sacar las manos del plumas.

—Bonita chabola para el Benito ese —contestó Carapocha sin quitar la vista del suelo—. La Santa Madre Iglesia y yo no nos llevamos muy bien que digamos.

—Nadie lo diría con esa pinta de monaguillo fracasado que gastas.

—Ya veo que tus ancestros irlandeses te tatuaron bien el crucifijo en el culo.

—No, en el culo tengo la hoz y el martillo para acordarme bien de dónde empiezan y dónde terminan los regímenes comunistas.

—Ramiro, vas a tener que ser más ácido si quieres ofender a este camarada marxista leninista.

—Mira, igual que yo. Marxista por Groucho Marx y leninista por Lenny Kravitz.

—Esa me ha gustado. ¡Sí señor! Veo que debajo de esa fachada de provinciano pusilánime se esconde un tipo brillante. Al final creo que te voy a poder enseñar algo.

—Mientras no me enseñes dónde tienes tatuada la cara de Lenin, me conformo.

—Justo al lado de la de Trotski, separados por los Urales. ¿Quieres que te lo muestre?

—Otro día. Ahora que lo mencionas, ¿no fue un español quien se cepilló a Trotski?

—Efectivamente. Se llamaba Ramón Mercader, y está enterrado en el cementerio de Kúntsevo, reservado a los héroes de la Unión Soviética. Fue condecorado con la Orden de Lenin y con la Medalla de Oro, que era la más alta distinción que se concedía en aquellos tiempos. En El Centro, tuve la suerte de tener como profesor al doctor Gregori Rabinovitch, el cual asumió la dirección del atentado contra el viejo mientras era el máximo responsable de la delegación de la Cruz Roja soviética en Estados Unidos. Actuó bajo el nombre de Roberts, y nos relató con pelos y señales la forma en que se organizó todo. Allí estudiamos la hazaña de Ramón Mercader con gran admiración desde el punto de vista operativo, no por la víctima. Sin embargo, aquí, en España, enterráis a vuestros ciudadanos ilustres en el mayor de los ostracismos, como hacéis siempre.

—No deja de ser un asesino. No creo que se le pueda equiparar con Cervantes, Felipe II, Picasso o Rafa Nadal.

—No. Con Nadal, no. Mira, Ramiro, Ramón era un soldado que luchó en una guerra, la Guerra Fría, y le tocó quitar la vida a uno de los hombres más brillantes que ha dado la Unión Soviética, padre de la Revolución de Octubre, creador del Ejército Rojo y sucesor natural de Lenin. León Trotski dominaba nueve idiomas y fue un gran orador y escritor, excelente estratega militar, amante del arte y la cultura. En definitiva, una enorme amenaza para Stalin que debía ser borrada del mapa. Como veo que no sabes de lo que te hablo, me vas a dejar que te ilustre un poco. ¿A qué hora dices que has quedado con Martina?

Sancho miró su reloj: las 23:50.

—En cuarenta minutos.

—Tiempo de sobra. Para entender la historia de Ramón Mercader, hay que empezar hablando de su madre, Caridad del Río, que tomó el apellido Mercader al casarse con un indiano que sería el padre de Ramón. Por cierto, su hermano Luis fue otro de los niños de Rusia, como mi padre. La buena señora, cansada de la vida burguesa de Barcelona, se trasladó a París, donde destacó en el seno de los círculos comunistas más subversivos, llamando la atención del NKVD, antigua Cheka y futuro KGB. Así, fue su propia madre la que reclutó a Ramón para ingresar en los servicios secretos soviéticos y la que le inculcó el odio al capitalismo y la sumisión total al estalinismo.

—Madre no hay más que una.

—O ninguna, pero como esta mujer, muy pocas; te lo aseguro. Luchó activamente en la Guerra Civil, en la Columna Durruti, y resultó herida por un mortero que tenía que haberla dejado seca con más de diecisiete impactos, pero no. Salió de aquella con energías renovadas.

—Ya lo decía mi padre, bicho malo nunca muere.

—Sigo. Después de su estancia en Rusia formándose como agente, se encargó a Caridad Mercader acabar con el mayor enemigo político de la Unión Soviética: Trotski. El viejo ya había encontrado asilo político en México tras recorrerse medio mundo buscando un cobijo que ningún país estaba dispuesto a darle. Por cierto, durante su etapa como corresponsal de la *Gaceta de San Petersburgo* en Belgrado, Trotski se alojaba siempre en el Hotel Moskva, y en esa misma habitación reposaron estos huesos durante los largos meses que pasé en los Balcanes. Ya veo que la anécdota te ha dejado impresionado —ironizó.

—Por completo —completó.

—Capitalista analfabeto… Mientras, Ramón tuvo que infiltrarse en los círculos trotskistas de París bajo una identidad falsa, la de un periodista belga llamado Jacques Mornard. Allí conoció y se hizo novio de una de las secretarias personales de su objetivo, se llamaba Sylvia… espera.

—Gastas una memoria envidiable para la edad que tienes.

—No creas, es solo memoria selectiva. Recuérdame que te dé una patada en los testículos cuando termine de contarte la historia. ¡Ageloff, se llamaba Sylvia Ageloff! —gritó con acento ruso chasqueando los dedos y mostrando su sonrisa de hiena—. Ella vivía en Nueva York, y hasta allí se trasladó Ramón fingidamente enamorado de la joven norteamericana. ¡Ojo! Ramón era un joven muy bien parecido, de porte atlético, sereno y respetuoso, un auténtico *gentleman* que hablaba inglés y francés a la perfección. De hecho, Sylvia jamás le escuchó pronunciar una sola palabra en español. Pudo entrar en el país con pasaporte canadiense, como Frank Jackson, con la excusa de evitar ser llamado a filas por el ejército belga, país que acababa de ser invadido por los nazis. Por supuesto, toda su documentación fue obra de los servicios secretos soviéticos, pero hay que quitarse el sombrero ante la paciencia y premeditación con la que trabajaba el bueno de Ramón.

—Cualidades ambas que marcan nuestra idiosincrasia —certificó con acidez.

—Exacto. Prosigo. Con la excusa de tutelar una serie de negocios familiares, se trasladó a México D. F. otra vez bajo la identidad de Jacques Mornard. Previamente, Caridad le había preparado bien el terreno gracias a sus muchos contactos en el país. Trotski residía en una especie de mansión fortificada y custodiada por agentes americanos y mexicanos día y noche. El primer intento de terminar con él fue una chapuza. Ramón y otro comunista local, un artista apellidado Sequeiros, organizaron un asalto en el que participaron entre quince y veinte hombres. Consiguieron entrar en la mansión, pero eran matones de tres al cuarto que iban puestos hasta las cejas de tequila, por lo que lo único que consiguieron fue dejar la habitación de Trotski como un auténtico queso gruyere; se registraron más de doscientos impactos de bala, pero ninguno alcanzó su objetivo. Después de esto, Ramón decidió encargarse él mismo de la operación acercándose más al círculo íntimo de Trotski, y aquí es donde empieza lo realmente meritorio del agente. En ningún momento quiso tomar contacto con su enemigo; simplemente, se limitó a dejarse ver con Sylvia y a ser amable con todo el mundo para ir ganando confianza. Nunca se declaró trotskista ni pidió entrar en la casa hasta que fue invitado. Así pasaron las semanas hasta que cierto día consiguió hablar con él para que le ayudara con un artículo periodístico; este accedió. El día siguiente, un 20 de agosto de 1940, con este pretexto, consiguió quedarse a solas con él en su despacho. Se colocó a su espalda y, mientras Trotski leía el documento, eligió entre las tres armas que había conseguido colar envueltas en su gabardina: una pistola Shark, un cuchillo de treinta y cinco centímetros de hoja y un piolet al que le había recortado el mango.

—¿Y cómo es que eligió el piolet? —preguntó Sancho.

—Se supone que debía asesinarle, salir de la casa y huir en el coche en el que le esperaban su madre y el responsable del NKVD al mando de la operación. Los disparos habrían alertado a los guardias; por tanto, creyó que un golpe en el cráneo con el piolet sería la mejor opción para dejar en el sitio al viejo revolucionario. Se equivocó. A pesar de que penetró tres centímetros y medio en el cerebro, este se levantó para evitar que le diera un segundo golpe e incluso le mordió la mano. Es famoso el grito que dio entonces Trotski y que atormentó a Ramón Mercader durante el resto de sus días. Cuando entraron los guardias, le redujeron de inmediato y no lo mataron a golpes allí mismo porque el viejo bolchevique lo impidió para poder averiguar quién le había mandado. El camarada Trotski fue operado, pero no pudieron salvar su vida.

—¿Qué pasó con Mercader?

—Que demostró tener un buen par de pelotas.

—Como buen español —añadió en un alarde de patriotismo.

—Sí, sí. Pelotas tenéis para regalar, soberbia para donar y cerebro para comprar. El caso es que no pudieron hacerle confesar su verdadera identidad a pesar de los interrogatorios, exámenes psicológicos y demás tormentos. Él siempre alegaba que era un trotskista decepcionado por la traición de su líder al comunismo. Ni el propio Stalin, en sus sueños más húmedos, le hubiera dado un mejor final para sus intereses. No fue sino hasta su muerte, en 1953, cuando se conoció su verdadera identidad. Jacques Mornard era Ramón Mercader del Río. Se comió los veinte años de cárcel a los que fue condenado, tras los que volvió a una Madre Patria en la que ya nadie quería saber de él. Malvivió de un sitio para otro hasta que murió de cáncer en La Habana, en 1978. Ni siquiera pudo cumplir su deseo de morir en Sant Feliú de Guixols después de la muerte de Franco, como hubiera deseado.

—Interesante, en serio. Estoy pensando acogerte en mi casa de forma indefinida para que me cuentes historias de espías por la noche. Así solucionaría mis problemas de insomnio.

—Si follaras más, dormirías a pierna suelta, pero claro, con ese porte y esa gracia que tienes… Por cierto, ¿tienes pensado vaciar hoy tus testículos? —preguntó teatralizando una mirada lasciva.

—No sé muy bien qué plan hay. Está empeñada en darme unas explicaciones que yo no le he pedido.

—Quizá si le das algo para que se entretenga —propuso agarrándose sutilmente la entrepierna—, no hable tanto. Pero ten cuidado, no te haga la de Boris Becker, ¿eh? ¡Que el esperma pelirrojo se cotiza mucho!

Sancho desparramó una enorme carcajada que retumbó en el adoquinado de la plaza. El psicólogo se animó a seguir hablando:

—Si insistes, te regalaré un consejo profesional que te ayudará a orientarte. Por si no te has percatado todavía de ello, esa mujer tiene muchos atributos, pero la capacidad para simplificar las cosas no está entre ellos. Aporta tú ese ingrediente. Haz las cosas sencillas y sin rodeos. Si pretendes mantener un intercambio de pareceres sobre el amor verdadero con Martina, te va a romper las alas y le importará poco la cara de bobo que se te quede. Si lo que quieres es mantener con ella una relación basada en un intercambio esporádico de ideas y fluidos, es posible que tarde en darse cuenta de que, en realidad, estás tratando de llenar con ella ese gran vacío afectivo que tienes —aseguró golpeando al inspector en el pecho—, y eso habrás ganado.

Sancho procesó el consejo antes de abrir la boca.

—Cualquier cosa que te conteste va a dar pie a que me sueltes alguna frase ingeniosa que, casi con total seguridad, va a tocarme mucho los huevos. No voy a darte la réplica esta vez.

—Bien hecho, y ya que renuncias a tu turno, te voy a regalar un chiste. ¿Sabes qué le dice la compresa a la princesa?

—Sorpréndeme.

—«Azul, azul… ¡Hija de puta!». Se lo puedes contar a Martina como si fuera tuyo, el humor es el camino más corto para llegar a las bragas de una mujer.

—¡Dijo el doctor Amor desde su locutorio sentimental! Todavía no comprendo por qué no te persiguen decenas de mujeres para que las hagas partícipes de tu bolchevique miembro.

—Mira, muchacho, yo me he acostado con mujeres cuya falta de higiene en sus partes íntimas haría vomitar a una cabra, aunque precisamente ayer, como diría la cucaracha, me echaron un polvo que casi me matan.

No pudo evitar una nueva y sonora carcajada.

—Lo cierto es que para mí no ha habido ninguna otra mujer desde Erika —expuso Carapocha espirando cierto tufo a nostalgia que sonó bastante veraz—, pero esa historia ya te la contaré otro día que me prestes la atención que requiere, hoy tienes todas tus neuronas en posiciones muy meridionales.

—Cuán afortunado me siento. Me lo anoto.

—No obstante, supongo que antes de dejarme tirado te dará tiempo a invitar a este anciano a una última copa, ¿no? Este garito tiene buena pinta; La Comedia —leyó.

—Muy apropiado para gente de tu edad. Además, el anciano ya ha sido invitado a cenar por el portador del esperma pelirrojo, así que nos tomamos la copa, pero la pagas tú como que me estoy quedando calvo; como mi padre.

—Alguien dijo que la realidad es solo una alucinación fruto de la falta de alcohol. Veremos si aceptan mis rublos y conseguimos escapar de la realidad.

Residencia de Martina Corvo
Zona centro

La última vez que Sancho se miró en el espejo de ese mismo cuarto de baño tenía otra cara bien distinta. Había seguido el consejo de Carapocha; incluso, le había contado el chiste de la compresa y la princesa y había funcionado. Lo cierto es que todo había ido sobre ruedas. Escuchó atentamente el relato de Martina sobre una vieja relación que ella había dado por muerta pero que aún no sabía cómo enterrar. Intervino solo para recorrer su rostro con las yemas de los dedos, tan despacio como pudo. Después, las palabras se fueron disolviendo como una cucharada de sal en agua hirviendo dando paso al deseo. Esa vez, Sancho se aseguró de tener espacio en su disco duro para almacenar cada mordisco, cada partícula de olor que se escapaba de su cuerpo, cada gemido incontenido y cada mirada ávida de placer.

Archivando todo aquello al ritmo de la pausada respiración de Martina, sopesó que no le importaría llenar su vacío afectivo con más contenido similar al de esa noche.

Eran las 8:15, quería pasar por comisaría y aprovechar la relativa calma de los sábados para ordenar las ideas. Luego, se había propuesto ir a casa de Mejía a ver cómo estaba de ánimo tras la primera sesión de quimioterapia. Con el cuidado de un gato que camina por un alféizar, cogió su ropa, se vistió y se marchó. Una ráfaga de aire frío le dio los buenos días, pero no le pudo borrar la cara de estúpido adolescente con la que el inspector puso los pies en la calle. Se preguntó si sería o no conveniente llamarla a mediodía para invitarla a comer y pasar el sábado con ella. Una llamada previa a su consejero sentimental despejaría todas sus dudas.

SOLO HAY ARENA

Residencia de Martina Corvo
Zona centro
20 de noviembre de 2010, a las 10:26

No era nada habitual que Martina se levantara antes de las 12:00 en fin de semana. Sobre todo, si la noche anterior había dormido poco por el motivo que fuera. Sin embargo, se lo había prometido a Sancho. Le había dicho que revisaría ese maldito listado nombre por nombre por si alguno le llamaba la atención. Frotándose los ojos con cierto fastidio, se dirigió a la ducha con la idea de eliminar cualquier vestigio de somnolencia. Consiguió que empezaran a producirse las sinapsis entre sus neuronas con el primer café bien cargado. Se sentó en la mesa del salón y empezó por donde se empiezan las cosas que no se quieren empezar: por el final. Leyó en alto:

—«Zalama Merino, Carmen». Nada. «Sanz Arancíbar, Carlos Juan». Nada. «Pérez Galindo, César». Nada. «Pérez Aragón, Francisco Javier». Nada. «Otero Nieto, Patricia». Nada. «Monjas Ayuso, David». Nada. «Miñambres Pelotudo, Carlos Antonio». —Rio—. Nada. «Martínez de Luis, José Ignacio». Nada.

Siguió ascendiendo por la lista de nombres hasta que al café le quedaba un sorbo, y Martina no estaba dispuesta a dejar esos mililitros de cafeína. La taza se le quedó pegada en los labios cuando llegó a «Blume Dédalos, Leopoldo». Leyó tres veces ese nombre antes de saltar de la silla para agarrar su móvil y llamar a Sancho de inmediato.

Al quinto tono, una voz enlatada de mujer la hizo resoplar con cierta angustia. «Este es el servicio contestador de Ramiro Sancho. Deje su mensaje después de oír la señal. *Piiiii*».

—Mierda, Sancho, necesito hablar contigo cuanto antes. Es sobre ese listado. He encontrado algo. Bueno —rectificó—, yo diría que le he encontrado a él. ¡¿Qué coño?! Estoy segura de haberle encontrado. Llámame ya.

Martina dejó de dar vueltas en círculo cuando se acordó de que le había dicho que estaría en la comisaría. Buscó el número en Internet y lo marcó en su móvil. Una voz humana y muy masculina le contestó:

—Comisaría de Delicias.

—Buenos días. Soy la doctora Corvo, necesito hablar con el inspector Sancho.

—Hace unos minutos que ha salido. ¿Quiere dejarle algún recado?

—No, gracias, seguiré intentando localizarle en el móvil.

—De acuerdo. Buenos días.

En el momento en que estaba a punto de llamar de nuevo al móvil, sonó el timbre. Los pies descalzos de Martina corrieron hacia la puerta.

Voltios y amperios recorrieron su cuerpo antes de poder advertir que quien estaba en el pasillo ni era pelirrojo, ni era inspector de policía, ni siquiera pertenecía a la empresa de mantenimiento cuyo logotipo se mostraba en su mono de trabajo. Cuando golpeó el suelo con la cabeza, pudo escuchar un sonido muy parecido al que hizo la puerta al cerrarse solo un segundo después. Clavó la mirada en el techo mientras notaba que estaba siendo arrastrada por los tobillos.

Residencia de Antonio Mejía

Sancho hacía *buffering*[47] tratando de acordarse del nombre de la mujer de Mejía. Mientras subía en el ascensor, se preguntaba cómo era posible que tuviera ese talento para recordar hasta el más mínimo detalle de una cara pero no ser capaz de asociarla con un nombre. Mercedes, Maribel, Magdalena… No.

«¿De qué sirve la memoria si uno no hace el esfuerzo por recordar?», discurrió.

Buscando un sentido a sus propias palabras, se iluminó el número siete en el *display* del ascensor. Una mujer de escasa estatura y algo rechoncha estaba esperando con la puerta abierta. Sin lugar a dudas, era la mujer de Mejía.

—Buenos días —saludó con voz queda.

—Por la mañana. ¿Cómo va esa vida, Sancho?

—Va. ¿Cómo está el paciente?

---

[47] Término con el que se define en lenguaje informático el proceso de almacenamiento temporal de información.

—Insoportable —certificó juntando las palmas y poniendo los ojos en blanco—. Antonio se cree que no sé que fuma a escondidas. Cuando le incineremos, sus cenizas se confundirán con las que le han carcomido los pulmones. Espero que al menos Habanos o Herencia o como se llame esa mierda que fuma pague su urna funeraria. ¡Qué cruz!

Sancho entendió en ese momento el sentido del humor negro.

—Pasa, pasa. Está en el salón. ¿Quieres tomar algo?

—No, gracias. Bueno, sí... un cortado. O mejor, uno solo.

—Así me gustan los hombres a mí, decididos.

La prolongación de la última «ese» dejó patente que seguía con el tono irónico. Sancho notó la vibración del móvil en el bolsillo trasero de su pantalón, pero decidió que no era momento de contestar.

El pasillo estaba oscuro, pero la escasa luz que se colaba desde el exterior le permitía distinguir una multitud de objetos decorativos de esos que uno va acumulando a lo largo de los años. Cuando entró en el salón, la claridad le cegó momentáneamente hasta que la voz ronca y seca de Mejía le indicó su posición.

—Sancho. Coge una silla de ahí.

El cogote del comisario asomaba por detrás del sofá que estaba frente a la ventana. Tenía los pies descalzos, apoyados sobre una mesita, y sus manos descansaban en los reposabrazos. Cuando se sentó a su lado, la mirada inerte de su superior borró de un plumazo la media sonrisa forzada que llevaba puesta.

—No tienes mala cara.

—No seas condescendiente conmigo, tengo espejos —dijo sin quitar la mirada de la ventana.

—¿Cómo estás de ánimo?

Mejía tardó en contestar.

—Ayer me dijeron que el lunes me ingresan definitivamente. No saldré del hospital.

Sancho no supo qué decir y no dijo nada.

—¿Sabes qué? —preguntó volviéndose hacia Sancho—. Cuando uno afronta la recta final, tiende a hacer balance. Podría decir que estoy contento con la vida que he tenido, pero no sabes cuánto lamento no poder dedicarle unos años a ella. Se merece mucho más que lo que le he dado en estos veintiséis años de matrimonio.

—Todavía te queda mucha guerra que dar. Tienes que luchar.

—La metástasis no va a darme muchas opciones, pero haré lo que pueda; se lo debo.

Sancho asintió y le apretó el antebrazo con fuerza.

—Tampoco parece muy halagüeño el panorama que se te ha presentado a ti.

—Lo sé.

—Vas a tener que enfrentarte a este caso tú solo. Deja a un lado toda la mierda burocrática y sigue tu instinto por una vez. Esto va para largo, y, si no estás preparado, puede terminar consumiéndote como a mí este cáncer. ¿Entiendes?

—Creo que sí —respondió sin pensar.

—Entiendes pero no comprendes. Escucha, Travieso es un hombre perseguido por su inteligencia, de la que siempre ha conseguido escapar. Esto le queda mucho más grande de lo que es capaz de intuir. Al señor subdelegado solo le importa salvar su político culo. Apóyate en la juez Miralles y principalmente en tu equipo, ellos confían en ti. ¿Estamos?

—Estamos.

—Déjame que te diga algo más… ¡Lo que daría por fumarme un cigarro, hostia! —Cogió aire por la boca antes de continuar—: Hay algo en ese psicólogo que no termina de encajarme. ¿Qué demonios hace aquí?

—Se supone que somos nosotros quienes hemos acudido a él para que nos ayude.

—Sí, se supone —remarcó—. He hecho algunas llamadas a Madrid y nadie sabe quién le llamó, pero el hecho es que todos con los que he hablado le tienen por una eminencia. Se refieren a él como el Robert K. Ressler[48] del otro lado del telón de acero y sus libros son de obligada consulta en materia de psicología criminal. Ahora bien, ¿qué hace aquí todavía? —repitió.

—Según él, vivir en el mismo entorno en el que actúa el asesino le ayuda a elaborar su perfil psicológico.

—Ese hombre se alimenta de carroña, créeme.

—Lo tendré muy en cuenta.

Mejía dirigió de nuevo su atención al exterior.

—Otra cosa. Sé que has estado hablando con Bragado. No quiero saber de qué. Solo te digo que cuanto más lejos le tengas, menos problemas tendrás. No es trigo limpio, es un mierda y tratará de darte una puñalada por la espalda en cuanto le des la oportunidad de hacerlo.

Sancho notó que algo parecido al bochorno se apoderaba de su rostro y agradeció que Mejía no estuviera mirándole en ese momento.

—Este invierno va a ser duro, Sancho. Abrígate bien.

---

[48] Agente del FBI retirado que acuñó el término *serial killer*. Especialista en la elaboración de perfiles psicológicos de asesinos en serie.

Residencia de Martina Corvo

Zona centro

Cuando Martina abrió los ojos, se encontró de nuevo con el color blanco del techo a pesar de la escasa luz que entraba a través de la persiana de su dormitorio. Notaba algo de lana metido en la boca que le resultaba extremadamente molesto, y cuando ordenó a su mano derecha que se lo quitara, se percató de que la tenía atada al cabecero de forja que le había regalado su madre cuando se mudó al piso. Giró la cabeza a ambos lados para corroborarlo visualmente y alargó el cuello para comprobar que también tenía las piernas forzadamente abiertas y los pies inmovilizados. Se lamentó por haberse puesto ese camisón de raso tan sugerente después de ducharse. En esa postura, su feminidad quedaba peligrosamente expuesta.

—Hola, doctora.

Una sugerente voz masculina provenía de la esquina opuesta a la ventana. Cuando levantó la cabeza para tratar de identificarla, solo pudo distinguir una silueta que se incorporaba lentamente. Su corazón se aceleró como si quisiera salir huyendo del pecho y se le entrecortó la respiración.

—Lamento que no hayamos podido conocernos en otras circunstancias.

El hombre se acomodó en la cama como quien va a contarle un cuento a un niño y, al acercarse, pudo distinguir su rostro. No se parecía mucho al retrato robot de la carpeta de Sancho, pero supo que era él. Recordó con alivio pasajero las palabras del psicólogo en El Jero: «No creo que su propósito sea la dominación sexual», pero estar a merced de un asesino le hizo emitir un sonido pidiendo auxilio que apenas alcanzó los veinte decibelios.

—No te esfuerces demasiado. No hay manera humana de escapar. Solo te traerá frustración y dolor físico. Voy a ponerte este cojín en la nuca para que estés más cómoda. Por cierto, me encantan estos apartamentos con los espacios tan bien optimizados y rebosantes de luz.

Entonces, ella se fijó en sus ojos. Las pupilas eran tan grandes y tan negras que no parecían humanas; sin embargo, le transmitieron una sensación de sosiego difícil de entender en esas circunstancias.

—Doctora, es muy importante que me escuches con atención, no tenemos mucho tiempo. ¿Crees que podrás hacerlo?

Martina asintió con la cabeza.

—Estupendo. Lo primero que tengo que decirte es que no voy a hacerte daño si no haces ninguna tontería. Esto no durará mucho, te lo aseguro. ¿Has entendido?

Martina asintió de nuevo.

—No tengo nada contra ti, es el destino el que ha hecho que nuestros caminos se crucen hoy aquí. *Fata volentem ducunt, nolentem trahunt*[49] —citó con teatral entonación—. ¿Crees en el destino?

Martina negó. No porque creyera o no en el destino, sino para tratar de alargar al máximo la conversación. Tenía la esperanza de que Sancho hubiera escuchado su mensaje. Tenía que ganar tiempo.

---

[49] Expresión latina que se traduce al castellano como: «El destino conduce al que se somete y arrastra al que se resiste».

—¿No? Séneca y yo sí, pero yo lo interpreto de la misma forma que lo hacía Schopenhauer: «El destino es el que baraja las cartas, pero nosotros somos quienes las jugamos». En este caso —hizo una pausa para forzar una mueca dramática—, te ha tocado una carta que sin duda no habrías elegido libremente, pero ya no hay marcha atrás. En honor a la verdad, aceptaste jugar en el preciso instante en que decidiste participar en el caso. Uno tiene que asumir las consecuencias de sus decisiones, ¿no crees? Pero no corramos tanto. Sé que eres fumadora, así que supongo que no te importará que fume, ¿verdad? —dijo encendiendo uno de sus puritos—. Me hubiera gustado servirme un poco de ese café, he tenido una noche larga y necesito estar despejado, pero no querría dejar mi ADN en tu apartamento. Quiero enseñarte algo. Por cierto, he pensado que sería más apropiado no tratarte de usted dada tu edad. Espero que no te moleste.

El humo del tabaco se quedó suspendido en el aire como esperando a que alguna corriente lo transportara a otro lugar.

—Salta a la vista que eres una mujer muy atractiva, pero no temas —añadió como respuesta al pavor que se apoderó de su cautiva—. Como te he dicho, no tengo intención alguna de hacerte daño. Nos centraremos en esto.

Augusto señaló con el dedo la flecha en rojo que destacaba el nombre de Leopoldo Blume Dédalos sobre el resto de los que formaban el listado. A Martina no le pasó desapercibido el hecho de que llevara guantes.

—Supongo que estarás de acuerdo conmigo en que la obra de James Joyce tendría que ser de obligada lectura en los colegios e institutos de todo el mundo. No deberían entregar ninguna titulación universitaria a nadie que no se haya leído o, mejor dicho, comprendido su obra principal: *Ulises.* Doy por hecho que no es tu caso.

Martina asintió.

—Lo suponía. Leopold Bloom y Stephen Dedalus deberían ser personajes eternos, a la altura de nuestro ingenioso hidalgo Don Quijote de la Mancha o de Hamlet, los álter ego de un genio que nunca obtuvo el reconocimiento que mereció. Actuar bajo ese seudónimo era mi forma de rendir homenaje a Joyce. Me encantaría poder tener una larga conversación contigo sobre literatura, pero, como te decía antes, no disponemos del tiempo necesario. Te lanzo otra pregunta: ¿Sabes quiénes eran las Moiras?

La doctora no se movió.

—Ya veo que tu especialidad no incluye la mitología. No importa, yo te lo cuento: las Moiras eran las tres personificaciones del destino para los griegos. Sin llegar a ser tratadas como deidades, eran respetadas y temidas por los dioses, ya que podían controlar sus vidas a pesar de ser inmortales. Los romanos las llamaban Parcas, y en la mitología nórdica se las conoce como Nornas. Han sido representadas como hilanderas tejiendo el destino de los humanos, pero a mí me gusta más verlas de forma individualizada. Cloto era la más joven de las tres, y la encargada de tejer las hebras de las vidas de los recién nacidos. Láquesis, la mediana, era quien decidía la longitud de cada hebra y si su destino estaría marcado por la fortuna o por la desdicha. Por último, la mayor, Átropos, era a la que correspondía decidir la forma en la que terminaban las vidas de los mortales y también era responsable de cortar la hebra con sus tijeras llegado el momento. ¿Me sigues?

Martina asintió con la esperanza de que, en algún momento, apareciera Sancho por la puerta.

—Bien, digamos que yo le he robado las tijeras a Átropos y que tengo el poder de cortar el hilo —dijo imitando el movimiento de la tijera con sus dedos— de los mortales cuando lo estime oportuno y necesario. Vuelvo a preguntarte: ¿crees en el destino?

Residencia de Antonio Mejía

—¡Matilde! ¡Se llama Matilde! —exclamó Sancho al salir del portal.

Miró al cielo y se subió el cuello de la gabardina. Metió las manos en los bolsillos y se encogió de hombros como tratando de esconderse del frío. Caminaba por el paseo de Isabel la Católica en dirección a la plaza de Poniente mirando al suelo y desgranando los consejos de Mejía. Le vino a la cabeza otra de las lapidarias frases de su padre: «Uno no se da cuenta de todo lo que pierde hasta que lo pierde todo». Hacía muchas semanas que no hablaban. De hecho, era incapaz de recordar la última vez que lo habían hecho. Miró el reloj y supuso que seguramente, a esa hora, ya habría terminado de dar de comer a los marranos. Decidió que era un buen momento para llamarle. Se echó la mano al bolsillo trasero del pantalón y el móvil le recordó que una hora y tres minutos antes había recibido una llamada que no había atendido. El nombre de Martina Corvo se iluminó en la pantalla y la cara de Sancho hizo lo propio. Le dio al botón de rellamada y notó que su corazón pasaba del trote al galope hasta que el contestador tiró de las riendas y dijo: «Sooo».

—Martina, perdona, no había visto tu llamada hasta ahora. ¿Qué te parece si paso por tu casa a las dos y nos damos un pequeño homenaje? Voy a casa a cambiarme y te recojo. Tengo muchas ganas de verte. Un beso.

Residencia de Martina Corvo
Zona centro

Martina volvió a negar por negar. Augusto desvió la mirada hacia los números digitales que marcaban la hora en el reloj despertador de la mesilla y se levantó para ir al salón. Mantenía el mismo tono de voz, lo que dificultaba que ella pudiera escuchar todo lo que seguía diciéndole.

—Lo confieso, esta semana he pensado mucho en ti. Mucho. Me has servido de inspiración para estos versos que espero que te resulten más interesantes que los de *Afrodita.* Por cierto, escribí ese poema en unos veinte minutos, lo que quizá explique la ausencia de figuras literarias y que te pareciera obra de un… ¿cómo dijiste? ¡Ah, sí! Un aficionado. Pero no temas, aquel rencor duerme ahora en un desván.

Aquel reproche hizo que la saliva que intentaba tragar Martina se convirtiera en serrín. Sabía que le quedaba poco tiempo, pero algo en su interior le decía que iba a salir de esa situación. Se negaba a admitir que ese hombre tuviera motivos suficientes para matarla. Cerró los ojos para tratar de evadirse del presente, y se vio caminando cuando solo era una niña por la playa de Bolonia[50], fijando su atención en las huellas que va dejando sobre la fina arena recién teñida de ocre por las olas del mar. Son minúsculas en comparación con las que, a su lado, deja papá. Puede ver la duna a lo lejos. El sol calienta sus hombros, y el viento arrastra un fuerte olor a salitre. Aprieta los dos dedos anchos y fuertes a los que va agarrada; a cambio, recibe una caricia y una mirada cargada de ternura. Todavía queda mucho trayecto para llegar a la duna, pero el tiempo no pasa. Camina.

Augusto volvió a sentarse en la cama, inspiró y comenzó a recitar con voz ceremonial:

Tres hermanas marcarán tu camino.
Dueñas del aliento de los mortales,
hilanderas voraces del destino.

Cloto, tenaz tejedora de males.
De mueca hueca con su rueca greca.
Fatales serán sus hebras neutrales.

Láquesis, medidora aciaga y clueca.
Longevidad, la dicha o la desdicha.
En sus manos, la vida plena o hueca.

Átropos, implacable y cruel bicha.
De oro forja sus tijeras de muerte.
Finaliza el juego si mueve ficha.

---

[50] Playa virgen de 3.800 metros de longitud ubicada en el término municipal de Tarifa (Cádiz) y famosa por su monumental duna situada en el extremo oriental.

Sobre un lecho he definido tu suerte
e inmune al *fatum* que ya estaba escrito,
inmortal tu dulce recuerdo inerte.

Que estos versos no sacien mi apetito.
Que este poema no encubra el delito.

Cuando terminó, Augusto la miró fijamente a los ojos buscando algún signo indicativo en su musa cautiva. Solo pudo ver miedo.

—Ya sé que no es buen momento para enfrascarnos en un debate poético; dejaré aquí este poema. Es mi legado, es tu inmortalidad. No es nada personal —aseguró despacio—. Te ha tocado ser parte del juego. ¡Que empiece el viaje ya!

Martina cerró los ojos cuando sintió la almohada sobre su cara y volvió a la playa.

Las fuertes ráfagas de viento juegan con su pelo y apenas le dejan escuchar las palabras en alemán que se oyen al otro lado. La duna ya se ve más cerca pero hace calor. Quiere ir mar adentro. Se suelta de la mano de papá. Le besa y él le devuelve una caricia. Sonríe. El agua ya refresca su cuerpo. Se sumerge completamente.

El mar se derrama.

Sus pies tocan el fondo.

Solo hay arena.

DE LA SAVIA SABIA DEL AZAR

Residencia de Martina Corvo
Zona centro (Valladolid)
20 de noviembre de 2010, a las 13:58

Sancho acababa de reservar mesa en El Vino Tinto justo antes de escuchar el mensaje que le había dejado Martina a primera hora de la mañana. Acelerado por sus últimas palabras —«Estoy segura de haberle encontrado. Llámame ya»— y por el malestar que le generó no haber conseguido contactar con ella, no se percató del operario que salía a la misma velocidad con la que él entraba en la parcela del edificio. Al chocarse hombro con hombro, el inspector se disculpó. Una señora cargada con la compra buscaba azarosamente las llaves del portal. Esperó tragando impaciencia hasta que, por fin, su instinto le hizo no esperar al ascensor y subir las escaleras a la carrera: de tres en tres peldaños. Cuando encaró el largo pasillo con forma de tubo del tercer piso, el corazón le palpitaba con mucha más fuerza de lo que correspondía al esfuerzo físico que acababa de realizar. Al comprobar que la puerta estaba entreabierta, buscó instintivamente su treinta y ocho reglamentario. Fue en vano, pues recordó haberlo guardado, ajeno al peligro, en la guantera de su A4.

—¡Martina! —gritó al empujar la puerta.

Nadie le respondió.

La primera inspección ocular del salón y un olor que le transportó al escenario del segundo crimen avivaron su malestar. Las persianas estaban bajadas por completo, y solo entraba la luz artificial del pasillo de fuera. Accionó el interruptor del salón. La puerta del baño estaba abierta, pero allí no había nadie. Dio tres pasos antes de golpear la del dormitorio.

—¡¡Martina!!

Abrió despacio, como si albergara la esperanza de que estuviera dormida. La escasa iluminación que entraba en la estancia no le impidió percatarse de los abundantes signos que le empujaron a abalanzarse sobre la cama escupiendo con saña un único monosílabo:

—¡¡¡No, no, no, no!!!

Una tempestad de impotencia le sacudió por dentro cuando retiró la almohada que le tapaba la cabeza. El rostro de Martina mostraba una rara expresión de serenidad. Aturdido y tembloroso, trató inútilmente de encontrarle el pulso en la carótida. Sancho apoyó todo su peso en la rodilla que tenía sobre la cama. Buscó sin esperanza y con el mismo resultado el pulso en la muñeca izquierda. Se encogió en sí mismo y se mordió con rabia el dorso de la mano emitiendo un sonido que bebía de la furia y de la frustración. Cuando sobrepasó su límite de tolerancia al dolor, se incorporó. Tenía la respiración entrecortada y una incontenible necesidad de llorar. Encendió la luz de un puñetazo antes de advertir que estaba contaminando el escenario de un crimen. Buscó su móvil para llamar a la sala de operaciones del 091 concentrando todas sus fuerzas en conseguir que sus cuerdas vocales articularan palabras.

—Aquí el inspector Ramiro Sancho. Tengo un posible código cien. Envíen de inmediato una unidad médica a la calle Santo Domingo de Guzmán, 19.

—¿Estado de la víctima? ¿Puede certificar que es ya cadáver?

—Supuestamente cadáver —contestó con aparente frialdad—, pero que venga la maldita ambulancia de todos modos. ¡Cagando leches! Hay que comunicarse con seguridad ciudadana y que envíen dos zetas. Que se queden en la puerta y no se muevan hasta que salga yo a hablar con ellos.

Su voz quedó silenciada por una imagen en su retina, la del operario cabizbajo que chocó contra él en el portal del edificio. Congeló aquel instante para su análisis. Gorra deportiva azul marino, gafas de sol, nariz y mandíbula ancha, plumas rojo, pantalones azules de faena y mochila de deporte al hombro. Tiró el abrigo y desapareció por la puerta.

Augusto no estaba nada tranquilo. Caminaba al ritmo que le marcaban los compases de *Al respirar,* de Vetusta Morla, por la calle San Quirce en busca de su coche, que había conseguido aparcar frente al número trece de la calle Angustias. Calculó mentalmente menos de cinco minutos desde donde se encontraba en esos momentos. Había reconocido al inspector Ramiro Sancho cuando se cruzó con él, lo que le produjo una descarga de adrenalina que necesitó compensar escuchando una canción pausada.

Te he dejado en el sillón
las pinturas y una historia en blanco.
No hay principio ni final,
solo lo que quieras ir contando.
Y al respirar intenta ser quien ponga el aire,
que al inhalar te traiga el mundo de esta parte.

No dejaba de mirar atrás cada diez pasos, y sus nudillos ya no emitían sonido alguno. No quería llamar la atención corriendo, aunque supuso que el tiempo de ventaja del que disponía sería suficiente para llegar al coche y esfumarse. Lamentó no haber cerrado la puerta al marcharse, pero en ningún momento imaginó que el inspector fuera a visitar de nuevo a la doctora. Llevaba muchas horas sin dormir y la euforia de la cocaína estaba desapareciendo. Se arrepintió de haber aparcado tan lejos y volvió a darse la vuelta sin dejar de andar. No vio a nadie, pero su instinto de supervivencia le obligó a aumentar la cadencia del paso.

Sancho invirtió un minuto en llegar hasta su coche para coger el equipo de transmisión y el revólver.

—¡Dejadme libre el canal siete! —exigió—. Aquí el inspector Sancho en persecución a pie de un sospechoso de homicidio. Treinta años, plumas rojo, pantalones azules, gafas de sol y gorra de deporte. Lleva una mochila. ¡Tenemos que atraparle! Zona centro. Calle San Quirce.

La respiración entrecortada del inspector dificultaba la comunicación.

—Repita dirección.

—Calle San Quirce con paseo Isabel la Católica.

—¿Hacia dónde se dirige el sospechoso?

—Eso mismo estoy tratando de averiguar. ¡Manténgase a la escucha!

Buscó en todas direcciones para, finalmente, apostar por bajar la calle hacia las Angustias. Tratando de no resbalar con el adoquinado, calculó los minutos que el sospechoso le sacaba de ventaja: uno que tardó en llegar al apartamento de Martina, otros dos que estuvo dentro, quizá dos más que tardó en bajar y llegar al coche. Total, cinco minutos; máximo, seis. Agudizó la vista cuando distinguió una mancha roja a unos doscientos cincuenta metros. Gorra y pantalones azules. La ira le llenó el depósito para emprender la persecución.

—¡¡Sospechoso localizado en la calle San Quirce en dirección a calle Angustias!! —voceó.

—Entendido —contestó la operadora.

Mientras, Augusto tarareaba el final de la canción a la altura de la iglesia de San Pablo.

La burbuja en que crecí nos vendió comodidad
y un nudo entre las manos.
Yo escogí la ambigüedad, tú el fantasma y lo real,

todo en el mismo barco.
Y al respirar propongo ser quien ponga el aire
que al inhalar me traiga el mundo de esta parte.
Y respirar tan fuerte que se rompa el aire,
aunque esta vez si no respiro es por no ahogarme.
Intenta no respirar.

La fachada de uno de los monumentos más importantes de la ciudad le forzó a hacer una parada antes de girarse. La imagen de un pelirrojo que avanzaba dando grandes zancadas, braceando con furia y con la mirada rebozada en salitre clavándose en sus ojos le dejó paralizado durante unas milésimas de segundo antes de emprender la huida en sentido contrario y a la mayor velocidad posible. Recorrió los primeros metros torpemente hasta que acertó a quitarse los auriculares y a colocarse la bolsa de deporte a la espalda. Frente a la puerta de los juzgados, comprobó que la distancia se había reducido a menos de cien metros; a todas luces, insuficiente para llegar hasta el coche, sacar la llave que tenía en algún bolsillo, subirse, arrancar, maniobrar y acelerar a fondo. Era el momento de demostrar que sus años de preparación física habían valido para algo; esprintó entre empujones a los viandantes en dirección al Teatro Calderón.

Sancho apenas mostraba signos de fatiga. Vio que el sospechoso chocaba con un hombre, al que hizo perder la verticalidad, y llenó los pulmones de aire para gritar por el equipo:

—¡Sospechoso en dirección a la plaza Mayor! ¿Alguna unidad participa en la persecución?

—Unidades seis y nueve.

—¡Que le corten el paso en la bajada de la Libertad!

Algunos transeúntes se detuvieron para observar la escena. En ese momento, el cerebro del policía dio orden a su aparato locomotor de acelerar el ritmo y no perder contacto visual con el objetivo, que parecía haber ganado algo de distancia. Cuando emprendió la subida hacia Fuente Dorada, pudo ver al plumas rojo esquivando casi acrobáticamente a los coches y llamar la atención de un grupo de personas que no acertó a distinguir desde donde se encontraba.

Augusto se detuvo en seco para dirigirse al más corpulento de los muchos *skinheads* que se agolpaban en la plaza de la Fuente Dorada con la intención de boicotear la manifestación antifascista del 20-N convocada a las 19:00 en ese mismo lugar. Teatralmente, les rogó:

—¡Ayudadme, compañeros! ¡Ese maldito policía —exclamó señalando en dirección al inspector, que se encontraba ya a menos de cien metros— quiere detenerme por pegar una paliza a un puto rojo! ¡Ayudadme! —suplicó reemprendiendo la huida por los soportales de la calle Ferreri.

Cuando Sancho alcanzó el cruce, notó que el esfuerzo de la subida había mermado considerablemente sus reservas de oxígeno. Consiguió sortear los coches, que circulaban a escasa velocidad, apoyándose en ellos, azotado por la rabia que aún rebosaba en el depósito. Reemprendió la carrera sin perder ni un solo instante la referencia de color rojo que se alejaba entre la gente. Con la visión perimetral reducida, no pudo esquivar el objeto negro que se interpuso repentinamente en su camino. El impacto le hizo perder el equilibrio y cayó de costado contra el suelo. Rodó sobre sí mismo para levantarse algo aturdido y retomar la persecución, pero un nuevo empujón por la espalda le hizo darse la vuelta.

—¿Adónde va el madero con tanta prisa?

En la coctelera mental del inspector se introdujeron al instante una serie de ingredientes. Ingrediente primero: varón blanco de unos treinta años, metro noventa y más de cien kilos, cazadora *bomber* negra, tatuaje con letras góticas de un ochenta y ocho en el cuello, pelo rapado al cero y barba al uno. Ingrediente segundo: tiene visibles cicatrices en la cara. Ingrediente tercero: es el que se ha interpuesto en mi carrera haciéndome perder el equilibrio y el mismo que me acaba de empujar por la espalda. Ingrediente cuarto: el sujeto se encuentra a menos de dos metros de mí en clara actitud amenazadora, burlona y confiada. Conclusión primera: se trata de un *skinhead* que trata de demostrar su liderazgo delante de su gente. Conclusión segunda: está habituado a la pelea callejera, por lo que tengo que evitar una confrontación larga. Conclusión tercera: requiere actuación inmediata para no perder contacto con el sospechoso. Conclusión cuarta: necesito recortar distancia con el sujeto sin provocar su reacción. Receta: dejar fuera de combate al sujeto aprovechando la supuesta confianza de su rival y tomando la iniciativa con un único ataque.

Sancho relajó el cuerpo para aplicar la fórmula. Bajó los brazos y dejó caer la mirada hacia el suelo mientras se acercaba mostrando las palmas a su oponente en clara actitud de querer eludir la confrontación. Cuando detectó que el sujeto se disponía a hablar, concentró sus fuerzas en el cuádriceps de su pierna derecha utilizando los brazos para encontrar el equilibrio que requería liberar toda la fuerza en un único golpe con su empeine. Realizó un movimiento mecánico que tenía muy aprendido gracias a sus años de experiencia como zaguero y a las veces que tuvo que sacar el balón oval de su línea de veintidós cuando presionaba el contrario.

Las consecuencias fueron nefastas para los testículos de su rival, quien ni siquiera pudo impedir que sus palabras fueran reabsorbidas por su esófago justo antes de doblar las rodillas con un gesto de dolor que haría saltar las lágrimas al más experimentado de los soldados de Esparta. Cuando el sistema nervioso del neonazi fue capaz de gestionar equitativamente el reparto del suplicio, Sancho ya había desaparecido en dirección al punto en el que había visto por última vez el envoltorio carmesí del fugitivo. Unos instantes después, percibió que otros dos agentes se unían a la persecución.

Cansado de hacer eslalon como señuelo, Augusto se arriesgó a invertir nueve segundos de su ventaja en una operación camaleónica: dos en quitarse la bolsa de deporte de la espalda y abrir la cremallera, tres en despojarse del plumas rojo, otros cuatro en hacerlo un rebujo y meterlo a presión en la bolsa junto con la gorra y las gafas de sol antes de lanzarse al adoquinado rojo de la plaza Mayor con la entereza y el porte de un torero durante el paseíllo. Administrando la tensión del momento, el prófugo no pudo evitar ser invadido por las historias que le contaba su padre sobre aquel conjunto arquitectónico que el conde Ansúrez preside desde el centro de la plaza. El Emperador siempre alardeaba, orgulloso, de que había servido como modelo para el diseño de otras plazas como la de Madrid o la de Salamanca, y maldecía la incomprensible decisión de Felipe II, como vallisoletano de nacimiento, de trasladar la corte a la actual capital de España. A unos metros, divisó a un grupo de turistas y, de inmediato, entró a formar parte del grupo como uno más. Cuando fue objeto de las miradas interrogantes del guía, reemprendió la huida dejando a su derecha el monumento al repoblador de Valladolid. En la despedida, Augusto le dedicó un gesto de complicidad poniéndose el índice sobre los labios sin dejar de caminar en dirección a la casa consistorial para después perderse por las estrecheces de la calle Jesús y aledañas. Por vías poco transitadas, retornó a la calle de las Angustias para montarse en su coche y dar por concluida una jornada que iba a unir para siempre los destinos de Sancho y Augusto.

Sancho desembocó en la plaza Mayor arrastrando una ostensible cojera como consecuencia de la inflamación de su empeine tras la patada defensiva. Parado a pocos metros del conde Ansúrez, en el mismo sitio por donde había pasado Augusto hacía un minuto y diez segundos, giró sobre sí mismo buscando una dirección en la que reemprender una persecución que su capacidad física desaconsejaba y que a su cerebro ya se le antojaba estéril. Tras unos instantes de negación, apareció la desolación.

La deriva del momento le llevó a los pies de la estatua y, buscando una mirada, se encontró con la del noble. Desde su posición dominante y altiva, parecía querer hacerle entender que no siempre el azar es arbitrario y que en todas las batallas hay vencedores y vencidos. El inspector cerró con fuerza los puños y, con un alarido que provocó la estampida de las palomas y de los corazones de los desprevenidos turistas, se entregó a la desesperación.

EL MISMO DOLOR

Residencia de Ramiro Sancho
Barrio de Parquesol
21 de noviembre de 2010, a las 3:12

«Menú principal. Para escuchar sus mensajes de voz, pulse uno. "Mierda, Sancho, necesito hablar contigo cuanto antes. Es sobre ese listado. He encontrado algo. Bueno, yo diría que le he encontrado a él. ¡¿Qué coño?! Estoy segura de haberle encontrado. Llámame ya"».

«Menú principal. Para escuchar sus mensajes de voz, pulse uno. "Mierda, Sancho, necesito hablar contigo cuanto antes. Es sobre ese listado. He encontrado algo. Bueno, yo diría que le he encontrado a él. ¡¿Qué coño?! Estoy segura de haberle encontrado. Llámame ya"».

Residencia de Ramiro Sancho
Barrio de Parquesol
22 de noviembre, a las 11:18

«Menú principal. Para escuchar sus mensajes de voz, pulse uno. "Mierda, Sancho, necesito hablar contigo cuanto antes. Es sobre ese listado. He encontrado algo. Bueno, yo diría que le he encontrado a él. ¡¿Qué coño?! Estoy segura de haberle encontrado. Llámame ya"».

«Menú principal. Para escuchar sus mensajes de voz, pulse uno».

Residencia de Ramiro Sancho
Barrio de Parquesol
23 de noviembre de 2010, a las 6:04

«Menú principal. Para escuchar sus mensajes de voz, pulse uno. "Mierda, Sancho, necesito hablar contigo cuanto antes. Es sobre ese listado. He encontrado algo. Bueno, yo diría que le he encontrado a él. ¡¿Qué coño?! Estoy segura de haberle encontrado. Llámame ya"».

Residencia de Ramiro Sancho
Barrio de Parquesol
24 de noviembre de 2010, a las 20:31

Carapocha se quitó el abrigo y lo tiró sobre el respaldo de una silla del comedor. Toda la casa era una prisión en la que se les había negado la libertad provisional al aire y las visitas a la luz. El psicólogo subió una persiana con la intención de ventilar la estancia y la claridad se abalanzó sobre la cara del inspector, que se arrugó instintivamente. El ruso adoptó una postura autoritaria respecto al inspector, que todavía luchaba por habituarse a la excesiva luminosidad. Sancho resopló por la nariz.

—¿Has conseguido dormir?

—Creo que sí —dudó Sancho—. Algo.

—¿Y qué vas a hacer?

—¿Qué se supone que tengo que hacer? —preguntó frotándose enérgicamente la barba.

—¿Ducharte?

—Mañana sin falta, después de recortarme esta barba. ¿Qué día es hoy?

—Hoy es san Crescenciano, patrón de la desgracia ajena y de la reconciliación con los difuntos. Se me ha aparecido esta noche para encargarme la misión de arrancarte a patadas de las garras de la apatía, el abandono y la desidia.

—Soy tu siervo.

—No me sirves para nada en las condiciones en las que estás. He visto celdas en lugares que no figuran en ningún mapamundi con condiciones de salubridad muy superiores a las de este salón.

Sancho no tuvo fuerzas para contestar. Carapocha miró en derredor.

—Apostaría mis riñones en salmuera a que te has sometido a un juicio sumarísimo por la muerte de Martina y te has declarado culpable.

Sancho desvió la mirada y Carapocha pronunció en ruso algunas palabras que sonaron a conjuro de invocación ancestral.

—¿Has comido algo hoy?

Sancho movió sus pobladas cejas en dirección a una bandeja de cristal que descansaba sobre la mesa del comedor. Los restos de lo que un día había sido un pez de tamaño considerable adornados con vestigios de una salsa con tonos marrones le provocaron una mordaz mueca de repulsa. Inhaló aire ya renovado para hablar.

—Cocina experimental. El domingo estaba inspirado, saqué esa merluza del congelador y la metí en el horno. No debí de controlar bien el tiempo, y cuando el olor a quemado me avisó, ya era algo tarde. Lo arreglé con ese bote de tomate frito y un poco de Jameson. Hoy he conseguido terminármela.

—Que no se entere Ferran Adrià de esa receta o se convertirá en el plato estrella de El Bulli.

—Merluza de pincho achicharrada sobre base de tomate frito a la irlandesa —completó Sancho sin pretender hacer un chiste.

—Así que has decidido refugiarte en la vieja Dublín —agregó señalando la botella verde que descansaba erguida sobre la alfombra.

—A casa quemada, no acudas con agua.

—Por supuesto, Ramiro. Te acompañaría con algo, pero ya veo que, aparte de la dignidad, también has perdido tu sentido de la hospitalidad.

—No tengo vodka —atajó Sancho con desgana.

—La vodka que tú conoces no es la *zhiznennia voda*[51] —pronunció en ruso—, esa agüita que nos ha calmado la sed durante siglos a los rusos. Lo que os llega a vosotros no es más que basura destilada con muchos más componentes que agua y etanol, que eran los que figuraban en la fórmula original de su padre y creador, Dimitri Mendeléiev.

—Pues yo tengo entendido que el vodka es de origen polaco —interrumpió malintencionadamente.

—Te mataría con mis propias manos si no estuvieras hecho una mierda, maldito ignorante. Lo único que han destilado bien los polacos es el queroseno. La vodka es rusa. Dentro de poco, se estudiará en los libros occidentales que fueron los refinados franceses quienes la inventaron con su Grey Goose o los insulsos nórdicos con su Absolut o Finlandia.

—Sí, sí…, lo que tú digas, camarada, pero Smirnoff es la marca de vodka número uno del mundo y muy rusa no es —aseguró Sancho que parecía haber recobrado aliento en aquella confrontación dialéctica.

—Mira, chavalote…, voy a sacar ahora mismo mi pene ruso y orinar en este asqueroso sofá imperialista. Déjame que te ilustre otro poco. Piotr Arsenievich Smirnov, traidor a la Madre Patria, se ayudó de Alejandro II, Alejandro III y Nicolás II para amasar una gran fortuna. Cuando llegó la gran re-

---

[51] Traducido del ruso como «agua de la vida».

volución del diecisiete, su tercer hijo, Vladimir, amontonó sus rublos y se los llevó a Francia, donde le dijeron que se metiera su blanca e insípida bebida por su felón culo. Eso sí, sus herederos se cambiaron allí el apellido por Smirnoff, que sonaba menos revolucionario, antes de cruzar el Atlántico en dirección al país de las oportunidades. Serán los números uno del mundo en ventas, pero ni mucho menos son los que mejor vodka hacen.

—Gracias por la lección de historia. Y, según el experto, ¿cuál sería el mejor vodka? Lo mismo cambio de registro.

—Cualquiera que salga de la entrepierna de la Madre Patria. Jlebny Dar, Zhuravlí, Belenkaya, Yamskaya, Russky Standart o el Altai siberiano. Incluso, la Jórtitsa o la Nemiroff ucranianas son buenas vodkas.

Al escuchar los nombres de las marcas en su idioma original, ganaban en notoriedad, y Sancho parecía haberse arrancado por un momento la máscara de consternación.

—Me voy a anotar esas marcas para la próxima vez que baje al Mercadona, aunque me temo que no encontraré ninguna de esas «fabulosas vodkas» —dijo tratando de imitar el acento de Carapocha.

—Es igual, a mí no me gusta la vodka —reconoció—. Soy más de whisky y, si puedo elegir, prefiero Johnnie Walker etiqueta negra, pero me conformaré con ese irlandés que tú tomas.

Sancho tardó unos segundos en explotar con una gran carcajada que contagió al psicólogo, que estaba sirviéndose un trago largo de Jameson en un vaso con hielo.

—Bueno, querido amigo imperialista, he venido a ver cómo estás y por si necesitas algo.

Sancho se incorporó para alargar el brazo y arrebatar el vaso a su visita. Hundió su mirada en el color cobrizo del licor y se sinceró.

—Angustiado. Desorientado.

—La desorientación es consecuencia de la angustia, pero es siempre algo pasajero. Sin embargo, la angustia nace del miedo. ¿De qué tienes miedo, inspector?

Dio un trago por respuesta.

—Yo contestaré por ti: tienes miedo de no poder enfrentarte a ese sentimiento de culpabilidad que te está arrastrando hasta el fondo. Te ahogarás en tu dolor.

—Es posible.

—El sentimiento de culpabilidad es inherente al pasado, no es más que una reacción defensiva de nuestro subconsciente para evitar afrontar el presente. Es una forma de esconderse en uno mismo y, precisamente, no es eso lo que necesitamos ahora. ¿Entiendes?

Sancho aseveró con otro sorbo evitando los ojos del psicólogo.

—Quizá así lo entiendas mejor: durante la *mushtra*[52] —pronunció Carapocha—, todos teníamos que pasar una prueba de orientación que, traducida, podría ser algo parecido a «el regreso». Tu padrino te daba vueltas durante treinta segundos en una silla giratoria antes de lanzarte a un tanque de agua con una profundidad de diez metros, vendado y con plomadas de quinientos gramos en brazos y piernas. No hace falta que te diga que el objetivo era ascender a la superficie. La dificultad radica

---

[52] Término con el que se denomina la fase de adiestramiento en el KGB.

en el estado de desorientación al caer al agua. No sabíamos en qué posición estábamos, por lo que había que luchar contra el subconsciente, que te empujaba a nadar hacia arriba de inmediato antes de que el peso te arrastrara hacia el fondo. El caso es que, si no sabes hacia dónde nadar, mueres. En realidad, era tan sencillo como esperar unos segundos antes de adoptar la verticalidad y, entonces, nadar con todas tus fuerzas en dirección contraria al fondo. Todos sabíamos cómo superar la prueba, pero no todos la superaron. Cuando llega el momento, un individuo puede actuar de forma muy distinta a como se espera que lo haga.

Carapocha hizo una pausa esperando alguna reacción de Sancho, que le miraba confuso.

—Tú acabas de caer en el tanque de agua y no tienes ni idea de dónde está la superficie, porque no has invertido esos segundos necesarios para advertir dónde está el fondo. Tus plomadas son el sentimiento de culpabilidad, y el miedo, tu venda. Lo primero que tienes que admitir es que no puedes quitarte las plomadas para salir a la superficie. El primer paso consiste en reconocer que tienes cierta responsabilidad en el asesinato de Martina. El segundo es darte cuenta de que no necesitas ver para saber hacia dónde nadar. Únicamente necesitas querer salir y fuerza para hacerlo. Yo te pregunto: ¿Quieres salir? Porque fuerza, tienes.

Sancho tardó en madurar su respuesta.

—Quiero salir, pero no sé en qué dirección nadar —reconoció en voz baja.

—En cualquier caso… ¡no necesitas esto! —suscribió dando un manotazo al vaso ya vacío que el inspector sostenía en la mano.

La trayectoria que describió el objeto antes de estrellarse contra el suelo fue tan fugaz como escasa de virtuosismo.

Carapocha se sirvió una copa y la apuró antes de recuperar el tono conciliador.

—Debes tener muy claro que tienes que enfrentarte tú solito a esto. De nada te servirá adoptar el papel del «llora charcos», del «mea penas» o del «caga lástimas». Recuerda que Martina fue asesinada por un tipo con el único objeto de desestabilizar a su pelirrojo rival, así que concentra tu ira en la dirección adecuada y siempre hacia fuera.

—Pues lo consiguió. ¡Vaya si lo consiguió el hijo de puta! Parece anticiparse a nuestros movimientos, y no fui capaz de prever que Martina podría ser su próxima víctima.

—La ira no te ayudará cuando hayas salido del tanque de agua, tenlo presente. Mañana quiero verte en el funeral de Martina. Despídete de ella como creas conveniente y, después, nos ponemos manos a la obra. Come algo que tu estómago pueda digerir y recupera las horas de sueño que le debes a tu cerebro.

Sancho asintió sin despegar la mirada de los ojos grises y saltones del psicólogo.

—¡La puta madre que me parió, acabo de caer en la cuenta!

—¿De qué? —quiso saber el psicólogo, que ya se disponía a marcharse.

—¡Steve Buscemi!

—Sí. Ya me lo han dicho más veces. Él es más guapo, pero yo soy mejor actor —aseguró antes de cerrar la puerta.

NUNCA FUE TAN BREVE UNA DESPEDIDA

Café Molinero
Calle María de Molina, 22 (Valladolid)
25 de noviembre de 2010, a las 10:21

Al subdelegado del Gobierno le irritaba el olor a puro que dominaba el espacio aéreo de la barra en la vetusta y sempiterna cafetería del centro de la ciudad. Travieso llegaba tarde a la cita, por lo que Pemán se entretuvo examinando al hombre chimenea tratando de digerir su malestar. Tendría unos cincuenta años, vestía un traje gris marengo dos tallas menor de lo que le reclamaba su ombligo, y sobre este destacaba, sin suerte alguna, una corbata de ciervos rojos sobre fondo verde botella. Pemán esperó pacientemente a que la mirada del hombre se cruzara con la suya para obsequiarle con todo el desprecio que fue capaz de transmitir con los ojos.

Pablo Pemán iba camino de cumplir su cuarto año como subdelegado del Gobierno. Había compatibilizado su puesto de dirección en una de las entidades financieras más importantes del país con la política, hasta que le llegó la oportunidad de ser diputado en la Junta de Castilla y León a los cincuenta y tres años. Su posición económica, sus buenos contactos dentro del partido y el repentino fallecimiento de su predecesor le habían llevado a instalarse en el despacho de la calle Jesús Rivero Meneses. No estaba dispuesto a permitir que su carrera política se viera enturbiada ni, mucho menos, truncada por una serie de crímenes sin resolver. Inmerso en sus cavilaciones, no se percató de la llegada del comisario provincial.

Francisco Travieso llegó visiblemente fatigado, arrastrando los más de veinte kilos que había ganado desde que cambió los cigarrillos por abisinios[53] haciendo de su silueta un saco de escombros. Conservaba apenas una delgada línea de pelo blanco que circunnavegaba su esférica cabeza de oriente a occidente, y lucía unas de esas gafas con cristales que se oscurecen con el sol y sin el sol. Su esposa le pidió el divorcio con cincuenta y un años por su extrema dedicación al cuerpo y al de otras mujeres de dudosa reputación. A pesar de que su aspecto físico estaba a medio camino entre la falta de higiene y lo zarrapastroso, el motivo principal por el que generaba un espontáneo e inmediato rechazo entre sus congéneres era su manía de proyectar los labios hacia fuera. Era paradójico, Travieso regalaba besos sin ton ni son por la vida y esta siempre le repudiaba por fas o por nefas[54]. Sin embargo, el comisario provincial co-

---

[53] Pastel típico de Valladolid con forma alargada, relleno de crema y recubierto con azúcar.

[54] Dicho que hace referencia a los días fastos (buenos) y nefastos (malos) en los que los romanos dividían su calendario. Su significado viene a ser «por suerte o por desgracia».

nocía muy bien sus debilidades y siempre trataba de aplicar la máxima de Noel Clarasó[55] que suscribe que es preferible callar y pasar por tonto que abrir la boca y demostrarlo. El abuso de muletillas del tipo «es como todo», «mayormente», «oséase» o «como dijo el otro» tampoco le ayudaba en absoluto.

—Buenos días, Pablo —dijo Travieso pasándose la mano por la frente.

—Buenos días —le saludó con palpable desdén.

—Lamento el retraso, pero esta ciudad es imposible con lluvia.

El político aceptó sus disculpas con un movimiento de cabeza casi imperceptible.

—¿Qué tomas?

—Café con leche templada.

—Vamos a sentarnos —le propuso Pemán encendiendo un cigarro.

—¿No lo habías dejado?

—¿No me hiciste la misma pregunta el otro día?

Travieso contestó con uno de sus besos y cedió la palabra al subdelegado del Gobierno, que le expuso su preocupación por los últimos acontecimientos y el estado de la investigación. Travieso objetó sin fuerza antes de empezar un combate en el que ya había dado por buena una honrosa derrota a los puntos. Pablo Pemán inició un nuevo asalto haciéndose dueño del centro del cuadrilátero.

—¿Alguna novedad?

---

[55] Escritor y guionista español fallecido en 1985 muy recordado por sus frases célebres.

—La verdad es que sí. Tenemos un segundo seudónimo bajo el que actúa el principal sospechoso. Se trata de Leopoldo Blume Dédalos, sacado de dos de los personajes principales de *Ulises,* de James Joyce: Leopold Bloom y Stephen Dedalus —le informó sin levantar la vista de sus notas.

—¿Cómo hemos dado con ello?

—Cruzamos la lista que nos facilitó la central de correos con la de matriculaciones del modelo del vehículo del sospechoso que identificó un vecino. Un Toyota RAV4.

—Bonito coche —comentó soltando el humo—. ¿Y adónde nos lleva eso?

—Mayormente, a ningún sitio —reconoció con otro beso—. Estamos buscando todo lo que hay con ese nombre, pero nos lleva al mismo sitio que el anterior. No existe, pero tiene a su nombre tarjetas de crédito y cuentas bancarias que alimentaba con escasos fondos y a las que accede únicamente desde Internet o, mejor dicho, accedía, porque ya se ha ocupado de vaciarla. Tenía una empresa y una casa en la calle Turina, 8, a nombre del primer seudónimo, Gregorio Samsa. A nombre del segundo, un coche. Los de documentoscopia han reconocido su pericia en la falsificación de documentos.

—Tengo entendido que no es muy complicado —añadió Pemán.

—Lo es con la calidad que tienen estas falsificaciones. Lo impresionante es que los individuos que aparecen en las fotocopias de los DNI que hemos recuperado no se parecen entre sí. He mirado las fotos decenas de veces y yo diría que no son del mismo sujeto, aunque los de perfiles aseguran que sí.

—Resumiendo, que no parece que vayamos a detener a ningún sospechoso a corto plazo. Vamos, que no tenemos una mierda.

Travieso tragó saliva y se aclaró la garganta.

—Como dijo el otro, depende del cristal con que se mire. Ya sabemos algo más, y es que se trata de un experto en falsificar documentos.

—Y en informática, poesía y huidas callejeras —completó el subdelegado con ironía—. Bueno, vamos al motivo por el que te he citado aquí. ¿Qué vamos a hacer con el inspector Sancho?

—¿Vamos? —repitió Travieso.

—Creo que me has entendido perfectamente. Hasta el momento, no ha demostrado nada más allá de saber muy bien cómo sacar partido de sus colaboradoras.

—Pablo, esa acusación está fuera de lugar —besó.

—¿Me estás diciendo que la muerte de la doctora no ha tenido nada que ver con que el jefe de la investigación se la estuviera tirando? —interpeló alzando el tono—. Si quieres, se lo preguntamos a la familia Corvo, a ver qué opinan ellos al respecto.

—No, no estoy diciendo eso. Digo que Sancho está muy afectado por lo ocurrido, que necesitamos que esté al cien por cien cuanto antes y que no creo que este tipo de acusaciones le ayuden.

—¡Tú lo has dicho! Ahí es donde quería yo llegar. No creo que ni al cien por cien sea capaz de dar con el asesino. Tengo la sensación de llevar una piedra atada al cuello y que solo falta una leve ráfaga de viento para hacerme caer al agua. Y te digo más, yo tengo la responsabilidad de intervenir en este asunto si estoy convencido de que el camino por el que vamos no es el correcto.

Pemán hablaba a tal velocidad que a su interlocutor le costaba procesar todas las ideas. Cuando lo hizo, unos segundos después de que escuchara «correcto», preguntó:

—¿Qué propones?

—Poner al mando a otra persona.

—¿A otra persona? —repitió.

—Sí, Paco, sí. Otra persona que sea capaz de actuar con firmeza y determinación. Escucha, yo acababa de hacerme cargo del puesto cuando pasó lo de Bragado, y no quise intervenir cuando se le hincharon las pelotas a Mejía. Por cierto, ¿sabemos cómo está?

—Malamente. No responde bien al tratamiento.

—Ya lo siento. Bueno, a lo que vamos, Paco. Me mantuve al margen cuando tomó la decisión de deshacerse de Bragado, aunque también es cierto que le pedí que lo reconsiderara.

Travieso se extrañó de que se dirigiera a él como lo hacían sus amigos, pero no quiso darle más vueltas para evitar perderse otra vez en el discurso de Pemán, cuyas cuerdas vocales fabricaban palabras cada vez a más velocidad.

—Ya —contestó a duras penas.

—Ahora, desgraciadamente para todos, Mejía está fuera de combate —el lamento sonó tan falso como el Rolex que llevaba Travieso en la muñeca—, y alguien tiene que tomar las riendas. Tenemos que recuperar de nuevo a Bragado.

El comisario provincial cerró los ojos con fuerza cuando pronunció su nombre.

—Vamos a ver, vamos a ver… que nos estamos confundiendo de camino —se atrevió a decir—, que Bragado está fuera del cuerpo.

—Chorradas, tanto mejor para nosotros —aseveró con mirada felina—. ¿No te das cuenta? Bragado podrá ser un grano en el culo, pero es un buen investigador. Tú lo sabes. ¿Cuántos casos ha resuelto por una u otra vía?

Travieso asintió buscando con la mirada al camarero. Necesitaba un sol y sombra, pero pidió otro café.

—Bragado sabe muy bien qué palos tiene que tocar y, estando fuera, nos será más fácil limpiar toda la mierda que vaya generando en el camino. Además, conoce a todo el equipo y lo único que tenemos que hacer es darle información y apoyo. En este caso, tenemos que dar validez a aquello de que el fin justifica los medios.

—Doy por sentado que ya lo tienes hablado con él, ¿no?

—Así es. He llegado hasta aquí gracias a que sé cómo huele la victoria.

Travieso no se atrevió a preguntar, pero no hizo falta.

—Huele a quemado: humo y fuego. A muerte. Para que alguien gane otro tiene que perder y esta vez le ha tocado a nuestro querido y pelirrojo inspector. La única condición que me ha puesto es que tanto Mejía como Sancho estén fuera. Lo tenemos hecho con Mejía y lo otro es cosa tuya, pero nos lo ha puesto en bandeja. Dale un tiempo de descanso, apártale de la investigación por su propio bien. Ya sabes… Mira, hazlo como te dé la gana, pero quítamelo de en medio.

La última frase dejó muy claro a Travieso que estaba jugándose algo más que el prestigio. No supo qué decir y Pemán aprovechó para poner punto final a la conversación.

—Sabes que tengo razón. Bueno, te veré luego en el funeral de la doctora. Por cierto, ¿cómo se llamaba?

—Martina.

—Nunca consigo recordar los nombres exóticos. A las 12:30 en La Antigua, ¿no?

Travieso asintió con un beso.

—Trata de ser puntual esta vez —le exhortó con gesto severo aplastando el cigarro contra el cenicero—. Nos veremos con Bragado a la salida.

Juntando las puntas de los dedos índice y pulgar de su mano derecha, Pemán hizo la marca del zorro para pedir la cuenta. Pagó y con un «nos vemos» y una palmada en el hombro, dejó al comisario provincial Travieso con una cara que bien podría haber servido de modelo para *El grito,* de Edvard Munch. Cuando le vio marcharse a través de la cristalera, se acercó a la barra para pedir un sol y sombra. Miró el reloj: las 11:26. Consideró que le daba tiempo a tomarse dos y lanzó un beso a la nada que nada le retornó.

Residencia de Augusto Ledesma
Barrio de Covaresa

Contraviniendo el protocolo, Orestes había iniciado su actividad antes de lo habitual. Se trataba de un día especial, necesitaba ver las caras afligidas de sus rivales. Así estaba proyectado y así lo ejecutaría. A punto de apagar el equipo, la luz verde de Höhle se encendió en su escritorio.

—Hola, Orestes.

—Hermano.

—No tengo buenas noticias. Como esperábamos, han cazado y aniquilado el SpyDZU-v3. Skuld ya está trabajando en un v4.

—¿Cuándo ha ocurrido?

—Ayer. Lo cierto es que era algo que tenía que pasar. El daño ya estaba hecho, pero creo que han tardado más de lo normal en limpiar el sistema. Llegaron muy pronto a nosotros; sin embargo, no sacaron el insecticida hasta hace unas horas. Skuld se pregunta por qué. Le noto algo nervioso. Eso sí, no quedan ni los huevos que estuvimos incubando en sus *firewall*[56].

—¿Qué posibilidad hay de que…?

—Ninguna —le interrumpió el *hacker*—. Verás, teníamos previstas tres rutas de huida y una *backdoor* oculta dentro del propio sistema de rastreo. Algo parecido a lo que utilizamos en el asalto al sistema de Deutsche Telekom.

—Estupendo.

—Tengo algo más que contarte.

—Te leo.

—Erdzwerge está en apuros.

—Dame detalles.

—Lo único que sé es que necesita que montemos una operación contra la compañía de seguros que no quiso atender los compromisos de la póliza de su padre. El juicio ha salido a su favor, y Erdzwerge nos necesita.

—Entiendo.

---

[56] Término con el que se define en lenguaje informático la parte de un sistema o red que está diseñada para bloquear el acceso no autorizado.

—Ya hemos definido el protocolo, pero nos falta el constructor, y ahí es donde entras tú.

—Puedes contar conmigo.

—No va a ser fácil.

—Nunca es fácil. Hansel. ¿Erdzwerge está bien?

—Sí, pero necesita dinero para cubrir la hipoteca de su madre y también quiere que escarmentemos a esos malditos burócratas.

—Lo haremos, cuenta conmigo.

—Gracias, hermano.

—Por cierto, Hansel, algún día tendrás que explicarme por qué su *nick* no es Gretel.

Hansel tardó en escribir.

—¿Desde cuándo lo sabes?

—Casi desde el principio. También sé que Skuld es el mayor de todos nosotros y ni es alemán ni vive en Alemania. No tienes por qué preocuparte; saberlo no cambiará nada.

—En cierta forma, sí.

—¿Confías en mí?

La «jota» y la «a» tardaron en aparecer en la pantalla.

—En ese caso, no tienes que preocuparte por nada más. Pásame toda la información que tengas para ponerme a trabajar cuanto antes.

—De acuerdo.

—Convoca al resto a las 24:00 para empezar a planificarlo. Yo trataré de tener una idea para entonces sobre cómo hacerlo. ¿De acuerdo?

—De acuerdo. ¿Necesitas algo más?

—En realidad sí. Erdzwerge es experta en farmacología, ¿verdad?

Tras unos instantes Hansel se lo confirmó. Orestes sonrió.

Cuando cerró Höhle, dedicó los siguientes minutos a hacer balance de la situación. Las piezas del ajedrez estaban en las casillas correctas y la partida estaba bajo control. Solo debía esperar al movimiento de su rival antes de hacer el suyo. Calculó que la carta a los medios de comunicación con las poesías ya habría llegado el día anterior o lo haría ese mismo día, y quería disfrutar de esos momentos de gloria que se había ganado con tanto esfuerzo. En aquel momento, la sensación de dominio absoluto le estremeció recorriendo su cuerpo como un impulso eléctrico. Tenía que controlar la euforia, debía prepararse anímicamente para el último acto antes del descanso. Con esa emoción y el kit de postizos, se encerró en el baño.

Iglesia de Santa María de la Antigua

Carapocha había llegado a las 12:10 y se había sentado en un banco de la zona ajardinada que adornaba una de las parroquias más emblemáticas de la ciudad. Sin embargo, el motivo de su anticipación no era, precisamente, querer deleitarse contemplando la magnífica torre románica ni abstraerse con el estilo neogótico de la galería porticada. Su intención era examinar a todos y cada uno de los asistentes. Tenía la esperanza de que el sospechoso asistiera al funeral de su última víctima, que, según decían, se preveía muy concurrido. Había visto a Peteira en un coche camuflado, bien apostado para grabar a los asistentes, pero el psicólogo prefería el cara a cara en el caso de que se cumpliera su corazonada. Ya le funcionó para identificar a Antón Khryapa en 1982 en Moscú y a Lazlo Lantas en 2001 en Budapest. Las caras de los que se iban agrupando en la entrada eran objeto de minucioso análisis por parte del psicólogo. Buscaba a un varón de unos treinta años, de ojos oscuros, nariz ancha y rostro cuadrado. Por el momento, solo uno encajaba en esa descripción, pero iba del brazo de una señora de avanzada edad que, con toda probabilidad, sería su madre. Le descartó al instante.

Normalmente, el psicólogo reaccionaba de forma gélida ante la muerte. Estaba tan acostumbrado a convivir con ella que era incapaz de recordar la última vez que se había visto afectado por la dama de la guadaña, con quien compartió tantas jornadas en los Balcanes. Tampoco era la primera ocasión, ni mucho menos, en la que alguien perteneciente a su entorno afectivo era asesinado. Por la pasarela del doloroso recuerdo desfilaron su hermana Yelena, su compañero de quinta en El Centro Misha Nikolevich Kozlov, su fiel amigo Andrey Alexandrovich Zirianov y la pérdida más dolorosa de todas, la de su enlace en la Stasi, amante y madre de su única hija, la dulce e impulsiva Erika Eisenberg. El rostro del general Ratko Mladić volvió a adueñarse de su memoria y tuvo que apretar los dientes para volver al presente. Mientras observaba detenidamente, trataba de cargarse de razones para evitar que la muerte de Martina perjudicara su capacidad de análisis. En realidad, solo habían coincidido aquella noche y en otra ocasión en la que, aprovechando la coyuntura proporcionada por el manos libres del coche de Sancho, se coló en su conversación. No era sino otra víctima que había sido incluida dentro del programa de una mente retorcida, pero lo cierto es que tardó más de lo normal en reaccionar cuando se enteró de los hechos. Se preguntó cómo estaría Sancho y si su última conversación habría surtido el efecto que buscaba. Salvar vidas era su único objetivo. Con una última mirada a una gárgola, Carapocha se levantó para buscar en el interior un lugar propicio donde montar su centro de vigilancia durante la ceremonia. Cogió aire como si no fuera a respirar dentro del templo. Hacía muchos años que no pisaba un edificio religioso, y para cargarse de la energía necesaria entró repitiendo tantas veces «aprender para salvar vidas» que bien podría haberse ganado el derecho a ser guionista de *Dora, la exploradora*.

Pisó suelo sagrado. Culpó a la baja temperatura del interior por el escalofrío que recorrió su columna con billete de ida y vuelta. Había poca luz, y un rumor de susurros rebotaba en los muros de piedra del templo. El aroma de la cera derretida intensificado por la fría humedad ambiental se imponía en la atmósfera del lugar. Se detuvo para hacerse una composición de lugar. Entraba luz natural por las ventanas ojivales del ábside central y a través de los dos grandes rosetones que remataban el crucero. También contaba con la luz artificial que nacía de las columnas que separan la nave central de las laterales. Tenía que buscar una zona escasamente iluminada y con el ángulo correcto para tener acceso visual a los rostros afligidos de los que ya empezaban a ocupar los primeros bancos de la iglesia. Se desplazó hacia la nave lateral situada frente a la puerta de entrada y se apoyó contra una pared desnuda. Las velas que tenía a su izquierda le distrajeron durante unos instantes. Una vela, un alma. *Ora pro nobis.*

Sancho no había dormido. A decir verdad, no había conseguido conciliar el sueño en estado sobrio más de dos horas seguidas desde la noche que pasó en casa de Martina. Dormía
cuando el cuerpo claudicaba al desgaste neuronal o al alcohol,
pero no descansaba. Había estado tratando de escapar del sentimiento de culpabilidad que le perseguía mañana, tarde y noche
con la imagen de Martina atada en la cama y tapada con la almohada. El alcohol era su combustible. Cuando repostaba lo
suficiente, conseguía sacarle bastante distancia, pero la carrera
empezaba de nuevo al despertar. No tuvo el coraje de asistir a
la autopsia, pero el propio Villamil le había llamado para intentar venderle la certeza científica de que no había sufrido; Sancho
vació sus bolsillos y la compró. El lunes había sacado fuerzas
para ir a comisaría, pero Peteira y Matesanz le rogaron que se
fuera a casa; no tuvo valor para discrepar. El bueno de Peteira
le dio un abrazo y juró por sus gemelos que iría con él a la cárcel de Villanubla para mearle en la cara a ese jodido mamón.
Con un beso en la Cruz de Santiago del escudo del Celta de
Vigo de su llavero, lo certificó. También supo que Áxel Botello
había ido varias veces a buscarle a su casa para diluir las penas
en cervezas, pero no había superado nunca la primera fase y no
había podido pasar del portal. Por su parte, el subinspector
Matesanz le acompañó hasta el coche y le puso al día de los
avances. Ni rastro de Gabriel García Mateo tras la adopción;
ninguna coincidencia del retrato robot con la base de datos de
fichados y ni una sola huella en el escenario del último crimen.
Nada. Sin embargo, no todo eran malas noticias. Habían encontrado a un vecino que aseguraba haber chocado con el sospechoso durante la persecución y que después le había visto

retirar el coche que tenía aparcado frente a su portal. No pudo distinguir la matrícula desde el balcón del primero, pero el profesor jubilado lo describió con detalle: «Un todoterreno negro con los cristales tintados y un gran "TOYOTA" escrito en la rueda de repuesto». Luego fue el agente Botello quien encontró el nombre de Leopoldo Blume Dédalos cruzando el listado de propietarios con el de Correos. Con un «aquí me tienes para lo que necesites», Matesanz le estrechó la mano y forzó una sonrisa que no obtuvo respuesta en la cara del inspector.

Abrigado con gabardina y arropado por el agotamiento, Sancho llegó a la puerta de La Antigua maldiciendo por no haber encontrado sus malditas gafas de sol en la guantera. Eran las 12:40, y se sentó en el último banco de la derecha. A su lado, tomó asiento, tan solo unos segundos más tarde, su culpabilidad. Recordaba muy bien esos muros. Prácticamente, no había cambiado nada con respecto a esos días en los que, junto a su madre, iba para ver la salida y la llegada de la Cofradía de la Preciosísima Sangre de Nuestro Señor Jesucristo, de la que su padre formaba parte; siempre era el último capuchón de la fila de la derecha. Solo salía los Jueves y Viernes Santos, pero no hubo año que dejara de hacerlo. Con ocho años, su madre le compró el hábito rojo y negro de terciopelo, aunque solo se lo puso una vez para la foto. El joven Ramiro no entendía el sentido que tenía recorrer a pie las calles de la ciudad acompañando a una talla religiosa por la que no sentía devoción alguna. El disgusto de su padre duró semanas. Entonces, recordó que seguía sin llamarle.

Las palabras del oficiante del funeral asegurando que todos teníamos que ir al encuentro del Señor y que la fe cristiana era el único remedio contra la desesperación ante la pérdida de un ser querido le hicieron cortar la comunicación definitivamente con el exterior. Inclinó la cabeza, cerró los ojos y se pasó la mano por la barba para hablar desde el estómago:

«Si supiera por dónde empezar… Si pudiera levantar la cabeza para mirarte… No sé qué hago aquí. Sé que no quiero estar. Maldita sea, Martina, maldita sea mi puta vida. Nunca te dije que fuera un tipo valiente. No lo soy. No sé cómo decirte que lo siento, que ojalá nunca te hubiera conocido. No, eso no. Ojalá no me hubiera cruzado en tu camino, ahora estarías viva. Necesito que me creas. Martina, quiero volver atrás, quiero despertar. No estoy preparado para tragar toda esta mierda. ¿Sabes que perdí la oportunidad de cogerle? Corrí tras él con todas mis fuerzas, pero se me escapó. Sí. No tengo ni puta idea de cómo enfrentarme a esto. Si pudiera volver atrás… Quiero tener la oportunidad de despertarme. Joder, Martina, ¿tenías que abrirle la puerta así, sin más? Perdona, perdona, no es culpa tuya. Puta mierda. Estoy perdido, dame un momento. Ojalá hubiera ido a por mí, ojalá pudiera cambiarme por ti. Nos chocamos, ¿sabes?, pero no podía imaginarme que acabara de… ¡Era él! Le tuve al alcance de la mano y se me escurrió. Algún día cometerá un error y ahí estaré yo. Te lo aseguro, Martina, no va a salirse con la suya. Tienes que confiar en mí. ¿Confías en mí? No sé cómo seguir, pero voy a poder con esto. Estoy acojonado. No sé cómo castigarme. Tengo que reaccionar. Tengo que borrar tu recuerdo, pero no tengo fuerza. ¿Sabes qué? He estado pensando en el último beso, fue en la cocina. Conservo tu sabor guardado y me llevo tu olor. He decidido quedármelo; tendrás que perdonarme por esto también, pero lo necesito. También tengo tu voz. Me odio por no haber cogido el teléfono cuando me llamaste, ahora estarías viva. ¿Qué descubriste? Se llevó toda la documentación. Se lo llevó todo y no dejó nada. No tengo intuición, no sé por qué me hice policía. Si pudieras perdonarme... Si pudieras creerme... ¿Y ahora cómo continúa esto? Estoy solo. Joder, Martina. ¿Tenías que abrirle la puerta? No se abre la puerta a desconocidos. ¡Me cago en todo, Martina! Lo siento tanto... Si pudiera mirarte a la cara... No sé cómo decirte que te voy a echar de menos. Que necesito que creas en mí. Que me gustaría acompañarte. Que no soy un tipo valiente, pero que voy a poder con esto. Te lo aseguro, necesito que me creas. Confía en mí».

El sollozo ahogado de Sancho no pasó desapercibido para el subdelegado Pemán que, con un codazo, advirtió de la escena a Travieso.

—¿Qué más te hace falta para darte cuenta? —le susurró con airado desprecio.

—Dame tiempo, buscaré el momento.

—No tenemos tiempo. Es por el bien de todos.

—Ya. Se lo comunicaré esta misma semana.

—Así me gusta. Bragado ya debe de estar fuera. Salgamos a hablar con él.

Mientras, Carapocha no se había movido de su sitio. Tenía la mirada clavada en un hombre de pelo liso color castaño claro, cejas anchas y ojos inexpresivos situado al final del quinto banco de la hilera de la izquierda. Le llamó la atención que rehuyera estrechar la mano a los que se la tendieron cuando el sacerdote dijo: «Daos fraternalmente la paz». Solo pudo verle durante unos instantes entre el constante movimiento de cabezas, pero su corazón dio un vuelco que le hizo tomar la decisión. Quedaba poco tiempo. Se encaminó hacia él todo lo rápidamente que le permitió su cadera pegado al muro y sin quitarle la vista de encima. En aquel momento, muchos de los presentes se levantaron para recibir la comunión y una leve presión en el brazo le hizo girarse. Detrás de una sonrisa de circunstancias estaban el bigote del forense Manuel Villamil y la juez Miralles.

—Armando —dijo él con voz trémula sin soltarle el brazo—, ¿has podido hablar con Sancho? Estamos algo preocupados por él.

—Disculpadme, ando un tanto atropellado —respondió azorado—. Sí, he hablado con él y saldrá de esta. Ese pelirrojo es un tipo duro. Precisamente iba a buscarle ahora, no quiero que se me escape —mintió con la mirada puesta en la multitud.

—De acuerdo, ya nos veremos —se despidió ella.

Carapocha buscó a aquel hombre, pero no le encontró en su sitio y se detuvo en seco. Trató de reconocerle entre las personas que formaban la fila aguardando su turno para comulgar, pero no estaba allí. Se giró bruscamente hacia la salida y le localizó justo en el momento en el que desaparecía por la puerta.

—*Chort vazmí*[57] —escupió.

Casi podría decirse que corría en dirección a la puerta, pero el tiempo que invirtió en salir al exterior apartando a los asistentes que no habían encontrado sitio en los bancos fue su-

---

[57] Pronunciación en ruso de la expresión *Chert vozmi* (чёрт возьми), que se traduce al castellano como: «¡Maldita sea!».

ficiente para que el prófugo estuviera pasando, fuera de peligro, por delante del colegio de la Compañía de María, en la calle Juan Mambrilla. El ruso se quedó unos minutos fuera del templo dando vueltas en círculo a su frustración sin tener muy claro cuál era el siguiente paso que debía dar.

Terminada la séptima vuelta, decidió entrar de nuevo en la iglesia con la intención de hablar con Sancho. Retirados a unos metros de la entrada, reconoció las caras de Pemán y Travieso confabulando con un tercer hombre con aspecto de gorila. Aquella *troika*[58] le hizo pararse a pensar en la manera en que se distribuirían los papeles de Zinoviev y de Kamenev[59], ya que el de Stalin se lo asignó inmediatamente al subdelegado del Gobierno, que se separaba del grupo en aquel instante para hacer una llamada.

De nuevo en el interior, localizó al inspector, inmóvil, con la mirada vacía y perdida. El funeral había concluido, y los presentes desfilaban cariacontecidos manteniendo un respetuoso e incómodo silencio.

—Ramiro —bisbiseó al sentarse a su lado.

Sancho se tomó su tiempo para contestar.

—Camarada.

—¿Cómo estás?

—Estoy.

---

[58] Término procedente de la palabra rusa *troika* (тройка), trineo arrastrado por tres caballos alineados uno junto al costado del otro. En el ámbito político, equipo dirigente o con labores de representación integrado por tres miembros.

[59] Políticos y revolucionarios bolcheviques que conformaron junto a Stalin la primera Troika tras la muerte de Lenin. Ambos fueron ejecutados en 1936 por orden de Stalin.

—Me vuelvo a casa. Aquí tengo ya poco que hacer. Aquí tienes mi número de teléfono personal y mi dirección. Te lo doy a ti, a nadie más. Cuando retomes el mando de la situación, me llamas. ¿De acuerdo?

El inspector giró la cabeza para encontrarse con la mirada de Carapocha.

—Gracias.

Carapocha le pasó la mano por la nuca antes de incorporarse con la firme esperanza de no volver a entrar en una iglesia en lo que le quedaba de vida.

Ya no quedaba prácticamente nadie en el interior de la parroquia, pero el murmullo que llegaba desde fuera era un claro indicador de que la ceremonia se estaba prolongando en el exterior. Desde su sitio, Sancho contempló a dos operarios de la funeraria que se disponían a sacar el féretro.

«Martina, tengo que marcharme ya. Voy a salir de esta como sea. Confía en mí. Esto no es una despedida, te lo prometo. Iré a verte allá donde estés para contarte cómo están las cosas. Le voy a atrapar, puedes estar segura. Tarde lo que tarde. Lo que aún no sabría decirte es lo que voy a hacer después. Creo que no lo sabré hasta que le tenga delante. Descansa, Martina».

Fuera, el sol lucía con la timidez de quien se encuentra en una fiesta a la que no ha sido invitado y busca el momento propicio para esfumarse. Sancho maldijo de nuevo por no haber cogido sus gafas de sol, más para protegerse de las miradas impertinentes que de la tenue luz del exterior. Inspiró lo suficiente para poder llegar hasta donde se encontraban los padres de Martina. Él era un hombre de pelo negro y porte distinguido que, con expresión abatida y distante, recibía las condolencias de familiares y amigos. La madre, por su parte, era el reflejo ajado de Martina, pero con el rostro más recortado y anguloso. Se notaba claramente que tenía cautivo el llanto a la espera de poder liberarlo en soledad. Con un «lo siento mucho» y un apretón de manos, pasó el trago ante la figura del padre; quiso tragar saliva estando frente a ella, pero engulló barro.

—No sé qué decir —admitió.

La madre afiló el semblante y le retuvo la mano.

—Usted es el inspector Ramiro Sancho, ¿verdad?

Asintió hierático.

—Mejía nos ha asegurado que usted es un buen hombre y un gran investigador. Tiene que detener al responsable para que se pudra en la cárcel. Quiero que me prometa que atrapará al que se ha llevado la vida de mi hija. Prométamelo.

Sancho se lo prometió sin tener que mover los labios.

Mientras se dirigía al coche paladeando las palabras con acento extremeño de la señora, otra voz de mujer pronunció su nombre:

—¿Inspector Sancho?

—Creo que sí.

—Soy Rosario Tejedor, redactora jefe de *El Norte de Castilla*.

—Me tiene que disculpar, pero no es el momento.

—Yo creo que sí. Tiene que ver esto.

Museo Casa Colón

Decidió recuperar el aliento y no encontró mejor sitio para hacerlo que en el interior de la casa en la que se decía que había muerto el descubridor del Nuevo Mundo, a pesar de estar sobradamente demostrado que lo había hecho en el céntrico, aunque ya desaparecido, convento de San Francisco. En la taquilla, un hombre que bien podría ser descendiente directo del almirante le recordó que cerraban en cuarenta minutos. Aun así, pagó el euro de la entrada y buscó su móvil para marcar el teléfono de Pílades una vez dentro.

—¡La madre que te parió! —se anticipó su interlocutor.

—Sí, yo también te tenía controlado. Tenía que ir —se justificó.

—¿Tenías que ir con ese ridículo disfraz? ¿Que tenías que ir? ¡No digas bobadas, chavalín! ¡¡Lo que has hecho es una soplapollez!!

—Como perseguir palomas en una plaza.

—Exacto. Dime, ¿dónde estás ahora?

—Culturizándome —contestó con vaguedad.

—Muy bien, me parece estupendo. Ahora ni siquiera confías en mí. Solo te pido que me escuches con atención, por favor.

—Te escucho, hombre, te escucho.

—Tenemos que vernos.

—No sé si es buena idea, te noto demasiado tenso.

—Tenemos que hablar en persona. Lo sabes. Me lo debes.

—¡Yo no tengo ninguna deuda contigo! —dijo elevando la voz frente a un escudo de los Reyes Católicos tallado en madera.

—Vale —le apaciguó—. Orestes, no tengo mucho tiempo para hablar. Hay cosas importantes que tienes que saber y que me gustaría contarte en persona. ¿Hace cuánto que no nos vemos?

—¿Tengo que preocuparme?

—No. Ellos saben lo que queremos que sepan. Están mirando en una dirección equivocada, pero han identificado tu coche.

Orestes tardó en masticar y tragar la noticia.

—Bueno, no hay problema. Me desharé de él. La verdad es que necesitaba un cambio de vehículo.

—Tienes que parar o lo estropearás todo, estás siendo demasiado voraz.

—No voy a estropear nada, créeme. Tengo todo bajo control. Lo de hoy era algo que necesitaba hacer.

—¿Regodearte? ¿Pavonearte delante de tus enemigos?

—Llámalo como quieras. Escucha, estoy pensando que quizá tengas razón y haya llegado el momento de volver a vernos las caras.

—¡Claro, coño! ¿Qué te parece si nos vemos donde la Milagros?

—¿Donde la última vez?

—¿Conoces un sitio mejor?

—No me importaría ir al Mulberry Street Bar; me trae grandes recuerdos pero nos pilla un poco peor, ¿no crees?

—Sí. Además en esta época del año en Nueva York no hay quien ponga los pies en la calle —continuó con la broma.

—Muy bien. Solo te pido unos días para decirte cuándo.

—Avísame con tiempo. Con todo esto, ando de mierda hasta el cuello.

—Voy a desaparecer unos días, tengo algo importante entre manos.

Su interlocutor se calló lo que estaba pensando.

—Sin problema, espero tu llamada. Cuídate mucho, Orestes.

—Cuídate, Pílades.

Orestes terminó la llamada y se detuvo frente a las réplicas en miniatura de las carabelas con las que hizo su primer viaje el navegante genovés. Pensó que los grandes líderes saben cuándo y cómo sofocar un motín.

Había llegado el momento.

ASPIRA FUERTE EL NAPALM,
QUE HUELE A VICTORIA

Residencia de Augusto Ledesma
Barrio de Covaresa
11 de diciembre de 2010, a las 19:20

Tras dos semanas de planificación, el ataque a la seguridad de la multinacional de seguros ya estaba dispuesto. Orestes lo había enfocado como una intervención quirúrgica y se había encargado de todo lo que tenía que ver con el preoperatorio, su especialidad. Para conocer al paciente, tenía que acceder a su historia clínica y, por eso, lo primero que tuvo que encontrar fue a uno de sus médicos de cabecera: un topo. Los problemas financieros de Gustav Schröder, uno de los ocho analistas programadores que trabajaban en la central de Bruselas, facilitaron mucho las cosas. La suma que tenían previsto reclamar para reinstaurar los sistemas daba para repartir con uno más, y a Goosie —como le había bautizado Orestes— le pareció más que suficiente, teniendo en cuenta que le daría para pagar a sus acreedores y jugarse el resto al Texas Hold'em en

Internet. Únicamente tenía que facilitarles el acceso al «hospital» desde una de las doce puertas por las que Goosie podía entrar en las ciento dos delegaciones con las que contaba la compañía en todo el planeta. Tras dos jornadas intensivas de estudio, convino con Hansel entrar por la de Sudáfrica. Una vez dentro, dejaría libre la ruta hasta los corredores centrales del sistema de seguridad. A partir de ahí, el plan era tan simple como arriesgado. Erdzwerge se encargaría de disfrazar uno de sus últimos troyanos como antivirus residente dotándole de los privilegios de acceso necesarios para poder moverse con entera libertad por sus sistemas. Sería como un celador con la llave maestra paseándose por los pasillos del complejo clínico. Luego llegaría la parte crítica, que era el acceso a los quirófanos. Solo dispondrían de nueve segundos —que era el tiempo que tardaban en hacer cada copia de seguridad de las bases de datos de los territorios en el servidor central— para mutar el troyano en un *trigger*[60] más. Goosie facilitó las cosas para que Skuld pudiera desencriptar la estructura de la base de datos y confeccionar el nuevo disfraz de cirujano. Lo había conseguido en siete segundos durante las pruebas, pero la duda era saber en cuánto tiempo sería capaz de hacerlo bajo presión. Si se pasaba una sola centésima de segundo, la operación fracasaría y Goosie se vería muy comprometido, aunque el analista desconocía ese detalle. Si tenía éxito, el nuevo cirujano plástico en manos de Hansel sometería al paciente a una rápida intervención tras la que lo dejaría irreconocible, incluso para sus padres. Ne-

---

[60] Término con el que se define en lenguaje informático un procedimiento que se ejecuta en una base de datos cuando se cumple una condición establecida al realizar una operación.

gociar con el bisturí en la mano siempre otorga una posición muy ventajosa.

No obstante, eso ya no era asunto de Orestes. Él nunca participaba en la ejecución, prevista para esa noche a las 21:50. De hecho, trataba de alejarse de cualquier dispositivo que tuviera acceso a Internet. Eran sus reglas, y el resto de los integrantes de Das Zweite Untergeschoss las habían aceptado. Haberse mantenido ocupado durante todo ese tiempo le había venido muy bien para templar su voracidad.

Sin embargo, días antes Augusto había tenido que ocuparse de un asunto importante: hacer desaparecer su coche. A las dos de la mañana, agarró el volante y condujo los sesenta kilómetros que le separaban de Encinas de Esgueva. Conocía muy bien la zona. El Emperador tenía una casa en Bocos de Duero que había pertenecido a su familia y que utilizaba como centro neurálgico para las interminables jornadas de caza en el Coto San Miguel rodeado de sus amigos; principalmente, políticos y grandes empresarios. Augusto, que empezó a asistir por no defraudar a su padre adoptivo, terminó por cogerle el gusto a eso de disparar a animales de caza mayor en los alrededores del valle del Cuco. La pieza que más se cotizaba era el jabalí, aunque no les importaba lo más mínimo volver con las manos vacías cuando en casa les esperaba un nada frugal almuerzo regado con caldos de la Ribera del Duero.

Así, no le resultó complicado encontrar la carretera que llevaba desde el pueblo hasta el embalse y dar con la pendiente por la que dejó caer su coche. Con los primeros rayos del día, vio hundirse lentamente el Toyota RAV4 a nombre de Leopoldo Blume en las profundidades del pantano. Después, emprendió a pie los casi veinticinco kilómetros que le separaban de la casa familiar en Bocos de Duero. Bien abrigado para combatir las temperaturas bajo cero y caminando a buen ritmo, llegó a su destino cuatro horas y veinte minutos más tarde. Echó un vistazo a la casa, no recordaba la última vez que había estado allí. Posiblemente, hacía más de diez años, pero el olor a madera carcomida le trajo recuerdos que pudo paladear como si fuera pan recién horneado. Tras unos minutos, reemprendió la marcha hasta Peñafiel para llegar a tiempo de coger el autobús que pasaba a las 12:30 por el bar Avenida, en la calle del Mercado, y comer en casa. Ya había acordado la cita para ir al concesionario de Audi y comprarse un Q5. Un cabo suelto menos.

Lo que le resultaba un tanto extraño y muy frustrante era que su carta todavía no hubiera tenido el efecto esperado. Había transcurrido el tiempo suficiente como para estar seguro de que ya no la iban a publicar; al menos, en *El Norte de Castilla.* Se dio de plazo el lunes siguiente, y si no lo hacían ellos, lo publicarían otros, pero alguien lo haría.

También tenía controlado el asunto con Violeta. A pesar de no haberla vuelto a ver desde la noche del concierto de Satriani, se había preocupado de venderle flores sin aroma y se verían de nuevo en unas horas. Esa noche había un gran evento en el Zero Café, una vídeo-audición de Depeche Mode centrada en *Tour of the Universe Live in Barcelona,* un esperado DVD que había salido al mercado recientemente con el concierto que ofreció el grupo británico en la Ciudad Condal. Paco, el pincha del Zero, le había enviado un correo electrónico como miembro del Club Devotion que era, y no estaba dispuesto a faltar a la cita. La velada desprendía el aroma de la victoria. Aspiró fuerte.

Frente al espejo, se preguntó qué impresión le causaría a ella su nuevo *look* rapado al cero. Él se encontraba cómodo, se sentía como un fruto prohibido, se gustaba. Todavía tenía un par de horas para entonarse, un gin tonic de Heindrick's y un Moods le parecieron la mejor forma de arrancar los preparativos.

A las 20:35, cuando se montó en el taxi, se fijó en que el Renault Laguna negro que llevaba aparcado frente a su casa todo el día arrancaba en la misma dirección. No le quiso dar mayor importancia, pero algo le hizo anotar la matrícula cuando aquel coche se paró detrás de ellos en el primer semáforo.

Bar Domingo
Barrio de la Rondilla

«La cuestión aquí, como siempre, es qué gano y qué pierdo», se cuestionaba Bragado mirando los hielos del cubata que estaba a punto de sustituir por otro. El cementerio de colillas de Winston denotaba que no era una pregunta que acabara de hacerse; sin embargo, todavía no había sido capaz de tomar una decisión al respecto.

«Si entrego al puto niñato, me va a resultar complicado explicar cómo llegué hasta él. ¿Cómo justificar que fui el encargado de resolver el papeleo para borrar el historial de la criatura de la faz de la tierra? Mejía no pararía de tirar del hilo hasta destaparlo todo, aunque fuera lo último que hiciese antes de irse al otro barrio. ¡Maldito seas, no seré yo quien te ponga en bandeja la oportunidad de hundirme de nuevo! Además, seguro que Travieso se pondría la medalla de la detención; al fin y al cabo, yo estoy en la sombra. Solo soy un exinspector jubilado a la fuerza antes de tiempo. Una palmadita en la espalda antes de echarme a los perros en cuanto se descubriera todo. No, no. No me voy a dejar enterrar por ese atajo de políticos que no tienen ni la más remota idea de lo que se sufre en la calle».

—Domingo, ponme otra —dijo antes de sorberse con estrépito.

El bar Domingo era todo un clásico en el barrio de la Rondilla. Estaba especializado en rones, pero se jactaba de tener todas las marcas de licores existentes expuestas en el interminable botellero que nacía en la puerta de entrada y moría en la de los servicios. Si Domingo no lo tenía, era porque no existía.

«Quizá el pequeño Gabriel, o Gregorio, o Augusto, o como quiera que se llame ahora, quiera financiar mi retiro a algún país donde el sol y las chicas de piel morena consigan hacerme olvidar su nombre. ¿Cuánto estaría dispuesto a pagar? Más bien, ¿cuánta pasta puedo pedirle? Con trescientos mil euros, podría vivir unos cuantos añitos como Dios manda. ¡Qué coño, solo eso es lo que debe de valer el bonito chalé que heredó del Emperador! Eso no es más que perejil por mi silencio. Seiscientos mil es la cifra que va a tener que desembolsar ese niñato, eso es. Venderé la casa de La Cistérniga y me marcharé tan lejos como pueda. ¡Quién lo diría! Tan calladito, tan discreto y tan observador. Siempre pegadito a su papá, juntitos a todos los sitios. ¡Manda cojones, quién lo diría! Al final, ya ni me molestaba su presencia en todas aquellas charlas que mantuvimos. Pues vas a tener que rascarte el bolsillo, niñato malcriado, porque el tito Jesús tiene preparada una sorpresita que no te esperas».

—Cámbiame para tabaco, anda —le pidió tirando un billete de cincuenta euros arrugado encima de la barra.

—¿Otro regalito para el pulmón, Chuchi?

—Los que hagan falta, hoy estoy de celebración.

—¿Ah, sí? ¿Y qué celebramos? ¿Los cinco chicharritos que le clavó el Barça al Madrid?

—Cinco hostias tendría que darte ahora mismo, jodido culé de mierda. Celebro que, dentro de poco, no tendré que ver más tu cara de artista arruinado ni beberme tu maldito garrafón. Vete poniendo un par, que hoy cerramos juntos.

A punto estuvo de romper contra la barra el vaso de tubo que acababa de dejar huérfano de contenido antes de dirigirse a la máquina de tabaco. Cuando regresó a su sitio, ya tenía claro lo que debía hacer. Solamente se trataba de despejar el cuándo de la ecuación.

«Paciencia, Jesús. Hay que ser paciente y encontrar el momento. No puedes precipitarte ahora. No va a ser fácil entrar en la casa; prácticamente, no sale más que para ir a correr y de fiesta algún fin de semana. Tengo que elegir bien el momento. Necesitaré unos minutos para encontrar algo incriminatorio, aunque sea falso, ese será mi seguro de vida. Todo va a salir bien, Jesús, es tu momento. Solo tienes que esperar. Todo va a salir bien. Ahora tienes que relajarte: unas copitas y de camino a casa me alquilo una porno en la máquina del Canal Ocio de la calle Canterac. ¡Qué cojones! Seguro que Miguel tiene el dos por uno y hoy es una noche muy especial».

Restaurante El Caballo de Troya
Zona centro

La elegancia de la juez Miralles hacía juego con el porte que había adoptado durante la cena con el inspector Sancho, a mitad de recorrido entre la seriedad y la comprensión. El céntrico y acogedor restaurante de comida castellana estaba siendo el escenario de una conversación que podría definirse como el tipo de cocina: suculenta.

Aurora Miralles era de esas mujeres que jamás dan su brazo a torcer; seguía a pies juntillas el lema que defiende que la mejor forma de alcanzar un objetivo es seguir un único camino, y que normalmente es el que está delante y suele ser recto. Sancho había depositado sus esperanzas de continuar al frente de la investigación en la juez; cuando se vio engullido por las arenas movedizas, no se le ocurrió mejor persona a la que pedir que le echara un cable. Aurora Miralles confiaba en el inspector sin motivo aparente, quizá porque ese pelirrojo tan sencillo y cercano le recordara a ella misma o quizá porque el tejemaneje político le generaba un profundo rechazo. Lo cierto es que no lo dudó un instante cuando el inspector le propuso tener una conversación tranquila.

—Bueno, Sancho. Permíteme que haga un resumen de la situación y de lo que me estás pidiendo que haga por ti.

—Por el bien de la investigación —la corrigió el inspector.

—No insultes a mi inteligencia. Aquí hay más ingredientes personales que enebro en este helado de enebro. Déjame aclararte algo: si decido intervenir, cosa que no tengo aún decidida, no será precisamente pensando en tu futuro.

El tono de voz de la juez hizo que Sancho tuviera la certeza de que no era el momento de argumentar.

—Vuelvo al punto anterior, resumen de la situación. —La juez leyó las notas que había ido tomando durante la cena—: Tenemos un sospechoso identificado del cual se pierde toda pista en el momento en que es adoptado y del que solo tenemos una descripción física que, según tu criterio, nos perjudica más de lo que nos ayuda. Tenemos dos de los seudónimos bajo los que ha actuado, Gregorio Samsa y Leopoldo Blume, ambos personajes principales de obras literarias de renombre, *La metamorfosis,* de Kafka, y *Ulises,* de James Joyce. Tenemos tres poemas y una carta que, de momento, hemos conseguido que *El Norte* no saque a la luz, pero que no sabemos hasta cuándo podremos sostener, por lo que no sería descabellado pensar que pronto habremos de enfrentarnos a una gran alarma social.

La juez disparaba palabras con la cadencia de un arma automática y la precisión de un francotirador. Hizo una pausa para terminarse el vino mientras Sancho seguía jugando con su barba.

—Así pues, nos enfrentamos a un psicópata organizado, capaz de violar nuestros sistemas, de falsificar documentos, de adoptar distintas apariencias físicas y… ¡coño!, hasta de escribir poesía. Según nuestro especialista en asesinos en serie, mata sin seguir un patrón previsible motivado por una especie de reto personal. Es decir, que estamos asistiendo a una macabra partida entre un asesino y un policía en un tablero cuyas casillas son nuestras calles y las fichas son vidas humanas. Por mi parte, sabes perfectamente que no puedo dictar ningún auto de procesamiento con lo que tenemos, y no tendré más opción que archivar el caso si no le damos de comer al fiscal. Además, nuestro oponente marca las reglas y juega con un dado más. ¿Estamos de acuerdo hasta aquí?

—Lo estamos, solo que yo no elegí jugar. Me ha tocado.

—No lo pongo en duda. Sigamos. Nuestro principal jugador está en tela de juicio y se valora la posibilidad de que sea sustituido por otro, y lo que me estás pidiendo es que yo intervenga para evitar que eso suceda. ¿No es así?

—Así es.

—Bien, y ahora te pregunto yo a ti: ¿Qué pasa si decido no hacerlo o si no consigo que reconsideren apartarte del caso?

La nuez del inspector subió al primero para volver a la planta baja antes de contestar.

—Preferiría no valorar esa opción. No obstante, pediré el traslado a otro destino para quitarme de en medio definitivamente y dejar trabajar a otros si eso sucede.

—Ahora, el quid de la cuestión. Si te mantienes al frente de la investigación, ¿qué vas a hacer que no hayas hecho ya para ganar la partida?

—Jugar.

—Explícate, por favor.

—Como tú has dicho antes, ha sido él quien ha puesto las normas del juego hasta el momento y, por tanto, lo único que hemos podido hacer es aprender a jugar, pero estoy en disposición de tirar los dados y es mi turno. Él está esperando a que lo haga.

Aurora Miralles escrutó cada uno de sus gestos, analizó pormenorizadamente cada una de sus palabras y se mordió el interior de los carrillos antes de responder.

—El lunes te llamaré a primera hora para comunicarte mi decisión. Si finalmente continúas al frente de la investigación, vas a tener que aguantarme. Seré consecuente con la decisión que tome.

—Tienes mi compromiso.

Sancho alargó el brazo para hacerse cargo de la cuenta, pero la mano huesuda y firme de la juez lo interceptó a mitad del trayecto.

—Ni lo intentes, mi precio no es una cena. Es tu compromiso, y eso ya me lo has dado. Tú pagas el café y la copa.

No hubo café.

No hubo copa.

Solo hubo una llamada inesperada.

Sancho se subió al coche sin apenas despedirse de la juez en dirección a Castrillo de la Guareña, un pueblo zamorano con ciento treinta y cinco habitantes censados hasta hacía unas horas; ahora tenía uno menos: Raimundo Sancho.

¡ASÍ ES LA VIDA, LA JODIDA!

Exterior de Cáritas Diocesana
Calle José María Lacort (Valladolid)
21 de diciembre de 2010, a las 10:37

En ocasiones, el río de la vida conduce a los individuos por cauces insospechados. En el caso de Mario Almeida, se había dejado arrastrar por los rápidos hasta el mar de la droga y la indigencia. Pasó de apuesto triunfador a apuesta perdedora en tan solo tres años, y de dominador de varios instrumentos a dominado por un único instrumento: el émbolo de la jeringuilla. Había pasado la noche entre cartones y, como cualquier otro día desde hacía más tiempo del que era capaz de recordar, comenzaba su escalada hacia la conquista del «pico» más alto. Con el estómago lleno y con las venas tan vacías como los bolsillos, se encaminó hacia ningún sitio maldiciendo su suerte.

Todavía guardaba intacto en su memoria el recuerdo de la despedida que le brindaron sus colegas en el Barrister Bistro

Bar la noche antes de volar a Europa. Con el pasaporte español en una mano y su guitarra Bella en la otra, se marchó en busca de una oportunidad que impulsara su carrera de cantautor. No le resultó nada complicado convencer a su familia para que juntaran los diez mil pesos que necesitaría para comprar el pasaje de avión y para sobrevivir las primeras semanas. Tenía muy fresco el momento en el que, justo antes de entrar en la zona de embarque del aeropuerto de Ezeiza, la abuela Adela le entregó su medalla de oro de San Cristóbal y le dijo: «Nene, tené *pasiensia*, que con tu facha y tu talento, los éxitos vendrán antes o después. Será solo cuestión de tiempo». Se repitió a sí mismo el final de esa frase tantas veces que terminó por perder su significado; más aún cuando la abuela Adela murió a los seis meses de su partida.

¡Lo que daría en ese momento por poder volver a Belgrano y contar cómo se torció todo! A las dos semanas de llegar a Madrid, el agente con el que había contactado por Internet y que le había asegurado que le ayudaría a lanzar su música como un cohete ya le había dejado sin dinero y sin maqueta. Así, en vez de surcar los cielos, se vio bajando a los infiernos, y lo poco que conseguía tocando en el metro no le daba apenas para comer ni para pagarse el cuchitril de Entrevías en el que maldormía. Necesitaba dinero con urgencia, y trabajar de noche poniendo copas en la zona de Malasaña no le pareció mala opción. Al principio, solo fue alcohol y alguna que otra raya los fines de semana; luego, dejó de beber, dado que no podía componer durante el día estando resacoso. Aunque pueda resultar paradójico, lo cierto es que Mario terminó en los brazos de la coca por culpa del alcohol. Poco después, el trabajo de camarero dejó de ser suficiente y su don de gentes le sirvió para que un cliente se fijara en él y le ofreciera la oportunidad de ganar mucha más plata. La primera semana colocó cinco gramos y se metió casi doscientos euros, cien para el bolsillo y cien por la nariz. La segunda fueron ocho, y la tercera diez, manteniendo siempre el mismo salomónico reparto.

Así transcurrieron los meses, cubriéndose de polvo como lo hacía Bella en la esquina más recóndita de su habitación. Para Mario, todo iba a pedir de boca, o de nariz, hasta que llegó aquel nefasto mes de julio en el que detuvieron a su proveedor dos días antes de que a él le pillaran trapicheando en el baño y le largaran del bar. A esas alturas, necesitaba casi dos mil euros al mes, cien para comer, trescientos para pagarse un techo y el resto para tabicarse la napia. Ingresaba cero. Entonces, volvió a recurrir a Bella. Con los sesenta euros que le dieron por ella y por la medalla de San Cristóbal de la abuela, pudo fumarse su primer chino. No pasaron muchos meses hasta que dio con sus huesos en la Cañada Real Galiana, donde compartió cobijo y jeringuilla con Marisa, la *Buñuelo,* una politoxicómana con mucha clase y sin dientes que cubría sus necesidades y las de Mario gracias a todas las veces que permitía que la rellenaran. Su chabola estaba más transitada que un paso de peatones en Tokio gracias a su virtuosismo y a su capacidad para abrir su mente tanto como sus piernas. Siempre en su papel de dómina, practicaba la dominación en todas sus modalidades y vertientes: *bondage,* flagelación, *spanking, fisting,* cera, pinzas y un largo etcétera. Un día que llovía mucho, Mario se la encontró tirada en un hoyo, tiesa y sucia como el palo de un gallinero. Sobredosis y a volver a empezar de nuevo con tan solo los doscientos veintitrés euros con noventa céntimos que encontró en el bolso de Marisa. Fue entonces cuando decidió quitarse, y lo consiguió; un día entero. A la semana siguiente, ya le llamaban Mario, el *Buñuelo,* debido a que demostró tener un talento similar al de su predecesora, pero en el rol sumiso.

Había llegado a Valladolid hacía algunas semanas, quizá meses, porque el único tiempo que le importaba a Mario era el que transcurría entre una dosis y la siguiente. Lo que sí recordaba era el motivo por el que, un día de mucho calor, guardó trece euros y se compró el billete de autobús con destino a esa ciudad tan fría en la que había nacido el abuelo Fermín. ¿O era el bisabuelo Agustín? Lo mismo daba.

Caminando sin saber dónde, notó que alguien le tocaba en el hombro.

—Disculpa.

Mario se giró asustado; normalmente, nadie le asaltaba por la calle a no ser que estuviera en alguna zona peligrosa, y esa precisamente no lo era.

—¿Y vos qué querés, tarado pendejo?

—Siento haberte asustado. Me llamo Juan Francisco Torrado, soy redactor de la revista *Tu salud.* Estoy haciendo un reportaje sobre la rutina diaria de un toxicómano.

—¡Andá la concha de tu hermana!

—Te pagaré bien.

Mario, que ya se había dado la vuelta, se paró en seco.

—¿Cuánto?

—Doscientos euros.

—*Tressientos.*

—Doscientos cincuenta.

—Dale. Enséñame la guita.

—No. Ahora te doy cien, y el resto cuando hayamos terminado —le expuso el periodista.

—Y... dale.

—Pero antes tengo que saber si te han detenido alguna vez en España. En la redacción nos han prohibido sacar a alguien con antecedentes.

—Nunca. Mirá —dijo sacando de la cazadora lo que un día fue un pasaporte—. Che, soy español. ¿Viste, pendejo? A mí no me agarraron nunca, te lo podés creer o no, lo mismo me da.

El periodista se quedó con el nombre y primer apellido: Mario Almeida.

—Bueno, pero tengo que comprobarlo, me juego mi puesto de trabajo.

—Che, bancátela como podás. Comprobalo o *hasé* lo que te salga de la loma del orto, pendejo. Como si te comés un garrón de la gran flauta.

El periodista parecía escrutar la veracidad de las palabras de Mario.

—Tengo el coche a la vuelta de la esquina. Te iré haciendo las preguntas mientras vamos al sitio en el que te sacaré las fotografías.

—Che, si querés retratarme, aflojá otro *bishete* de *sincuenta* —exigió haciendo el gesto con la mano de la castañuela invertida.

—Se te adelantó el gordo de Navidad, ¿eh? Aquí no tengo tanto, te lo doy en el coche.

—Dale.

De camino al lugar que el periodista había escogido para hacer el reportaje fotográfico y una vez que tuvo el dinero en su mano, Mario le hizo un resumen de su frustrada vida como artista y de cómo se las ingeniaba para conseguir pillar todos los días. No quiso hacer mención alguna a su mote.

El periodista detuvo el coche a las afueras de La Cistérniga, junto a una escombrera recubierta por un manto de densa y húmeda niebla.

—Este es el sitio.

—¿Qué carajo de lugar es este?

—Son los exteriores que necesito para el reportaje. No puedo hablar de la miseria de un drogadicto y publicar fotos tuyas sonriendo en el estanque del Campo Grande o en La Rosaleda, ¿entiendes? Aquí el que decide soy yo, ¿o es que además de ser un virtuoso de la guitarra eres periodista?

—Andate a cagar.

—Pues eso. Ponte este plumas rojo de una puta vez.

—¿No te gustá mi ropa de farlopero, boludo?

—No. Pero mira, podrás quedarte con él cuando terminemos. Considéralo un detalle por mi parte.

Mario no puso objeción alguna. Esa prenda de abrigo le vendría estupendamente para combatir el frío de las noches a la intemperie o para venderlo si venían mal dadas.

—Vale. Siéntate en esa piedra de ahí y deja la mirada perdida en el horizonte. Yo me encargo del resto.

Mario hizo lo que le indicó el periodista. Por fin iba a tener su pequeño momento de gloria y, en cuanto terminaran, lo celebraría en condiciones con los trescientos euros que le había sacado a aquel pendejo.

—Oye, pues sí que tienes porte. Están quedando unas fotos muy buenas. Mantén fija la mirada perdida en el horizonte —le indicó.

El periodista fue girando alrededor de Mario mientras disparaba su cámara de fotos hasta ponerse casi a su espalda. Sin dejar de hablar, sacó el martillo tipo tas con el mango recortado que llevaba en el interior de la cazadora.

—*Sha* te dije que había *nasido* para artista.

—¡Que empiece el viaje ya!

Mario no supo interpretar esas últimas palabras del periodista. No le dio tiempo. El último sonido que escuchó fue el seco crujido de su hueso temporal al fracturarse. A partir de ahí, el Buñuelo ya no pudo sentir ninguno de los otros treinta y siete impactos que recibió en la cabeza, uno por cada palabra del inicio de *Spieluhr*. Huesos, músculos, cartílagos y tejidos se convirtieron en un deforme aglomerado de los rasgos y facciones que antes definían una cara.

En ocasiones, el río de la vida serpentea caprichosamente con el destino de las personas. El de Mario desembocó mucho antes de lo convenido para perderse en el océano del olvido.

El periodista sintió la necesidad de escuchar una de las canciones de su top: *1999*, de Love of Lesbian.

Hasta aquí llegó el ritual
de enfados y canibalismo estúpido.
Son demasiadas horas en vela
y nada que decir.

Descansamos nuestra espalda
en las persianas bien cerradas,
tú y yo anémicos,
y a cada parpadeo calmado
intentamos dormir.

Tenía claro el escenario de la siguiente etapa. Las últimas semanas habían transcurrido como un espectáculo de fuegos artificiales, y ya tocaba la traca final. Después, necesitaría unas semanas, quién sabe si meses, de introspección para reordenarlo todo. Empezar de nuevo. Reencontrarse. Reinventarse.

Putas ganas de seguir el show
ni de continuar mintiendo
y en un travelling algo veloz
sale un «fin» en negro.
Me pregunto quién pensó el guion,
debe estar bastante enfermo,
fue el estreno de un gran director,
le caerán mil premios.
Y a medias del viaje,
callo a gritos
que no quieras bajar.
Y pierdo la conciencia
cuando escucho cómo dices.

La canción le evocó imágenes de Violeta. No sabía con certeza si la echaría de menos o no, pero lo cierto es que esa chica tenía algo especial, era distinta y en los últimos días Augusto no había dejado de preguntarse cómo hubiera sido todo en otras circunstancias.

—*Que sea cierto el jamás. ¡Oh, muérete!* —cantó casi emocionado dejándose llevar totalmente por el final instrumental de la canción.

ARDE GARGANTA

Residencia de Augusto Ledesma
Barrio de Covaresa
24 de diciembre de 2010, a las 16:30

En cuanto vio abrirse la puerta del garaje de Augusto, Bragado se agachó haciendo gala de una mayor agilidad de la que sus características físicas podrían hacer presuponer. Cuando el reflejo del flamante Q5 desapareció del retrovisor, se incorporó de nuevo.

«Se marcha. Ahora o nunca. ¡Vamos, Jesús, que esto es pan comido para un tipo como tú!».

El exinspector se bajó de su Renault Laguna con un duplicado del mando del garaje en la mano pensando que le estrujaría las pelotas a Lubo —el búlgaro que le había hecho el trabajo— como no funcionara. Y lo haría no por lo que le iba a costar —cantidad que no pensaba pagarle—, sino porque tenía su santo trasero como la piedra Rosetta de tanto esperar la oportunidad de entrar en la casa. Cuando el sonido del motor de la puerta llegó a sus oídos, la adrenalina empezó a dar saltos por todo su sistema nervioso. Sus vasos sanguíneos se contrajeron al tiempo que se incrementaba su ritmo cardíaco. Los canales por los que circulaba el aire, mezcla de oxígeno y humo de tabaco a partes iguales, se dilataron en respuesta al estado de alerta. Hacía tanto tiempo que no sentía aquello que no pudo evitar dejar escapar una sonrisa cuando volvió a cerrarse la puerta del garaje y se vio dentro de la vivienda.

«Ya estamos dentro. Bien, Jesús, bien. Vamos a darnos una vuelta por ahí a ver qué encontramos».

El exinspector encendió su linterna. Lo primero que le llamó la atención fue que ese garaje estaba más limpio que su cocina, y la pintura lucía mucho más que la de su salón. Tenía que encontrar algo con lo que negociar con el hijo adoptivo del Emperador. Se había enfrentado a tipos mucho más peligrosos a lo largo de su vida, delincuentes que otorgaban el mismo valor a la vida que al envoltorio de un caramelo. Únicamente tenía que encontrar una prueba con la que exprimir la cuenta corriente del tipo al que todos andaban buscando y que solo él había sido capaz de encontrar.

«El puto niñato se ha hecho un gimnasio para él solito. Tiene que haberle costado una pasta. No escatimas en nada, ¿verdad?».

A la derecha de las escaleras que subían a la vivienda, pudo distinguir una puerta que daba acceso a lo que debía de ser el trastero. Entró y encendió la luz, no sin antes ponerse los guantes para poder rebuscar sin dejar rastro en ese mar de estanterías cuidadosamente ordenadas. Decidió invertir unos segundos en examinar aquella habitación de quince metros cuadrados y, al contrario de lo que haría la mayoría de las personas, Bragado hizo el recorrido visual de izquierda a derecha. Taladros varios, cajas de tornillería, una sierra de calar, una lijadora, ropa de faena limpia y planchada, tres cajas de herramientas de distintos tamaños, herrajes de obra, grifería, decenas de cajas de bombillas, una carretilla, una hormigonera, dos escaleras, un pico, dos palas, dos rastrillos, dos cortacésped, un cortasetos, dos motosierras y decenas de tiestos bien apilados.

«¡Joder!, he visto ferreterías con menos artículos y peor ordenadas que este trastero».

Haciendo esquina, en una zona a la que apenas llegaba luz, había un tablón abatible anclado a la pared que hacía de mesa de trabajo. Sobre el mismo, dos bultos le llamaron la atención. Uno parecía un maletín, y el otro, una pequeña bolsa de viaje.

«¿Qué hace eso fuera de su sitio, niñato?».

De dos zancadas, se colocó frente a ellos; se decidió primero por el maletín con caracteres orientales. Dentro de él había una funda negra en la que se sujetaban las herramientas para el cuidado de los bonsáis. A Bragado se le iluminó el rostro.

«Vaya, vaya, vaya. El kit de trabajo, ¿eh? ¿Y qué es esto otro que tenemos aquí?».

La intensidad con la que los latidos de Bragado golpearon su pecho certificó que podía dar por concluida la labor de búsqueda que acababa de empezar. Había encontrado la Taser X26.

«Ya te tengo, niñato. ¡Ya te tengo!».

Recogió ambos tesoros y subió las escaleras tratando de mantener la calma. Solo tenía que esperar.

«Paciencia, Jesús, todo va sobre ruedas».

Las escaleras desembocaban en el vestíbulo de entrada. Atraído por la luz, se encaminó al salón y lo chequeó desde la entrada. Las persianas estaban subidas, pero las cortinas salvaguardaban la intimidad de una estancia en la que el color blanco predominaba sobre el resto. Dejó los tesoros que acababa de encontrar encima de la mesa y, al reconocer el mueble del salón del Emperador, sus papilas gustativas se pusieron a trabajar. Era el mismo mueble que, a buen seguro, había trasladado desde la antigua casa. En aquella casa había pasado muchas tardes escuchando las historias de un hombre que, bajo una fingida coraza de dignidad y altivez, realmente escondía la debilidad de necesitar los oscuros favores de un policía experimentado y con contactos; como él. Reconoció también el mueble de comedor con uno de sus cuatro módulos dedicado a botellero, ese al que tantas veces había acudido y en el que reposaba el mejor whisky que jamás había probado: Chivas Regal de veinticinco años. Visualizó la botella, la ocasión merecía que todavía estuviera allí, que quedara al menos un trago para celebrar el paso a la nueva vida que estaba a punto de empezar.

«Vamos, Emperador, dime que todavía guardas mi botella».

Cuando abrió el botellero, su mirada se dirigió directamente al sitio donde esperaba reencontrarse con su estilizado recipiente.

«Cada cosa en su sitio y un sitio para cada cosa. ¿Cuántas veces me repetiste eso, viejo amigo? Claro que sí».

Sus pupilas reflejaron la forma y el color cobrizo del licor escocés; sus papilas liberaron tantos estimulantes que ya podía paladear el suave sabor de la malta envejecida en madera de roble.

—Claro que sí —repitió en voz alta con el néctar escocés en la mano.

Se sentó en el sofá y puso su vieja Glock 17 de nueve milímetros parabellum sobre las piernas. Encendió un cigarro. Quedaba más de media botella, suficiente para amenizar la espera.

Residencia de Ramiro Sancho
Barrio de Parquesol

El móvil de Sancho vibró encima de la mesa del comedor. Se incorporó para comprobar el identificador de llamada. Visualizó a Steve Buscemi y algún sentimiento afectivo difícil de comprender le empujó a responder de inmediato.

—Sancho.

—Ramiro, ya me imagino que eres tú, a no ser que hayas contratado a una secretaria para cogerte el teléfono.

—¡Ya empezamos! La verdad es que me alegro de oír de nuevo tu maldito acento eslavo.

—Yo también el tuyo. Oye, ¿me dejas que te haga una pregunta?

—Me la vas a hacer de todas formas.

—Tienes razón. Allá va, ¿qué es un pez en un cine?

Sancho enmudeció.

—Un mero espectador.

El inspector no reaccionó.

—Vaya, me temo que es muy complejo para un tipo de la meseta como tú.

La carcajada de Sancho obligó a Carapocha a apartar el teléfono de la oreja.

—Entonces, ¿lo has entendido?

—Sí, y me ha hecho gracia.

—Pues me alegro. Me enteré de lo de tu padre por la juez Miralles. Siento mucho tu pérdida. Si te sirve de consuelo, te diré que su legado siempre estará vivo en el refranero que tanto alimenta su hijo.

—Ya sabes, en casa del tamborilero, todos son danzantes.

—Ese me lo tienes que explicar.

—Cuando me expliques tú el origen etimológico de «gorrón».

La risa del psicólogo sonó como un aullido metálico a través del auricular.

—No quise llamarte para no meter el dedo en la llaga, y te confieso que ya he sobrepasado mi cupo de funerales con el de Martina... hasta que se celebre el mío. ¿Cómo estás?

—No sé muy bien qué decirte. Sigo aturdido. Demasiados golpes en tan poco tiempo, y Mejía empeora día tras día. Esta semana fui a visitarle al hospital; apenas podía hablar.

—Lo siento mucho. Como te decía, la juez Miralles me llamó. ¿Lo sabías?

—No.

—Te dije que podías confiar en esa mujer. Además de informarme del fallecimiento de tu padre, me pidió que redactara un informe psicológico sobre ti. Ya puedes imaginarte mis conclusiones: maniacodepresivo con tendencias suicidas.

—¡Loquero comunista...! Ahora en serio, muchas gracias por todo —dijo el inspector cambiando su tono de voz—. Ayer mismo me llamó la juez para decirme que habían reconsiderado retirarme del caso y que tu informe le había servido de mucha ayuda. El lunes termino mis vacaciones y retomo el mando. De todas formas, no he permanecido como un mero espectador, por si me lo decías con doble sentido.

—Lo hacía.

—¡Qué hijo de Putin!

Sancho se explayó en la carcajada, liberando toda la tensión que había acumulado durante las últimas semanas.

—Para que lo sepas, he estado en contacto con Matesanz y Peteira por si surgían novedades en la investigación.

—¿Y bien?

—Poca cosa. Mejor dicho, nada nuevo. Solo que Pemán vuelve a la carga con la idea de difundir el retrato robot y los seudónimos del sospechoso.

—Ese político me da bastante miedo.

—Como todos los políticos, pero bueno, tengo a la juez de mi parte y creo que conseguiremos ganar tiempo.

—Eso espero. Escucha, estaba pensando en bajar a verte unos días.

—¿En Navidad?

—Navidad para ti. Para mí, no es más que el final de un mal año y el principio de otro peor. Te apuesto los pulgares de mis pies al baño maría a que estás deseando verme.

—Tanto como las ganas de arrancártelos yo mismo con unos alicates, pero... ¡escucha!, este domingo a las doce y media se juega el derbi de rugby entre los dos equipos de Valladolid, y mi culo asistirá con total seguridad. Ya me perdí el anterior partido contra la Santboiana, joder, que les enchufamos treinta y cuatro puntos y les dejamos a cero. Además, tengo buenas sensaciones, vamos a ganar.

—Será un placer acompañar a tu pelirrojo trasero. Ya me dirás cuál es el otro equipo para prestarle todo mi apoyo desde la grada.

—Avísame cuando llegues a la estación para buscarme algún compromiso ineludible, ¿vale?

—Yo te aviso. Cuídate, Ramiro.

—Lo mismo te digo, Armando.

Residencia de Augusto Ledesma
Barrio de Covaresa

El olor a tabaco hizo que se dispararan las alarmas de Augusto justo antes de que una voz familiar le indicara que la siguiente escena se desarrollaría en el salón.

—Pasa, Augusto querido, te estaba esperando.

Augusto forzó un gesto de sorpresa e indignación antes de dirigirse al salón.

—¿Quién está ahí?

—No te alteres, chiquillo. Soy yo, Bragado. ¿Me recuerdas?

El exinspector estaba sentado en su sofá individual con sus embarrados y desgastados zapatos del número cuarenta y cuatro sobre la mesa. Sujetaba la pistola semiautomática con su mano derecha, y con la izquierda, el vaso de whisky con las últimas lágrimas de Chivas Regal reposando inermes en el fondo.

—¿Qué cojones haces tú en mi casa? ¿Cómo has entrado?

—Calma, niñato, calma —le contestó alargando todo lo que pudo la primera vocal—. Déjame que te explique. Siéntate, anda.

—¡No pienso sentarme! ¡Voy a llamar a la policía ahora mismo!

—Deja de vocear y siéntate de una puta vez —exigió Bragado señalando el biplaza con el cañón de la pistola.

«Eso es, Jesús, demuéstrale quién manda aquí».

Al endurecer el gesto, Bragado parecía mucho más peligroso que lo que daban a entender su escasa capacidad craneal y la simpleza de sus rasgos antropológicos. Apretó con fuerza los párpados antes de volver a insistir con la pistola. Augusto se sentó de visible mal grado.

—Quizá no te hayas percatado de esos dos objetos que he dejado encima de la mesa del comedor. Me los ha traído Papá Noel.

Bragado se sintió en ese momento como King Kong en lo alto del Empire State Building, y emitió un estentóreo y gutural rugido que habría sido la envidia del simio gigante. Augusto se giró para reconocer sus pertenencias interpretando la escena con una inexpresividad que bien hubiera firmado Clint Eastwood.

—No pareces muy sorprendido, niñato. —Bragado dejó el vaso sobre la mesa para presionarse los lacrimales.

—¿Qué es lo que quieres?

—Eso ya me gusta más —dijo bajando los pies de la mesa y señalando de nuevo a Augusto con la pistola.

—¿Te importaría no apuntarme a la cara con eso?

«Siempre funciona. Bien, Jesús, sigue acojonándole. ¿Por qué me pican los ojos? No importa, tú sigue acojonándole».

—Tranqui, *beibi*, no te pongas *nervi*. Aunque esta maravilla no tiene seguro, el gatillo posee un mecanismo de doble acción que hace que tu dulce cara de asesino esté a salvo a no ser que decida dispararte, cosa que haré sin dudar como vuelvas a tocarme las pelotas. ¿Te ha quedado claro? Eso es. Ahora, vamos a hablar de lo que quiero y de lo que tú vas a hacer por mí. ¡Quién lo diría, joder! Ese niño tan inseguro e indefenso víctima de malos tratos convertido años después en un asesino en serie.

Augusto se limitaba a examinar a Bragado sin perder detalle de la situación.

—Tu padre me enseñó a poner precio a las cosas importantes. Precio a los contactos, al valor, a la lealtad, al compromiso... pero, sobre todo, al silencio. Yo ya no necesito reconocimiento por parte de nadie, ¿entiendes? Lo que necesito es largarme de aquí si me lo permiten los malditos controladores aéreos, claro, y tú vas a proporcionarme el billete. Bueno, el billete y algo más. No creerás que iba a salirte tan barato, ¿no? Qué coño, tengo que asegurar el futuro de mi hija, que no tiene ni para dar la entrada de un piso de cincuenta metros cuadrados. Mi niña va a saber quién es su padre.

Bragado se frotó enérgicamente los ojos con la palma de la mano que tenía libre sin dejar de apuntarle con la otra.

«¿Qué coño te pasa, Jesús? Te has pasado con el Chivas, maldito borracho. Bueno, tranquilos todos. Tranquiiiilos. Trata de que él no lo note, tú sigue hablando».

—¿Quieres saber el precio de mi silencio?

Augusto asintió con la cabeza y, sin modificar un ápice su gesto impasible, hizo sonar sus nudillos.

—Claaaro que sí. Los números nunca se me han dado bien, pero he hecho una cuenta muy sencilla. Mira, doscientos mil euros por cada una de las víctimas. Suerte que, de momento, solo son tres. ¿Eh, niñato?

Bragado notó que una neblina empezaba a invadir su campo de visión. Lo que antes era un picor se había convertido en cuestión de segundos en una gran molestia. Aquel hombre exteriorizó su inquietud agitando la cabeza con rudeza.

—Mucho whisky del bueno, ¿eh, Bragado? —preguntó muy despacio y bajando intencionadamente su tono de voz.

—Media botella, pero que no te siente mal, tómatelo como un pequeño anticipo de lo que me debes. Además, a tu padre nunca le gustó el whisky, era más de coñac. Mucho más refinado, claro. ¿Cuál era esa marca que bebía y que le tenían que traer de fuera? Espera, espera… Château Paulet —dijo al fin.

Augusto esperó el momento de dar la réplica.

—Tu padre sabía cómo tratar a sus amigos —quiso expresar Bragado, aunque sonó: «Tu-pa-dle-sa-bía-co-mo-tla-tar-asuss-ami-gosss».

—*Sható polá* —corrigió con perfecta pronunciación francesa—, y mi padre nunca te consideró su amigo, maldito ignorante. Te utilizó como a un mono de feria; como voy a utilizarte yo, y déjame decirte algo más: tu niña, Estela, ya no es tan niña y vive en casa de su novio, el tal Jacinto ese, que no tiene donde caerse muerto. Pero luego hablaremos largo y tendido de tu niña, que ahora tienes que descansar.

Bragado intentó levantar el arma, pero apenas podía sostener la pistola y, antes de darse cuenta, ni siquiera pudo mantener los brazos erguidos.

«El maldito whisky, Jesús, la has cagado con el whisky. ¿Tenías que beberte toda la botella? ¿Y por qué te habla de Estela? Maldita sea, se me cierran los ojos. ¿Qué me pasa? Maldita sea, Estela...».

Se reclinó a plomo sobre el sofá provocando que se iniciara un balanceo que terminó unos segundos después con el sonido que hizo la Glock 17 al caer. Antes de perder totalmente la consciencia, pudo escuchar las palabras que Augusto le susurró al oído:

—Mi padre siempre decía que eras un orangután previsible y descuidado. Fuiste descuidado al permitir que te viera espiándome desde tu Renault Laguna negro, matrícula 9714 FMG. Cuando supe a quién pertenecía el vehículo, imaginé que querrías algo a cambio de tu silencio, ya que, de otra forma, me hubieras entregado para ponerte las medallas. Fuiste previsible al entrar en mi casa justo en el momento en el que yo me marchaba tras dos días de autoforzada reclusión. Fuiste jodidamente descuidado al no reparar en que yo estaba en el jardín vigilándote, y entré en cuanto reconocí los primeros síntomas de somnolencia. Y fuiste estúpidamente previsible cuando te bebiste tu botella de Chivas Regal, a la que yo le había dado mi toque personal con Rohipnol[61], una dosis suficiente como para dejar fuera de combate incluso a un orangután codicioso, mezquino y corrupto como tú.

Los ojos de Bragado empezaban a cerrarse a pesar de los esfuerzos que hacía por mantenerse despierto.

---

[61] Marca comercial del flunitrazepam, un principio activo de la categoría de los psicótropos muy potente y frecuentemente utilizado como hipnótico y sedante.

«Estela…».

—Mi padre repetía mucho esta frase de Cicerón: *Stultorum plena sunt omnia*[62]. Razón tenía. Yo solo tenía que esperar al mío. Hoy tú y yo celebramos juntos la Nochebuena, amigo.

Residencia de Bragado
La Cistérniga

Las bofetadas no sonaron como hubiera deseado Augusto debido al efecto amortiguador de los guantes de vinilo, pero fueron eficaces para despertar al exinspector. Desorientado, Bragado trataba de enderezar el cuello y de procesar las imágenes que su retina iba captando. Tras unos instantes de confusión y a pesar de la poca luz, certificó con total seguridad que, como él le había anunciado, estaba en su propia casa.

—Mi sofá es mucho más cómodo, ¿no crees?

Augusto estaba sentado a horcajadas en una silla a unos dos metros frente a él. Con los brazos apoyados en el respaldo, sujetaba una escopeta de caza de corredera calibre doce.

—Mientras te vas recuperando, voy a contarte cómo se me ocurrió todo para que sepas a quién has intentado extorsionar. Cuando accedí a toda la información que necesitaba del propietario del vehículo, me vine a ver tu casa. Te confieso que me encantan estas casas tan rústicas, tranquilas, prácticamente aisladas y con su parcelita individual para meter el coche. Así nos dejan más tranquilos. Por cierto, he tenido que coger pres-

---

[62] Expresión latina que se traduce al castellano como: «En todas partes abundan los necios».

tada tu carretilla para mover la tonelada que pesas. Mira, el esfuerzo ha merecido la pena. Ya estamos aquí, charlando de nuevo.

«Maldita sea, Jesús, la has cagado bien cagada. Maldita sea».

—¿Qué quieres de mí? —exigió saber tras emitir un molesto sonido con la laringe.

—Lo primero que quiero es que prestes atención a esta escopeta de caza que pertenecía a mi padre. No es la mejor de todas las que tenía, ni mucho menos, pero he elegido precisamente esta porque es la única que no está a su nombre. Totalmente limpia —mintió—. Tiene cinco cartuchos más el de la recámara, aunque solo me hará falta uno para volarte la cabeza a esta distancia.

Augusto hizo una breve pausa para que Bragado asimilara sus palabras.

—¿Ves esa botella de JB que tienes a tus pies? Quiero que la cojas y que empieces a beber mientras escuchas lo que tengo que contarte. Apretaré el gatillo sin dudarlo si haces alguna tontería, y te aseguro que lo siguiente será ir a visitar a tu querida Estela.

—¡Puto niñato! —dijo liberando todo su odio por la boca—. ¿Qué pinta mi hija en todo esto?

—Tú la has metido. ¡Cuando decidiste tratar de joderme! —voceó Augusto—. *Dente lupus, cornu taurus petit*[63].

—Mi hija no tiene nada que ver en todo esto.

—Eso lo decido yo, maldito ignorante. Calle Tórtola, número dos. No me gusta nada la decoración, por cierto. Ni la

---

[63] Expresión latina que se traduce al castellano como: «El lobo ataca con sus dientes; el toro, con sus cuernos».

zona, ni la casa, pero me va a resultar muy fácil entrar. Quizá les esté esperando cuando vuelvan de cenar esta noche en casa de sus suegros. El mismo procedimiento que cuando entré en casa de mi difunta madre, que en paz descanse. Bebe.

Bragado posó el dosificador en su prominente labio inferior e inclinó la botella. Mientras tragaba, no le pasó desapercibido ese brillo en los ojos. Lo había visto pocas veces, pero siempre le causaba el mismo efecto: pavor.

«Tranquilo, Jesús, no intentes nada hasta saber qué pretende. Tranquilo, no la cagues ahora. Bebe. Haz lo que dice, tienes que ganar tiempo. Hazlo por ella. Piensa solamente en ella. Traga».

—Supongo que eres consciente de que te va a ser imposible salir con vida de esta. Si no has llegado ya a esa conclusión, es que eres aún más estúpido de lo que pensaba. Sin embargo, puedes conseguir que me olvide de la dulce Estela; eso sí está en tus manos. De momento —apostilló.

—Dime qué coño quieres de una vez.

—Tienes razón. Bebe y vamos al grano. ¿Sabes cuál es el crimen perfecto?

—No hay crimen perfecto —aseguró antes de tragar.

—Claro que sí, hombre, claro que sí. Seguro que tienes algo ahí dentro, utilízalo —sugirió apuntando con la escopeta entre las cejas del exinspector.

—¿El que se queda sin resolver?

—No, maldito necio, el que se resuelve de forma equivocada.

Bragado empleó unos segundos en atar cabos antes de hablar.

—Imposible. Tienen la descripción de una persona que nada tiene que ver conmigo.

—¿De quién? ¿De ese drogadicto que ha estado ayudándote? ¿Te refieres a Gabriel García Mateo? ¿Ese niño víctima de los malos tratos que creció en los peores orfanatos y del que nunca encontrarán documentación alguna gracias a ti? ¿Ese al que utilizaste cuando se te ocurrió cometer el primer asesinato? Ya sé que se te fue de las manos. Una chica tan joven y tan atractiva en manos de un hombretón tan impetuoso… Un error lo tiene cualquiera. Encontrarán tres de sus brillantes pelos negros en tu sofá, que, dicho sea de paso, no puede ser más horroroso. Ya te dije que eras un tipo muy descuidado, Jesusín. Luego, cuando te encontraste con el marrón encima, decidiste utilizar a ese pobre desgraciado que te hacía las funciones de chivato, y fue cuando montaste todo el tinglado de Gregorio Samsa. Tus excompañeros atarán cabos porque quieren atarlos. ¡Qué casualidad que te dieras cuenta tú solito de que era un testigo falso! ¡Impresionante! El exinspector conseguía así meterse dentro de la investigación y controlarlo todo desde dentro, como siempre había sido. De eso presumías tanto con mi padre, ¿no?, de tenerlo todo bajo control.

—¡Maldito enfermo! —injurió entre dientes Bragado intentando levantarse de la silla.

—¡Si vuelves a interrumpirme, te volaré esa estúpida cara de orangután! ¡¿Me has entendido?! —gritó Augusto rojo de ira—. ¿Creías que podías jodernos? ¡Puedes apostar la honra de tu hija a que haré de tripas corazón para follármela bien follada antes de acabar con la estirpe Bragado! ¡¡Vuelve a interrumpirme una vez más!! ¡¡¡Te reto, maldito estúpido!!!

Bragado tragó flema y azufre antes de sentarse de nuevo.

«Puto niñato, está desquiciado pero te tiene bien agarrado por las pelotas. Piensa en Estela. Hazlo por ella, Jesús. Bebe».

Bragado bebió.

—Te voy a demostrar que tengo mis capacidades intelectuales intactas. No vuelvas a interrumpirme —le conminó algo más calmado—. Las deudas siempre se pagan, deberías haber aprendido eso de mi padre. Gabriel te pidió que te hicieras cargo de su madre, esa zorra que le jodió la vida para siempre y que le empujó a ser un pobre drogadicto sin un sitio donde caerse muerto. Gabriel no tenía arrestos para acabar con la vida de su madre, pero su amigo exinspector sí. ¡Ese sí tiene cojones suficientes! Ese que le debía un favor y que tenía contactos en todos los tugurios de la ciudad y que se relacionaba con lo peorcito de cada casa. Expertos en falsificación de documentos, piratas informáticos... ya sabes. Se lo debías y no podías arriesgarte a fastidiar todo el plan. Te resultó francamente sencillo entrar en su casa y acabar con esa anciana, ¿eh? Los testigos que vieron merodear al operario de mantenimiento darán la descripción de Gabriel, tú nunca te dejarías ver. Por último, el asunto de Martina. Te enteraste de que había una especialista trabajando codo con codo con la policía y supusiste que ella sola podría descubrir a Leopoldo Blume. No podías consentirlo, pero claro, al ser tan descuidado olvidaste la carpeta que dejó Sancho y mandaste a Gabriel a por ella. ¿Cómo ibas a prever que se daría de bruces con el inspector encargado del caso?, ¿verdad? Menos mal que consiguió escapar. Si no, lo habría estropeado todo. Como ves, las piezas van encajando.

Bragado daba la impresión de ir asumiendo su derrota y de querer ahogarla en licor. Durante la explicación de Augusto, vació un cuarto de botella sin pestañear, le ardió la garganta. Nunca un trago le supo tan amargo.

—Había llegado el momento de deshacerte de Gabriel y todo habría concluido. Eso pensaste, ¿eh? ¿Ya lo has adivinado? Veo que sí. Pronto encontrarán su cadáver en ese vertedero que se puede ver desde la ventana de tu salón. Me hubiera gustado llevarme algún recuerdo de él, seguramente su lengua, pero no disponía del tiempo necesario y no quise arriesgarme. Por cierto, ¿por qué tuviste que ensañarte con su cara? ¡Menos mal que llevaba encima su DNI caducado! Te confieso que me esmeré mucho en su elaboración. Envejecer el plástico fue lo más complicado. Luego, puse una foto mía de hace por lo menos diez años, la retoqué un poquito y listo. Estoy tan orgulloso de ese trabajo que me masturbaría aquí mismo si no tuviera tu cara de simio delante.

Augusto levantó las cejas buscando la reacción de Bragado, que seguía atónito e inmóvil en su silla. Bragado bebió.

—Los psicólogos lo justificarán como un trastorno depresivo, consecuencia de tu traumática salida del cuerpo de Policía. Tenías que demostrar que eras mejor que ellos, ¿y qué mejor forma de hacerlo que matando impunemente en tu ciudad? La policía encontrará tus huellas en la Taser, en el asa del maletín de herramientas y en la vaciadora cóncava. También encontrará tu impronta en el martillo con el que le machacaste la cara, por supuesto. Todo eso lo he hecho mientras estabas dormidito —reconoció forzando una expresión de niño malo—. También he traído unos cuantos de mis libros favoritos que he dejado en tu mesilla, entre los cuales no podían faltar *La meta-morfosis, Ulises,* unos cuantos de poesía, de mitología griega y romana. No te creas, me ha costado mucho desprenderme de ellos, pero creo que la ocasión lo merece. Por último, descubrirán las cartas que pensabas dirigir al resto de medios de comunicación para dar a conocer tu obra poética al mundo y, como no podía ser menos en este último acto, encontrarán otro poema. Sé que eres adicto al mus y al julepe, así que he tenido la delicadeza de tenerlo muy en cuenta en tu despedida. ¿Quieres oírlo? Claro que sí. Lo he titulado *Fortuna,* que es la diosa romana del azar. Presta atención a la primera estrofa, es donde confiesas tus crímenes. Vamos allá.

Augusto recitó de memoria los versos:

El primero fue Cupido.
El segundo, por encargo.
El tercero fue querido.

La grande nunca descuido,
pienso con arte el descarte.
Si tú pasas, yo te envido.

Juega, que no me he rendido.
Tuya la chica, con pares
y juego ya te he vencido.

Sumando ya me he salido.
Se terminó la partida,
ganar yo nunca he sabido.

466

De rojo y bala el tapete he teñido.
Con este órdago, ya me despido.

—¿Sigues pensando que estoy enfermo? Seguro que no.

Bragado bajó la mirada y ni siquiera pudo hacer ruido nasal alguno. Tuvo un momento de claridad para reconocer que no había más salida que tratar de librar a su hija de ese monstruo.

—Vale. Has ganado, lo reconozco. ¿Cómo sigue esto?

—*Bibamus, moriendum est*[64], que dijo Séneca —le animó.

Bragado no comprendió; bebió.

—Eso es, Jesusín, ya casi has terminado. Lo siguiente que necesito es que hagas dos cosas para que me olvide de ti y de tu hija. Primero, quiero que orines en esa botella de plástico que tienes ahí, necesito que elimines de tu cuerpo los dos miligramos de flunitrazepam. Aunque mi experta colega dice que apenas deja rastro en la sangre, prefiero minimizar riesgos. Tú no lo entenderás, pero me gusta cuidar los detalles. Luego, quiero que te termines lo que queda de esa botella de JB. Seguro que eso no te va a costar. Después, quiero que cojas tu arma. Está ahí, cubierta por ese trapo, sobre la mesa —le indicó marcando el objetivo con los ojos sin mover la cabeza—. Para terminar, te la vas a meter en la boca, apretar ese gatillo de seguridad hasta el fondo y dejar tu impronta cerebral sobre esa pared.

«Estás bien jodido, Jesús, bien jodido. Se acabó. Pero espera…, espera un segundo. ¡Claro, joder! Podrías contarle todo lo que él no sabe. Podrías utilizarlo como moneda de cambio.

---

[64] Expresión latina que se traduce al castellano como: «Bebamos, que la muerte es inevitable».

¡¡Mierda!! ¿Y cómo se lo demuestras, Jesús? No tengo forma de hacerlo. Imposible. Se creerá que le estoy tratando de tomar el pelo y puede que hasta consiga empeorarlo todo. Estás bien jodido, Jesús. ¡Qué hijo de puta!».

—¡Qué hijo de puta! —expresó con una entonación casi más de admiración que de insulto.

—Te aseguro que va a ser la única forma de salvar la vida de Estela.

—Alguien oirá el disparo.

—Sabes que no, la casa más próxima está tan lejos que si oyen algo les parecerá el sonido de los petardos que la gente acostumbra a tirar en Navidad. Por este camino, además, no pasa nadie. No te preocupes por eso.

—¿Y cómo puedo fiarme de ti?

—No puedes, pero sí podrías utilizar el poco cerebro que tienes. Si lo hicieras, entenderías que no pienso reabrir el caso matando a la hija del difunto asesino en serie si todo sale como te he contado. El exinspector Bragado, en un ataque de arrepentimiento y completamente borracho, se voló la tapa de los sesos. La única alternativa que se te plantea es tratar de hacer alguna estupidez y que tenga que dispararte. Luego, yo debería desaparecer, pero puedes estar seguro de que haría una parada en la calle Tórtola, número dos, antes de hacerlo. Tú eliges, papito.

«Mierda, Jesús, ¿qué tienes que pensar? No tienes posibilidad de salir de esta con vida; por lo menos, trata de salvar la de Estela. Bebe. ¿Cómo has dejado que te la jueguen así? Te va a colocar los tres asesinatos. ¡Joder, que tú nunca has matado a nadie! ¡Maldita sea! ¿Y qué más da? Estarás muerto para cuando tu nombre salga en los periódicos y habrás librado a Estela de este malnacido. Brinda por ello. ¿Cumplirá su palabra? Claro que sí, el niñato tiene razón. No tiene ningún sentido que la mate si me culpan a mí de todo, y para eso tengo que pegarme un tiro. En la boca. ¿Y si intento dispararle cuando agarre mi arma? Con esta borrachera y la puntería que tengo, no acertaría ni vaciando todo el cargador. No. Tienes que hacerlo como él dice. Si la cago otra vez, matará a Estela. Bebe, Jesús. No puedes permitírtelo. Estás jodido. Bien jodido, Jesús. Pero me llevaré mi secreto a la tumba. ¡Que se joda! El puto niñato nunca lo sabrá».

—*Tempus fugit*[65].

—Dame esa botella.

—Eso es, cógela despacio y trata de que no se caiga nada fuera. Como verás, tiene el cuello lo suficientemente ancho como para que atines dentro.

La botella de litro y medio se llenó hasta algo más de la mitad.

«Ya está decidido, Jesús. Esto terminará pronto. Piensa únicamente en Estela y en la vida que tiene por delante».

—Ahora viene la parte más delicada, no vayas a cagarla. Gira la silla y siéntate mirando a ese cuadro de mercadillo que tienes en esa pared.

Augusto no dejaba de encañonarle en ningún momento. Sabía que era prácticamente imposible que Bragado se girara y acertara en el blanco en el estado en el que se encontraba, pero toda precaución era poca en los instantes finales.

—Muy bien, Bragado. Eres diestro, ¿verdad?

---

[65] Expresión latina que se traduce al castellano como: «El tiempo vuela».

—Sí.

—Muy bien. Extiende la mano derecha y coge tu pistola. Mantén la botella de JB en tu mano izquierda. Piensa solamente en Estela; ahora mismo, su vida depende exclusivamente de ti. No la cagues, Bragado. Si te sacas la pistola de la boca, te volaré la cabeza y luego iré a por Estela. No lo estropees ahora. Piensa solo en tu hija.

Bragado siguió las indicaciones al pie de la letra. Parecía calmado, entregado a su destino. A pesar de ello, Augusto guiñó el ojo izquierdo para apuntar con precisión a la cabeza.

—Dime que cumplirás tu palabra, niñato.

—Cumpliré mi palabra. ¡Que empiece el viaje ya!

Bragado se introdujo en la boca el cañón de su Glock 17, en diagonal y hacia arriba. Podía escuchar sus propios latidos como los de un animal desbocado mientras cogía y soltaba aire por la nariz a un ritmo frenético. Su pecho se movía al compás. Absorbió el contenido de sus fosas nasales como para coger fuerzas y cerró los ojos.

«Vamos, Jesús, demuestra a ese puto niñato que tienes lo que hay que tener. Se trata simplemente de apretar el gatillo y todo habrá terminado. Piensa en Estela. Solo cuenta Estela. Vamos, Jesús, tienes que apretar el gatillo. Hazlo ya. Estela. Hazlo por tu hija. Que se joda el niñato».

Augusto se contagió de la tensión del momento. Deseaba hacer crujir sus nudillos, pero no podía separar las manos de la escopeta. Su corazón bombeaba sangre a tal velocidad que el cerebro empezó a registrar las imágenes que captaban sus retinas a cámara lenta. Para tratar de administrar la tensión, empezó a recitar en voz baja unos versos en alemán:

Ein kleiner Mensch stirbt, nur zum Schein.

Wollte ganz alleine sein. Das kleine Herz stand still für Stunden.

So hat man.

La detonación le robó el aliento durante unos segundos, los mismos que tardó en procesar el brusco retroceso de la cabeza y la nube roja que se estrelló contra la pared. El fugaz recorrido de la bala a través de la masa encefálica hizo que la vigorosa apariencia de Bragado se transformara en la de un enorme y endeble muñeco de trapo.

Augusto esbozó una sonrisa. Tocaba salir pitando de allí, pero de su interior nacía algo que le impedía irse así, sin más. No podía desaprovechar la ocasión, y se acercó al finado por delante para no pisar la sangre que había a su espalda. Se agachó a un metro escaso de su cara. Tenía la cabeza apoyada en el respaldo y ligeramente inclinada hacia la izquierda, con la mirada vacía, perdida en el techo infinito. De su boca abierta brotaba un caudaloso afluente color escarlata. Tenía la expresión de un muñeco de cera al que le acabaran de dar un susto.

—Creías que eras más listo que este pobre niño adoptado, ¿verdad? ¿Que te ibas a salir con la tuya, Jesusín? ¿Que ibas a retirarte con el dinero del hijo del Emperador? Y después, ¿qué? ¿Pensabas esconderte en el culo del mundo? ¿Que no te íbamos a encontrar? ¿Que ibas a salir vivo y millonario de esta?

Augusto hizo el ademán de darle golpecitos en la cara con la mano extendida, pero sin llegar a tocarle. De improviso, se irguió y adoptó la postura de una madre riñendo a sus hijos, con los brazos en jarras, cargando el peso sobre la pierna izquierda y dando golpecitos con la punta del pie derecho en el suelo.

—¡Qué cojones, pero si tengo una canción para ti! No te muevas.

Sacó el iPhone de la mochila y buscó *Julien*, de Placebo. Se puso los cascos para escucharla mejor y subió el volumen. Cuando empezaron a sonar los primeros compases discotequeros de la canción, se arrancó a bailar. Contoneó el cuerpo al tiempo que alternaba el movimiento de los brazos echando los codos hacia atrás y compensando con el balanceo forzado de la cabeza.

Cuando comenzó a escucharse la letra, dio un paso adelante y señaló a Bragado con el dedo índice extendiendo totalmente el brazo mientras cantaba a viva voz las primeras estrofas sin dejar de moverse:

> *The payback is here*
> *take a look, it's all around you,*
> *you thought you'd never shed a tear*
> *so this must astound, must confound you.*
> *Buy a ticket for the train*
> *hide in a suitcase if you have to*
> *this ain't no singing in the rain*
> *this is a twister that will destroy you.*

Apareció entonces la guitarra eléctrica y, sin dejar de seguir el ritmo con los pies, Augusto utilizó las manos para interpretar con gestos lo que cantaba, como para que Bragado pudiera entender su significado.

You can run but you can't hide
because no one here gets out alive
find a friend in whom you can confide,
Julien, you're a slow motion suicide.

Justo en el momento en el que moría la música durante un segundo para renacer de forma frenética, Augusto hizo un brusco movimiento de rotación con sus brazos coordinado con un giro de ciento ochenta grados. Elevó el tono para cantar:

Fallen angels in the night
and every one is far from heaven
just one more hit to make it right
but everyone turns into seven.
Now that's it's snowing in your brain
even ten will not placate you
this ain't no cure for the pain
this avalanche will suffocate you.

Con la cabeza inclinada hacia el techo y los ojos cerrados, se dejó llevar por la música. La euforia encontraba una prolongación en el movimiento de su cuerpo y se escapaba por su garganta. Cuando llegaba al final del estribillo, sustituía «Julien» por «Jesusín» acercando su cara a la de Bragado.

You can run but you can't hide
because no one here gets out alive
find a friend on whom you can rely,
Jesusín, you're being taken for a ride.

En la parte instrumental, se entregó por completo al baile agitando su cuerpo con cada nota, dejándose llevar por las imágenes que acababa de guardar en su memoria. Ocupando los cinco metros cuadrados de los que disponía, movía las extremidades de forma tan violenta como sincrónica.

You can run but you can't hide
because no one here gets out alive
find a friend on whom you can confide,
Jesusín, you're a slow motion suicide

Llegaba el final de la canción con la repetición del hecho al que acaba de asistir en primera fila. Sin dejar de moverse, gritó:

Slow motion suicide,
slow motion suicide,
slow motion suicide,
slow motion suicide,
slow motion suicide,
slow motion suicide,
slow motion suicide,
slow motion suicide,
slow motion suicide.

Cuando dejó de sonar la música, se aplaudió a sí mismo y llenó de aire sus pulmones. Era el momento de preparar el escenario para el último baile.

CARENTE DE TODO, DISIDENTE DE NADA

Campos de rugby de Pepe Rojo
Renedo de Esgueva
26 de diciembre de 2010, a las 12:12

La helada caída durante la noche y el aire frío que azotaba las partes del cuerpo que no estaban cubiertas con ropa de abrigo no habían amedrentado a los cientos de aficionados de los dos equipos que ya estaban llegando al campo de Pepe Rojo.

—¡Este aparcamiento está más colapsado que Bill Gates en una tienda de Apple! —proclamó Sancho.

—¡Coño, no me digas que vas a cambiar el refranero por citas de monologuistas arruinados!

—Se lo escuché a Botello el otro día, que, por cierto, es quesero y supongo que estará por aquí. Y de arruinados nada, camarada. Pregunta a Leo Harlem, que, por cierto, es vallisoletano. ¡Para que luego digan que los castellanos no tenemos gracia!

—No sé quién coño es ese tipo, pero es una gran verdad que tenéis menos salero que un kazajo sin vodka.

Sancho se rio con ganas.

Finalmente, consiguieron malaparcar el coche entre maldiciones de Sancho, que no quería perderse el comienzo del partido. El derbi de rugby era uno de los acontecimientos deportivos más importantes de Valladolid. Normalmente, no llegaban a mil los espectadores que iban a ver a sus respectivos equipos, pero la asistencia de público se multiplicaba por cuatro cuando se enfrentaban el Cetransa El Salvador contra el VRAC Quesos Entrepinares. Riadas de personas ataviadas con los respectivos colores blanco y negro del primero y azulón del segundo se dirigían, a ritmo de marcha atlética, a la puerta de entrada. Las limitaciones físicas de Carapocha hacían de la pareja claros candidatos a llegar fuera de control.

—Armando, tienes que pasar por talleres para que te arreglen los cuartos traseros.

—Lo mío no tiene arreglo, solo puede ir a peor; pero te aseguro que a mis cuartos traseros les meterán mano cuando me coloquen en una caja de madera. Antes no.

—Espero que te momifiquen y hagan un sitio en el mausoleo de Lenin para que pueda ir a verte.

—No lo verán tus ojos. Antes te reunirás tú con tus hambrientos antepasados irlandeses.

—Amén, camarada. Aprieta el paso, que nos perdemos el *kickoff.*

Tras unos minutos en la cola de entrada y otros tantos en la del bar para hacer acopio de cerveza, Carapocha y Sancho consiguieron sentarse en la grada solo un instante antes de que arrancara el partido. El inspector lo hacía siempre en la pequeña, al descubierto. El brazo levantado del agente Navarro, su habitual compañero en los partidos de rugby, le señaló dos asientos vacíos.

—Buenos días, por decir algo. Hoy toca pasar frío —comentó el agente de la motorizada frotándose con energía las manos.

—Si ganamos, habrá merecido la pena —replicó Sancho—. Este es Armando, un amigo por decir algo.

—Este es César, ya le conoces de otras veces.

—Sí, el agente que nos trae jugadores.

—Bueno, a nosotros y a ellos, que se ha traído al Chino Mangione al enemigo. Como se le ocurra prepararla hoy, te vas a sentar con el Sanedrín[66] o con tu primo el quesero[67] —amenazó el agente al agente.

—Por lo menos mi primo Mahamud[68] paga la cerveza, que aquí el defensor de la ley y el orden va de barato —aseguró en tono jocoso el representante de jugadores.

—Te lo descuentas de lo que te estás metiendo en comisiones con mi club.

—Vale. Cuando me paguen te aviso —contestó antes de zambullirse en su cachi[69] de cerveza con poco limón.

Dani Navarro aprovechó el instante para dirigirse al inspector:

---

[66] Así se conoce popularmente el grupo de veteranos seguidores del Cetransa El Salvador que se sientan en la grada pequeña y que suelen ser muy críticos con los aspectos técnicos y tácticos del juego, entre otras cosas.

[67] Término con el que se conoce popularmente a los aficionados del VRAC Quesos Entrepinares.

[68] Paco Mahamud: exjugador del VRAC Quesos Entrepinares que ocupó el puesto de apertura durante diecinueve temporadas. Habitual de la grada pequeña de Pepe Rojo.

[69] Término con el que se define en Valladolid y otras zonas el recipiente de plástico de un litro de capacidad.

—Por cierto, Sancho, siento lo de tu padre. He estado unos días de vacaciones y me he enterado a la vuelta. Como supuse que te vería hoy aquí, no he querido llamarte. ¿Cómo estás?

—Voy saliendo. Ya te habrán contado la situación.

—Sí, en la comisaría no se habla de otra cosa, pero me alegro de que estés de vuelta.

—Y yo.

No habían terminado de acomodarse cuando el Chami[70] hacía el primer ensayo de la mañana, obra del jugador inglés Ian Davey. Los aficionados locales, en mayoría, vitorearon la buena acción ofensiva de su equipo. Llevaban cuatro derrotas consecutivas contra su máximo rival, y se podía palpar el hambre de venganza; incluso deportiva.

—¡Ese es mío! ¡Exijo una disculpa! —dijo el representante al agente Navarro, que ya había dado buena cuenta de la mitad de su cachi de cerveza con mucho limón.

—Ese tío es de lo mejorcito que ha pasado por aquí; sí señor —aseguró Sancho—. Jugadores como este, trae los que quieras. ¿Eh?

El representante de jugadores trataba de encenderse un purito con las manos agarrotadas por el frío. Una ráfaga de viento gélido hizo que el humo fuera a parar a la cara del inspector, que de inmediato se trasladó mentalmente a la escena del crimen de Martina. Un escalofrío estremeció su cuerpo antes de girarse hacia él.

—Perdona, César. ¿Qué marca de tabaco es esa que fumas?

---

[70] Término con el que se conoce popularmente al Cetransa El Salvador.

—Moods. ¿Quieres uno?

—No, gracias. ¿Sabrías decirme si hay muchos de esos puritos que huelan así?

—Hay otros muchos aromatizados, pero puedo asegurarte que el olor de estos puritos es único. Los otros huelen mucho más a puro.

—¿Me permites un segundo?

El inspector cogió el cigarro y lo movió por debajo de su nariz.

—¡Hay que joderse, esto es lo que él fuma! —aseguró irritado antes de devolverle el cigarro.

El agente Navarro, que estaba sentado entre los dos, le comentó en voz baja:

—Sancho, ¿te has dado cuenta de que ambos hemos tenido delante a ese cabrón? Por cierto, ¡manda huevos que hasta hoy no hayamos hablado del tema!

—Tienes razón, sí, pero no hemos coincidido en los últimos partidos, y todo esto me ha pasado por encima como un tren de mercancías.

—Me imagino —contestó Navarro.

—Apenas pude verle la cara. Salí corriendo tras él cuando me lo encontré, pero... ya sabes.

—Ya. Yo sí que le pude ver la jeta, y ni siquiera reparé en que iba «tuneado». Hay que tener las pelotas muy gordas o ser un gran hijo de puta para cometer un asesinato y dar él mismo el aviso interpretando el papel de ciudadano asustado. Sancho, tienes que dejarme verle otra vez de cerca cuando pilles a ese desgraciado.

—No sabes las ganas que tengo. No pienso en otra cosa, te lo aseguro.

Tres filas más atrás, alguien apoyado contra el muro ataviado con gafas de sol y pelo largo se encendía un Moods.

Finalizó la primera parte con un ajustado once a nueve para El Salvador. El agente y el representante de jugadores se encargaron de ir a por más cerveza, dejando a Sancho y a Carapocha atrincherados tratando de combatir el avance del gélido enemigo en la grada.

—Armando, estás muy callado. ¿No te está gustando el partido?

—No me gusta el resultado, ya me fastidiaría tener que invitarte a comer.

—No sabes cómo lo voy a disfrutar, no he desayunado nada para poder llegar con hambre.

—Así revientes. ¿Dónde está el servicio? Tengo que evacuar.

—¿Ves toda esa gente esperando allí?

Carapocha palideció y se arrancó a andar con un sincero «sus muertos...».

En el comienzo de la segunda parte, el equipo local se mostró muy superior en la melé tras la salida al campo de Peke Murré, primero, y Manu Serrano después.

—¡Vamos, Nuchigan! ¡Vamos, Peke! —gritaba el representante desde la grada.

—¿Quién es Nuchigan? —preguntó Sancho.

—Manu Serrano, colega mío del colegio. Ahí le tienes al fenómeno, empujando con sus treinta y seis tacos. Con Dani Marrón y Peke, hacen una primera línea demoledora.

—El Murré ese es un auténtico animal. ¿Es tuyo?

El representante asintió.

—Pues ya me dirás a qué peluquero vais, porque me voy a unir a vuestro club de calvos en breve —aseguró el inspector.

—Serás bienvenido. Mira ese linier, tiene más pierna que Zarzosa[71] y menos hombros que mi hijo Hugo, que tiene cuatro años.

El inspector se rio con ganas. Cuando llegó el último ensayo de El Salvador —nuevamente, de Ian Davey—, faltaban todavía veinte minutos para el final del partido. Carapocha acababa de regresar de su particular cruzada en el baño.

—Me parece que de esta no te libras. Te va a encantar el sitio al que te voy a llevar.

Carapocha no replicó.

Efectivamente, le tocaba pagar la comida al psicólogo. Cuando el árbitro pitó el final del partido, el marcador de Pepe Rojo señalaba la victoria de los locales por un abultado veinticinco a nueve. La gente ya se agolpaba en las cercanías del bar. Empezaba el tercer tiempo, que es tan importante como los dos primeros en un partido de rugby. El agente Navarro se había despedido ya, y el representante estaba hablando con directivos y jugadores. El psicólogo seguía como ausente y el inspector compartía cerveza con antiguos compañeros de equipo. Cuando la aglomeración fue desapareciendo, Sancho y Carapocha se dirigieron al coche. A un metro de la puerta, el inspector se detuvo en seco y dobló el espinazo para examinar con detalle

---

[71] Diego Zarzosa: exjugador de Cetransa El Salvador que ocupó el puesto de talonador durante dieciocho temporadas y acumuló cincuenta convocatorias con la selección nacional. Jugó una temporada en los Harlequins de Inglaterra y vistió la camiseta de los Barbarians en una ocasión, anotando un ensayo.

algo que había en el suelo.

—¡Hay que joderse!

Se incorporó y dio vueltas sobre su propio eje buscando una cara conocida.

—¿Qué te pasa, Ramiro?

—Está aquí. O, por lo menos, ha estado aquí.

Avanzó unos metros en dirección a un grupo de personas que se estaban despidiendo para volver sobre sus pasos con los puños cerrados.

—¿Me quieres explicar qué sucede?

—Mira.

El dedo acusador del inspector señalaba una colilla de Moods.

—Lo que yo decía. Trastorno obsesivo compulsivo.

—Una mierda.

Sancho siguió oteando el horizonte hasta darse por vencido, momento en el que sacó de la guantera una pequeña bolsa de plástico y metió la colilla en su interior empujándola con una piedra.

—Sé que es suya.

—¿Y todas estas, inspector? —cuestionó Carapocha señalando otras colillas que se extendían en un radio de unos tres metros.

—Esas me dan igual, pero esta es suya. Lo sé, y me la voy a llevar al laboratorio.

—¿Qué pretendes sacar de ella? Sin otras muestras de ADN para cotejar, ¿de qué te sirve?

—Ya aparecerán, no te preocupes. Antes o después, siempre aparecen.

—Eso dice mi amigo Robbie.

Durante la comida en El Lagar de Venancio, una sidrería

vasca que resultó muy del agrado de ambos comensales, Carapocha le hizo saber que había decidido desaparecer una temporada y que lamentaba mucho no haber sido de más ayuda en la investigación. Necesitaba iniciar un viaje con el objeto de arreglar un asunto relacionado con su hija. Según le confesó, Erika era bipolar y aunque tenían controlada la enfermedad, últimamente tenía recaídas periódicas que le estaban empezando a preocupar.

Quién sabe si fue debido al exceso de sidra o motivado por un sentimiento verdadero, pero Sancho le quiso demostrar el apoyo recibido con un fuerte abrazo. Luego le pidió que, antes de que se marchase, pasara por comisaría a primera hora de la mañana para echarle una mano en un último asunto importante.

LOS ESCOMBROS QUE NOS RESTAN

Comisaría de distrito
Barrio de las Delicias (Valladolid)
27 de diciembre de 2010, a las 7:48

Sancho bajó del coche visualizando la reunión que iba a mantener en unos minutos con su equipo. Había estado apartado de la investigación durante unas semanas, pero se sentía con energías renovadas y así se lo quería demostrar a su gente. Encajó en la cara la bofetada de cuatro grados centígrados bajo cero como una palmada de ánimo y aceleró el paso.

Le resultó extraño el silencio que reinaba en la comisaría mientras subía las escaleras en dirección a su despacho, pero lo achacó a las fechas navideñas. Carapocha le estaba esperando en la puerta del Grupo de Homicidios.

—Puntual como el británico que llevas dentro. Así me gusta —dijo el psicólogo.

—Mi padre decía que los defectos de una persona se intensifican en la memoria de la persona que la espera. Yo, como tengo muchos, no doy opción.

—Un hombre sabio, tu padre.

—Sí, a su manera. Vamos a ver a nuestra experta en retratos robot o, mejor dicho, la única persona de la comisaría que sabe manejar correctamente el programa.

La policía llevaba años utilizando un *software* para elaborar retratos robot a partir de la descripción de una o varias personas de los rasgos principales de un sujeto. El de Gregorio Samsa se había hecho con las aportaciones de los dos agentes que le habían tomado declaración el día después del primer asesinato y la del agente Navarro, de la motorizada.

Cuando se dirigían a las dependencias de la científica, Peteira llamó la atención del inspector.

—Buenos días, inspector.

—Buenos días, y feliz Navidad.

—Papá Noel te ha dejado un bonito regalo de bienvenida. Acaban de encontrar el cadáver de un varón en un descampado a las afueras de La Cistérniga. Según me han dicho, tiene la cara más machacada que el peluche que comparten mis hijos. Voy para allá con Montes y Botello.

—Cuando la mierda valga algo, los pobres nacerán sin culo. ¡A ver si se acaba el año de una vez! Llamadme en cuanto sepáis algo.

—Estaremos allí en diez minutos.

Cuando llegaron a las dependencias de los de la científica, Patricia Labrador ya tenía abierto el retrato robot del sospechoso.

—Buenos días, Patricia. Este es Armando Lopategui, el psicólogo criminalista que colabora con nosotros en la investigación.

—Encantada —contestó agarrando el ratón—. Coged esas sillas. Tú dirás.

—Vamos a darle un toque de realidad a esta cara. Lo primero que quiero es que le quites el pelo, las gafas y esa perilla que es más falsa que la sonrisa de Stalin. Señor experto en elaboraciones de perfiles psicopáticos —dijo poniendo la mano en el hombro de Carapocha—, ¿cuáles son los rasgos faciales que no pueden modificarse sin una intervención quirúrgica?

—Supongo que tenemos claro que los psicópatas no presentan rasgos físicos distintivos que nos permitan detectar a tales sujetos a simple vista.

—Así es, pero, que yo conozca, eres la persona que más psicópatas ha visto en su vida. Por eso, quiero que intervengas en la reelaboración del retrato robot. ¿Te parece que este tipo de la pantalla puede parecerse al que buscamos?

—No —respondió categóricamente el psicólogo.

—Pues eso.

—De acuerdo. Respondiendo a tu primera pregunta, la forma y el tamaño del cráneo y el mentón, así como la localización de los rasgos faciales; es decir, ojos, orejas, pómulos y nariz.

—Estupendo. Yo me crucé solo un segundo con él, pero diría que tenía el mentón algo más cuadrado.

—Modificado —confirmó Patricia.

—Vamos con las cejas. Las haremos más cortas y estrechas, porque si ha querido modificar este rasgo, seguro que lo ha hecho tapándose las suyas con otras postizas más grandes.

—Vamos allá.

—Pégaselas más al ojo y hazlas algo más curvas. No tan rectas —solicitó Carapocha.

—Sobre el color de los ojos, Botello, Gómez y Navarro coincidieron en que eran de color verde. Vamos a dar por hecho que llevaba lentillas de ese color, así que ponle ojos oscuros.

—Patricia, por favor, júntalos un poco y hazlos algo más pequeños —apuntó de nuevo el psicólogo.

—Estupendo. En cuanto a la nariz, dijeron que era ancha y terminada en punta. Yo coincido en ese punto, y no creo que se haya sometido a una rinoplastia relámpago en estos últimos días.

—No, pero podría llevar correctores nasales.

—¿Correctores nasales? —repitió Patricia.

—Sí. Son como unos bastoncillos flexibles que se meten por dentro de la nariz y que, básicamente, elevan la punta.

—¿En serio? No había oído hablar de esos chismes.

—Las mujeres del otro lado del charco los utilizan mucho, consecuencias occidentales del excesivo consumo de televisión.

—¿Cómo pueden conseguirse?

—En cualquier farmacia o por Internet, ¿te los vas a comprar?

—Sí, pero para elevarme otra punta, camarada. Sigamos.

—Espera. Patricia, por favor, prueba con esta otra —le solicitó señalando uno de los cuarenta y cuatro modelos de nariz que aparecían en pantalla.

—¿La de boxeador? —preguntó el inspector extrañado.

—Sí. Poniéndome en su lugar, sería un rasgo físico que trataría de corregir para no ser identificado.

—Bien pensado. Está adquiriendo un aspecto bastante distinto, me lo creo más. Ahora, la boca. Un segundo —dijo

Sancho mirando el identificador de llamada de su móvil—, es Peteira.

El inspector frunció tanto el ceño que los pelos de sus cejas casi podían abrazarse.

—¡No me jodas, Álvaro! ¿Estáis seguros? Bien. No toquéis nada, voy de camino.

El inspector estaba visiblemente aturdido.

—Tengo que marcharme —anunció Sancho dejando caer la mirada al suelo—. El tipo que han encontrado esta mañana en la escombrera; podría tratarse de nuestro sospechoso —continuó, señalando a la pantalla del ordenador—. Armando, ¿puedes quedarte a terminar con esto?

Carapocha asintió.

—Cuando lo tengas, me lo pasas por e-mail, por favor —le pidió a Patricia—, así puedo redistribuirla, aunque lo mismo ya no hace falta.

—Solo un segundo, inspector.

Sancho se giró.

—Después de esto, yo me marcho.

—Lo había olvidado —reconoció algo avergonzado.

El inspector y el psicólogo se abrazaron golpeándose mutuamente la espalda.

—Ya nos veremos —auguró Sancho sin volver la cabeza.

Carapocha no quiso exteriorizar lo que estaba pensando, y se despidió con un *udacha*[72].

Nueve minutos después, el inspector ya estaba en el escenario del crimen. El lugar se encontraba casi a las afueras del

---

[72] Transcripción de la pronunciación de la palabra rusa удача, que se traduce al castellano como «suerte».

pueblo, cerca de un descampado, y podía distinguirse un perímetro vallado en el que se apilaban escombros de obra y piezas de maquinaria agrícola. Dejó el coche al lado del de Peteira, que ya estaba coordinando el acordonamiento de la zona con los de la científica. Sancho caminaba cocinando los ingredientes en su cabeza. Le resultaba difícil de creer que un tipo que había tenido en jaque a toda la policía, y del que apenas se sabía más que su nombre, estuviera muerto en ese sitio. Según avanzaba, pudo distinguir el plumas rojo que estuvo persiguiendo por las calles de Valladolid, y el estómago se lo corroboró con esa sensación que se produce justo en el momento en el que se inicia la bajada de una montaña rusa.

El cuerpo se encontraba fuera del recinto, parcialmente cubierto con algunos escombros y follaje que había sido arrancado de los alrededores para tratar de ocultar el cadáver. Estaba boca abajo, con las piernas abiertas y la cabeza ladeada; tenía el brazo izquierdo recogido cerca de la cabeza, y el derecho estirado. La tierra había absorbido la sangre que había brotado del cráneo; en la mitad de la cara que quedaba al descubierto, no podía distinguirse ningún rasgo facial. El pómulo estaba totalmente hundido, y la frente se asemejaba a un paisaje cárstico a vista de pájaro.

—Extraña postura —observó Sancho al llegar.

—El cuerpo ha sido colocado de esta forma post mórtem, eso lo tengo claro —certificó Santiago Salcedo, jefe de la Policía Científica.

—¿Quién lo encontró?

—Un vecino que venía a tirar esos escombros —dijo señalando una carretilla a escasos metros de la que asomaban restos de ladrillo y tuberías— a las 7:42 de esta mañana. Peteira y los suyos han llegado enseguida, han encontrado su DNI al registrar el cadáver y han avisado a la central. Por cierto, me alegro de verte de nuevo. Ojalá se haya terminado toda esta mierda.

—Le han machacado a base de bien —intervino Peteira.

—Sí, ha tenido que ser con un objeto contundente —opinó Salcedo—. El ensañamiento es más que evidente.

—¿Habéis tomado ya las fotos necesarias? —quiso saber Sancho.

—Sí —contestó Mateo sin despegar el ojo del visor.

—Vamos a darle la vuelta, quiero verle la cara.

—¿No esperamos al juez? —cuestionó el jefe de la científica.

—Hoy no.

—Pues no contéis conmigo —advirtió Mateo recordando el episodio en la casa de la madre.

Salcedo se agachó y, agarrándolo de un hombro, giró el cuerpo hasta ponerlo de espaldas. Las exclamaciones de los presentes se mezclaron creando un idioma imposible de descifrar.

La víctima, simplemente, no tenía cara.

—¡Qué barbaridad, Santo Dios! No había visto cosa igual en mi vida. ¡Qué desastre! —insistió Salcedo.

—¡Hostias! —verbalizó Peteira sazonando el vocablo con acento gallego.

Sancho se dio media vuelta y se pasó la mano por el mentón mirando al suelo. No había forma de reconocerle, pero aun así, llamó la atención del agente Botello.

—Áxel, ¿tú qué dirías?

—¿Estás de coña? Diría que el tipo que lo hizo debía de odiarle mucho para hacerle esto.

—¿Altura, peso, color del pelo?

—Altura… yo diría que sí, aunque este tipo parece algo más delgado. También el color del pelo, pero no estoy cien por cien seguro. No sé, podría ser el mismo, pero es difícil asegurarlo sin la cara. Desde luego, el de la foto del DNI se parece mucho al que vino a declarar a comisaría; de eso no tengo la menor duda.

—Déjame verlo.

Sancho se puso los guantes para examinar la foto del carné de identidad, modelo antiguo y caducado.

—Dádselo a los de documentoscopia. ¡Hay que joderse! —exclamó alargando la erre—. No me puedo creer que todo esto termine así.

—Sancho —interrumpió Peteira—, acaba de llegar la juez.

—Gracias. Por cierto, ¿dónde está Matesanz?

—Está de baja por enfermedad desde el viernes.

—¿De baja? Ya es casualidad que tras veinte años de servicio, precisamente hoy el incombustible Matesanz se coja su primera baja.

Sancho fue al encuentro de la juez, que llegaba caminando con paso firme hacia el escenario del crimen, para evitarle el mal trago.

—Aurora.

—¡Menudo regalo de bienvenida!

—Sí. Será mejor que te ahorres el reconocimiento, le han destrozado la cara.

—Gracias, inspector, pero tengo que verlo. Lo sabes.

A Aurora Miralles se le endureció el gesto.

—¿La causa del fallecimiento es traumatismo craneoencefálico? —consultó la juez a Salcedo.

—Creemos que sí. No hay signos que nos hagan pensar otra cosa, pero debemos esperar a la autopsia para certificar la hora y causa de la muerte.

—De acuerdo. ¿Qué sucede, Sancho? —preguntó la juez advirtiendo el semblante preocupado del inspector.

—No me encaja. No me cuadra.

—Explícate.

—¿Por qué destrozarle así la cara? —cuestionó el inspector volviéndose hacia ella.

—No te entiendo.

—Para que no identifiquemos a la víctima.

—¿Estás sugiriendo que esto lo ha hecho nuestro asesino y luego le ha colocado un carné falso para hacernos creer que está muerto?

—Podría ser, no sé.

—Sancho…

En ese momento, sonó el teléfono de Sancho. Era Travieso. Antes de atender la llamada, le rogó a la juez Miralles:

—Solo te pido que no demos carpetazo al caso sin estar seguros.

Aurora Miralles asintió con la mirada.

—Buenos días, Sancho. Ya me han informado, espero que podamos poner punto final a esta historia.

—Todavía no lo sabemos, comisario.

—Pongámonos manos a la obra con ello. De todos modos, te llamo por otro tema. Me acaba de contactar la hija de Bragado. Estaba muy asustada. Parece que el bueno de Jesús lleva desaparecido desde el día de Nochebuena, que fue la última vez que habló con él para quedar a comer el día de Navidad. No apareció, y no consigue localizarle ni por teléfono ni en su casa. Dice que le notó mucho más tenso de lo habitual cuando habló con él, y le mencionó algo así como que todo iba a cambiar. Seguramente esté enganchado a una botella, pero id a comprobarlo ya que estáis allí, por favor.

—¿Acercarnos? ¿Dónde?

—A su casa. Vive allí mismo, en La Cistérniga.

Sancho enmudeció y cerró los ojos con fuerza.

—Vamos de inmediato.

El inspector agarró a Peteira del brazo y se acercó al cadáver.

—Álvaro, ¿tú sabes dónde vive Bragado?

—¿Qué pasa, inspector? No sé. ¡Espera, carallo! Sí, vive aquí mismo. Botello lo tiene que saber, porque montaban en su casa unas timbas de mucho cuidado. Voy a preguntarle. ¿Qué demonios sucede?

Sancho no tardó en contestar:

—Bragado está muerto.

La casa de Bragado se encontraba a solo cincuenta metros subiendo por un camino de tierra que estaba totalmente embarrado; construida en dos alturas, con fachada de ladrillo y un porche de entrada que marcaba el acceso principal a la vivienda. Las persianas estaban totalmente bajadas y, aunque llamaron varias veces al timbre, no escucharon ruido alguno en su interior.

—Hay que entrar —ordenó Sancho.

—Vale, pero tú das las explicaciones a Bragado —advirtió Peteira antes de abrir la puerta de una patada.

Con el treinta y ocho en la mano, Sancho entró el primero seguido por el subinspector, Botello y Gómez.

—Buscad arriba, pero no toquéis nada —advirtió Sancho a los agentes.

En la planta baja había un salón en el que se amontonaban, mal distribuidos, algunos muebles viejos y poco vistosos. El aseo y la cocina presentaban las mismas características: suciedad y desorden. Cuando encendió la luz, pudo escucharse el inconfundible sonido de los insectos de seis patas buscando escondite.

—Lo único que hay aquí son cucarachas —apuntó Peteira.

Cuando bajaron los agentes negando con la cabeza, Sancho preguntó:

—Esa puerta, ¿adónde lleva?

—Es el acceso a lo que él llama «el casino de La Cistérniga», un tinglado que se montó más postizo que una escena de acción del equipo A. En realidad, es una construcción separada del edificio principal que su padre utilizaba como almacén. Bragado lo acondicionó cuando le compró la casa a su hermano y se trasladó a vivir aquí. Ahí es donde nos desplumaba al julepe los jueves —informó Botello.

—Tiene que estar ahí —auguró Sancho.

Cuando consiguieron abrir la puerta del casino, el hedor de la muerte salió a recibir a los agentes, que se quedaron inmóviles y sin cruzar palabra entre ellos hasta que la voz grave de Sancho hizo que volvieran en sí:

—Avisad a la gente de Salcedo. Que vengan cagando leches.

Residencia de Augusto Ledesma
Barrio de Covaresa

—¡Amigo Pílades!

—Orestes.

—¿No te alegras de oírme?

—Claro que sí —mintió.

—Finges muy mal, querido.

—No ando muy bien de salud. ¿Cuándo nos vemos?

—Precisamente por eso te llamaba. ¿Qué tal el viernes día siete?

—¿No puede ser antes?

—Imposible, amigo, tengo planes con una chica para despedir el año en condiciones.

—¿Con una chica?

—No seas malpensado, es solo una buena amiga; no entra en mis planes. Ya sabes, hombre, *semen retentum, venenum est*[73] —entonó.

Pílades emitió un chasquido con la lengua como respuesta.

—Debería alegrarte que sea capaz de relacionarme.

—Me alegra, pero cuidado con quién compartes la cama.

—Tranquilo, ella es solo una distracción que no durará mucho en mi vida. De hecho, pienso irme en breve para pasar una temporada fuera de Valladolid mientras dan el caso por zanjado.

—¿A qué te refieres?

---

[73] Expresión latina de origen incierto que se traduce al castellano como: «El semen retenido es venenoso».

—He seguido al pie de la letra la fórmula: planificación, procedimiento y perseverancia. Lo he organizado todo para que le carguen el mochuelo a otro desgraciado.

—¿A quién?

—No importa quién, importa el cómo. Sin gato, el ratón es libre, tú me lo dijiste. Déjame que te lo cuente en persona, tengo muchas ganas de compartirlo contigo. Quiero mostrarte que ya no soy una hoja más del árbol, ni una simple baldosa, aunque, por el momento, he decidido que mi brillo no se refleje.

—Claro, ahora esa luz podría cegar impidiendo que tu obra se aprecie correctamente.

—¡¡Exacto!! Veo que lo has entendido.

—¿Cómo no lo voy a entender?

—Por supuesto. Todavía puedo escuchar tus palabras en Central Park y en el Tiergarten.

—Tienes que hacerme partícipe de todo. El momento es este, ¿no crees? Y luego, el día siete, lo celebramos juntos en el Milagros.

—Tienes razón —claudicó al fin—. ¡El momento es este! Ponte cómodo.

Comisaría de distrito
Barrio de las Delicias

A las dos de la mañana, el café era el líquido más cotizado entre el personal que todavía no se había marchado a su casa. Entre ellos, Sancho, Peteira, Matesanz y Travieso, que se disponían a mantener un intercambio de ideas en las dependencias del Grupo de Homicidios. El inspector rezumaba crispación; Peteira, cansancio; Matesanz, malestar general, y Travieso, prisa; urgencia por cerrar el caso y plantarse en el despacho de Pemán con la cabeza muy alta. Sancho esperaba con expresión iracunda a que Travieso colgara el móvil para empezar a hablar. Tenía a Matesanz a su izquierda y a Peteira a su derecha. Sabía que lo que iba a plantear tenía pocas opciones de ser aceptado, pero estaba convencido de que los hechos no eran tan claros como parecían a simple vista. Se notaba con fuerza para pelear y ganar el tiempo que necesitaba. La cafeína recorría su sistema nervioso frenéticamente, como la bola de un *pinball*. Cuando Travieso guardó finalmente el móvil en su desgastada americana de color incierto, Sancho empezó a frotarse la barba como preludio a su intervención.

—Señores, están tratando de metérnosla doblada —advirtió sin miramientos.

—Acabo de hablar con Salcedo, y su informe preliminar es más que concluyente —atajó Travieso.

—La gente de Salcedo hace muy bien su trabajo en la escena del crimen. Han recogido lo que él quería que encontráramos; por favor, no seamos tan simples.

Esa palabra le molestaba particularmente al comisario, su exmujer siempre le decía que era más simple que el mecanismo de un bote de mermelada.

—Vamos a ver, don Complicaciones, voy a enumerar los hechos i-rre-fu-tables —recalcó Travieso juntando las dos últimas sílabas y abriendo su cuaderno de anillas—. Uno, tenemos un hombre que se mete la pistola en la boca y se levanta la tapa de los sesos. Los resultados de balística certifican que disparó él, que estaba vivo cuando lo hizo, y mayormente borracho, con una tasa de uno coma dos gramos por litro. Dos, tenemos sus huellas en la pistola esa paralizante; además, esta guarda un registro cada vez que se dispara y, de las tres veces que se utilizó, dos coinciden con las fechas del segundo y tercer asesinato. Tres, sus huellas en la cajita de herramientas de la señorita Pepis y concretamente en las dos que la científica ha certificado que fueron las que se utilizaron para hacer las mutilaciones a la primera y segunda víctima. Cuatro, los cabellos encontrados en el sofá del salón de Bragado pertenecientes a la muchacha ecuatoriana. Cinco, las cartas con los poemas preparadas para enviarse a distintos medios de comunicación. Seis, el poema de despedida que mantiene la misma línea de estilo que los anteriores argumentando los motivos que le han llevado a cometer estas atrocidades aparte de sus problemas con el alcohol; esto último es cosecha mía. Siete, los libros que se encontraron en su mesilla, en los que aparecen los personajes que utilizó para encubrir a su cómplice, y esos otros de mitología, tan presente en sus poemas. Por último, pero no menos importante, el cadáver de Gabriel García Mateo, hijo de la segunda víctima dado en adopción a no sabemos quién por malos tratos, y cuyas huellas no aparecen en nuestras bases de datos. Un drogadicto del que se sirvió Bragado para encubrir los crímenes, y al que finalmente asesina a golpes con un martillo que, por cierto, se ha encontrado en su vivienda y en el que también están sus huellas. Otra cosa más, los de documentoscopia no son capaces de encontrar en la documentación que llevaba el sujeto ni un solo indicio que indique que es falsa.

Travieso levantó la vista del cuaderno, se quitó sus gafas de cristales tintados y se dirigió a Sancho con voz cómicamente dramática:

—Como dijo el otro, Bruto tenía más posibilidades de salir inocente en un juicio que Bragado.

—Correcto, esos son los hechos —parafraseó Sancho—. Ahora yo voy a exponer mi teoría de lo que bien podría ser, aunque no lo parezca. Es cierto que Bragado apretó el gatillo, pero en relación con la conversación que habían mantenido unas horas antes, su hija dijo, cito textualmente: «Le noté totalmente eufórico y me extrañó, porque hacía mucho tiempo que no le veía así».

—Eso se puede explicar fácilmente por los altibajos derivados del alcohol —le interrumpió Travieso.

—Comisario, voy a rogarle que no me interrumpa, al igual que yo no le he interrumpido en su argumentación.

Travieso asintió molesto con un gesto despectivo.

—Como decía, desde mi punto de vista, no hay motivos suficientes que den sentido a que un hombre como Bragado decida agarrar su pistola y suicidarse. La teoría del arrepentimiento no cuadra en absoluto con el perfil del asesino en serie que nos definió el especialista; es decir, inteligente, organizado y hedonista. Entendería que se hubiera quitado la vida tras haber enviado las cartas a todos los medios para disfrutar de su momento de gloria. Tiempo tuvo de sobra para hacerlo, pero no lo hizo. ¿Por qué? Porque Jesús Bragado dio con el asesino y trató de extorsionarle, pero le salió mal. No tenía más que dejar el resto de pruebas para que las halláramos en casa de Bragado y encontrar una marioneta que suplantara su propia identidad. Os recuerdo a todos que este tipo es un experto falsificador.

Matesanz, que había permanecido callado hasta ese momento, decidió intervenir:

—Conocía bien a Bragado, lo sabéis todos. Y no me cuadra en absoluto que, si realmente sabía quién era el asesino, tratara de extorsionarle. Su única obsesión era limpiar su imagen y dar en los morros a más de uno colocándose la medalla de la detención.

—Estoy de acuerdo —intervino Travieso prolongando los labios—, creo que es de dominio público que le ofrecimos colaborar en el caso desde fuera, dada la incapacidad temporal del jefe del Grupo de Homicidios.

—Bueno, veámoslo así. Bragado trató de detenerle él solito para colocarse la gran medalla y le salió mal —argumentó el inspector.

Matesanz y el comisario resoplaron al unísono. Peteira miraba a Sancho como si quisiera tomar parte.

—Yo no conocía tanto a Bragado; apenas de tres conversaciones —reconoció Sancho con voz queda—. Quizá alguno de vosotros podría decirme si Bragado era tan experto en informática como para ser capaz de violar nuestros sistemas. Si era un amante de la literatura con el ingenio suficiente como para montar los personajes de Gregorio Samsa y de Leopoldo Blume. Si tenía capacidad para escribir un solo verso que rimara y si creéis que era un maestro del disfraz. Pero, sobre todo, si de verdad pensáis que era un asesino capaz de matar a sangre fría a tres personas inocentes.

—Yo diría que no —se apresuró a comentar Peteira—. Es más, diría todo lo contrario. Bragado era incapaz de arrancar un ordenador sin crucificar a todos los santos; lo más parecido a un libro que leyó jamás fue el diario *As* y, aunque sí que le gustaba disfrazarse, lo hacía por otros menesteres más relacionados con juegos de cama. Y añadiré algo más, no creo que se escondiera un asesino frío y despiadado dentro de Bragado. Esta es mi opinión, pero Matesanz le conocía mucho mejor que yo.

Matesanz carraspeó antes de hablar.

—Yo no puedo asegurar que fuera capaz de hacer todo esto, pero en mis años de experiencia he visto crímenes igual o más atroces que estos cometidos por amas de casa, maridos ejemplares y hasta por niños. Lo que sí puedo decir es que Bragado era un hombre atormentado desde que se le forzó a dejar el cuerpo, y que una persona en ese estado, con los problemas con el alcohol que él tenía y que todos conocemos, es capaz de todo eso y de más. Por otro lado, conocía muy bien el procedimiento de investigación, y nuestro asesino siempre iba dos pasos por delante de nosotros. Durante los años que trabajamos juntos, me demostró que había una persona muy calculadora e inteligente bajo esa apariencia de hombre rudo. Si no recuerdo mal, el especialista habló de un tipo de psicópata que permanecía latente y oculto, conviviendo con normalidad en la sociedad hasta que despertaba en algún momento. Personalmente, pienso que Bragado despertó cuando le arrancamos lo que más quería en este mundo: su chapa de inspector. Lo que planteas —continuó volviéndose hacia su mando directo—, como bien dices, podría ser, pero aquí nunca trabajamos sobre hipótesis, sino sobre indicios y hechos probados. De momento, las pruebas que tenemos, y no son pocas, apuntan en una única dirección: el exinspector Jesús Bragado.

La argumentación del veterano del Grupo de Homicidios, acompañada por los constantes y forzados asentimientos gesticulares del comisario provincial, hicieron que Sancho diera la batalla por perdida. No obstante, no quiso darse por vencido y agotó sus últimas balas.

—Señores, creo que vamos a cometer un grave error si cerramos aquí esta investigación. En estos momentos, tenemos un retrato robot mucho más fiable. Solo le pido —dijo dirigiéndose a Travieso— que me deje intentar una última vía de investigación. Necesito tiempo para demostrar que Bragado conocía al asesino y que, ya fuera por tratar de extorsionarle o porque intentó detenerle él solo, le salió el tiro por la culata. Os puedo asegurar que él supo de quién se trataba cuando le dije el nombre del sospechoso. Lo sabía y fue a por él, pero como digo, le salió mal.

—¿Está diciendo que le proporcionó información confidencial a un civil que estaba fuera del caso? —preguntó malintencionadamente Travieso.

—No me venga con esas, comisario. Usted —acusó con el dedo índice— y Pemán han tratado de poner al frente de la investigación al mismo hombre a quien ahora están inculpando de cuatro asesinatos. Únicamente la intervención de Mejía y de la juez pudieron evitarlo. ¡Seamos serios! ¿O cree que soy estúpido? —cuestionó dando un violento e inesperado golpe en la mesa.

A Travieso se le trastabillaron las cuerdas vocales.

—Doy por terminada esta reunión —sentenció Travieso—. Mañana hablaré con la juez Miralles para exponerle nuestras conclusiones.

En ese momento, Sancho cayó en la cuenta del motivo por el que un hombre como Travieso había llegado a comisario provincial: sus tragaderas.

—No me incluya en su informe —pidió Sancho en tono exigente.

—No será necesario —concluyó Travieso en tono excluyente.

Residencia de Ramiro Sancho
Barrio de Parquesol

A las 3:12, Sancho llegó a la conclusión de que aquel no era el momento propicio para meter la tijera a la barba y, sin embargo, sí lo era para escuchar a su fiel consejero irlandés. Antes de marcharse de la comisaría, le pidió a Peteira que se patearan todos los estancos de la ciudad con el nuevo retrato robot del sospechoso. Esa marca de tabaco, Moods, solo podía comprarse en estancos y podría tener la oportunidad que buscaba para no cerrar el caso definitivamente si habían acertado con el retrato. Era su última opción.

En la urna de cristal, sobre los tres pilares de hielo, vertió cuatro segundos de sabiduría. Dejó que el frío envolviera los conocimientos ancestrales antes de instruirse de un trago. Fueron necesarias tres lecciones para tomar una decisión.

Estaba solo, pero escarbaría en los escombros para continuar adelante. A cualquier precio.

UN MOMENTO SE VA, Y NO VUELVE A PASAR

El Norte de Castilla

29 de diciembre de 2010

Un exinspector de policía se suicida tras cometer presuntamente cuatro asesinatos en Valladolid

JBM, considerado el principal sospechoso de los asesinatos de tres mujeres y un hombre, se quitó la vida de un disparo en la cabeza en su domicilio particular el pasado 24 de diciembre.

Los últimos crímenes violentos acontecidos en Valladolid tenían, según fuentes de la investigación, un único autor. Se trataría de un exinspector del Grupo de Homicidios de Valladolid con las iniciales JBM, prejubilado en 2006 y con veinticinco años de servicio en el cuerpo de Policía. El estrechamiento del cerco policial sobre el que se consideraba el principal sospechoso, Gabriel García Mateo, cuyo cadáver fue encontrado horas antes y del que se cree que actuaba como cómplice del asesino, empujó a JBM a poner fin a su carrera criminal de un disparo en la cabeza.

Coincidencia en el modus operandi y primer sospechoso

La serie de crímenes que ha asolado a la capital castellano-leonesa se inició el 12 de septiembre con el asesinato de María Fernanda Sánchez, la joven que apareció muerta y mutilada en el parque Ribera de Castilla y que estremeció a toda la ciudad. Sin embargo, la dilatada experiencia del presunto homicida en los procedimientos de investigación criminal hizo que fuera muy complicado el avance de las pesquisas policiales que, en un principio, apuntaron erróneamente a un crimen pasional.

El 31 de octubre apareció la segunda víctima, Mercedes Mateo Ramírez, de cincuenta y dos años, muerta por asfixia y también mutilada en su domicilio del barrio de Arturo Eyries. Fue entonces cuando la policía empezó a barajar la posibilidad de que ambos crímenes estuvieran conectados por el mismo modus operandi: muerte por asfixia y mutilación post mórtem. A pesar de ello, y como en el anterior homicidio, fueron muy pocas las pruebas recogidas en el escenario del crimen, por lo que los esfuerzos se dirigieron a investigar el entorno cercano de la víctima. La policía investigaba la pista de Gabriel García Mateo, hijo natural de Mercedes Mateo Ramírez, a la que se le retiró la custodia y patria potestad de su único hijo por malos tratos en 1984. Todo parecía que pudiera tratarse de un ajuste de cuentas familiar, teoría que venía apoyada por el testimonio de varios vecinos que colocaban al por entonces principal sospechoso en los alrededores de la vivienda materna dos días antes de que se cometiera el crimen. La policía cursó entonces una orden de búsqueda y captura como autor de ambos crímenes, pero sin obtener resultado alguno.

La firma del asesino volvió a aparecer el pasado 20 de noviembre en el trágico asesinato de la doctora Martina Corvo, cometido en su domicilio de la zona centro y cuya autoría se atribuyó de inmediato a la misma mano. Este medio de comunicación tuvo conocimiento del hecho, pero decidió no publicarlo en aquel momento con el objeto de no entorpecer la investigación del Grupo de Homicidios. Según nos han confirmado fuentes oficiales, la doctora venía colaborando en la investigación como especialista psicolingüística, y ese podría haber sido el motivo por el que se habría convertido en un nuevo objetivo del primer asesino en serie en la historia de Valladolid.

Desenlace inesperado

Finalmente, este lunes se produjo un giro radical en la investigación al encontrarse el cadáver de Gabriel García Mateo, con múltiples fracturas en el cráneo, en un descampado situado en el término municipal de La Cistérniga. A las pocas horas, la policía halló el cuerpo sin vida del presunto autor de los crímenes, el exinspector de policía JBM, tras suicidarse de un disparo en la cabeza en su domicilio, situado a escasos metros del lugar en el que se encontró el cadáver de su presunta última víctima.

Un hombre atormentado y con serios problemas con el alcohol

Según fuentes consultadas por este medio, JBM era un hombre atormentado tras su forzada prejubilación por motivos que la propia policía no ha querido explicar, pero que, según parece, podrían estar ligados con el abuso de alcohol. JBM, de cincuenta y cinco años, era natural de Cistierna (León), pero había desarrollado toda su carrera en Valladolid, llegando a ocupar el cargo de jefe del Grupo de Homicidios entre los años 1984 y 2006. Al parecer, sus problemas con el alcohol se habían incrementado en los últimos cuatro años, y ese podría haber sido el detonante que le habría llevado a cometer esta serie de atroces asesinatos.

Es todavía pronto para esclarecer los hechos, pero todo parece indicar que JBM, utilizando como cebo a Gabriel García Mateo, un drogodependiente con graves carencias afectivas, emprendió una carrera criminal con el macabro fin de demostrar su valía a aquellos que unos años antes habían provocado su salida del cuerpo.

Las muertes van mucho más allá de las estadísticas, pero sería muy extraño que en Valladolid, una ciudad cuya media anual de muertes por homicidio se mantiene entre tres y cuatro, se produjeran cuatro asesinatos en tan solo cuatro meses y que no estuvieran conectados entre sí. Confiemos en que la normalidad vuelva a nuestras calles lo antes posible, aunque lo que es seguro es que las familias y allegados de las víctimas tardarán mucho más en recuperarse.

Rosario Tejedor
Redactora jefe de Local
El Norte de Castilla

Nuevo Hospital Pío del Río Hortega
Barrio de las Delicias

Las bajas temperaturas y una perpetua niebla se habían adueñado de las calles desde primera hora de la mañana con la firme intención de aguantar unas cuantas horas más dominando la ciudad castellana. Era uno de esos días en Valladolid en los que sus habitantes se acordaban con añoranza de esas jornadas estivales en las que el calor dificultaba la respiración.

Hacía apenas una semana que el inspector Sancho había visitado a Mejía, y había podido comprobar que el hombre que había debajo de la máscara de oxígeno era solo una calcomanía dolorosa de lo que antes era el comisario. Había perdido peso y tenía la tez de color ceniza, lo cual resultaba una alegoría del motivo que le había llevado a vivir sus últimas horas postrado en esa cama. Antes de dejarles solos, Matilde le agarró por el brazo y le llevó con discreción hacia la puerta.

—Se nos puede ir en cualquier momento. Casi no puede respirar, y ya ni come —le informó la mujer atenazada por el miedo.

—Lo siento mucho —consiguió articular con voz resquebrajada y titubeante—. Lo único que podemos hacer es estar con él.

—No sabes cómo te lo agradezco. Todavía no me hago a la idea. No sé qué voy a hacer.

—Sal a respirar un poco. Yo estaré aquí hasta la hora de comer.

Aquel «gracias» condecorado de lágrimas con el que se despidió Matilde se prolongó en un suspiro que pareció no tener fin. Sancho trató de recomponerse antes de coger una silla y sentarse cerca de Mejía.

—¿Qué te ha dicho esa bruja? —susurró el comisario con dificultad.

—Te va a echar de menos, está sufriendo mucho.

—Lo sé. Siento hacerle pasar por el mal trago, espero que esto no dure mucho.

Sancho reprimió las ganas de cogerle la mano y la aflicción se adueñó de su rostro.

—Vamos a tratar de no ponernos muy melancólicos. Me cuesta mucho hablar, pero todavía escucho bien. Matesanz me ha puesto al día de los últimos acontecimientos, pero quiero saber tu versión.

Mejía sucumbió al esfuerzo cuando terminó las tres frases y se colocó de nuevo la mascarilla. Sancho cedió a su petición y le agarró con firmeza la mano durante la media hora larga en la que estuvo exponiéndole las conclusiones a las que había llegado y su decisión irrevocable de continuar adelante con la investigación.

—Estás peor que yo, inspector.

—Es posible, pero no puedo hacer otra cosa.

—Sí que puedes.

Al terminar cada frase, el comisario tenía que recurrir al oxígeno de la mascarilla.

—Seguramente tengas razón, pero no quiero mirar hacia otro lado.

—Eso es otra cosa, asume las consecuencias.

—Soy un tipo consecuente, ya me conoces.

—Precisamente eso, un tipo inconsciente, ya te conozco —bromeó intentando hacer una mueca de complicidad.

Cuando se aseguró de que se había dormido profundamente, dejó caer algunas lágrimas que eran fruto del desconsuelo y de la impotencia.

Por la tarde, le comunicaron oficialmente en comisaría que el peso de las pruebas encontradas era tan abrumador que no existía forma posible de no cerrar el caso. Sancho llamó a la juez Miralles directamente para no recibir información intoxicada y, tras más de una hora de conversación, el inspector dio por concluida la jornada. En cierto modo, se sentía aliviado. Tener un objetivo tan marcado simplificaba mucho las cosas.

Residencia de Augusto Ledesma
Barrio de Covaresa

Augusto no recordaba la última vez que había salido una Nochevieja, y ni siquiera estaba seguro de que esa no fuera la primera. Últimamente le pasaba con frecuencia: cuando echaba la vista atrás en busca de recuerdos y los encontraba, tenía la sensación de haberlos vivido en tercera persona. Sabía que había estado allí, pero no tenía la impresión de haber vivido ese momento. Era tan inquietante como reconfortante.

El taxi tardó en llegar a la puerta de casa, pero ni siquiera se irritó y se enorgulleció por ello. Había cenado solo, nada especial; después, se preparó una copa y se sentó a ver *Blade Runner.* Tenía cuidadosamente guardada la edición de coleccionista que había comprado en las Navidades de 2007, a la que ni siquiera le había quitado el plástico del maletín, similar al que llevaba el protagonista interpretado por Harrison Ford, Rick Deckard. Había visto esa película decenas de veces en sus años oscuros, pero esperaba el momento propicio para deleitarse con aquella joya remasterizada del celuloide. Había llegado el día. La escena en la que el replicante, Roy Batty —interpretado por Rutger Hauer—, pronunciaba una de las frases míticas en la antología del cine permanecía muy fresca en el congelador de su memoria: «Yo he visto cosas que vosotros no creeríais, atacar naves en llamas más allá de Orión. He visto rayos C brillar en la oscuridad cerca de la Puerta de Tannhäuser. Todos esos momentos se perderán en el tiempo como lágrimas en la lluvia. Es hora de morir».

La última noche del año se despedía siendo indulgente con la temperatura y, como hacía habitualmente, mandó parar al taxista en la plaza de Poniente para caminar el resto del camino hasta el bar. Todo parecía encajar a la perfección. La policía ya tenía a su culpable, y él, la fórmula que le permitiría sobrepasar la frontera de la supervivencia y disfrutar de su propia existencia gracias a la de otros. Había quedado con Violeta en el Zero y el hecho de que no le hubiera importado en absoluto que fuera acompañada con unos compañeros de la Escuela de Arte Dramático fue el detonante para comprender que, definitivamente, algo en él estaba cambiando. Se preguntaba si, por fin, habría vencido su inseguridad y sus temores.

Cuando llegó al Zero se podía ver poca gente, y Paco *Devotion* estaba tratando de calentar el ambiente con un tema de Methods of Mayhem, *Metamorphosis*. Hacía tiempo que Augusto no escuchaba esa canción y exteriorizó la coincidencia cantando antes de llamar la atención de Luis.

I'm a father to my son, yeah,
I'm a son to my father.
You cannot dismiss
I'm living proof of metamorphosis.

—¡Feliz año!

—¡Ese Augusto bueno! No podías fallarnos esta noche. ¡¡Feliz año!! —gritó Luis alargando el brazo para estrecharle la mano.

—Todavía se puede fumar en este garito, ¿verdad? —le preguntó con el purito ya encendido.

—En teoría no se puede, pero no creo que vengan a tocarnos las pelotas esta noche.

—Tal y como están las cosas, que vengan con prohibiciones para rematar a la hostelería. ¡Qué sinvergüenzas!

—Ya te digo, pero bueno… Ni te pregunto lo que vas a tomar.

—Procede.

—Por cierto, ¿qué te parece lo del poli ese?

Augusto se había mentalizado para poder charlar del tema sin inmutarse. En la ciudad no se hablaba de otra cosa y sabía que era cuestión de tiempo que el asunto, como tantos y tantos otros, acabara enterrado por las arenas del olvido.

—Una pasada. Perdona, voy a saludar a Paco.

Y se evadió en el estribillo.

I'm a father to my son, yeah,
I'm a son to my father.
You cannot dismiss
I'm living proof of metamorphosis.

Antes de que terminara de prepararle el gin tonic, apareció Violeta de improviso y sin compañía para agarrarle la cara con ambas manos, ponerse de puntillas y plantarle un beso en la boca que le recorrió la columna como una mecha encendida para detonar en la nuca. Su cerebro interpretó aquella reacción como algo físico placentero y quiso repetirlo. De forma inconsciente, acudió a ese lugar en el que se refuerzan los vínculos afectivos en busca de algo que llevara la marca de Violeta.

Nada.

Augusto se alegró por ello.

Residencia de la familia de Sancho
Castrillo de la Guareña (Zamora)

El inspector cerró la puerta de la habitación de su madre con mucho cuidado de no hacer ningún ruido que la despertara a pesar de que, en esa casa, cada paso era un crujido. El fallecimiento de su padre había generado tanto espacio vacío que su madre solo recorría la ruta entre la cocina, el baño y su cama arrastrando las zapatillas como si remolcara el peso del firmamento. No hubo llantos ni lamentos durante la cena. Lo cierto es que no hubo más que un menú tradicional castellano, bastantes sobras y mucho silencio. Sancho asistió al crecimiento de nuevas arrugas en el rostro de su madre que, como algas en un acuario, ganaban milímetro a milímetro un territorio que hasta hacía pocas semanas se les había negado.

Cuando bajó al salón, tiró con desdén cuatro troncos en la chimenea para avivar un fuego que estaba recitando ya sus últimos crepitares y abrió la alacena en busca de algún licor que le hiciera compañía antes de irse a dormir. Detrás de muchas botellas de distinta alcurnia, pero todas de linajes distintos al whisky, se asomaba el estandarte inconfundible de Dyc. Esbozó algo parecido a una sonrisa cuando se acordó de los años en los que, entre él y sus amigos del colegio, consumían un porcentaje nada desdeñable de la producción segoviana. La última vez que estuvo con uno de ellos, Pipín seguía pidiendo su «di-cola» en vaso de tubo y no hacía tanto tiempo de aquello, o quizá sí. Su amigo rechazaba cualquier otro recipiente que no fuera ese alegando que solo en el vaso de tubo se daban las condiciones de espacio requeridas para mezclar en su justa medida los líquidos, quedando la mayor parte de la cola en reserva; solo para recurrir a ella si era estrictamente necesario. Lo cierto es que él nunca le vio rellenarlo. También echaba mucho de menos oír protestar a Fonfo, *el Abuelo,* arremetiendo contra todo lo socialmente establecido, o las conversaciones con Esteban sobre temas trascendentales. Incluso, añoraba poder ver el clásico de fútbol con Dionisio, fanático de la religión culé que sostenía que Dios había nacido en la Masía y que a veces se encarnaba en Guardiola y otras en Puyol, Xavi o Iniesta, pero que siempre se manifestaba a través de Messi.

Allí estaba la botella, como la supuesta creatividad de un escritor, a la espera de ser destapada. Se sentó cerca del fuego, en el mismo sofá en el que su padre pasaba las horas muertas dando de comer a las llamas. Ensimismado en los latigazos amarillos, rojos y anaranjados, le dio el primer sorbo al *dicola* pensando en que sería buena idea llamar un día de estos a sus colegas.

Un día de estos.

Zero Café
Zona centro

El Zero estaba bastante animado a las seis de la mañana, pero todavía podían verse espacios libres. Augusto ni siquiera había tenido que recurrir a la bolsita de coca que dormía en el interior de su cazadora. No le hacía falta, se había pasado la última hora bailando en un espacio que había hecho suyo cerca de la entrada, parando solo para avituallarse de Violeta y de alcohol, no necesariamente en ese orden ni en la misma proporción. Paco había entrado en un bloque de canciones melosas, de esas que incitan a arrimarse a alguien. Tras *Undisclosed Desires,* de Muse, empezaron a sonar los primeros acordes eléctricos de la guitarra de *Toro,* de El Columpio Asesino. Buscó a Violeta con la mirada. Le fascinaba ese *riff* de guitarra que moría en fa sostenido menor y que era la base de aquella canción; parecía sacado de la banda sonora de cualquier película de Tarantino.

> *Vamos, niña, ven conmigo,*
> *vamos hoy a divertirnos.*
> *Yo te pintaré un bigote,*
> *necesito un buen azote.*

Violeta aceptó la invitación y se acercó sincronizando cada paso que daba con el ritmo de la música. Forzando una mirada naturalmente lujuriosa, se situó frente a Augusto cantando su parte:

> *Maraca loca, piano ardiente,*
> *nunca fuimos delincuentes,*
> *gafas negras en la noche,*
> *vamos, niño, sube al coche.*

Bailaban juntos, pero cada uno se movía de forma independiente. Augusto tenía los ojos cerrados y se movía despacio, con los hombros ligeramente caídos. Giraba sobre sí mismo de forma sorprendentemente coordinada, habida cuenta de los gramos de alcohol que ya navegaban por su torrente sanguíneo. Violeta era todo sensualidad, lo cual no pasó desapercibido para el público masculino del Zero, que observaba la escena embelesado.

Con amigos y extraños
coincidimos en los baños,
siempre te gustaron largas,
amarga baja, amarga baja.

Ni valiente ni inconsciente
es la marca en nuestra frente,
amantes en un precipicio,
no me vengas con que es vicio,
no me vengas con que es vicio,
no me vengas con que es vicio.

Subimos hasta el cielo,
caímos hasta el fondo,
lo apostamos siempre todo
bailando, danzando entre los muertos
al son de los cascabeles.

Mataderos de uralita rodean la ciudad,
no caímos en la trampa,
hemos visto la cocina y vuestros hornos,
no nos gusta cómo huelen.

Alternando las estrofas según correspondieran a la voz masculina o femenina, Augusto y Violeta coincidieron en señalarse con el dedo cuando llegó la última parte de la canción.

Te voy a hacer bailar toda la noche,
nos vamos a Berlín, no quiero reproches,
carretera y speed toda la noche.

Te voy a hacer bailar toda la noche,
nos vamos a Berlín, no quiero reproches,
carretera y speed toda la noche, toda la noche.

Ya en el epílogo instrumental, juntaron sus cuerpos y se dejaron llevar.

Los primeros rayos de luz del nuevo año entraron con inusitada fuerza a través de la ventana de la casa de Violeta. Todavía no se habían dormido, aunque llevaban disfrutando de la cama más de una hora. Ella cerró los ojos sin sueño y Augusto aprovechó para mirarla durante unos minutos mientras volvía a rebuscar en su interior, escudriñando de forma pormenorizada cada rincón, cada recoveco y cada escondrijo. Solo consiguió encontrarse a sí mismo, ni rastro de Violeta ni de nadie más que no fuese él.

Nada.

Nadie.

Augusto se alegró por ello justo antes de caer traspuesto.

Violeta abrió los ojos.

DÍAS DE BORRASCA,
VÍSPERA DE RESPLANDORES

Comisaría de distrito
Barrio de las Delicias (Valladolid)
5 de enero de 2011, a las 13:27

Sancho se balanceaba en la silla apoyado sobre sus talones y con las manos detrás de la nuca. Estaba revisando los informes de la científica y las autopsias practicadas a Bragado y al joven identificado «por defecto» como Gabriel García Mateo. El inspector se centró en esta última. Lo primero que le llamó poderosamente la atención fue el hecho de que se hubieran detectado restos de varias sustancias estupefacientes, lo cual sirvió a Travieso para alimentar su teoría del títere en manos de Bragado que encubriría sus crímenes a cambio de drogas. Sin embargo, el inspector tenía claro que una persona con ese estado físico tan deteriorado no podría haber mantenido el ritmo de carrera del sujeto al que él había perseguido por las calles de Valladolid. Cuando consultó a Villamil, este le expuso que era poco probable, aunque tampoco había forma de demostrarlo científicamente.

El parte de daños era estremecedor: se contabilizaron hasta quince fracturas en distintos huesos del cráneo y la cara, ocho de ellas mortales, estallido de ambos globos oculares, rotura de mandíbula y, a excepción de los molares, el resto de piezas dentales habían terminado en su faringe. Villamil dejaba claro en el capítulo de conclusiones que la reconstrucción del cráneo era tarea imposible dado el amasijo de huesos y tejidos al que había quedado reducida la cara.

Se comprobaron sus huellas sin encontrarse coincidencia alguna con la base de datos de fichados —contrariamente a lo que piensa la gente, la policía no almacena las huellas dactilares de las personas que no han sido detenidas—. Tampoco existían denuncias recientes de desapariciones que coincidieran con la morfología del cadáver. Al no hallarse muestras biológicas en los escenarios de los crímenes, y la colilla que recogió en el aparcamiento de Pepe Rojo no sería aceptada por ningún juez como prueba, no podía solicitar un análisis de ADN para cotejar los resultados con los de la supuesta madre y demostrar así que no existía vinculación genética entre las víctimas. El peso de las pruebas en contra le hizo tomar la decisión a Sancho de no desgastarse tratando de conseguir algo que, en el mejor de los casos, podría darle la razón dentro de demasiadas semanas, meses incluso sin el apoyo de Travieso. Conclusión: no existía forma de poder demostrar que la identificación era errónea y el tiempo jugaba en su contra habida cuenta de las ganas de Travieso y Pemán por enterrar el caso.

Tirándose de los pelos de la barba, se quedó con la mirada fija en el teléfono fijo, como si esperara que fuera a sonar en cualquier instante. Sin embargo, vibró su móvil y aceptó la llamada de forma instintiva.

—Inspector, ¿cuál es tu Rey Mago?

Sancho reconoció el acento gallego de Peteira.

—Gaspar, que era antepasado mío. Por lo de pelirrojo, ya sabes —contestó siguiéndole la broma.

—Pues pedazo de regalo que te acaba de dejar Gaspar en el estanco de la calle de la Mota.

Ramiro Sancho divisó un rayo de esperanza. El corazón empezó a latirle con fuerza y ya no paró hasta que dejó el coche mal aparcado frente al estanco. Mentalmente, repasó una y otra vez lo que, según le había contado Peteira, había dicho la dueña del establecimiento: «Claro que le reconozco, es el de las cuatro cajetillas de Moods».

Eso fue lo último que escuchó antes de subirse al coche y volar en dirección al barrio de La Rubia. La sirena le ayudó a cruzar el Polígono de Argales y llegar a su destino en menos de diez minutos desde que dejó con la palabra en la boca al subinspector. La agente Carmen Montes y el subinspector Peteira ya estaban esperándole en la puerta del estanco.

—Contadme.

—Como me pediste, nos repartimos los estancos de toda la ciudad y empezamos a mostrar el retrato robot el mismo lunes. Todo *off the record,* claro, pero sin resultado hasta hoy. Carmen te explicará mejor.

La agente Montes tomó la palabra:

—Lo reconoció al instante y dijo que era el de las cuatro cajetillas de Moods. Según me ha asegurado, viene cada dos viernes a última hora de la mañana y siempre compra cuatro cajetillas de esa marca de tabaco. Lleva haciéndolo varios años.

—¿Y tú qué opinas, Carmen?

—A mí me ha dado la sensación de que la señora está completamente segura. No dudó en absoluto.

—¿Cómo se llama?

—Charo Torres.

—Vamos a esperar a que cierre a las 14:00 para hablar tranquilamente con ella. Buen trabajo, Carmen.

Cuando el último cliente se marchó del estanco, Sancho se dirigió a Charo Torres con el retrato robot en la mano. El inspector le extendió la mano flanqueado por sus compañeros.

—Buenos días, señora Torres. Soy el inspector Sancho.

—Encantada —fingió.

—Mi compañera me ha dicho que ha reconocido a este sujeto como un cliente suyo.

—Así es. Mire usted, normalmente no soy muy buena para las caras, pero es fácil recordar a un cliente que lleva viniendo durante años. Suele hacerlo cada quince días, y siempre para comprar lo mismo. El dibujo le hace mucha justicia, aunque quizá no tenga la nariz tan grande. Además, es curioso, porque no hace mucho se ha rapado el pelo al cero tal y como aparece aquí —aseguró la estanquera.

Sancho arrugó la frente.

—¿Sabría decirnos cuándo le vio por última vez?

La señora inclinó la cabeza y clavó su mirada en el techo.

—Vamos a ver… Creo que la semana pasada no vino por aquí. Era Nochevieja, me acordaría. No, no vino. Entonces, debió de ser el viernes anterior.

—Viernes 24. Nochebuena —precisó Peteira.

—¡Claro! Seguro que fue ese día. Recuerdo que yo andaba con algo de prisa por cerrar y marcharme a casa para preparar la cena. Él, como siempre, llegó a última hora, pidió y se marchó.

—Entonces, tendrá que venir a por sus provisiones este viernes. ¿No es así?

—En teoría, sí.

—Muchas gracias, señora Torres. Ahora nos vamos a marchar, pero vamos a volver para esperar aquí a ese tipo.

El rostro de Charo Torres adquirió una expresión de desconcierto digna de ser tallada.

—¿En mi estanco?

—Así es. Es un pobre diablo, pero tenemos que atraparlo y no podemos perder esta oportunidad. Le aseguro que ni usted ni ninguno de sus clientes correrán riesgo alguno. Créame, le detendremos antes de que pueda dar los buenos días si aparece.

—Nunca da los buenos días —apuntó la estanquera.

—Pues antes de que diga: «Cuatro de Moods».

Ya en el exterior, cogió su móvil y llamó a un número directo de la comisaría confiando en que Patricia todavía estuviera en su sitio. Por suerte, terminaba a las tres.

—Hola, Patricia, soy Sancho.

—Hola, inspector.

—Necesito preguntarte algo: ¿por qué decidiste dejar sin pelo al retrato robot del sospechoso?

—Bueno, lo cierto es que no fui yo, fue ese psicólogo el que insistió en ello. Según él, porque era mejor no poner pelo que poner uno que pudiera inducirnos a error. De hecho, todavía estuvimos un buen rato para terminarlo cuando te marchaste. Hizo numerosas modificaciones. La verdad es que ese hombre me volvió un poco loca.

Sancho se paró en seco dejando que su cerebro operara a pleno rendimiento. Entonces, se fijó en la extraña composición artística que presidía la rotonda del paseo Zorrilla que tenía justo enfrente: una serie de paneles de distintos colores colocados en escalera y rematados con una casa de madera en la cúspide. El desequilibrio de los volúmenes provocaba una sensación de inestabilidad, parecía como si la composición entera fuera a venirse abajo en cualquier momento. Inmóvil, con el alma atenazada y el teléfono pegado a la oreja, no escuchaba a Patricia repetir: «Inspector». Únicamente podía oír las palabras de Carapocha percutiendo contra las paredes de su orgullo: «Normalmente, lo que parece es simplemente eso: lo que parece que es».

El inspector se frotó la barba, agitado.

Se puso en cuclillas y se manifestó desde lo más recóndito de su estómago:

—¡Me cago en la madre que me parió! ¡¡Hay que joderse!!

LA PELEA DE GALLOS, SE ADMITEN APUESTAS

Estanco de Charo Torres
Barrio de la Rubia
7 de enero de 2011, a las 12:41

El inicio de las rebajas en plena crisis económica y los últimos coletazos de la Navidad habían empujado a buena parte de los habitantes de Valladolid a la calle; algunos de ellos, para comprar tabaco en el estanco de Charo Torres. El día se había despertado bastante claro, y los termómetros iban sumando grados a medida que pasaban las horas.

Los integrantes del Grupo de Homicidios se enfrentaban a la tensión del momento a través de los equipos de transmisión.

—¡No para de entrar gente, carallo! —se quejó Peteira metido en su papel de taxista estacionado en la parada situada frente al establecimiento.

—Voy a poner un estanco cuando me jubile, eso lo saben los chinos —contestó Jacinto Garrido, caracterizado como limpiacristales en la tienda de informática ubicada a veinte metros de la puerta del estanco.

—Entonces ya para el año que viene. Yo para entonces espero estar trabajando en una multinacional de videojuegos —intervino el agente Botello, que llevaba sentado desde las diez menos cuarto de la mañana en el café Novecento, desde donde dominaba visualmente toda la calle Mota.

—Áxel, ¿estás vigilando o jugando con tu Nintendo DS?

—No me queda otra que vigilar, la maquinita me la he dejado en la mesilla de tu hija. ¿Cómo coño se llamaba?

Dos días antes, el inspector había tenido que pelear mucho con Travieso y Pemán para que se aprobara el operativo. Finalmente, dieron luz verde gracias de nuevo a la intervención de la juez Miralles. Aurora había hecho valer su criterio sobre la necesidad de atar todos los cabos bien atados antes de dar por cerrado un caso de tamaña envergadura con las pruebas obtenidas hasta la fecha. El plan era bien sencillo, lo trazó Sancho junto a los subinspectores Peteira y Matesanz. El gallego, desde su posición dentro del taxi, sería el encargado de reconocer al sospechoso para alertar al resto del equipo; sobre todo a Carmen Montes, que estaría dentro del estanco en el papel de promotora de una conocida marca de tabaco. En cuanto entrara por la puerta, ella le abordaría con una interesante promoción con el objeto de distraerle y poder identificarle positivamente. En el momento en el que este le diera la espalda para pedir, Carmen sacaría su pistola y le daría el alto. En ese preciso instante, cada uno tendría un cometido. Sancho y Matesanz irrumpirían desde la trastienda para apoyar a Carmen Montes en la detención. Peteira y Botello entrarían en el estanco para sacar a los clientes que pudieran haber quedado dentro. Carlos Gómez estaba estacionado con su vehículo camuflado en la esquina del paseo Zorrilla con la calle Mota, y Arnau en el cruce de la calle Mota con la carretera de Rueda.

Siempre existía la posibilidad de algún imprevisto, pero estaba seguro de que le atraparían si acudía a su cita con el tabaco. De lo que ya no estaba tan convencido era de que fuera a aparecer esa mañana.

La puerta de la trastienda permanecía ligeramente abierta para poder ver la entrada del estanco que les quedaba justo enfrente, y Sancho alternaba la vigilancia con Matesanz en turnos de treinta minutos. Así llevaban desde que Charo Torres subió la verja a regañadientes a las diez menos dos minutos de la mañana.

—Muchachos, nos dejamos de tonterías a la voz de ya —ordenó el inspector a través del equipo de transmisión.

Los minutos pasaban, pero no pasaba nada.

Exteriores del restaurante Milagros
Vizcaya

Aquel horizonte le traía muchos recuerdos. Había llegado con tiempo de sobra a la cita con Pílades para poder dar un paseo por los acantilados que tapian el golfo de Vizcaya. Allí se podía respirar el olor que destila la bravura del mar Cantábrico; roca viva, tierra fértil y hierba empapada. Las nubes bajas dejaban pasar los rayos del sol a la espera de cargarse de agua para liberarla con fuerza una vez avanzada la tarde. Solo se oía el ruido de las olas en su eterna pelea por ganar terreno a la costa. Le reconfortaba la tranquilidad de aquel lugar. Ese encuentro iba a ser muy distinto de los anteriores, protagonizados por largas conversaciones en las que le hizo creer que era la única persona que había sido capaz de entrar en su mente para que le ayudara a dar sus primeros pasos y conocerse a sí mismo. Controlarse. Ahora ya había sacado todo lo que necesitaba de él y tocaba reemprender el viaje.

A no mucha distancia, aquel paisaje, aquel olor y aquel sonido también estaban siendo percibidos por Pílades.

Estanco de Charo Torres
Barrio de La Rubia

Sancho era consciente de que iba a ser muy complicado conseguir que le permitieran repetir el dispositivo si ese día se marchaban con las manos vacías. De cualquier forma, el inspector tenía un plan B que empezaría a las 14:01 en el caso de que, como ya intuía, la jornada se saldara nuevamente sin ningún detenido relacionado con el caso. Le esperaban tres horas de viaje por carretera y muchas preguntas que hacer.

—Atención a todas las unidades —advirtió Peteira—. Posible sospechoso caminando por la acera del estanco. Varón blanco de metro ochenta, gafas de espejo y aparentemente rapado. Lleva una gorra azul, cazadora y pantalones vaqueros.

Sancho y Matesanz sacaron sus armas.

—Todo el mundo en posición —ordenó el inspector.

—Atención. Va a entrar en el estanco —avisó Peteira.

Sancho aguzó la vista, pero en el momento en el que entraba en el estanco se cruzó con una mujer que salía y no pudo verle con nitidez.

—Buenos días, caballero —intervino Carmen dirigiéndose al sospechoso—. ¿Qué marca de cigarrillos fuma, por favor?

—Lucky.

—Pueden tocarle todos estos regalos si compra un cartón de Marlboro. Solo tiene que facilitarnos sus datos y, si le toca, le damos el premio aquí mismo.

—No me interesa, gracias.

—De acuerdo. Muchas gracias.

El sospechoso esperó a que fuera atendida la persona que tenía delante y pidió tres paquetes de Lucky. Charo Torres miró a Carmen y negó con la cabeza.

—Abortamos.

Una breve maldición del inspector precedió a la orden de seguir con los ojos bien abiertos. Sancho miró su reloj. Solo quedaban veinticinco minutos para la hora de cierre del estanco. Inspiró profundamente y, tras un furioso masaje en el mentón, recobró la calma.

A falta de cinco minutos para las 14:00, la tensión era máxima. No había ningún cliente en la tienda, y Charo Torres estaba tan ansiosa por cerrar como Sancho por montarse en el coche y apretar el acelerador. Cuando llegó la hora, el inspector dio orden de mantenerse en posición durante algunos minutos más que se consumieron de la misma forma que los doscientos cuarenta anteriores: sin novedad. Salió al exterior y habló con

Peteira y Matesanz para mantener el dispositivo a partir de las 17:00 y hasta el cierre. Sin dar más explicaciones, caminó ligero hasta el coche. Con el destino marcado en su navegador, aceleró con la idea de recorrer los trescientos siete kilómetros en menos de tres horas. Había que correr.

Restaurante Milagros
Carretera de Barrika a Sopelana (Vizcaya)

Cuando entró en el local, se sentó en la mesa que tenían reservada, la de siempre. Estaba situada justo al lado de la ventana y, a su espalda, se extendía una pared pintada en estuco con tonos amarillos y ocres con un dibujo de ramas de espino rodeando la imagen de una virgen flanqueada por dos farolillos anaranjados. No existía un lugar parecido al Milagros. Unos enormes cactus de metal oxidado y una vieja furgoneta Volkswagen T2 de color azul con el nombre del local pintado en tipología surfera marcaba el acceso a una gran terraza exterior ajardinada y con vistas al mar. Aquella era una zona suntuosa para tomar el aperitivo sentado o para tumbarse en una hamaca a disfrutar de una buena copa después de cenar. En el interior, convivía armónicamente la zona del bar con el restaurante gracias a un elemento unificador: la decoración. Se definía como una amalgama anárquica de distintos elementos que revestían al Milagros de una atmósfera tan confusa como exótica. Era como si Buñuel, Tarantino y Almodóvar se hubieran peleado con uñas y dientes por ornamentar los distintos espacios del lugar. Imágenes tradicionales de la santería coexistían con sillones rojos que parecían haber servido en locales de dudosa reputación; lámparas que bien podrían haber colgado del techo de la mansión de Nosferatu con diversos muebles de corte oriental. Todo ello, salpicado de motivos hippies y surferos que le daban un atractivo toque zen y vanguardista. La extravagante carta era fruto del maridaje entre la cocina tradicional vasca, la mexicana y la japonesa. Canciones de grupos como Massive Attack, The Knife, Iggy Pop, M83, La Roux, The Cinematic Orchestra, Radio Head, Caribou, Pearl Jam, Bob Marley, The B 52's, New Order, Blondie o Jürgen Paape, entre muchos otros, condimentaban el ambiente del Milagros, pero todo aquello le importaba poco a Orestes durante la espera que precedía a un reencuentro tan ansiado como incierto.

La última vez que hablaron en persona fue allí mismo, un junio de hacía ya dos años, y, en aquella conversación, él ya había decidido poner fecha de inicio a su obra. Había llegado el momento de hacer balance y de tomar decisiones de cara al futuro. Cuando le vio aparecer subiendo con dificultad los peldaños de la escalera que daba acceso al restaurante, le invadió una sensación de lealtad que le aquietó el ánimo. Esperó unos instantes a que se acercara a la mesa para levantarse y darle un abrazo cordialmente sincero.

—Pílades.

—Orestes.

Tomaron asiento enfrentando sus miradas durante unos segundos sin decir nada. Se estudiaron.

—Otra vez aquí, en nuestra mesa. Me alegro de verte —se arrancó Pílades.

—Otra vez aquí, sí. ¿Cómo estás, amigo mío?

—Algo tenso, la verdad.

—Pues parece que hemos intercambiado los papeles; yo estoy bastante tranquilo. ¿Qué quieres tomar?

—Necesito un buen trago de cerveza.

—Por supuesto. Y dime, ¿el restaurante Dačo de Belgrado sigue liderando tu *ranking* o ha habido algún cambio en este tiempo?

—El «datso» —pronunció— sigue siendo el número uno. Hay cosas que nunca cambian.

—Otras muchas que sí.

—Cierto.

—Sigues teniendo pendiente el invitarme a cenar allí.

—No. Tengo pendiente llevarte, nunca hablé de invitarte.

Orestes rio con mesura mientras llamó la atención de la camarera, una mujer joven de acento sudamericano que lucía sugerentes tatuajes y silueta sinuosa. Pidió dos cervezas y ambos hojearon la carta.

—¿Algo para compartir y un segundo, como siempre? —propuso Orestes.

—Por mí, de acuerdo. Yo tengo claro el atún a la brasa. ¿Tú?

—Creo que el calamar al carbón. ¿Y qué te parece el bogavante en tempura y la ventresca de bonito?

—Te cambio la ventresca por las verduras braseadas.

—Magnífico.

—Te queda bien ese *look* de marine americano. En el campo de rugby con esa peluca tan ridícula no me di cuenta de que te habías rapado. Te has arriesgado mucho. Demasiado. Pero ya veo que estás muy tranquilo —apuntó Pílades con toda la intención de retomar la conversación.

—Lo cierto es que sí. Como te expliqué por teléfono, lo he dejado todo bien atado para que inculpen a alguien que ya no va a tener la oportunidad de defenderse. Ha salido todo a pedir de boca y, como tú vaticinaste aquel día, me siento bien.

—¿Puedes ser más concreto en esa parte? Necesito saber qué es exactamente lo que sientes en estos momentos.

—Es difícil de explicar. Diría que es una mezcla entre alivio y placer. Me siento aliviado por haber satisfecho una necesidad que estaba en la base de mi pirámide. ¿Recuerdas? Y placer, por haber sido capaz de desarrollar todas mis capacidades intelectuales en el juego. La pena es que aquí no hay un marcador que diga por cuánto he ganado el partido, pero yo diría que al menos por cinco a cero, ¿no? Bueno, tengo que reconocer que tenerte de portero en el equipo contrario ayudó bastante y que el último gol fue en propia puerta, pero ya tenía el resultado muy a mi favor para entonces.

La risa irónica de Orestes dejó al descubierto su mayor debilidad. Pílades se guardó el contraataque para otro momento.

—¿No tienes miedo de haber dejado algún cabo suelto que les lleve hasta ti? —masculló de forma intencionada sin separar la mirada de la cerveza.

Orestes eludió responder y buscó a la camarera con los ojos. Cuando les preguntó por el vino, sugirió con exquisitez y altanería ampliar la variedad de vinos de la Ribera del Duero. Finalmente, eligió un caldo argentino de la Patagonia. Cuando se marchó la camarera, retomó la conversación:

—Después de tantos años en España sigues arrastrando ese acento tuyo centroeuropeo.

—Como te decía antes, hay cosas que no cambian nunca.

—Bueno, yo sí he cambiado, ¿sabes?

—Explícate.

—He conseguido aprender a canalizar mi rechazo hacia los demás, y eso me hace más fuerte.

—¿Y cómo dirías que lo has logrado?

—Demostrando al mundo que no estoy en el mismo plano que ellos. Puedo manejarles a mi antojo. Soy dueño de mis decisiones y de su destino.

—¿El de todos?

Orestes meditó la respuesta.

—El de todos los que estén a mi alcance.

—¿El mío también?

—También —aseveró mordaz—. Necesito fumar, y tengo que salir fuera con esta maldita ley. ¿Me acompañas mientras traen los primeros?

—Prefiero esperarte aquí, si no te importa. No estoy para muchos trotes, ya sabes.

—Estás haciéndote mayor.

AP-1, a 171 kilómetros de Plentzia

Ciento sesenta y tres kilómetros por hora marcaba el velocímetro del coche de Sancho camino de la población costera vizcaína. A pesar de ello, la velocidad del vehículo era muy inferior a aquella con la que su cerebro formulaba preguntas sin respuesta. Estuvo tentado en varias ocasiones de llamarle por teléfono, pero no quería ahuyentarle si estaba en lo cierto.

Apretó de nuevo el acelerador en busca de respuestas.

«¿Quién te llamó para que nos ayudaras? ¿Acaso fuiste tú el que te ofreciste a intervenir? ¿Por qué querías estar dentro?, ¿para ayudarnos o para controlarnos? ¿Le conoces, verdad? ¡Claro que le conoces! Normalmente, lo que parece es simplemente eso: lo que parece que es. ¿Y qué parece? Parece que nos estás ayudando, pero solo lo parece. ¿Es eso lo que me querías decir? Me la has jugado bien jugada. Vas a tener que explicarme al detalle cómo fuiste capaz de describir tan acertadamente su rostro. Le conoces. Sé que le conoces. Así consiguió entrar en el sistema, ¿no? Tú le diste el acceso. Vas a tener que contármelo todo, y muy despacito para que yo lo entienda. Cinco muertos. Martina. ¡Maldito seas, jodido Carapocha!».

Pisó a fondo y frunció el ceño mientras hacía el cálculo velocidad-tiempo. Menos de una hora para llegar a Bilbao y veinte minutos más hasta Plentzia.

Restaurante Milagros
Carretera de Barrika a Sopelana (Vizcaya)

La conversación había ido subiendo de tono al mismo ritmo al que disminuía el contenido de la botella de vino. Antes de pedir los postres y aprovechando que su acompañante había salido a fumarse otro cigarro, Carapocha fue al baño y regresaba en ese momento.

—¡Uhhh! ¿Tenemos problemas de próstata, abuelo? —preguntó con marcado retintín.

—No. Me he levantado con el disco duro intestinal en proceso de desfragmentación. Me hubiera gustado compartir contigo la forma en que he dejado el lienzo, pero no quería interrumpir tu dosis de nicotina.

—Se agradece el detalle. Ya que lo dices, se te nota en la cara el esfuerzo. Estás blanco. Quiero decir, más blanco de lo normal.

—Me gustaría retomar la conversación en un punto en el que necesitamos profundizar más.

—¿Necesitamos? Te escucho.

—Gracias. Una cosa es que hayas sido capaz de encontrar la forma de asumir que eres una persona distinta a las demás y vivir consecuentemente, y otra bien distinta es que realmente estés convencido de que eres dueño de los destinos de quienes te rodean. Cada uno es dueño de su destino.

—Te hemos demostrado cinco veces que no estás en lo cierto.

—¿Hemos?

Orestes atribuyó su desliz a la falta de costumbre y se conjuró para mantener la concentración que requería el diálogo. Carapocha buscó respuesta en aquellos ojos negros. No lo consiguió. Decidió probar suerte en otro momento, pero tuvo la certeza de que algo no marchaba bien.

—Tienes que entender algo, chavalín —retomó forzado—: poder intervenir en el destino de las personas no te concede el derecho a decidir sobre la vida o la muerte.

—Vaya, vaya… ¡Cómo ha cambiado el discurso! ¿Sigues tratando de provocarme con eso de «chavalín»?

—Pensaba que ya lo habías superado.

—No me toques los cojones, ¿valé? No hace mucho, me empujabas a dar rienda suelta a mis instintos en este mismo lugar.

—¡No! —se opuso Pílades elevando la voz—. Yo te sugerí un camino para que pudieras encontrarte a ti mismo y tratar de controlar esos impulsos. Traté de conocerte para ayudarte, pero tú tenías que ir mucho más allá; es eso, ¿no?

—Llamemos a las cosas por su nombre, querido Pílades. Tu pretensión no era solo la de ayudarme, como dices, querías penetrar en mi mente para controlarme. ¡¡Controlarme!! El aprendiz ha superado al maestro, ley de vida.

—No estés tan seguro de eso, aprendiz.

—Es la primera vez que te veo tan a la defensiva —atacó frontalmente.

Carapocha adoptó una postura dominante en la mesa que no pasó desapercibida para Orestes, que reaccionó acortando la distancia con su interlocutor. El psicólogo abrió fuego:

—A ninguno de los dos se nos escapa que todavía queda un cabo suelto en toda esta historia, y necesito saber qué has pensado hacer con él.

Orestes forzó una mueca cargada de vanidad y soberbia.

—¿Contigo?

—Sí, conmigo. ¿Qué piensas hacer?

—La cuestión es qué pretendes tú que haga —enfatizó prolongando una pausa para cargar el momento de dramatismo—. ¿Cuál es el siguiente paso? ¿Crees que puedes tacharme como si fuera uno más de tu oscuro cuaderno de bitácora? ¿Con quién creías que estabas tratando?

—Con un monstruo latente. Eso lo supe desde nuestro primer encuentro en Nueva York, en el año 1999. Por eso traté de enseñarte a controlar tu odio a través de las muchas terapias que mantuvimos en Berlín. Eras un caso claro y solo era cuestión de tiempo que empezaras tu sangrienta carrera de asesinatos. Pensé que, estando a tu lado, podría entender algo mejor la mente criminal para saber cómo enfrentarme a tipos como tú —expuso con franqueza.

Orestes se tapó la boca para tratar de amortiguar la carcajada.

—Y ya soy tu gran incomodidad. ¿De verdad creías que podrías controlarme como a una marioneta? ¿Que así encontraría la paz? ¿Cuál era el límite que habías marcado? ¿Una? ¿Quizá dos muertes? No hay límites una vez se empieza, y eso deberías saberlo tú mejor que nadie. Mi objetivo principal no era otro que absorber los conocimientos de un experto en la materia. Asume tu derrota.

Carapocha retrocedió a su trinchera.

—Creí que podría controlar tu voracidad, pero me equivoqué. Ahora lo sé. Tenía que haberte neutralizado antes. Ya no hay vuelta atrás, reconozco mi fracaso.

—¿Neutralizado? ¿Y cómo pensabas hacerlo? He ido siempre dos pasos por delante de ti. Otro fracaso más como el de Dutroux, Nilsen, Pitchuskin... o como el de tu Erika.

—¡No mezcles a Erika en esto, maldito bastardo! Ella no era ningún monstruo.

—No. Pero igualmente eres responsable de su muerte por dejar que se enfrentara sola a uno de aquellos «monstruos», como tú los defines. Eres tan culpable de su muerte como de las de tantos otros a los que creías controlar. Tu vida es un continuo descalabro.

Carapocha pareció apagarse de forma repentina y Orestes aprovechó para seguir torpedeando la línea de flotación de su rival.

—¿Quién se ha aprovechado de quién? Te creía más inteligente, casi a mi altura. Casi —recalcó—. Pero tienes razón, eres el único cabo suelto que me queda por atar, aunque todavía no tengo claro si atarlo o cortarlo. ¿Me explico?

En ese instante, los rasgos faciales del psicólogo se pusieron de acuerdo para manifestar un estallido de felicidad y, acortando aún más la ya estrecha distancia que separaba su cara de la de Orestes, le preguntó en voz baja:

—¿En serio creías que iba a presentarme aquí sin salvavidas? ¿Me crees tan estúpido? Aunque te resulte imposible asumirlo, me he enfrentado a mentes superiores a la tuya y he salido bien parado. Subestimar a las personas es tu gran error, chavalín. ¿Ves esto? —preguntó mostrando su colmillo al tiempo que sacaba una cuartilla doblada del bolsillo interior de su cazadora—. Es el código. Tu código.

Orestes exageró una expresión de desconcierto y, tapándose de nuevo la boca con la mano, repitió:

—El código… claro, claro. Infinita ingenuidad. ¿De qué cojones me estás hablando?

Carapocha no respondió. Orestes plantó los codos encima de la mesa y entrelazó los dedos para apoyar la barbilla fingiendo su avidez por escuchar lo que el psicólogo le tenía que contar.

—Claro, querido, ese código que has creado para firmar tu autoría. ¡Qué mala memoria tienes!

Los ojos de Orestes se hicieron más pequeños y se oscurecieron antes de hablar.

—Te escucho, viejo.

—Como sabes, a los asesinos en serie que actúan movidos por su ego infinito, como es tu caso, les gusta dejar pistas sobre la autoría de sus crímenes, pero, claro, sin ponérselo muy fácil a la policía. Es parte del juego. Con el paso del tiempo, todos necesitan que su obra sea conocida por el mundo entero. Eso sí, tan creativo como te consideras, podrías haber sido algo más original. Pasajes de la Biblia, muy manido, ¿no crees? —cuestionó chasqueando la lengua y negando con la cabeza.

Orestes tragó bilis para no abalanzarse sobre su acompañante. El sorbo de café le supo extrañamente amargo.

—Por eso has escrito este último poema —infirió agitando la cuartilla—, que no rima, pero que te sirve igualmente.

El psicólogo desdobló el papel y empezó a leer: «Y dijo Dios: "Sea la luz", y la luz fue. Y Ruth respondió: "No me ruegues que te deje y que me aparte de ti, porque donde quiera que tú fueres, iré yo, y donde quiera que vivieres, viviré. Tu pueblo será mi pueblo, y tu Dios mi Dios". Y se volvieron los pastores glorificando y alabando a Dios de todas las cosas que habían oído y visto, como les había sido dicho».

Carapocha hizo una pausa para mirar a su contendiente antes de retomar el intercambio de golpes intelectuales.

—Yo ando flojo del libro sagrado de los católicos, pero a quienes reciban este código les resultará tan sencillo dar con la clave como meter la frase en Google para saber los capítulos y versículos a los que pertenece. La primera cita es del Génesis, capítulo uno, versículo tres. La segunda, del Antiguo Testamento de Ruth, capítulo uno, versículo dieciséis. La tercera, del Nuevo Testamento de Lucas, capítulo dos, versículo veinte. ¿No lo pillas?

Su cara era un no.

—No estás muy vivo hoy para ser un superdotado; será el vino. Verás, es bien sencillo: el capítulo se corresponde con uno de tus poemas según su orden de aparición, y el versículo es la letra. Así de simple. Catorce citas para las catorce letras que conforman tu nombre y apellido, Augusto Ledesma. Pero espera, espera —le indicó haciendo un gesto con la mano—, que esto te va a encantar; a ver si por fin crees que he estado a tu altura. He preparado ocho envíos anónimos que llegarán mañana sábado a ocho medios de comunicación cuidadosamente escogidos, cada uno con el código y los cuatro poemas. ¿Crees que les dará tiempo a publicarlo en la edición del domingo?

Orestes se ahogaba en su propia hiel y no pudo articular palabra.

—Por fin tendrás tu reconocimiento en los medios, aunque quizá no te llegue en el mejor momento. Eso sí, será muy sonado. A lo grande, como tú querías. A nadie le resultará extraño que no pudieras permitir que otro se llevara los méritos de tu obra y que, finalmente, no te hayas resistido a la tentación de dar la posibilidad al mundo de continuar el juego para perseguirte. Ese sí es un gran reto, deberías agradecérmelo. Y mientras tú te escondes, yo me iré tan lejos que te resultará complicado recordar esta carita llena de agujeros.

Una riada de sensaciones desconocidas para Orestes se desbordó anegando su, hasta el momento, intacta osadía.

—Eso que te está recorriendo el cuerpo se llama pánico —definió Carapocha al tiempo que guardaba el folio.

Orestes trató sin éxito de forzar una sonrisa.

—Voy fuera a fumar.

—Si te levantas de esa silla —le advirtió con tono amenazante—, voy a señalarte con el dedo ahora mismo. Puedes tratar de acabar conmigo aquí y ahora con este tenedor, pero hay muchos testigos. ¿No crees? Perderás la oportunidad de jugar en las grandes ligas. Quédate ahí bien quietecito, que vas a escuchar cómo sigue esto, chavalín.

Aceptó la orden sin rechistar.

—Muy bien. Acércate —musitó invitándole a que se acercara a él con el dedo—. Este anciano tiene un vuelo dentro de pocas horas. He decidido retirarme una buena temporada.

—¿Crees que me conoces? —le interrumpió turbado—. No sabes quién soy. Daremos contigo.

Carapocha inclinó ligeramente la cabeza hacia su derecha.

—Es extraño, no había conocido un caso de sociopatía narcisista que hubiera derivado en un trastorno de identidad disociativo. Augusto y Orestes, Orestes y Augusto. Te has creado una personalidad para cobijarte de tus víctimas, así los recuerdos macabros perseguirán a otro mientras continúas tu obra. Ahora empiezo a ver las cosas claras. No entiendo cómo no me percaté antes.

—Lo que creas que sabes no es relevante, tarde o temprano te cogeremos —porfió.

—Lo dudo, pero es lícito que lo intentes… que lo intentéis —rectificó resaltando el plural con sorna—, al tiempo que huís los dos de la policía. Os lo vais a pasar en grande. ¡Menudo reto! Ahora, vas a quedarte aquí sentado mientras yo empiezo mi viaje. Y no se te ocurra marcharte sin pagar, no vayan a detenerte por una tontería así. Cuida los detalles y recuerda la fórmula: planificación, procedimiento y perseverancia. Por cierto, me ha encantado tu nuevo coche, una maravilla de la ingeniería alemana. No sabes lo que me ha costado rajar las ruedas.

Orestes se mordió el labio y probó el sabor de su propia sangre.

—Que tengáis mucha suerte, querido, la vais a necesitar —auguró Carapocha a modo de despedida.

Orestes quiso dar la réplica, pero la furia engulló sus palabras y solo pudo observar el particular balanceo de Pílades en su camino hacia la salida.

Aturdido por el revés, permaneció unos minutos mirando por la ventana cómo unas nubes de color hormigón cubrían el cielo tiñendo de gris violáceo el inicio de la tarde. Su propio reflejo en la ventana le hizo volver a la realidad. Tenía que cambiar de planes de inmediato, y empezó a barajar diferentes posibilidades. La primera de ellas fue la de salir corriendo de allí en dirección al aeropuerto más cercano. Por suerte, hacía unos días había tomado la determinación de llevar consigo sus utensilios de trabajo: dispositivos electrónicos, kit de postizos, caja de herramientas y, por supuesto, la carpeta con documentación falsa; todo bien escondido en el coche. Todavía disponía de cinco identidades completas con sus pasaportes, tarjetas de crédito y licencias de conducir. Podría volar a cualquier parte del mundo y contaba con dinero suficiente y a buen recaudo para pasar una buena temporada de aislamiento. Eso sí, tendría que soltar las amarras de su vida anterior, nada de lo que no pudiera prescindir. Empezar de cero no era un problema. A pesar de ello la furia y la impotencia le hicieron golpear la mesa con la palma de la mano. Necesitaba aire.

Cuando se calmó, volvió a la mesa. Había llegado a la conclusión de que no era el momento de tomar decisiones precipitadas y nacidas del pánico. Primero, debía analizar la situación, localizar los puntos problemáticos, aislarlos y buscar soluciones individualizadas para cada uno de ellos. Así se lo enseñó el hombre que le acababa de complicar la existencia. Decidió tomarse un buen gin tonic; probablemente, la música le ayudara a determinar el camino a seguir.

Al rato la camarera le trajo la cuenta y, cuando terminó de revisarla, se quedó encasquillado en el membrete de la factura. Tras unos segundos, se reclinó en la silla con las manos en la cabeza.

—¡Qué hijo de la gran puta! —repitió tres veces *in crescendo*.

Pagó y corrió hasta su coche. Como esperaba, las ruedas estaban intactas.

Plentzia (Vizcaya)

A las 16:29, el coche del inspector cruzaba el magnífico puente que salva la ría de Plentzia y da la bienvenida a la pequeña población vizcaína cuando sonó su móvil. Era Matesanz.

—Sancho.

—Soy Matesanz. Tengo malas noticias.

Sancho encajó las piezas y medio resopló contraído.

—Mejía. ¿Cuándo ha sido?

—Acaban de avisarnos.

—¿Cuándo es el funeral?

—Creen que mañana a las 18:00 en San Benito.

—Allí estaré. Gracias por avisarme. Si hay alguna novedad en el dispositivo…

—Por supuesto —le interrumpió—. Te llamo de inmediato.

—Gracias. Hasta mañana.

En cuanto colgó se desahogó varias veces contra el volante, pero no había tiempo para más lamentaciones. Con la palma de la mano dolorida, buscó la dirección de Carapocha en la agenda. Camino de Guzurmendi, Siberia, sin más. Sin perder un segundo, preguntó desde el coche a una persona mayor por la dirección.

—¿Camino de Guzurmendi, Siberia, por favor?

—¿Qué buscas?, ¿al Carapocha?

Sancho elevó sus pobladas cejas, sorprendido.

—A ese mismo.

—Lo tienes muy sencillo, pues. Tira todo seguido y cuando dejes el puerto a tu izquierda, coges la segunda calle que sube a la derecha. Esa es Guzurmendi Bidea. Después, todo tieso para arriba y, cuando la carretera se bifurca, tú sigue en Guzurmendi. Es la segunda casa de la izquierda, una con un camino rojo. Verás que pone «Siberia» en la entrada. No tiene pérdida. Ten cuidado de no meterte en el centro, porque aquello es un laberinto de la hostia.

El inspector llevaba años sin escuchar ese acento que tanto le gustaba y tardó en asimilar las indicaciones.

—Muchas gracias.

—Agur.

Clavó el freno cuando leyó «Siberia». Dejó el coche junto al muro de piedra y saltó sin dificultad la valla de madera que marcaba el acceso a la finca. Era de grandes dimensiones y presentaba buen estado de conservación y cuidado: césped y setos bien cortados, árboles vigorosos y demasiado silencio. Se palpó el costado para asegurarse de que llevaba el arma antes de dejar el dedo pegado en el timbre. Nadie contestó. Decidió entonces rodear la casa, construida en planta rectangular, de muros de mampostería gris, buscando algún signo de actividad en el interior. Nada. Blasfemó en alto como nunca lo había hecho, utilizando términos que ni siquiera era consciente de conocer y que podían haber sido extraídos de algún ritual satánico. Anduvo sin rumbo, caminando en círculos hasta que se decidió. Hizo un gran esfuerzo por calmarse y, cuando notó que estaba en disposición de hablar, apretó el botón de llamada. Al segundo tono, descolgó.

—Ramiro, buenas tardes.

—Buenas tardes, Armando.

—¿Cómo estás?

—No muy bien. Me acaban de decir que Mejía ha muerto.

—Vaya, lo siento mucho. ¿Estás bien? Te tiembla la voz.

—¿Dónde estás? Oigo ruido de altavoces.

—Efectivamente, acabo de llegar al aeropuerto. Voy a tratar de adelantar mi vuelo.

Sancho se encogió y ahogó el alarido que necesitaba para evaporar su frustración.

—¡Hay que jodeeerse! ¡Me cago en la puta madre que me parió! —vociferó.

—¿Qué sucede, inspector?

—Sucede que necesito hablar contigo y no precisamente para que me consueles por la pérdida del comisario. Tienes mucho que explicarme.

Carapocha tardó en responder.

—No puedo decirte más que… lo siento.

—¿Que lo sientes? ¡Maldito hijo de puta! ¿Lo sientes? ¿Qué es lo que sientes? Lo has manejado todo desde el principio. Le conocías. Podías haber hecho que nada de esto hubiera sucedido. ¡Martina estaría viva, maldito hijo de puta! ¡¡Maldito seas mil veces!! —bramó.

Apoyó la frente contra el tronco de una palmera y cerró los ojos tratando de reponerse.

—Ramiro, escúchame. No puedo darte en este momento todas las explicaciones que mereces, pero te prometo que un día me plantaré delante de ti para hacerlo en persona y dejaré que hagas lo que te dicte el corazón. Lo siento, pero debo coger ese avión.

—¿Para salvar tu culo? —tartamudeó.

—Mi culo ya está condenado desde hace mucho tiempo. No estoy pensando precisamente en mí.

—¡Maldito seas! ¡Te encontraré, te lo juro! ¡Os encontraré a los dos y os mataré con mis propias manos! Tienes suerte de que no te haya encontrado en tu casa.

—¿Cómo? ¿Que has ido a buscarme? ¿Dónde estás?

—¡¡¡En tu puta casa!!! —voceó liberando arrobas de rabia.

—¡No, no, no! ¡Sal de ahí ahora mismo! ¡Él estará allí aho…!

A Sancho ni siquiera le dio tiempo a procesar esa última frase. La corteza del árbol se fundió a negro, le fallaron las rodillas y, a pesar de que su instinto le hizo estirar los brazos para tratar de agarrarse a algo, cayó a plomo contra el cemento solo un segundo después de que lo hiciera su móvil.

Sentir el agua fría en la cara hizo que recuperara la consciencia. El intenso dolor que nacía de la parte posterior de la cabeza le forzó a apretar con fuerza los párpados y emitió un prolongado quejido. Cuando consiguió abrir los ojos, pudo distinguir los colores blanco y marrón en una sucesión interminable de pequeños rombos. Un suelo de cocina, supuso. Con dificultad, levantó la cabeza para tratar de hacerse una composición de lugar. Al reconocer el rostro que le apuntaba con su pistola e intentar incorporarse, se percató de que estaba abrazado a un pilar de madera con las manos inmovilizadas por sus propias esposas.

—Inspector Ramiro Sancho, supongo —dijo queriendo imitar a Henry Stanley en su encuentro con el doctor Livingstone—. Yo soy la pieza que te faltaba.

Miró a su alrededor. La cocina era rústica y espaciosa, con un mueble central situado a algo más de dos metros de la viga a la que estaba esposado.

«Es él. Debió de golpearme en la nuca cuando hablaba por teléfono y perdí el conocimiento. No sé cuánto tiempo ha podido pasar desde entonces, no mucho. No parece que tenga más lesiones. Me ha quitado el arma y me ha esposado a este pilar que va del suelo al techo. Imposible soltarse. Casa aislada, ventanas cerradas y persianas bajadas. Poca probabilidad de alertar a algún vecino si grito. Supongo que querrá divertirse un rato conmigo antes de matarme; de otra forma, ya estaría muerto».

—Por fin nos conocemos en persona.

—Así que tú eres el poeta, el *hacker,* el falsificador, el camaleón y, por supuesto, el puto asesino —acertó a decir el inspector entre dientes.

—Yo no diría tanto. Para el mundo exterior solamente soy un brillante diseñador gráfico, y así va a seguir siendo. ¡Qué grata sorpresa! La vida no deja de sorprendernos. ¿Verdad, inspector? Estaba yo esperando a mi amigo Pílades en su casa y de repente escucho a mi principal oponente pegando voces por teléfono. ¿Con quién hablabas? Por cierto, tu móvil ha fallecido, aunque supongo que eso ahora es lo que menos te importa, ¿no? Dime, ¿con quién hablabas?

—Con tu putísima madre.

—Dudo mucho que en el infierno haya cobertura. ¿Con quién hablabas? —insistió.

Sancho meditó su respuesta.

—Con comisaría para ordenar la búsqueda y captura de Armando Lopategui.

La réplica llegó en forma de culatazo. La ceja del inspector se abrió para dejar salir un profuso caudal de sangre.

—Esto va a durar mucho más de lo que nos gustaría a los dos si me tratas como a un estúpido. No se habla a gritos con comisaría. ¿Con quién discutías?

—Con tu querido cómplice y amigo antes de que coja un avión.

—Eso ya me gusta más. Así que el pájaro ha volado, ¿eh? No importa, sé adónde va. Le cazaré como a un perro.

—Parece que has discutido con tu novio —insinuó tratando de recuperar el control.

—Digamos que ha tratado de engañarme y hemos roto relaciones, pero ya no importa. En estos momentos, solo estoy contigo. ¿Sabes que Pílades hablaba muy bien de ti?

—¿Así llamas a tu psicólogo?

—Él me llama Orestes.

—Ya. *La Orestíada,* muy oportuno —expresó recordando la exposición de Martina.

—Exacto. Pílades llegó a decirme que, antes o después, darías conmigo.

—En cierta forma, así ha sido.

—En cierta forma, sí. Lo reconozco, pero el que empuña el arma soy yo y el que va a morir eres tú —auguró.

—Bueno. Por lo menos, servirá para reabrir el caso. A mí no me convencerás para que me vuele la tapa de los sesos como hiciste con Bragado. Vas a tener que dispararme aquí esposado, maldito cobarde. Pero antes, respóndeme: ¿por qué tuviste que asesinarla a ella?

—Martina, claro. Es difícil que lo entiendas desde tu óptica. Desde la mía, suponía un desafío al que tenía que enfrentarme y que logré superar con éxito. Así de simple. Para tu tranquilidad te diré que no sufrió.

—Pagarás por ello, por Martina y por los otros cuatro inocentes que has asesinado.

—Yo no he asesinado a nadie, pero en este momento eso carece de importancia. Lo que debería importarte son las elevadas posibilidades que tienes de ser el siguiente, inspector.

—Parece que tengo todas las papeletas, pero no podrás encubrirlo en mi caso. Terminarán cogiéndote, y yo te estaré esperando en el otro lado para ajustar cuentas contigo.

—Bueeeno. No nos pongamos metafísicos, ¿vale? De todos modos, ya me había hecho a la idea de tener que empezar de cero en otro lugar gracias a nuestro querido Pílades, así que no estoy muy preocupado por ello. El caso es que tengo una enorme curiosidad por comprobar si eres tan brillante como él asegura y, como tenemos tiempo, he pensado en un juego en el que te daré la oportunidad de salvar la vida. ¿Qué te parece?

—Ya. Los cinco anteriores perdieron, ¿no es así?

—No, ellos no se ganaron la oportunidad de jugar. Sin embargo, tú has demostrado ser un buen rival. Como diría él, *Fortuna iuvat audaces*[74].

—Latinajos de mierda. Yo prefiero a nuestro Miguel de Cervantes: «Esta que llaman por ahí Fortuna es una mujer borracha y antojadiza, y sobre todo ciega, y, así, no ve lo que hace ni sabe a quién derriba».

—¡Estupendo! ¡¡Genial!! —exclamó forzando una ridícula mueca circense—. ¡Me has dejado de piedra! No se equivocaba Pílades contigo, no señor. Así pues, no tenemos otra opción que comprobar quién tiene razón, si tu Cervantes o su Virgilio. Es muy sencillo. Aquí tengo tres cartas, ¿ves? La sota de oros, que eres tú o, mejor dicho, tu vida; la sota de copas, que es nuestro común amigo Pílades y, por último, la sota de bastos que seguro que ya habrás adivinado que me representa a mí.

Dejó el revólver sobre el mueble central para barajar las cartas manteniendo siempre la distancia de seguridad con Sancho. Cuando terminó de moverlas, las colocó en la encimera junto a la pistola.

—Muy sencillo. Si aciertas dónde está la sota de oros, te dejaré marchar. Si no, mueres. Elige.

«Él las ha visto. Sabe dónde está. Es más, la ha colocado en el sitio que cree que no voy a decir. Para eso, habrá pensado

---

[74] Expresión latina que se traduce al castellano como: «La fortuna sonríe a los audaces».

primero cuál escogería él si estuviera en mi lugar. Va a matarme de igual modo. Tengo que dejar de pensar en tonterías, tengo un treinta y tres por ciento de posibilidades de acertar la carta y cero de salir con vida de esta. ¿Qué más da?».

—Esa —indicó el inspector con la mirada.

—¿Esta de aquí? —preguntó señalando con el dedo y fingida voz de presentador.

—Sí, esa misma.

—¿Seguro? ¿No quieres cambiarla? Te estás jugando tu pelirroja cabellera. Bueno, la que te queda —precisó queriendo ser gracioso.

«Ahora empieza el juego, claro. Quiere hacerme dudar porque he acertado, o puede que lo esté haciendo para que yo piense que he acertado. ¡Cómo me gustaría poder soltarme y reventarle la cara!».

—¿También eres un mago frustrado además de poeta? No sé por qué estoy siguiéndote el rollo si vas a matarme igualmente.

—¿No te fías de mí?

—En absoluto.

—Haces bien, pero decide ya y así sabrás si soy un hombre de palabra. ¿Te quedas con esta?

—Sí.

—Bueeeno, bueno, bueno, bueno. ¿Y si hago esto?

Manteniendo la teatralidad, destapó la carta del medio, la sota de copas, y simuló con ella el despegue de un avión.

—Solo quedamos tú y yo. Mira, voy a darte de nuevo la oportunidad de que cambies de carta. Si quieres, claro. Solo si tú quieres.

«¡Hay que joderse! Ahora tengo el cincuenta por ciento de posibilidades de acertar. Está tratando de forzarme para que elija la otra porque he acertado. ¿Y si de verdad cumple su palabra y me suelta? No lo creo. ¿Y si se limita a dejarme aquí esposado? Me quedo con mi primera elección, aunque… claro, lo mismo es eso de lo que se trata el juego. Cualquier persona en mi situación haría lo mismo, quedarse con la carta que eligió, porque siempre pensamos que el contrario intenta engañarnos. ¿Y si fuera todo lo contrario? Está dándome a entender que quiere engañarme para que me quede con la carta que él sabe que no es la sota de oros. ¡Qué ganas de reventarle!».

—Llegados a este punto, siempre hay que cambiar la elección. El dilema de Monty Hall.

El inconfundible acento de Carapocha hizo que Sancho volviese la cabeza bruscamente. Cuando su mirada volvió hacia Orestes, este ya estaba empuñando el arma y apuntando al psicólogo.

—¡Vaya, vaya, vaya! ¡Mira quién se ha unido a la fiesta! —anunció sin poder ocultar su sorpresa.

—¿En serio pensabas que me la iba a perder?

—Bonita historia la del código. Muy trabajada, aunque te faltaron recursos.

—Supongo que te diste cuenta cuando viste que no te había rajado los neumáticos. Una pena no tener nada afilado a mano.

—No. Descubrí el engaño cuando reconocí el logotipo del restaurante en la factura; idéntico al que estaba al pie de la cuartilla en la que acababas de escribir las citas bíblicas y que tanto te empeñabas en tapar. Supongo que lo hiciste cuando fuiste al baño.

Carapocha le guiñó el ojo.

—Un poco de tiempo y un móvil con Internet fue suficiente.

—Bueno, casi lo consigues. Casi.

—No entiendo una mierda —intervino Sancho—. ¿Qué haces tú aquí?

—He venido a proponer un trato.

—Espera, espera. Todavía tengo que terminar el juego con el inspector y luego, si quieres, jugamos tú y yo. ¿Vale? Quítate el abrigo y siéntate en esa silla. Si te mueves un milímetro, la primera bala será para ti. ¿Entendido?

Carapocha obedeció y, al sentarse, le dedicó una mueca al inspector que este no supo interpretar. Lo cierto es que aparentaba estar tranquilo.

—Bien, inspector. Entonces, ¿con cuál te quedas?

—Cambio a la otra.

Hizo ademán de levantar la carta, pero las recogió y las mezcló con el resto del mazo de forma repentina.

—Nunca lo sabremos. Nuestro amigo se ha encargado de estropearlo todo. Efectivamente —corroboró amenazando a Carapocha con el arma—, era el dilema de Monty Hall. Es una cuestión de probabilidad. Seguro que cuando quité la sota de copas pensaste que tenías el cincuenta por ciento de probabilidades de acertar. Pues no, no es correcto —aclaró encañonando al concursante.

—Nunca lo sabremos —repitió Sancho levantando sus pobladas y pelirrojas cejas.

—Bueno, ya da lo mismo, pero sí, siempre hay que cambiar de elección. Claro que sí. ¿Esto también te lo enseñaron en el KGB?

—Más bien en los malditos concursos americanos. Ya te lo explicaré algún día si salimos de esta —aseguró volviéndose hacia Sancho.

—Tengo mucha curiosidad por escuchar ese trato que quieres ofrecerme. ¿Qué tienes que me pueda interesar tanto como para canjear las vidas de las dos únicas personas en el mundo que podrían arruinar mis planes? ¿Otro código?

—Se trata de una gran sorpresa.

—No me gustan las sorpresas, ya lo sabes.

—Lo sé, a mí tampoco, pero esta te va a encantar. Mira la foto del frigorífico, la que está en la esquina superior de la derecha sujeta con el imán de la hoz y el martillo.

El frigorífico estaba a la espalda de Sancho y Carapocha. Sin dejar de apuntar al psicólogo, rodeó el mueble central avanzando lateralmente con pasos cortos. Llegó frente al electrodoméstico e hizo un cálculo de riesgos. Los más de dos metros que le separaban de Carapocha le aseguraban tiempo de reacción suficiente como para volverse y disparar si el viejo se levantaba de la silla. El policía estaba totalmente inutilizado. Conclusión, riesgo cero.

Examinó la foto, en la que pudo reconocer de inmediato a un Carapocha más joven, en cuclillas y dando un beso en la cara a una niña que miraba de frente a la cámara; al fondo, pudo distinguir los tejados verde floresta con detalles rojos y dorados de estilo oriental y, cómo no, las colosales estatuas de los dos paquidermos que parecen proteger la entrada principal del zoo de Berlín.

Se encogió de hombros y le lanzó una mirada llena de interrogantes.

—Diría que es el año 1983 o 1984 y el lugar ya lo habrás reconocido. Efectivamente, es una foto de la puerta de los elefantes, donde tú y yo quedábamos. El del pelo blanco soy yo y la niña a la que estoy besando es mi hija Erika.

—Muy tierna la escena, sí —ratificó con fingida ternura girándose hacia Carapocha—. ¿Y?

—Tú la conoces como Violeta.

La curiosidad le hizo fijar toda su atención en la foto y no vio venir el atizador por su derecha, que al impactar en la mano que portaba el arma le rompió el escafoides. El dolor le hizo abrir la mano y soltar un alarido y el revólver. A pesar de ello, pudo rehacerse rápidamente para esquivar el siguiente golpe, desplazándose lateralmente hasta llegar al alcance de la pierna de Sancho. La fuerza de la patada que recibió en el estómago le robó el aire y se plegó sobre sí mismo. Lo siguiente que escuchó fue la orden de Carapocha:

—¡Erika, ya es suficiente!

Erika dejó de atizarle con el atizador. Él intentó incorporarse, pero la presión que ejercía el cañón del treinta y ocho sobre su nuca y sobre todo el ruido del percutor al tensarse le hicieron cambiar de opinión.

—Eso es, chavalín. Ahora, vamos a calmarnos todos un poco, ¿de acuerdo? Quédate así, tumbadito boca abajo.

Permaneció inmóvil con la mirada fija en Violeta.

—¡¡Que te tumbes boca abajo con las manos a la espalda o desparramo tu superdotado cerebro narcisista por el suelo de mi cocina!!

No le quedó otra que obedecer.

—¡¡Suéltame ahora mismo!! ¡¡¡Vamos!!! —exigió Sancho.

—He dicho que nos vamos a calmar todos, y eso también va por ti, Ramiro. Erika, cariño, ¿estás bien?

—Mejor que nunca.

—Estupendo. Ahora, vais a escucharme todos.

—¿Así que ella era tu as en la manga? —interrogó desde el suelo—. Debí haberlo imaginado. ¡Qué estúpido! Maldita zorra…

—Herencia de los años que pasé junto a Marcus Wolf en la Stasi. Nunca deberías haberte enterado, pero, ya ves, finalmente me has forzado a hacer intervenir a mi hija. Para ser sincero, Erika quiso participar cuando empecé a darme cuenta de que todo se me podía ir de las manos, como finalmente ha pasado. Es tan buena psicóloga como su padre y tan excelente actriz como su madre. El casual encuentro estaba previsto en aquel concierto que finalmente se suspendió y por tanto nos tocó organizarlo en la tienda de discos. Cuando me contaste la rabia que sentías por la anulación del concierto y que te ibas a desquitar aquel lunes, lo organizamos todo. Solo teníamos que elegir el cebo para poner en el anzuelo: la música o los libros. Nos decidimos por la música. En realidad yo no quería que Erika llegara tan lejos, solo tenía que acercarse a ti y ganarse tu confianza para sacarte todo lo que me escondías. Pero, mira, ella también es de las que se entregan en cuerpo y alma.

—Por cierto, Bunbury no me gusta una mierda —intervino Erika.

—¡¡Zorra!! —replicó con desprecio. «¿Cómo he podido ser tan estúpido?», se preguntó.

—Cinco vidas, Armando. ¡Cinco vidas! —voceó Sancho.

—Ramiro, ahora no.

—¡¡Cinco vidas!! —insistió.

—¡Veintiséis millones de vidas de soviéticos en la Segunda Guerra Mundial para evitar que el mundo cayera bajo el yugo del nacionalsocialismo! ¡Veintiséis millones! ¿Qué son cinco muertos para entender el funcionamiento de una mente criminal como la suya? —cuestionó señalándole con la pistola—. Perejil. Durante años traté de corregir sus impulsos, pero no lo logré y decidí sacar algo de provecho de todo aquel esfuerzo. ¿Tienes idea de las vidas que podríamos salvar si somos capaces de interpretar el comportamiento de un asesino en serie? Podríamos detectarlos y neutralizarlos a tiempo. ¡¡Protegernos!! ¿Y cuál es el precio? Yo no lo sé, y tú tampoco. Mira, Ramiro, lamento mucho lo de Martina, mucho más de lo que puedas imaginar. No fui capaz de prever que pudiera convertirse en una de las víctimas. No lo vi venir. Lo siento.

—¿Y ha merecido la pena? Dime, maldito loco presuntuoso, ¿ha merecido la pena?

—Todavía es pronto para saberlo. Lo cierto es que hoy sabemos bastante más de lo que sabíamos hace unos meses y ha sido gracias a haberlo vivido desde dentro, que es cuando se toman las decisiones, no cuando todo ha terminado, con el sujeto muerto o entre rejas.

—Pues enhorabuena. Dime, ¿qué es lo siguiente? ¿Vas a terminar tu experimento aquí y ahora o vas a dejar que otros nos hagamos cargo de tu ratón de laboratorio?

—No, inspector. Ahora empieza la parte interesante —aseveró él incorporándose del suelo con dificultad.

—¡Ni te muevas! —exigió Carapocha.

—Si vas a dispararme, hazlo ya.

Carapocha dudó.

—¡Dispara de una puta vez! ¡¡Dispara!! —le gritó Sancho volviéndose hacia el psicólogo.

—*Fata!* —sonó el «papá» de Erika en alemán.

—No lo va a hacer, inspector. Mejor dicho, no puede hacerlo. El jardinero nunca corta su mejor rosa, ¿verdad?

—No, pero arranca las malas hierbas —contestó.

Se giró muy despacio y caminó de espaldas hasta la puerta manteniendo una postiza expresión de serenidad. Podía sentir el frío del metal en contacto con su frente y la aorta bombeando sangre a un ritmo frenético.

—Ahora, caminaré hasta el coche y me largaré de aquí para que puedas contarle bien al inspector lo mucho que lamentas la muerte de Martina. De todos modos, ya volveremos a vernos. Todos —puntualizó mirando a Erika.

—Eso es, chavalín, mejor fuera —comentó Carapocha apoyando el treinta y ocho en su nuca.

—¡Dispara de una vez! ¡No dejes escapar a ese hijo de puta, por lo que más quieras! —se desgañitaba Sancho tratando inútilmente de soltarse.

Sudaba recelo y angustia mientras Carapocha le susurraba al oído unas últimas palabras. Ambos desaparecieron por la puerta de la cocina y, tras ellos, también lo hizo Erika. El psicólogo se paró bajo el porche para ver cómo se alejaba por el sendero: muy despacio, timorato. Colocó su mano izquierda en la culata para disparar a dos manos y flexionó ligeramente los brazos. Adelantó la pierna izquierda para estabilizar el cuerpo y apuntar con precisión. Presionó ligeramente el gatillo y retuvo el aire en los pulmones. Visualizó el movimiento del objetivo y la trayectoria del proyectil. A esa distancia, un tirador experto como él no podía errar el disparo. Imposible fallar.

En el interior, el inspector se estiró inútilmente todo lo que le dieron los brazos y el cuello para tratar de ver lo que sucedía fuera.

—¡¡¿A qué esperas para disparar?!! —gritó desesperado cuando vio que se marchaba sin mirar atrás.

La detonación sonó como una fuerte palmada, un chasquido hueco.

Efectivamente, no falló.

El cuerpo se venció hacia delante como un árbol talado.

Sancho se estremeció.

Tras unos instantes, pudo ver cómo entre padre e hija lo agarraban por las piernas y lo arrastraban fuera de su campo de visión, hacia la arboleda. Saliva seca y espesa le pasó por la garganta como brea. Le dolían los músculos de las piernas. Notó resecos los ojos.

Pestañeó.

Pasó más tiempo del que fue capaz de calcular mentalmente cuando divisó, a lo lejos, los inconfundibles andares del psicólogo dirigiéndose de nuevo hacia la casa. Erika ya no le acompañaba.

—Asunto zanjado —manifestó Carapocha al entrar en la cocina.

—¡Una mierda! ¿Qué habéis hecho con el cuerpo?

—No tienes que preocuparte por eso. Sé muy bien cómo deshacerme de un cadáver para que nadie lo encuentre. Las cosas se quedan como están. Fíjate, no creo que nadie le vaya a echar de menos. Te dejo aquí tu pistola y las llaves de las esposas; alguno de mis curiosos vecinos que haya oído el disparo vendrá a liberarte. Aquí se termina todo.

—¡Una mierda! —repitió—. Vas a contármelo todo, me lo debes.

—Cuanto menos sepas, mejor para todos. Las cosas se quedan como están —insistió—. Sabes perfectamente que no tienes nada sin cadáver, y ni siquiera la exquisita juez Miralles se tragará tu rocambolesca historia. Tú verás como quieres enfocar el final.

Sancho le miró fijamente desde el suelo como un toro a la espera del descabello.

—Lo único que nos lleva a la verdad —continuó Carapocha— es la necesidad de saber, y nadie quiere saber más de lo que ya se sabe. Hazme caso por esta vez. Olvídalo todo y trata de rehacer tu vida.

—¿Que lo olvide todo? Eso es imposible. No podría hacerlo aunque quisiera, y no voy a permitir que te salgas con la tuya como si nada hubiera sucedido; eres tan culpable como él.

—¡¿Quién eres tú para juzgarme?! —cuestionó el psicólogo con total animadversión—. Vives engañado en una sociedad enferma y corrupta en la que los intereses económicos y políticos dictan las leyes morales. ¿Crees que conoces al ser humano? El hombre apenas ha evolucionado desde que bajó de los árboles, sigue siendo violento, codicioso, está cegado por su instinto de supervivencia en su afán por imponerse al resto de la especie a cualquier precio. Absorbido por la religión, temeroso ante lo desconocido, manejado como una marioneta a lo largo de los siglos. El hombre no está capacitado para discernir lo que está bien de lo que está mal. ¡¡No te atrevas a juzgarme!!

—Te equivocas. Yo sé que lo que has hecho no está bien, y serás castigado por ello.

—¡¡Lo único que sabes es lo que te han contado y tú has aprendido!! —gritó Carapocha—. ¡Te otorgas el derecho a juzgarme y ni siquiera te has parado un instante a mirar a tu alrededor! Vives en un mundo en el que unos pocos se han adueñado de la riqueza del planeta, en el que mueren treinta y cinco mil niños al día de hambre y enfermedades que en los países desarrollados se curan con una pastilla y un vaso de agua. Un mundo manejado por las grandes corporaciones, que son los padres de un sistema económico diseñado para poder dirigir los gobiernos de las potencias y esclavizar al resto de la población. Tú no eres más que un esclavo, pero no lo sabes. Alguien dijo que nadie está más perdidamente esclavizado que los que creen erróneamente ser libres. Anótate esta frase en tu cuaderno de refranes. ¡Tú no eres más que un esclavo de la sociedad! —insistió—. ¡No te atrevas a juzgarme!

El psicólogo estaba fuera de sí: escupía resentimiento en cada palabra, con estallidos exasperados en cada gesto, hablando en un tono doctrinal pero sin esperanza alguna de aleccionar a Sancho.

—De nada te servirá tratar de justificar tus actos. Lo único que sé es que han muerto cinco inocentes por tu culpa y que tienes que rendir cuentas por ello.

Carapocha inspiró profundamente sin despegar la mirada del inspector y se tomó su tiempo antes de retomar la palabra.

—Mira, Ramiro. Como te dije antes, yo me condené hace muchos años por mis actos y solo concedo a mi conciencia el derecho a juzgarme. Admito que trazaría un plan distinto si pudiera volver unos meses atrás, pero no pienso desgastarme en algo que ya no puede ser. He llegado a este punto empujado por la necesidad de conocer a fondo el funcionamiento de la mente criminal; ahora es el momento de pasar a la acción. Esa será mi herencia y así pagaré mi condena. Tengo que continuar mi camino, que en este momento se separa del tuyo.

—Arrieros somos…

—Y en el camino nos encontraremos. Ese se lo sabe hasta el bueno de Robbie, quizá te lo presente algún día. Hasta pronto, tengo que marcharme ya.

Carapocha caminó lentamente hacia la puerta y, sin girarse, añadió:

—Por cierto, el término «gorrón» tiene su origen en el atuendo de los estudiantes del siglo XVII, con capa y un gran gorro negro, especialistas en colarse en fiestas y banquetes, como yo. Te lo debía.

Sancho resopló y se sentó en el suelo. Necesitaba rascarse la barba y pensó que quizá la debería rebajar con la maquinilla, o recortársela a tijera, o afeitarse del todo. O no. Cerró los ojos como tratando de hacer balance de la situación para ver su futuro inmediato. No pasó mucho tiempo hasta que fue consciente de que su vida nunca había tenido tanto sentido. Un único sentido.

Cogió aire y soltó el abatimiento en un sortilegio de tres palabras:

—¡Hay que joderse!

ANIDANDO LIENDRES

Trieste (Italia)
22 de marzo de 2011, a las 11:20

E s uno de esos días claros en los que el sol parece querer calentar por encima de sus posibilidades; incluso podría decirse que hace frío, pero he decidido no abrigarme para sentirme más vivo.

Como cualquier otra mañana, me he levantado a las 7:30 y he desayunado sin prisa, pausado. Luego he salido a correr mis ocho kilómetros escoltado por la discografía de Love of Lesbian. Tras aliviarme sin apetencia en la ducha, he recorrido mi calle hasta Viale 20 Settembre y he cruzado Via Carducci para darme de frente con la iglesia de Sant'Antonio Nuovo, que preside majestuosa la entrada del Canal Grande. Mientras caminaba unos metros en dirección al mar, he acudido a mi cita diaria con James Joyce en el puente que cruza con Via Roma. En este preciso lugar emerge la estatua de bronce a tamaño real del insigne escritor, mi padre literario e ilustre hijo adoptivo de Trieste. Cierro los ojos y le veo ataviado con su sombrero, su pajarita y su libro bajo el brazo. Va caminando como seguramente lo haría cada mañana durante los trece años en los que se paseó por estas mismas calles, hace poco más de un siglo. Siempre que vengo a visitarle, práctica más que frecuente, no puedo evitar leer la inscripción de la placa que descansa a sus pies: «La mia anima è a Trieste». Esa cita, extraída de una carta del propio Joyce a Nora, su gran amor, resume mi actual existencia. Mi alma está en Trieste, es un hecho; ahora bien, tengo que discernir si está o no prisionera. Normalmente, el encuentro no suele durar mucho. Paso a su lado y le doy los buenos días sin gran prosopopeya o, simplemente, le toco la espalda antes de continuar mi ruta hasta Molo Audace para terminar en el Caffè degli Specchi, en la piazza dell'Unità. Sin embargo, hoy es un día especial, cumplo treinta y tres años y siento la necesidad de rascarme un picor que está fuera de mi alcance.

«Hola, James, amigo, ¿cómo estás hoy? Supongo que agradecerás que este sol golpee tu armadura tras estas pasadas jornadas de intensa *bora*. Convivir con los avatares meteorológicos es un mal menor inherente a la inmortalidad, ¿verdad? Me vas a permitir que abuse de tu confianza, llevo un tiempo anidando liendres en mi cerebro y noto que están a punto de eclosionar. No es la primera vez que acudo a ti en busca de consejo. Seguí tu sugerencia y visito casi a diario el Caffè San Marco en busca de inspiración, pero ya no se respira esa esencia de la que tanto me has hablado; solo huele a ausencia, la tuya, la de Italo Svevo, la de Umberto Saba. Ahora no lo frecuentan más que procaces niñatos iletrados e insignes paseantes de libros, que no los consideran más allá de otros enseres pignorados. De los habituales, solo merece la pena el señor Busani, un pensionista acomodado con el que comparto tabaco y que no habla de otros asuntos que de las aventuras que vivió con su *millecento nero*. Todo aquello que tú conociste se ha volatilizado como si nunca hubiera existido. No obstante, todavía albergo la esperanza de encontrar esa atmósfera en Duino, aunque necesito dar con el momento preciso para recorrer el sendero de Rilke. Como ves, tengo algo enmohecido el espíritu, pero hoy es un día especial, y no busco consejos en materia literaria. ¡Escucha! Quizá te apetezca acompañarme en mi paseo diario y así te lo cuento con calma. ¡Sabía que no me dirías que no!

»Veamos. No sé muy bien por dónde empezar. Quizá todo sea un reflejo, puede que no sea más que una percepción pasajera y distorsionada, pero tengo una lacerante sensación de languidecer con el ominoso paso del tiempo; de ser consciente de estar siendo devorado por esta ciudad y no querer evitarlo. Es como si su salitre se hubiera filtrado por los poros de mi piel y me hubiera corroído los circuitos, porque apenas soy capaz de dominar mi voluntad. Nadie mejor que tú para entenderlo. Tengo la sospecha de estar por estar, descontando los días que están por llegar. Y nunca llegan. Impune tras una nueva máscara de mí mismo, hibernando a la deriva y, sin embargo, consciente. Admitiendo ser un medio dos, tutelado, sin identidad ni rumbo. Replegado en mi madriguera de canciones por escuchar, adormilado por el opio de los versos por escribir. Huyendo de sus unos y ceros mientras trato de reinventarme, de encontrar explicación a lo indescifrable. Asolado de forma transitoria por propia indecisión. Otra vez la eterna lucha entre su razón dominante y mi subyugado talento. Esa guerra que quiero ganar sin presentar batalla.

»Ya lo habrás adivinado, por supuesto, se trata de él, de mi complemento. Porque todo mi yo sigue girando en torno a él. Él la batuta; yo el instrumento; él mariscal y yo sargento. Porque la planificación es solo suya y mío solo el procedimiento; la perseverancia la hemos sepultado bajo toneladas de petulante cemento. Un cancerbero sin correa pero con bozal, indeciso ante una disyuntiva: retroceder para enfrentarnos al fracaso o avanzar para seguir creando. Sí, tienes razón, tamaña tesitura requiere de concienzudo examen y justo ahí está precisamente el problema: la parálisis por análisis. *Tempora, tempore, tempera*, aprovechar el tiempo, mi tiempo. Bien sabes de lo que hablo, nadie más cruelmente tratado por los designios del caprichoso Crono que tú. Tú que no llegaste a probar en vida el sabor del éxito, mi buen amigo… Yo no puedo consentir que me suceda, porque me debo al mundo, porque hay pocos que puedan ofrecer tanto. Eso es: ofrecerme. Crecer, sin temer a querer y no poder. Hacer y deshacer: renacer.

»No obstante, te aseguro que no pretendo dar la espalda al pasado y, considerando que mi presente es prestado, no puedo sino imaginarme un futuro de autogobierno. Tengo una deuda y seré congruente. Fue él quien me rescató de aquel perpetuo invierno sin deshielo, de aquella acre y pertinaz apnea. No pienso romper mi compromiso: sin él, yo ni siquiera era y, cuando tenga que desgarrarme para volverme a tejer, lo haré con las agujas de su consentimiento y, con total seguridad, impulsado por su aliento. Soy un torrente de versos sin afluentes, tengo que dejarme llevar por mi caudalosa corriente. No puedo ser el reo ni el testigo. Recuperaré mi talismán en persona para enfrentarme a su funesta melodía, pues no existe emperador que haya perdurado sin su trono, su cetro y su corona.

»Muchas gracias por escucharme, amigo, creo que hoy no tomaré café, necesito meditar todo esto y ponerle banda sonora, espero que sepas perdonarme. *A presto, caro amico*».

> *They rise above this,*
> *they cry about this,*
> *as we live and learn.*
>
> *A broken promise,*
> *I was not honest,*
> *now I watch as tables turn.*
>
> *And you're singing*
> *I'll wait my turn,*
> *to tear inside you.*
> *Watch you burn.*
> *I'll wait my turn,*
> *I'll wait my turn.*
>
> *I'll cry about this,*
> *and hide my cuckled eyes,*
> *as you come off all concerned.*
>
> *And I'll find no solace*
> *in your poor apology,*
> *in your regret that sounds absurd.*

And keep singing
I'll wait my turn
to tear inside you.

Watch you burn.
And I'll wait my turn
to terrorize you.

Watch you burn.
And I'll wait my turn,
I'll wait my turn.

And this is a promise.
Promise is a promise.
Promise is a promise.
Promise is a promise.

And I'll wait my turn
to tear inside you.
Watch you burn.
I'll wait my turn.
I'll wait my turn.

A broken promise.
You were not honest!
I'll bide my time.
I'll wait my... turn.

BANDA SONORA

1. Bunbury: ... *Y al final.*
2. Love of Lesbian: *Me amo.*
3. Nacho Vegas: *Gang bang.*
4. The Cranberries: *Promises.*
5. Rammstein: *Spieluhr.*
6. Héroes del Silencio: *La sirena varada.*
7. Depeche Mode: *Little fifteen.*
8. Wolfgang Amadeus Mozart: *Réquiem,* «Dies irae».
9. Rammstein: *Stripped.*
10. Nacho Vegas y Enrique Bunbury: *Bravo.*
11. Muse: *Map of the problematique.*
12. Carl Orff: *Carmina burana,* «O Fortuna».
13. Starsailor: *Faith, hope, love.*
14. Leonard Cohen: *Take this waltz.*

15. Joe Satriani: *Surfing with the alien.*
16. Vetusta Morla: *Al respirar.*
17. Love of Lesbian: *1999.*
18. Placebo: *Julien.*
19. Methods of Mayhem: *Metamorphosis.*
20. El Columpio Asesino: *Toro.*
21. Placebo: *Broken promise.*

POEMARIO

Afrodita

Cuando la sirena busca a Romeo,
de lujuria y negro tiñe sus ojos.
Su canto no es canto, solo jadeo.

Fidelidad convertida en despojos
a la deriva en el mar de la ira,
varada y sin vida entre los matojos.

No hay semilla que crezca en la mentira,
ni mentira que viva en el momento
en el que la soga juzga y se estira.
Tejeré con la esencia del talento

la culpabilidad de los presuntos.
¡Y que mi sustento sea su aliento!

Caminaré entre futuros difuntos,
invisible y entregado al delirio
de cultivar de entierros mis asuntos.

Afrodita, nacida de la espuma,
cisne negro condenado en la bruma. (p. 35)

Clitemnestra

Camino del corazón al pasado,
camino arrastrando el tiempo y el peso,
camino al ritmo de un reo ahorcado.

Me empeño en recordar un solo beso,
un solo instante, un solo momento,
y si lo recuerdo, yo lo hago preso.

Fuerzo la marcha, contengo el aliento,
para poder encontrar las razones
que den sentido a este sentimiento.

De vacío sin dolor ni cuestiones,
de ternura insípida con aliño,
de conflicto sincero hecho jirones.

Tropiezo en mi vida, cuando era niño,
me mató tu aguja, tu odio con sana.
Enterraste mi alma; yo, mi cariño.

Como Orestes, vendré con mi guadaña
a llevarme el tesoro, alimaña. (p. 283)

Las Moiras

Tres hermanas marcarán tu camino.
Dueñas del aliento de los mortales,
hilanderas voraces del destino.

Cloto, tenaz tejedora de males.
De mueca hueca con su rueca greca.
Fatales serán sus hebras neutrales.

Láquesis, medidora aciaga y clueca.
Longevidad, la dicha o la desdicha.
En sus manos, la vida plena o hueca.

Átropos, implacable y cruel bicha.
De oro forja sus tijeras de muerte.
Finaliza el juego si mueve ficha.

Sobre un lecho he definido tu suerte
e inmune al fatum que ya estaba escrito,
inmortal tu dulce recuerdo inerte.

Que estos versos no sacien mi apetito.
Que este poema no encubra el delito. (pp. 382-3)

Fortuna

El primero fue Cupido.
El segundo, por encargo.
El tercero fue querido.

La grande nunca descuido,
pienso con arte el descarte.
Si tú pasas, yo te envido.

Juega, que no me he rendido.
Tuya la chica, con pares
y juego ya te he vencido.

Sumando ya me he salido.
Se terminó la partida,
ganar yo nunca he sabido.

De rojo y bala el tapete he teñido.
Con este órdago, ya me despido. (pp. 466-7)

NOTA DEL AUTOR

Este libro narra una historia ficticia pero que bien podría ser real. Real como lo son algunos de los personajes que aparecen en la novela. Real como lo son todos los escenarios en los que se desarrolla la acción. Real como lo son los casos y cifras que aporta Carapocha sobre los asesinos en serie. Real como que en estos momentos hay muchos más asesinos en serie en libertad de los que estamos dispuestos a reconocer y a admitir.

Real como que, normalmente, lo que parece es simplemente eso: lo que parece que es.

Hoy, día 17 de febrero de 2012, quiero expresar mi agradecimiento a las siguientes personas:

A Urtzi, por su inestimable colaboración en materia de investigación policial. Gracias por ayudarme a ver a Ramiro Sancho como una persona y no como un personaje.

A Luis Requena, por sus correctos latigazos y sus consejos en *Moon Base One*. Gracias por hacerme ver la frontera entre una historia interesante y un interesante engendro; está por ver de qué lado cayó el libro.

A Diego Zarzosa, por abrirme la puerta.

A Matías Fraile, por no cerrármela.

A Hugo, mi hijo, por tratar de entenderme.

A Luisa, mi suegra, por entenderme.

A Miguel Hernández, por sus poemas, y a todos los que se dedican a escribir.

A Enrique Bunbury, por sus canciones, y a todos los que se dedican a la música.

A Luis y a Paco, por conseguir que el Zero Café siga siendo el último reducto.

Y principalmente a ti, lector o lectora, por haber invertido unos euros en comprar este libro y tener los arrestos suficientes para llegar incluso a leer esta nota.

Con todos vosotros he contraído una deuda que trataré de pagar a plazos.

Estoy hipotecado.

¡Hay que joderse!

Finalmente, me permito un consejo y una petición. Este es un libro con banda sonora: si has disfrutado leyéndolo, disfrutarás escuchándolo. Por favor, no dejes que duerma en tu estantería; si te ha gustado, préstaselo a alguien a quien quieras; si no te ha gustado, préstaselo a alguien a quien quieras menos.

Hasta pronto.

César Pérez Gellida

P. D. Aprovecho estas últimas líneas para pedir sinceras disculpas a Enrique Bunbury por extraer de sus canciones los títulos con los que están nombrados estos capítulos y a mis admirados Love of Lesbian, por permitirme la licencia de poner en boca de Augusto algunas frases que no son de su cosecha. Ni de la mía.

¡La vida oscura es así!

ÍNDICE DE CAPÍTULOS

Memento mori, de César Pérez Gellida
se terminó de imprimir en enero de 2015
en los talleres de Litográfica Ingramex, S.A. de C.V.
Centeno 162-1, Col. Granjas Esmeralda,
C.P. 09810, México, D.F.